1930

1930년대 중국여성소설 명작선

1

빙신·루인·천잉 지음

김은희·최은정 옮김

어문학사

일러두기

- 본문에서는 한글표기를 기본으로 하였습니다.
- 중국어 발음 표기는 국립국어원의 '외래어 표기법'을 따랐습니다.
- 중국어 지명·인명 또는 혼동될 수 있는 한자어는 처음 나올 때 한글로 표기하고 옆에 한자를 넣었습니다.
- 주의를 환기시키거나 어떤 의미를 포함하고자 할 경우에는 기본적으로 ' ' 안에 넣었습니다.
- 작품 시작 전에 작가 소개와 사진을 넣어 이해를 돕고자 하였습니다.
- 이 책에 수록된 작품을 읽는 사람이 작가의 감성을 잘 받아들일 수 있도록 말을 고르고 쉽게 풀기 위해 최선을 다해 번역하였으나 표현이 적절하지 않은 부분이 있다면 너그럽게 생각해 주시고, 지적해주시면 감사하겠습니다.

차례

서문

    1930년대 여성작가의 작품 가운데 대표적 작품을 선별하고 번역하는 과정을 거치면서, 우선적으로 직면한 문제는 1930년대를 어떤 기준에 따라 범주화할 것인가였다. 여러 가지 기준 가운데 역자는 중국현대문학사에서 보편적으로 취하는 범주를 따르기로 했다. 이는 단순한 물리적 시간으로서의 1930년부터 1939년까지가 아닌, 1927년 4·12정변으로부터 1937년 중일전쟁 발발까지의 역사적인 시간에 그 의미를 둔 것이다. 주지하다시피, 중국 국민당과 공산당은 국공합작을 토대로 1926년 6월 군벌에 의한 분열을 종식시키고 중국을 통일하기 위한 북벌을 개시하였다. 그동안 농민운동과 노동운동의 성장에 따른 혁명세력의 확장에 힘입어, 북벌은 파죽지세로 승리를 거듭했고 1927년 4월초 상하이 점령을 눈앞에 두게 되었다. 당시 제국주의 열강은 북벌을 이끌었던 장제스蔣介石에게 공산당과의 합작을 포기하도록 압력을 가했으며, 결국 장제스는 4월 12일 '공산당 반대'를 내세우면서 상하이에서 공산당원과 진보적 인사에 대한 백색테러를 감행했다. 이로써 국공합작은 붕괴되었으며, 중국 혁명의 성질 역시 부르주아 민주주의혁명의 단계에서 프롤레타리아 사회주의혁명의 단계로 전변하게 되었다.

이와 같은 정치형세의 변화는 우선적으로 좌우의 대립을 격화시켰다. 좌우의 이데올로기적 대립은 중국사회성질을 둘러싼 논쟁이나 중국사회사 논쟁 등의 학술적 논쟁의 양상을 띠기도 하였지만, 좌우의 군사적 대립은 이른바 국민당에 의한 '포위토벌圍剿'이라는 격렬한 양상을 띠었으며 훗날 이른바 대장정大長征을 초래하기도 하였다. 이러한 좌우의 대립은 4·12정변으로부터 중일전쟁에 이르기까지 약 10년에 걸쳐 중국사회 전반에 1920년대와는 사뭇 다른 거대담론을 형성하였다. 즉 1920년대에는 주로 인간과 개인에 대한 자각을 바탕으로 개성과 개인주의 등에 관한 담론이 주류를 이루었다면, 1930년대에는 사회와 집단에 대한 중시를 바탕으로 계급과 혁명 등에 관한 담론이 크게 성행하였던 것이다.

이러한 중국사회의 거대담론의 변화는 여성작가들의 창작세계에도 일부 반영되어 있다. 여성작가들은 1920년대에 대체로 남성중심적 봉건이데올로기에 의해 억압받는 여성을 형상화하는 데 힘을 기울였다면, 1930년대에는 여성만의 문제에서 벗어나 현실의 사회문제에 대한 고민을 담아내기 시작했다. 이런 변화는 1920년대를 대표하는 작가들에게서 두드러지게 드러나는데, 흔히 '애愛의 철학哲學'과 '비애悲哀의 탄미嘆美'로 특징지어진 빙신冰心과 루인盧隱의 창작세계에서도 엿볼 수 있으며, 여성적 필체로 주로 여성의 내면심리를 묘사해왔던 딩링丁玲에게서도 드러난다. 이들은 1920년대의 연장선 위에서 여전히 여성문제를 고민하는 작품을 창작하는 한편, 1930년대의 사회

현실과 거대담론을 반영하는 새로운 경향의 작품을 창작하기도 했다. 아울러 1920년대 말, 1930년대에 새로이 등단한 여성작가 가운데 천잉沈櫻은 주로 지식여성들의 삶을 형상화하고 있다면, 평컹馮鏗, 차오밍草明 등은 1930년대의 사회현실과 거대담론의 영향을 훨씬 많이 받고 있다.

이 책에서 역자는 1930년대를 대표하는 주요 여성작가의 작품 외에, 그동안 정치적 혹은 이데올로기적 요인에 의해 소극적 평가를 받았거나 아예 소개조차 되지 않았던 여성작가의 작품들 또한 번역·소개하고자 하였다. 이로써 중국현대문학사를 보다 완정하게 복원하고 재평가하는 데 일조할 수 있으리라 믿는다. 이 책에 실린 1930년대 여성작가 작품은 1권에 빙신, 루인, 천잉의 작품을 중심으로 11편을 싣고, 2권에 샤오훙蕭紅, 딩링, 뤄수羅淑, 평컹, 차오밍의 작품 12편을 실었다. 이 책에 번역되어 실린 1930년대 여성작가들의 작품은 크게 세 가지로 나누어 살펴볼 수 있다.

첫째, 1920년대 여성문제 형상화의 연장선, 혹은 확장의 의미에서 1920년대 여성작가 작품의 문제의식을 한 단계 끌어올려 보다 다양하고 치밀한 심리적 묘사를 한 작품들이다. 이를테면 자신의 미래를 위한 일과 결혼 사이에서 고민하고 방황하는 여성인물을 묘사한 빙신의 〈사진相片〉, 〈서풍西風〉, 천잉의 〈아내妻〉 등이 그와 같은 작품이고, 그 외에도 남녀관계의 미묘한 심리와 부부관계 등을 묘사한 천잉의 〈중추절仲秋節〉 및 〈사랑의 시작愛情的開始〉 등도 신여성의 내면을 치밀하게 묘사한 작품들이다.

둘째, 혁명서사를 통해 여성해방을 사회변혁에 융합시키고 그 안에서 여성의 출로를 찾거나, 아예 여성문제의 관점을 뛰어넘어 사회적 이슈가 되었던 역사적 사건을 작품 속으로 끌어들임으로써 새로운 문제의식을 보여주는 작품들이다. 특히 딩링의 〈1930년 봄 상하이의 이야기一九三0 年春上海〉1과 2는 평범한 삶을 영위하는 이들에게 혁명으로의 전향이 어떤 영향을 끼치는지 섬세하게 묘사하고 있다. 아울러 천잉의 〈귀가回家〉 역시 혁명의 길을 작정한 청춘들의 고뇌와 갈등이 돋보이는 작품이다. 한편 1920년대 주요 여성작가로 활동했던 루인도 1920년대 글쓰기와는 다른 경향의 전쟁 제재 작품을 선보이기도 했다. 특히 장편소설 〈화염火焰〉은 1932년 1월 28일 상하이를 공격한 일본제국주의와의 전쟁을 리얼하게 그려낸 작품이다. 또한 루인의 〈두부가게 주인豆腐店的老板〉 역시 상하이 1·28사변을 배경으로 창작된 작품인데, 이들 작품을 통해 인류애와 가족애, 전우애 및 전쟁에 대한 저항적 인식 등을 보여주고 있다.

셋째, 하층민 여성에 대한 관심, 그리고 당시의 가난하고 척박한 삶의 현장을 실감나게 묘사한 작품들이다. 하층민 여성에 대한 관심은 1920년대 여성작가들의 글쓰기에서부터 줄곧 이어져온 것이다. 하지만 1920년대 여성작가들은 대다수가 소자산계급 지식여성이었기에, 이들이 하층민에 대해 갖는 관심을 글로써 승화시키는 데에는 한계가 뒤따를 수밖에 없었다. 그럼에도 불구하고 1930년대 초에 창

작된 빙신의 〈나뉨分〉이나 루인의 〈물난리水災〉 등은 이들 작가들의
세계관이 확장되고 있음을 보여주는 작품들이다. 또한 1930년대 여
성작가 가운데 하층민 여성의 빈곤과 이로 인한 상처를 깊이 있게 묘
사한 작가들의 등장을 주목할 만하다. 대표적 작품으로는 샤오훙의 〈
손手〉, 〈다리橋〉와 〈왕씨 아주머니의 죽음王阿嫂的死〉, 펑컹의 〈아이
를 파는 아낙販賣嬰兒的婦人〉, 차오밍의 〈이 없는 노파沒有了牙齒的〉와
〈전락傾跌〉, 뤄수의 〈남편 있는 아낙生人妻〉 등을 들 수 있다.

   1930년대 여성작가들은 자신들의 사회적 경험과 성장배경을 십
분 활용하여 1920년대 여성작가의 작품이 지닌 관념성을 상당 부분
극복해냈다. 차오밍은 자신의 여공 체험을 바탕으로 1920~30년대 중
국여공의 생존사를 그려내었으며, 샤오훙과 뤄수 등은 자신들이 성장
한 농촌 마을을 배경으로 하여 민족적, 계급적, 봉건적 억압의 삼중고
에 놓인 농촌여성의 삶을 형상화였다. 특히 이들은 농촌여성의 곤고
함 및 그들의 건강성을 모성을 통해 체현하고, 나아가 중국 사회의 현
재와 미래를 모성과 연관지었다. 이는 1930년대 여성작가들이 주변
에 위치한 여성담론—모성을 성공적으로 시대담론과 융합시켜 중심
으로 끌어들였다는 점에서 의미가 크다고 할 수 있다.

2016년 12월

역자 씀.

빙신은 푸젠성福建省 푸저우시福州市 출신으로, 본명은 셰완잉謝婉瑩이다. 삼남 일녀 중 큰딸로 태어난 그녀는 해군장교인 부친의 부임지를 따라 상하이上海, 옌타이煙臺 등지로 옮겨 다니면서 부모의 따뜻한 사랑 속에서 바다의 대자연을 벗 삼아 생활하였다. 1919년 '5·4운동' 당시 베이징여학계연합회北京女學界聯合會에서 선전부의 일원으로 참여하였던 그녀는 이로부터 창작활동에 뛰어들었으며, 1921년 초 '문학연구회文學研究會'에 가입하였다. 1923년 옌징대학燕京大學을 졸업하고 미국 웰즐리Wellesley대학의 장학금을 받아 유학길에 올랐다가 1926년 석사학위를 받고 귀국하였다. 1929년 6월 미국에서 사귀었던 우원짜오吳文藻와 결혼하였으며, 이후 줄곧 중국문화계와 여성계를 대표하여 활동하였다. 1957년 '반우파 투쟁'과 1966년 시작된 '문화대혁명' 시기에 고초를 겪기도 했다. '문화대혁명'이 끝난 1980년대 이후 중국 문단에서 '문단의 조모祖母'로서 활약하다가 1999년 노환으로 세상을 떠났다.

빙신의 소설 세계는 '사랑愛의 철학'으로 요약할 수 있다. 빙신에게 있어서 '사랑'이란 모성애, 동심, 자연애 및 인류애 등을 포괄한다. 특히 그녀의 모성애에 대한 깊은 경애와 애착은 「어린 독자에게 보냄寄小讀者」, 「지난 일往事」등 산문 곳곳에 표출되고 있다. 빙신의 창작 시기는 크게 세 단계로 나누어 살펴볼 수 있다.

첫째 시기의 작품은 내용에 따라 크게 여성문제, 지식인문제, 반전反戰문제로 나누어 볼 수 있다. 이 가운데에서 여성문제를 그리고 있는 작품은 「두 가정兩個家庭」, 「누가 널 희생시켰는가是誰斷送了你」, 「좡홍의 누나莊鴻的姊姊」, 「최후의 안식最後的安息」등을 꼽을 수 있다. 이들 작품은 대체로 여성교육의 중요성을 계몽적인 시각에서 강조하고 있다. 둘째 시기는 '5·4운동' 이후와 유학시기를 포괄하는데, '사랑의 철학'이 표면화된 시기라 할 수 있다. 이때 그녀는 '愛情三部曲'이라 일컬어지는 「초인超人」, 「번민煩悶」, 「깨달음悟」을 창작했다. 「사랑의 실현愛的實現」, 「적막寂寞」등의 작품에서는 '인생의 의의는 무엇인가'라는 고민에 대한 해답으로서 모성애와 동심, 자연애, 형제애, 나아가 인류애 등에 최고의 가치를 부여하고 있다. 셋째 시기는 1930년대로, 이 시기 빙신은 1920년대부터 줄곧 관심을 기울여 온 여성 삶의 출로에 대한 고민이 한층 더 깊어짐과 동시에, 삶에 대한 관념적인 태도에서 벗어나 새로운 관점으로 사회문제를 바라보기 시작하였다. 대표작으로는 「나눔分」, 「둥얼 아가씨冬兒姑娘」, 「사진相片」, 「서풍西風」등을 들 수 있다.

빙신

(冰心, 1900~1999)

나눔分

힘센 거령신巨靈神의 손이 나를 답답하고 고통스러운 촘촘한 그물에서 끄집어냈다. 나는 아앙 하는 슬픈 고고성을 내질렀다.

눈을 떠보니 나의 한쪽 다리가 거령신의 손에 거꾸로 들려 있었다. 영롱할 정도로 붉은 자그마한 양손이 내 머리 위 허공에서 흔들거리고 있는 게 보였다.

또 다른 거령신의 손이 가볍게 내 허리를 받치고 있었다. 그는 웃으면서 고개를 돌려 하얀 침상 위에 누워 있는 여인에게 말했다. "축하해요. 통통한 사내아이예요." 그는 흰 천이 깔려 있는 자그마한 바구니에 나를 살며시 놓았다.

나는 버둥거리면서 밖을 내다보았다. 흰 옷과 흰 모자 차림의 간호사들이 웅성웅성 그 여인을 소리 없이 에워싸는 게 보였다. 그녀의 창백한 얼굴에 땀이 흥건했다. 그녀는 희미한 신음을 토해내고 있었다. 마치 악몽에서 막 깨어난 듯했다. 눈꺼풀은 벌겋게 부어오르고, 눈은 힘없이 반쯤 감겨 있었다. 그녀는 의사의 말을 듣고서 눈을 돌리더니 왈칵 눈물을 쏟아냈다. 이제 마음이 홀가분해진 듯 피곤한 미소를 띤 채 눈을 감으면서 입을 열었다. "정말 수고하셨어요!"

나는 크게 울음을 터뜨렸다. "엄마, 고생한 사람은 우리야. 우린 방금 죽음에서 발버둥쳐 나왔어요!"

흰 옷의 간호사들이 부산스럽게 엄마의 침대를 말없이 밀고 나갔다. 나 역시 들어올려져 문밖으로 나왔다. 의사가 손짓을 하자 복도 저쪽 끝에서 한 남자가 걸어왔다. 그 역시 막 악몽에서 깨어난 듯한 얼굴빛에 기쁨이 가득했다. 그는 두 손으로 안고 싶어도 차마 안지 못한 채 가엾고도 놀랍다는 눈빛으로 나를 주시했다. 의사가 말했다. "아이 예쁘지요?" 그는 쑥스러운 듯 우물쭈물 대답했다. "머리가 길쭉하군요." 이때 나는 느닷없이 머리가 너무 아파서 다시 울음을 터뜨렸다. "아빠, 모르시는군요. 머리가 꽉 끼어서 정말 아프거든요."

의사가 웃었다. "대단하네요. 목청이 엄청 크지요!" 옆에 서 있던 간호사가 웃으면서 나를 받았다.

햇빛이 가득한 커다란 방으로 들어갔다. 주위의 벽 아래에는 흰색의 요람이 줄줄이 놓여 있고, 그 안에는 꼬마 친구들이 누워 있었다. 어떤 아이는 두 손을 머리까지 올린 채 평온하게 잠들어 있고, 어떤 아이들은 울면서 저마다 외쳤다. "목말라요.", "배고파요!", "너무 더워요!", "난 오줌을 쌌어요!" 나를 안은 간호사는 아무 말도 들리지 않는 양 재빠르고 침착하게 아이들의 침대를 지나 안쪽 욕실로 들어갔다. 간호사는 내 머리를 수도관 쪽으로 하고서 세면기의 테이블 위에 나를 뉘였다.

샤워기의 따뜻한 물이 내 머리 위에 쏟아지자, 끈적거리던 피가 모두 씻겨 나갔다. 나는 부르르 떨었지만, 정신은 금세 맑아졌다. 위를 쳐다보니 세면기를 사이에 두고 반대편 테이블에도 꼬마 친구가 누워서 다른 간호사에게 씻겨지고 있었다. 맞은 편 아이는 둥근 머리에 큰 눈, 거무스름한 피부에 튼튼해 보이는 가슴을 지니고 있었다. 꼬마 친구도 깨어있었는데, 아무 소리도 내지 않은 채 창밖 하늘을 바라보고 있었다. 이때 간호사가 치켜든 나의 등을 가볍게 손으로 받친 채 희고 긴 옷을 입혔다. 꼬마 친구도 옷을 다 입었다. 우린 몸을 약간 구부린 채 세면대를 사이에 두고 마주 보았다. 나를 씻겨주었던 간호사가 웃으면서 동료에게 말했다. "그쪽 아이는 아주 건강하게는 생겼는데, 이쪽 아이처럼 귀티가 나진 않네." 이때 꼬마 친구가 고개를 들더니 나를 쳐다보면서 슬며시 귀여운 미소를 지었다.

나는 수줍어하면서 조용히 말했다. "안녕, 친구." 그도 온화하게 말했다. "안녕, 친구." 이때 우리는 서로 나란히 놓인 요람에 뉘어졌고, 간호사들은 자리를 떴다.

내가 말했다. "난 온몸이 엄청 아파. 네 시간이나 버둥거렸어. 정말 힘들었어. 넌 어때?"

그는 웃더니 작은 주먹을 움켜쥐었다. "나는 그러지 않았어. 삼십 분 정도 갑갑하게 있었지. 별로 고생하지 않았고, 엄마도 마찬가지였어."

나는 말없이 따분한 듯 한숨을 내쉬면서 주위를 둘러보았다. 그 아이가 나를 위로하듯 말했다. "너 피곤하겠구나. 좀 자 두렴. 나도 기운 좀 차려야겠어."

깊은 잠에 빠져 있는 동안 나는 안겨 큰 유리문가로 옮겨졌다. 문밖 복도에는 남녀 어린이 여러 명이 서 있었다. 그 아이들은 콧등과 두 손을 모두 유리문에 바짝 갖다 붙이고 있었는데, 마치 크리스마스 선물을 진열한 창 너머에 서서 부러운 눈으로 바라보는 듯했다. 그들은 서로 웃고 손가락으로 가리켜가면서 이야기를 나누었다. 내 눈썹은 고모를 닮고, 눈은 외삼촌을, 코는 삼촌을, 또 입은 이모를 닮았다고들 했다. 마치 나를 잘게 찢어 삼켜버리려는 것만 같았다.

나는 눈을 감은 채 힘껏 도리질치고 싶었지만, 목이 아프다는 걸 깨닫고서 크게 울면서 말했다. "나는 나일 뿐예요. 누구도 닮지 않았어요. 어서 날 쉬게 해주세요!"

간호사가 웃으며 나를 안고 돌아섰지만, 그들은 여전히 몇 번이고 고개를 돌려 돌아보면서 서로 웃고 밀치면서 걸어 나갔다.

꼬마 친구도 깨어나 내게 인사를 건넸다. "일어났어? 누가 널 보러 온 거야?" 나는 요람에 뉘어지면서 그에게 말했다. "모르겠어. 아마 삼촌이나 고모들인 것 같은데, 다들 어려. 하지만 모두들 나를 사랑하는 것 같아."

꼬마 친구는 아무 말없이 웃었다. "넌 복도 많다. 우리가 여기 온 지 이틀째인데, 아빠조차도 날 보러오지 않았어."

혼미한 가운데 내가 얼마나 더 잤는지 모르겠다. 온몸의 통증은 좀 나아졌는가 싶은데, 아래쪽이 축축했다. 나도 다른 아이들처럼 단속적으로 울면서 말했다. "오줌 쌌어요. 나 오줌 쌌다고요!" 과연 얼마 지나지 않아 간호사가 다가와 나를 안아들었다. 나는 무척 기뻤다. 그런데 뜻밖에도 간호사가 내게 물을 먹이는 것이었다.

아마 황혼 무렵인가 보다. 서너 명의 간호사가 요란스럽게 안으로 들어왔다. 그녀들의 뻣센 흰 치마에서 펄럭펄럭 소리가 났다. 간호사들은 우리를 분분히 안더니 한 명씩 기저귀를 갈아주었다. 꼬마 친구가 즐거워하면서 말했다. "모두들 엄마를 보러 가는 거야. 또 보자."

꼬마 친구는 다른 아이들과 함께 큰 침대에 밀려 나갔다. 나는 간호사에 안긴 채 유리문을 지나 복도 오른쪽의 첫 번째 방으로 들어갔다. 엄마는 마침 높고 하얀 침대에 누운 채 갈망과 기쁨의 눈길로 나를 맞았다. 간호사가 나를 엄마의 팔에 뉘였고, 엄마는 몹시 수줍어하면서 가슴을 풀어헤쳤다. 엄마는 매우 젊어보였다. 검은 머리를 뒤로 묶고 눈썹은 연하고 둥글게 굽어 마치 초승달 같았다. 핏기 없는 하얀 얼굴은 크고 검은 눈으로 인해 더욱 도드라졌는데, 침대 옆의 침침한 불빛아래 마치 석상처럼 보였다.

나는 입을 벌려 오물오물 젖을 빨았다. 엄마는 뺨을 내 머리카락에 부비면서, 내 손가락을 만지작거렸다. 여기저기 꼼꼼히 나를 들여다보던 엄마는 더 없이 기쁘고 신기한 모습이었다.

이십분이나 지났건만 나는 아무 것도 먹지 못했다. 배도 고프고 혀끝도 아파 결국 입을 벌려 젖꼭지를 뗀 채 또 울었다. 당황한 엄마가 나를 계속 달랬다. "아가, 울지 마라. 울지 마!" 엄마가 서둘러 벨을 누르자, 간호사가 들어왔다. 엄마가 웃으며 말했다. "별 일은 아니고 젖이 나오질 않아 아이가 계속 울어대니 이를 어쩌죠?" 간호사도 웃으며 이렇게 말했다. "괜찮아요. 젖은 곧 나올 거예요. 아이가 아직 어려서 그러니까 괜찮을 겁니다." 간호사가 이렇게 말하면서 나를 안아 올리자, 엄마는 아쉬운 듯 간호사에게 나를 맡겼다.

내가 침상으로 돌아왔을 때 꼬마 친구는 벌써 침대에 새근새근 잠들어 있었다. 꿈을 꾸며 미소를 짓는 모습이 꽤나 만족스럽고 즐거워 보였다. 나는 사방을 둘러보았다. 많은 친구들이 모두들 즐거운 표정으로 잠들어 있었다. 몇 명은 잠에서 반쯤 깨어나 흥얼거리며 노는 것 같더니 또 몇 차례 울기도 했다. 나는 몹시 배가 고팠다. 엄마의 젖이 언제 나올지 모른다는 생각이 들었다. 내겐 대단히 중요한 문제였지만 아무도 그걸 알아주지 않았다. 모두들 배불리 먹고 자는 걸 보니 샘이 나기도 하고 창피하기도 해서 그만 큰 소리로 울어버렸다. 사람들의 관심을 끌고 싶었기 때문이다. 내가 삼십분 넘게 울고 나니 그제야 간호사가 들어왔다. 간호사는 귀엽게 입술을 오므린 채 나를 토닥여주었다. "그래! 엄마가 배부르게 먹여주질 않았구나. 물이라도 마시렴." 그녀는 물병의 젖꼭지를 내 입에 물렸다. 나는 훌쩍거리면서 천천히 잠이 들었다.

이튿날 목욕을 할 때, 꼬마 친구와 나는 다시 세면대 양쪽에 누워 이야기를 나눴다. 그는 기분이 좋은 듯했다. 씻겨지는 동안 그는 고개를 도리질하며 눈을 반쯤 감은 채 미소를 띠고 말했다. "난 어제 젖을 배부르게 먹었어! 엄마는 검고 동그란 얼굴에 아주 예뻐서. 내가 다섯 번째 아이래. 엄마가 간호사에게 하는 말로는, 이번에 처음으로 병원에 와서 아이를 낳은 거래. 이것도 자선단체인 살레시오회에서 소개를 해주었대. 우리 아빠는 몹시 가난한데, 돼지를 잡는 백정이래." 이때 소독액 한 방울이 그 아이 눈에 떨어졌다. 그는 발버둥을 치면서 몇 번인가 소리를 지르더니 다시 눈을 뜨고서 말했다. "돼지 잡는 사람, 얼마나 통쾌한 일이니! 하얀 칼이 쑥 들어갔다가 빨간 칼이 되어 나오니! 난 크면 아빠를 따라 돼지를 잡을 거야. 돼지만 잡는 게 아니라 돼지 같이 무위도식하는 사람들도 잡을 거야."

나는 조용히 듣고만 있다가 이 부분에서는 눈을 질끈 감은 채 아무 말도 하지 않았다.

꼬마 친구가 내게 물었다. "너는 배부르게 먹었니? 네 엄마는 어떤 분이셔?"

나도 흥분했다. "나는 아무 것도 못 먹었어. 우리 엄만 젖이 나오질 않아. 간호사가 그러는데 하루 이틀 지나면 나올 거래. 우리 엄만 정말 좋은 분이셔. 책도 보시고. 침대 옆 탁자에는 책이 많이 쌓여 있고, 방 여기저기에 꽃도 많이 놓여 있었어."

"네 아빠는?"

"아빠는 오지 않으셨어. 방에는 엄마만 계셨어. 이야기를 나눌 사람도 없더라구. 아빠에 대해서는 나도 모르겠어."

"거긴 특실이네." 친구가 단정하듯 말했다. "방을 혼자 쓰는 거야. 우리 엄마가 계신 데는 시끌벅적해. 놓여 있는 침대가 열 개가 넘어. 많은 꼬마 친구들 엄마는 다 거기에 계시더라고, 아이들도 모두 배불리 먹고."

이튿날이 되어 아빠를 보았다. 내가 젖을 먹고 있을 때, 아빠는 몸을 기울인 채 엄마의 베갯가에 기대있었다. 두 분은 얼굴을 가깝게 맞대고 나를 바라보았다. 아빠는 파리하고 마른 얼굴이었다. 연노란 피부에 긴 속눈썹, 그리고 부드러운 눈빛을 지니셨다. 아마도 사색을 좋아하는 듯 이마에는 옅은 주름이 있었다.

"이번엔 자세히 봐야겠군. 이 녀석 참 잘 생겼구먼, 당신을 쏙 빼닮았어." 아빠가 이렇게 말했다.

엄마는 미소를 지으며 가볍게 내 얼굴을 어루만지셨다. "당신도 닮았지요. 이렇게 큰 눈을 보세요."

아빠는 일어나 침대가의 의자에 앉더니 엄마의 손을 끌어 부드럽게 토닥였다. "우린 이제 더 이상 외롭지 않겠소. 내가 수업을 마치고 돌아오면 당신을 도와 아이를 돌보고 놀아주겠소. 방학을 하면 아이를 데리고 산으로 바다로 놀러도 다니겠소. 우리 아이는 각별히 몸 관리를 잘해야겠지. 나를 닮으면 안 되니까. 내가 병이 있는 건 아니지만 이렇게 몸이 약하니 말이오……"

엄마도 고개를 끄덕이며 말했다. "그래요. 일찌감치 음악이랑 미술도 가르쳐야겠어요. 내가 이런 걸 못하니 아무래도 삶이 풍요롭지 않더라고요. 그리고 또……"

아빠가 웃으며 말했다. "당신은 아이가 장차 뭐가 되었으면 좋겠소? 문학가? 음악가?"

엄마가 말했다. "뭐든 좋아요. 사내아이니까. 앞으로 중국은 과학이 유망하니 과학자가 좋겠네요."

이때 나는 젖을 빨아도 나오지 않자 다급한 나머지 울고 싶었다. 하지만 부모님이 너무도 흥미진진하게 나누는 이야기를 듣느라 아무 말도 하지 못했다.

아빠가 말했다. "우리 아이를 위해 교육비를 모아야겠어. 이런 돈은 일찍부터 준비할수록 좋은 거니까."

엄마가 이어 말했다. "당신한테 잊고 말하지 않은 게 있어요. 동생이 어제 그러는데 아이가 여섯 살이 되면 자전거를 선물하겠대요."

아빠가 웃으며 말했다. "우리 아이는 뭐든 다 있네. 요람은 여동생이 선물하겠다 하지 않았소?"

엄마는 나를 꼭 껴안고 내 머리카락에 입맞춤을 하면서 말했다. "우리 아가! 얼마나 좋니? 이렇게 많은 사람들이 너를 예뻐하니. 자라서 착한 아이가 되어야지."

가슴 가득 뿌듯한 기쁨을 안고 나는 침대로 돌아왔다. 배가 고파도 뭐 괜찮았다. 고개를 들어 꼬마 친구를 보니 그는 뭔가 깊은 생각에 빠져있었다.

내가 웃으면서 인사를 건넸다. "이봐 꼬마 친구, 오늘 아빠를 만났어. 아주 좋은 분이셔. 선생님이시래. 부모님은 내 장래 교육에 대해 이야기를 나누셨어. 아빠 말씀에, 내게 도움이 되는 일이라면 할 수 있는 한 뭐든 하겠다고 하셨어. 엄마는 젖이 없어도 상관없다고 하시더라고. 집에 가면 분유를 먹는대. 나중에는 주스도 먹고 또……" 나는 단숨에 말했다.

꼬마 친구는 딱하게 여기는 건지 비웃는 건지 알 수 없는 미소를 지으며 말했다. "넌 행복하겠다. 난 집으로 돌아가면 먹을 젖이 없대. 오늘 아빠가 와서 그러는데, 엄마가 유모로 가게 되었다더군. 하루 이틀 내로 우린 여길 떠날 거야. 돌아가면 예순이 넘은 할머니랑 함께 지낼 거야. 나는 쌀죽과 가오간* 따위를 …… 먹게 되겠지만, 뭐 상관없어."

---

* 가오간糕干은 쌀가루에 설탕 등을 가미한 후 약한 불로 구워 만든 일종의 젖 대용품이다. 대개는 물에 풀어 풀 모양으로 만들어 젖먹이에게 먹인다.

나는 입을 다물었다. 가슴 가득했던 기쁨도 이내 사라져버렸다. 나는 부끄러움을 느꼈다.

꼬마 친구의 눈에서는 당당하고 용감한 빛이 뿜어져 나왔다. "너는 영원히 온실 속 꽃이야. 풍파에 시달리지 않고 획일적인 온도 아래에서 가냘프게 피어있는 꽃 말이야. 나? 난 길가의 잡초야. 사람들의 짓밟음, 광풍과 폭우를 난 모두 견뎌내야 해. 너는 유리창을 통해 밖을 바라보며 나를 불쌍하다고 여길지 모르겠다. 하지만 내 머리 위로는 무한한 하늘이 있고 내 주위로는 다 마시지 못할 만큼의 공기가 있지. 나비와 귀뚜라미는 자유롭게 내 주위를 울며 날아다니겠지. 나의 용감하고 미천한 동료들은 태워도, 잘라내도 끝내 없앨 수 없을 거야. 사람들의 발치에서 온 세상을 푸르게 수놓을 테니까."

난처해진 나는 울음이 터져 나올 것만 같았다. "나도 그렇게 가냘픈 건 원치 않아."

꼬마 친구도 다소 놀란 듯 누그러진 어투로 나를 위로하듯 말했다. "그래! 우리 가운데 누구도 서로 달라지는 걸 원하지 않지. 하지만 이런저런 모든 게 우리를 갈라놓을 거야. 나중을 보렴."

창밖에는 솜털을 털어내듯 눈이 하염없이 내렸다. 녹색의 기와 위에는 소복소복 쌓인 눈이 가지런히 내려앉았다. 엄마와 난 집으로 돌아가서 설을 보내려고 한다. 꼬마 친구는 엄마가 일을 하러 가야했기에 설 전에 집으로 가야 했다. 우리가 머리를 맞대고 있을 수 있는 시간은 고작해야 반나절뿐이다. 우리는 아득한 사람의 바다 속에서 이제 서로 헤어져 시끌벅적한 도시의 소란 속으로 사라질 것이다. 언제 다시 한 지붕 아래에서 누워 잘 수 있을까?

아쉬운 듯 우리는 서로를 바라보았다. 황혼이 깃든 저녁, 꼬마 친구의 얼굴은 조금씩 흔들리는 내 눈빛 속에서 점점 커졌다. 꽉 다문 입술, 잔뜩 찌푸린 눈썹, 먼 곳을 응시하는 듯한 눈빛, 약간 튀어나온 턱, 이 모든 것이 강인함과 용감함을 드러내보였다. "저 친구가 돼지를 잡고, 사람을 잡아?" 나는 손을 이불 속에서 오므렸다 폈다 하면서 나의 보잘것없음을 새삼 느꼈다.

엄마가 있는 병실에서 돌아와 서로 알린 소식은 내일, 1월 1일에 돌아가기로 일정이 바뀌었다는 것이었다. 아빠는 섣달 그믐에 일이 너무 많은지라 엄마가 집으로 돌아가면 쉬지 못할까봐 걱정하셨다. 꼬마 친구의 아빠는 섣달 그믐에 빚쟁이를 피해야 하는지라 친구의 엄마가 돌아가 빚쟁이에게 시달릴까봐 퇴원시키고 싶어하지 않았다. 이렇게 우리는 까닭 없이 하루를 더 머물게 되었다.

깊은 밤이 되자 폭죽소리가 들리기 시작하더니, 멀리 가까이서 폭죽소리가 계속되었다. 소복소복 내리는 눈 속에서 몇 차례 개가 짖어 댔다. 우리에게 인생의 은원이 이제 자그마한 결말을 맺었음을 우리에게 알려주는 것만 같았다. 내일 다시 겸허와 환락의 가면을 쓰기 전에, 이 밤 마음껏 먹고 원망하고 흐느껴 우는 것이리라. 무수한 폭죽소리 가운데 어두컴컴한 한길과 골목에는 어쩌면 수천 수백 가지 두렵고도 정감 넘치는 설렘이 숨어 있으리라.

나는 두려운 마음에 꼬마 친구를 돌아보았다. 친구는 아랫입술을 깨문 채 아무 말도 하지 않았다. 이 밤은 느릿느릿 흐르는 물처럼 조용히 흘러갔다. 날이 밝을 무렵, 몽롱한 가운데 나는 꼬마 친구의 침상에서 들려오는 한숨소리를 들었다.

날이 훤하게 밝았다. 새해의 미소를 머금은 간호사 두 명이 우리를 목욕시켜주었다. 한 간호사가 나의 소형 가방을 열어 내게 털로 만든 하얀 배냇저고리를 입히고, 그 위에 긴 조끼와 잠옷을 입혔다. 겉에는 파란 털실로 짠 외투를 입히고 모자와 양말도 신겼다. 옷을 다 입힌 다음, 간호사는 나를 안고 웃었다. "아유, 예쁘네. 네 엄마는 정말로 예쁘게 꾸미실 줄 아는 분이로구나!" 나는 편안하긴 해도 너무 덥다는 느낌이 들어, 눈물이 날 정도로 발버둥을 쳤다.

꼬마 친구 역시 간호사에게 안겨 들려졌다. 나는 깜짝 놀라 하마터면 친구를 알아보지 못할 뻔했다. 친구는 두터운 남색 솜저고리 차림에 소매는 크고도 길었으며, 위에는 몇 번이고 꿰맨 자국이 나 있었다. 또 아래에는 빛바랜 남색 치마 차림이었다. 친구는 두 팔을 쭉 펴고 머리를 파란색 방한모에 파묻은 채, 그 모습이 연처럼 뚱뚱하게 부풀어 있었다. 나는 고개를 숙여 바닥에 쌓여 있는, 우리 몸에서 벗겨진 똑같은 흰 옷 두 벌을 바라보았다. 나는 갑자기 몸서리를 쳤다. 우리의 정신적, 물질적인 모든 것이 영원히 갈라지는 것이다!

꼬마 친구도 나를 바라보았다. 녀석은 당당한 듯 부끄러운 듯 웃음을 머금은 채 말했다. "너 참 예쁘다. 아름답고 따뜻한 옷이로구나! 내 몸엔 갑옷을 둘렀어. 난 사회라는 전쟁터로 달려가 사람들과 생존을 위해 싸워야 하거든."

간호사들은 서둘러 바닥의 하얀 옷을 광주리에 주워 담았다. 그리고선 바삐 우리를 안고 바깥으로 나갔다. 유리문 가에 다가서자 나는 터져 나오는 울음을 참을 수 없었다. 친구도 울음을 참지 못했다. 우리는 마구 손을 흔들었다. "친구, 안녕, 안녕!" 걸어가는 동안 우리의 울음소리는 복도 양쪽 끝으로 사라졌다.

엄마는 벌써 화장까지 마치고서 병실 입구에 서 계셨다. 아빠는 소형 가방을 손에 들고서 엄마 곁에 계셨다. 내가 오는 걸 보고서 엄마는 급히 손을 내밀어 나를 안아들더니, 내 얼굴을 자세히 보면서 내 눈물을 닦아주셨다. 그리고서 얼굴을 가까이 대고서 말했다. "아가야, 울지 마라. 우리 집으로 가자. 즐거운 우리 집으로. 엄마도 너를 사랑하고 아빠도 널 사랑하신단다."

휠체어가 도착하자, 엄마는 나를 녹두색 담요로 감싸 휠체어에 앉았다. 아빠는 뒤를 따라왔다. 배웅하는 의사와 간호사들에게 감사와 작별의 인사를 나누고서 엘리베이터를 타고 내려왔다.

두 짝으로 된 유리문의 한쪽으로 보니, 자동차 한 대가 문 입구에 대기하고 있었다. 아빠가 유리문을 열자 눈이 날려 들어왔다. 엄마는 얼른 내 얼굴을 가렸다. 우리가 휠체어에서 내려 차에 오르자, 문이 펑 소리를 내며 닫혔다. 엄마가 내 얼굴 위의 담요를 쳐들었다. 차 안에 가득한 꽃이 눈에 들어왔다. 나는 엄마의 품에 안겨 있고, 내 얼굴은 엄마와 아빠의 얼굴 사이에 바싹 끼어 있었다.

자동차가 병원 정문을 서서히 돌아나가고 있었다. 정문 밖에는 수많은 인력거로 붐볐다. 인력거들과 어지러이 비켜가는 와중에, 나는 문득 머리를 들어 열흘 남짓 아침저녁으로 가까이 지냈던 꼬마 친구를 보았다. 친구는 자기 아빠 팔에 안겨 있었고, 그의 엄마는 파란색 보따리를 들고 서 있었다. 두 사람 모두 병원 문 입구에 몸을 기댄 채 우리를 등지고 있었다. 그의 아빠는 챙이 넓은 펠트 모자에, 푸른색 솜

옷 차림이었다. 챙 넓은 펠트 모자 아래로, 친구는 아빠의 어깨에 엎드린 채 내 쪽을 보고 있었다. 눈꽃이 친구의 눈썹 사이에 떨어지고, 또 뺨에 떨어져 내렸다. 친구는 눈을 질끈 감은 채 처연하면서도 도도한 미소를 짓고 있었다. …… 친구는 벌써 자신의 분투를 즐기고 있는 것이리라!

자동차는 병원 문밖으로 빠져나와 달리기 시작했다. 길 위에는 춤을 추듯 눈발이 날리고 있었다. 어렴풋이 새해를 알리는 꽹과리와 북소리가 들려왔다. 엄마가 내 귓가에 대고 속삭였다. "아가야, 이 평안하고도 깨끗한 세상을 보렴!"

나는 울었다.

1931년

둥얼 아가씨冬兒姑娘

"예, 고맙습니다. 제게도 경사고, 마님께도 경사지요, 모두에게 경사스러운 일이네요! 마님, 베이하이北海에서 요양하시니 제가 모실 때보다 안색이 훨씬 좋아지셨어요. 얼굴도 살이 좀 올라 보이고요! 시간이 어찌나 빨리 가는지, 눈 깜짝할 사이에 벌써 일 년이 갔네요. 우리 둥얼에겐 남편감이 생겼어요. 우리 예비사위가 칭화위안淸華園에서 일을 하는데, 설 전후로 결혼하겠다고 하네요. 사위 나이도 젊고 집엔 식구도 많지 않대요. 제가 복을 누리자는 건 아니고, 그래도 마님이 말씀하신 '큰 경사'가 둥얼에게 의지할 신랑이 생기는 일이니 그저 한결 마음이 놓이네요. 십오 년간 고생한 세월도 원망스럽지 않고요.

"얘기하자면 정말 이야기 속에나 나오는 말 같다니까요. 그해 칭慶왕이 출상한 거 아시지요. …… 그게 언제였더라? …… 하이디엔海淀 거리에서 구경을 하다가 왁자한 통에 그만 우리 둥얼 아빠를, 그 잠깐 동안에 잃어버렸잖아요. 그날 우리 부부가 다투었는데, 나는 그 사람이 화가 나서 시내로 가버렸다고 생각하고 찾으러 가지도 않았어요. 하루, 이틀, 사흘이 지나도 안 오지 뭐예요. 그제야 당황해서 여기저기 알아보러 다녔는데, 그림자도 안보이더라고요. 점도 쳐 보고, 무당에게 가서 물어도 보고, 나중에는 점쟁이 한 사람이 서남쪽으로 갔다고 하면서 여자 한 사람이 달라붙어 있는데 설이 지나면 돌아올지도 모른다고 점괘를 내주었지요. 저도 좀 마음이 놓이데요. 내심 어린애도 아니고 이 지방 토박이인데, 잃어버렸다고 정말 잃어버렸을까 싶었지요, 생각도 못 했지요. …… 그게 벌써 십 오년이 되었네요!

"그때 우리 둥얼은 겨우 네 살이었어요. 입동立冬날 태어났는데, 우리에겐 그저 이 애 하나뿐이었지요. 그 애 아빠는 원래 내무부 하급관리로 무슨 잡일이든 다 할 수 있어서, 천막 만드는 거든 뭐를 하든지간에, 밥은 먹을 수 있었어요. 그런데 청나라가 망하면서 우리도 몰락하고 말았죠. 십 몇 년간 살면서 얼굴 붉혀본 적이 없었는데, 그즈음 살림살이가 궁색해지니 정말 성미도 급해져서 서로 불평하고 원망하게 되더군요. 이게 그 사람을 강제로 떠나게 할지 누가 알았겠어요?

"둥얼을 안고 삼일 밤낮을 울었답니다. 오라버니가 오셔서는, 거둬줄 테니 오빠 따라서 돌아가자고 하시대요. 마님, 마님도 아시지요, 오라버니도 아이들이 있는데 나에다 둥얼까지 데리고 가면, 우리 새언니가 말은 안 해도 속으로 좋아하겠어요? 나는 그랬지요. '괜찮아요. 오빠, 매제가 언제든 돌아올지도 모르고, 둥얼도 어리지 않으니 내가 방법을 좀 생각해 볼게요.' 그렇게 나는 오빠를 돌려보냈어요. 이후 어땠을 지를 생각해보세요. 그때 당시 쌀가게에서 일꾼들을 죄다 불러다 위안밍위안圓明園의 그 큰 기둥들이며 계단에 사용한 한나라 때 백옥을 산산이 부셔서 쌀에 섞었지요. 양을 늘려서 더 많이 팔려고요. 당시 저는 매일 그 황량한 곳에서 돌덩이를 부수었어요. 돌덩이를 부수면서 울었답니다. 겨울바람을 한 번 맞으면 눈물이 바로 얼굴에 얼어붙었어요. 집에 돌아가면, 둥얼은 혼자 구들에 올라가 놀았어요. 때로는 구들에서 떨어져 바닥을 뒹굴며 울었고요. 나를 쳐다보며 애가 울면 저도 따라 울었어요. 눈물 섞인 밥을 먹지 않은 날이 하루도 없었답니다!

"작년 베이하이에 있을 때 상강霜降에 눈이 내렸잖아요. 우리 둥얼이 솜옷을 보내왔었지요, 마님 기억하시죠? 크고 투박한 게 눈 끝이 위로 좀 치켜 올라간 그 아이를? 근데 이 애가 대단해요. 어려서부터 사내아이 같더니 커서도 안 바뀌더라고요. 너덧 살부터 길에서 사람들과 공깃돌 놀이며 도박을 하고, 지면 때리고 욕도 하곤 했지요. 거리의 아이들 너나 할 것 없이 모두가 그 앨 무서워했어요! 언제고 거칠게 굴었지만 그래도 도리는 알았어요. 또 효성스러운 것도 한결같았고요. 내가 뭐라 말하면 바로 그대로 따랐지요. 나야 이 애 하나니까 함부로 그 애를 뭐라하진 않아요.

"그 애가 자주 그랬지요. '엄마, 아빠는 우리 모녀를 버려두고 가버렸는데, 엄마는 뭐하러 아직 그런 아빠를 그리워 해? 그냥 나한테 의지하면 돼요. 내가 닭 팔고 감 팔고 무 팔아서 엄마를 부양할게요. 우리 둘이 서로 의지하면, 아빠 있을 때보다 못할게 뭐 있어요? 하루같이 눈물이나 훔치고, 이게 뭐예요?' 그러더니 애가 여덟아홉 살이 되니까 정말로 닭을 팔 줄 알더라고요. 칭허清河에 닭을 팔러갔는데, 왕복 7, 8킬로는 되는 길을 작은 멜대를 메고서 어른보다 더 빨리 달렸다니까요. 그 앤 깎아주는 법도 없었어요. 얼마라고 하면 바로 그 가격이었지요. 누가 깎아달라고 하면 멜대를 메고 고개도 돌리지 않고 가버렸지요. 사실 가격도 적당했고요. 하이디엔에서 누가 그 애 것을 안 사겠어요? 다른 사람 것을 사기만 하면 여지없이 사납게 욕을 퍼부었으니까요.

"닭을 팔지 않을 때면 감이랑 땅콩을 팔았어요. 얘기하자니 우스운 일도 있네요. 시위안西苑에 군인들이 자주 주둔하는 거 아시지요, 이런 행상인들은 군대를 무서워해요. 물건을 팔지 못하는 것은 차치하고, 자주 맞고 욕도 먹었지요. 그런데 그 애는 군인들을 무서워하지 않았어요. 아침이 되자마자 감 같은 것들을 메고 시위안으로 가서 그 연병장에 앉아 오로지 군인들에게만 팔았어요. 한 푼도 군인들에게 못 받은 적이 없었지요. 군인이 포악하면 그 애는 더 포악하게 굴었어요. 포악한 사람도 도리어 웃고는 그 아이에게 양보했어요. 충분히 팔았다싶으면, 바로 거길 떠났지요. 누가 팔라고 해도 팔지 않고요. 한 번은 군인들이 쫓아오지 않았겠어요? 마당에서 내가 빨래를 하고 있었는데, 그 애가 조금 빨리 들어왔고 군인 두 명이 바로 뒤따라왔어요. 놀라서 우리가 다 펄쩍 뛰었지요. 당시 함께 살던 이웃 사람들은 죄다 자기 집으로 숨어버렸고요. 군인들이 계속 웃으면서 큰 소리로 부르는 거예요. '둥얼 처녀, 둥얼 처녀, 우리한테 감 두 개만 팔라니까.' 그 아이가 고개를 돌리고 멜대를 내려놓더니, 두 손을 허리춤에 올리고 그러는 거예요. '안 팔아요. 당신들한테는 안 판다고요. 물건을 사려면 물건만 사면 됐지, 누가 당신네들하고 히죽거린다고! 내 앞에서 썩 꺼져요!' 나는 너무 놀라 계속 떨고 있었어요! 그런데 그 군인들이 도리어 웃으면서 가버릴 줄 누가 알았겠어요. 이 애 담력 좀 보세요!

"아이가 열두세 살 되던 해, 장쭝창張宗昌이 패해서 그의 군대가 하이디엔 일대에 주둔했을 때지요. 그 당시 장쭝창의 군인들은 정말로 가난했어요. 죄다 걸인들 같은 게, 양말이고 신발이고 온전한 게 없었지요. 사람들 것을 얻으려고 문을 두드리고 들어가서는 샅샅이 뒤지고 뒤집어엎는 건 물론이고 아예 눌러 앉아 떠나지를 않았지요. 하이디엔 일대에서 돈 좀 있는 사람들은 다 도망가 버렸고, 나이 든 처녀나 젊은 아낙들도 죄다 도망가 버렸지요. 나는 돈도 없고 늙어서 떠나지 않았지만요. 우리 오라버니가 '둥얼은 시내로 좀 피해야지.'라고 말씀하시대요. 걔가 뭐라고 했을지 짐작해 보세요, 그 애가 '외삼촌, 염려하지 마세요. 엄마가 떠나지 않으면 나도 안 가요. 그 사람들 저 빨아먹고 살지 못해요, 제가 그 사람들을 빨아먹을 거예요!' 그러더니 정말 그 아이가 군인들한테 기대서 먹고 사는 게 아니겠어요? 군인들 뒤에서 노래를 부르며 따라다니다가 아예 그 군인들하고 아주 친하게 지내면서 그 사람들 먹으라고 큰 찜통에 찐 워터우(옥수수 가루나 수수가루 따위의 잡곡 가루를 원뿔 모양으로 빚어서 찐 음식)를 안 먹은 날이 없었다니까요.

"한 번은 문제가 생겼는데, 그해 그 아이가 열여섯이었지요, 군인 몇 명이 시즈먼西直門에서 시위안까지 여물을 끌고 가는데, 그 애가 우리 집 뒤뜰에 그 여물을 풀어놓으라고 했어요, 저녁에 술을 사주겠다고 하고요. 나는 전혀 몰랐지요. 그런데 그날 오후 그 애가 숨어버렸지 뭐예요. 저녁에 그 군인들 몇이 왔는데, 정말 깜짝 놀랐어요. 둥얼이 슬그머니 줄행랑친 것을 알고, 그 사람들이 얼마나 이를 갈던지, 말채찍을 들고 하이디엔 거리에서 삼일 동안 그 아일 찾아다녔어요. 나중에 다행히도 그 군대가 떠나서 없던 일이 되었지만요.

"둥얼은 그 애 이모네, 그러니까 내 여동생 집에 가서 숨었던 거였어요. 내 여동생은 란치藍旗에 사는데, 채소밭도 있고 돼지도 몇 마리키우면서, 잡화점까지 하고 있어요. 그날 둥얼이 돌아왔기에 내가 말했어요. '네 나이도 이젠 과년한데 온종일 군인들과 말썽이나 피우니나도 마음이 조마조마하구나. 남들이라고 다르겠니? 그래 안 그래?너 이모네 가서 이모를 좀 도와주어라, 일도 좀 배우고, 나중에 자연스레 다 쓸 데가 있을 테니……' 그랬더니 아이가 더는 저를 난처하게하지 않고, 웃으면서 순순히 가더군요.

"나중에 여동생이 그러더군요. '둥얼이 일을 아주 잘해, 정말 힘이세서 채소밭에 물도 주고, 돼지 여물도 주고, 매일 새벽이면 시즈먼에물건 가지러 가서, 밥할 시간에 대어 돌아온다니까. 일을 빨리 하면서도 잘한다고. 다만 성질이 좀 드세 가지고! 뭐라 한 마디만 살짝 건들어도 집에 간다고 하니.' 정말이에요, 지 이모 집에서 채 반 년도 못 지내고 몇 번이나 돌아왔다니까요. 그때마다 내가 달래서 보냈어요. 그래도 그 애가 집에 없으니, 나도 그 애가 그리울 때가 있더라고요. 한번은 우리 집 뒤뜰에 심은 옥수수 몇 그루가 막 여물어갈 즈음, 누가그걸 뽑아가 버렸어요. 나도 추궁하진 않았어요. 둥얼이 돌아와 알고는 그대로 넘기지 않더라고요. '내가 집에 없다고 우리 엄마를 무시하는군! 우리 집 옥수수를 뽑아간 사람은 빨리 나와서 잘못했다고 하세요, 그럼 없던 일로 하겠어요. 그렇지 않으면, 누가 먹든지 간에 그 사람 입에 악성 종기가 날 줄 알아요!' 그 아이가 문간에 앉아 오후 내내욕설을 퍼부었어요. 후에 이웃 할머니 한 분이 나와 웃으면서 인정을하더라고요. '욕하지 마라, 내가 뽑았다, 장난삼아 한 거야.' 이때 둥얼이 오히려 웃으면서 말하더군요. '드셨으면 우리 엄마에게 드셨다고 얘기하면 되지요, 그럼 못 드시게 하겠어요? 정직한 사람은 떳떳하지 못한 행동을 하지 않아요, 할머니가 이러시면 우리 아이들 보기에도 좋지 않잖아요!' 그렇게 말하면서 그제야 일어서더군요. 그리고는 지이모네 집으로 달려갔어요.

"내 여동생은 자식이 없어요. 매부는 도박만 할 줄 알지, 도통 일을 하지 않아요. 그런데 둥얼이 그 집에 가서 마작을 배웠어요. 낮에는 일하고 밤에는 마작을 했는데, 한두 푼 이기기도 하고 지기도 했대요. 그런데 이기는 것만 용납하고 지는 것은 못 받아들였대요. 지면 욕을 해대면서. 다행히 그런대로 마작을 잘해서 질 때가 적었다네요. 그렇지 않았으면, 우리 몇 안 되는 친척들이 그애한테 다 욕을 먹고 왕래가 끊겼을 거예요.

"여동생 집에서 그 애가 이 년쯤 살았을 때, 내가 그 애더러 돌아오라고 했어요. 그게 바로 작년이네요, 제가 마님하고 베이하이에 가게되니 딸아이가 와서 집을 지켰으면 해서지요. 제가 집에 없으니, 그 애는 일도 안 하고, 밥을 해서 먹고 나면 문을 걸어 잠근 뒤 마작을 하러 가는 거예요. 제가 그 얘길 듣고 마음이 안 좋았지요. 베이하이에서 돌아오자마자 바로 집에 가서 그 애에게 몇 번이고 얘길 했지요. 제가 그만 위통이 생겨 드러누워 버렸네요. 제 여동생이 무당을 데리고 왔는데, 와서 한 번 보고는 그러더군요, 제가 그해 둥얼 아빠를 위해 약속한 것을 아직 지키지 않아서 신령님이 벌로 나를 아프게 하는 거라고요. 둥얼이 옆에서 듣고 있었는데, 한 마디 말도 안 합디다. 나중에 무당을 따라가서 그 집에 있는 신령님 위패를 다 부숴버리고 욕까지 퍼부을 줄 누가 알았겠어요. '무슨 약속을 지키라고! 우리 아빠가 돌아왔나요? 약속을 지키라니! 내가 그 위패를 부숴버렸어, 벌로 내가 병이 나면 승복하겠다고!' 사람들이 죽어라 달래니까 그제야 욕을 하면서 돌아왔지요. 제 여동생과 제가 알고는, 화도 나고 무섭기도 해서, 감히 무당을 보러 가질 못했어요. 나중에 저도 좋아지고, 그 애도 별일이 없을 줄이야. 정말이지, '귀신도 독한 사람은 무서워 한다'더니요……

"오빠가 와서 그러대요, '둥얼 나이도 적지 않으니 얼른 남편감을 찾아줘야겠다. 나쁜 일은 천리를 간다고, 그 애가 사납다는 말이 너무 멀리 퍼졌으니 감히 데려가겠단 사람이 있을지 모르겠다!' 사실 저도 일찍부터 관심이야 가졌었지요, 다만 높은 것은 바라볼 수 없고, 낮은 것은 눈에 차지 않는다고, 시부모님이 다 계시면, 내가 승낙을 못 하겠더라고요, 결국엔 골치 아플 일이 생길 테니까요. 사람들이 어디 다 저처럼, 뭐든 다 그 아이한테 양보하겠어요? 그때 한 번은 혼담이 들어왔는데, 집안에 어르신도 안 계시고, 사람도 괜찮았지요, 그런데 시時가 안 맞아요, 상극이라고 하더군요. 그날 궁합을 보러 갔었는데, 그 애도 알고 있었어요. 갔다가 돌아오니, 애가 집에서 나를 기다리고 있더라고요. 나를 보고 '궁합 맞아요?' 라고 물어보는데, 내가 '맞아, 다 좋아, 다만 그 사람 팔자가 세서 장모를 누른다네.'라고 대답했어요. 그랬더니 그 애가 바로 '그럼 못 하겠네요!'라고 하더니, 돈을 가지고 또 마작을 하러 나가버렸어요. 화도 나고 마음도 아프더라고요. 아가씨가 되어가지고 염치도 없이 말 하는 데 부끄럼도 없으니!

"이번엔 그런대로 잘된 셈이지요, 나도 한숨 좀 돌렸고요!

"고맙습니다. 또 이렇게 많은 돈을 주시다니요. 둥얼 대신 먼저 감사드려요! 혼사 치르고 나면, 애들 데리고 다시 인사드리러 올게요. …… 마님도 잘 보양하세요. 이제 막 좋아졌는데 너무 무리하지 마시고요, 다시 아프시면 정말 큰일이잖아요! 저 갈게요, 안녕히 계세요."

1933년

사진相片

스施여사가 중국에 온 지 어느덧 28년이 되었다. 이 28년이란 시간은 홀연히 흘러간 듯 아련하면서도 묵직한 듯 또렷하기도 하다. 그녀의 고향인 뉴잉글랜드는 그녀의 마음속에 그저 기계적으로 한 무더기가 켜켜이 쌓인 그림자일 뿐이다. 터널, 마천루, 닭장 같은 집, 전차 안에서 거울을 보며 코를 만지는 여자들, 접하면 접할수록 그녀에겐 권태감만 더해졌다. 6년에 한 번 휴가를 얻어 집으로 돌아가는 것이 그녀에게 있어서는 고통이자 비애다. 예전 사람들은 한 명 한 명 나이 들어 시들해지고, 친척과 친구 집의 낯선 이들은 또 한 명씩 그렇게 늘어갔다. 새로 태어난 아기, 새로 결혼한 조카, 외손녀, 데리고 오는 그들의 짝, 그들의 행동거지는 그렇게도 경솔하고 말하는 것조차 너무도 거리낌이 없다. 스여사가 가장 견디기 어려운 것은 외국에 나가서 일하다 6년에나 한 번 돌아오는 윗사람에 대해, 이 젊은이들은 의외로 눈곱만큼의 존경심이나 세심한 배려조차 없다는 사실이다. 그들은 그저 무성의하고 소홀했으며, 심지어 비웃고 싫은 내색을 했다. 이때 스여사의 마음에는 오로지 동방의 고향만이 위로가 되었다. 거기에는 오래된 고성古城이 있고, 고성 안에는 외진 골목이 있으며, 골목에는 조그만 집이 있다. 문밖은 오래되고 거대한 성벽이다. 입구엔 커다란 버드나무 몇 그루가 있고, 대문 안은 조그만 마당인데 라일락 몇 그루와 덩굴장미 한 그루가 있다. 덩굴장미 뒤편엔 복도가 있고 복도 뒤엔 작은 방이 몇 칸 있다. 방안엔 벽난로가, 책꽂이가, 골동품들이, 액자와 그림들이 있다. ……그런데 이 모든 걸 생기 있고 따스하게 물씬한 '집' 분위기가 넘치도록 만들어 준 이가 있었으니, 그가 바로 이 방에서 자기와 십 년을 함께 지내온 조용하고 아리따운 쑤전淑貞이다.

처음 중국에 왔을 때 스여사는 불과 스물다섯이었다. 때는 늦여름 초가을이었는데, 중국 북방의 초가을 날씨는 눈부신 햇살에 밝은 빛이 가득하여, 재기발랄하고 자유분방하게 사람을 흥분시켰다. 이 무렵의 스여사는 장미색 옷을 즐겨 입었다. 연한 금발머리에 언뜻 홍조를 띤 갸름한 얼굴에는 언제든 천사 같은 애수 어린 미소가 떠나지 않았다. 그녀는 미션계 여학교에서 음악을 가르쳤는데, 학교 안 동쪽의 조그만 건물에 살았다. 그 건물에 사는 사람들은 모두가 서방에서 온 여선생님들이었는데, 스여사는 그 중에서 가장 어린데다 온화하고 아름다운 선생님이어서, 전교생의 사랑을 받았다. 중학생들의 감정이란 영원히 부끄럽고 감추어져 있으며 돈독하고 진실하다. 특히나 여학생들에게 있어 선생님에 대한 숭배와 경애심은 영원토록 말이나 글로 감히 드러내지 못하는, 드러내려고도 하지 않는 그런 것이다. 스여사의 방은 아래층이었는데, 그녀가 편지를 쓰고 있거나 시험지를 채점하고 있을 때면, 걸핏하면 밤마다 창밖에서 고개를 숙인 그녀의 모습을 몰래 훔쳐보다 재빨리 몸을 숨기는 그림자를 어렴풋이 볼 수 있었다. 때로는 담쟁이덩굴의 잎이 사각사각 소리를 내기도 했다. 가늘고 하얀 팔이 벽을 기어오르고 있는 것이었다. 심지어 그녀는 가벼운 탄식소리도 들었다. 스여사는 그저 살짝 고개를 들어 처연하게 한 번 웃고는 이마에 흐트러진 머리칼을 펜으로 쓸어 올린 뒤 서둘러 다시 고개를 숙이고서 일에 몰두했다.

학교 안에서 뿐 아니라, 학교 밖에서도 스여사를 흠모하는 사람이 많았다. 많은 학생들의 마음속에 비■목사는 의심할 바 없는, 스여사의 장래 남편이었다. 그는 그렇게도 젊고 호리호리했으며 입가에는 항시 정이 담긴 미소가 머물러 있었다. 주일마다 강단에서 내려오면 성경을 옆에 꼭 끼고 피아노 옆에 서서 스여사를 기다렸다가 함께 나왔다. 조그만 건물의 계단에서도 자주 비목사의 안절부절못하는 뒷모습이 어른거렸다. 삼년이 흘렀다. 비목사가 휴가를 얻어 귀국했다가 다시 돌아왔을 때, 옆에는 젊고 발랄한 목사 부인이 함께 하고 있었다. 학생들의 환상은 점점 사그라졌다. 스여사의 장미색 옷과 비목사의 뒷모습도 더 이상 교정의 붉은 꽃과 녹색 이파리들 사이에 어울려 돋보이지 않았다. 시간은 마치 낙타 행렬처럼 묵직한 걸음으로 느릿느릿 이끌려갔다. 스여사의 연한 금발머리도 점점 희어졌다. 작은 건물에는 계속해서 젊고 생기발랄한 여선생님들이 와서 학생들의 숭배와 경애의 대상이 되었다. 스여사는 이미 학교 밖 골목으로 이사를 했다. 거기서 그녀는 강아지 한 마리를 기르고 꽃을 심었다. 한가할 때면 롱푸스龍福寺나 창디엔廠甸에 놀러 나갔다가 종종 아주 싼 가격으로 한두 가지 골동품을 샀다. 돌아와서는 책꽂이며 벽난로 위에 올려놓고 혼자 보며 즐기다가 찾아오는 학생들이나 친구들에게 자랑을 하기도 했다. 봄날에는 꽃 아래 앉아서, 겨울날에는 난로를 지키면서, 자기 마음은 마치 고인 물처럼 고요하고 협소한 게 희망이 없다고 생각했다. 이생의 삶이 이렇게 끝날 것만 같았다.

쑤전, 한 송이 버드나무 꽃처럼 스여사 감정의 정원 속으로 그녀가 날아 들어온 것은 어느 해 여름이었다. 쑤전의 부친인 왕王선생은 청대의 수재秀才로, 일찍이 모 관청의 필첩식筆帖式: 청대 하급문관을 했었다. 삼십 년 동안, 왕선생은 친구의 소개로 외국인들에게 중국어를 가르쳐왔다. 두 번째 학생이 바로 스여사였다. 스여사는 왕선생이 다른 중국어 선생들보다 점잖고 인품도 고결하다고 생각했다. 가르치는 것 외에, 상관없는 인사치레 말은 거의 하지 않았다. 사례비 봉투를 받을 때면 언제고 표정이 어색하고 부자연스러웠다. 정말 부득이한 것 같았다. 예전 명절 때면 왕선생도 때때로 그녀에게 왕부인이 손수 수놓은 부채나 주머니 같은 것을 선물했는데, 왕부인이 직접 지은 시구가 수놓아져 있었다. 이야기를 나누면서 스여사는 왕선생 부인도 명문 규수 출신이고, 그들 슬하에 딸만 하나 있다는 사실도 알게 되었다.

십오 년 전의 어느 겨울날, 왕선생은 열흘 동안 휴가를 냈다. 열흘 뒤 다시 왔을 때, 왕선생의 표정에는 활기라곤 도무지 찾아볼 수 없었고, 얼굴도 한참 늙어버린 것 같았다. 휴가를 낸 이유를 들려주는데, 열흘 동안 왕부인의 폐병이 위독해져 결국 세상을 떠났고, 이미 장례도 치렀으며, 세 살 된 딸 쑤전은 잠시 할머니가 맡아 키우기로 했다는 것이었다.

그때부터 왕선생은 한층 더 말이 없어졌고 더 우울해져 가는 것 같았다. 유령처럼, 말소리조차도 너무 작아서 마치 말라버린 잎을 스쳐

가는 가을바람 같았다. 스여사는 그가 걱정스럽고 안쓰러워 왕선생의 흥을 돋우려고 자주 이야기를 꺼냈다. 하지만 왕선생은 끝내 기운을 차리지 못한 채, 예의상 쓴웃음으로 힘없이 답할 뿐이었다. 십 년 전 어느 여름, 왕선생도 갑자기 더위를 먹고는 세상을 떠나고 말았다.

왕선생의 이웃으로부터 왕선생이 갑자기 병사했다는 소식을 접한 스여사는 즉시 심부름꾼을 따라 왕선생의 집으로 향했다. 이것이 그녀가 처음으로 왕선생의 집을 찾아간 것이었다. 마당 가운데 놓인 커다란 어항 안에 몇 마리 작은 금붕어가 수초들 사이로 헤엄쳐 다니고 있었다. 어항 주위에는 협죽도 화분이 놓여 있었다. 담장 밑에는 대나무 몇 그루가 있고, 대나무 아래에는 자스민 몇 그루가 피어 있었다. 북쪽 방으로 들어가 대나무 발을 걷었는데 쥐죽은 듯 조용했다. 이 방은 서재였던 듯 책꽂이에는 책이 가득 쌓여 있었고 드문드문 서화가 걸려 있었으며 서쪽 문간에는 천이 늘어져 있었다. 스여사는 또 심부름꾼을 따라 조용조용 들어갔다. 왕선생의 유해가 구들에 놓여 있는 게 보였다. 몸은 홑이불로 덮여 있었고, 얼굴도 하얀 종이로 덮여 있었다. 상복을 입고 두 눈은 빨갛게 부은 채 구들 가에 있던 백발의 노부인이 스여사를 보고 일어섰다. 심부름꾼의 소개로 스여사는 왕선생의 장모인 황黃노부인을 알게 되었다. 황노부인은 또 구들 맡에 엎어져 흐느끼고 있는 어린 여자아이를 끌어와 말했다. "이 애가 쑤전이라오." 마르고 창백하며 버드나무 꽃 같은 조그만 여자아이와의 이 첫 만남은 삭막하고 처참한 분위기와 감정에 어우러져 스여사에게 한없는 연민을 불러일으켰다.

왕선생은 책과 서화 외에는 아무 것도 없었다. 모든 뒷일은 스여사가 처리했다. 왕선생의 장례를 마치고 스여사는 쑤전의 생활비와 학비에 보태라고 황노부인에게 약간의 돈을 주었다. 황노부인은 한사코 사양하면서, 정 지내기 어려우면 그때 가서 보자고 했다. 두세 달이 지난 뒤 스여사는 걱정이 되어 몇몇 사람들에게 알아보았다. 다들 황노부인의 집에 아이들이 많은지라 쑤전이 어떤 세심한 보살핌도 받지 못한다고들 했다. 성탄절 이브에, 스여사는 쑤전을 자신의 집으로 데리고 왔다.

창밖 초승달빛이 쌓인 눈을 살짝 덮고 있었다. 시간은 이미 자정을 넘어섰는데 성탄 새벽송을 도는 학생들은 아직 도착하지 않았다. 창가에 세워둔 몇 개의 붉은 양초가 곧 다 타버릴 듯 살며시 기다림의 눈물을 떨구고 있었다. 화톳불의 미미한 빛 아래 쑤전은 다소곳이 스여사의 의자 옆에 앉아 있었다. 겁먹은 듯 창백한 얼굴에는 피곤한 기색이라곤 조금도 없었다. 까만 진주 같은 커다란 두 눈이 작고 마른 얼굴에 오뚝 새겨져 더 한층 신비롭고 처량해 보였다. 스여사는 쑤전의 움츠리지도 않고 열정도 없는 조그마한 손을 가만히 쥔 채 그녀에게 말을 시키려고 했다. 하지만 어디서부터 말을 꺼내야 할지 알 수 없었다. 희미하게 흔들리는 불빛 속에서 모든 게 다 흐릿하기만 한데, 그녀가 손 안에 쥐고 있는 것은 살아있는 어린 여자아이의 손이 아니라, 왕선생의 시이고, 왕부인의 수실이며, 동방의 정부석貞婦石이고, 옛 중화의 말로 표현하자면 형언하기 힘든 신비로운 침묵이라고 느껴졌다……

십여 년간, 스여사 옆의 쑤전은 마치 잔잔하게 흘러가는 작은 냇물처럼 조용하여 움직이는 흔적조차 볼 수 없었고, 움직이는 소리도 들을 수 없었으며, 움직이는 숨결도 맡을 수 없었다. 쑤전의 몸은 여전히 왜소했고, 얼굴빛도 여전히 창백했다. 그녀가 소리 내어 우는 모습은 볼 수 없었고, 기뻐서 날뛰는 것은 더욱이 없었다. 그녀는 언제나 수줍음과 우수에 찬 미소로 조그맣게 대답하고 조심조심 행동했다. 학교에서 그녀는 가장 모범생으로 선생님과 학생들의 칭찬을 한몸에 받았다. 하지만 친한 친구 하나 없었으며 여자아이들이 좋아하는 것들도 좋아하지 않았다.

"이 앤 왕선생의 고결함과 왕부인의 정숙함이 한데 모인 귀한 열매야!" 스여사는 자주 이렇게 생각했다. 이런 성품은 활발하고 떠들썩한 서방 여자들에게서는 찾아볼 수 없는 것이었다. 그녀는 냉담한 게 아니라 내성적이었고, 도도한 것이 아니라 침착했다. 스여사가 아플 때마다 쑤전은 침대 앞을 종종걸음으로 다녔다. 부드럽고, 조용하고, 세심하고 지극했다. 언제고 눈을 뜨면 침대 옆에서 책을 보다 고개를 드는 온화하고 미소 띤 얼굴을 볼 수 있었다. "천사의 위안이야!" 스여사는 기회만 있으면 그녀의 뜨거운 사랑을 표현하려 했으나, 창백하고 수줍은 얼굴을 보고 있노라면 일종의 부끄러운 마음이 들어 하려고 했던 열정적인 말을 도로 눌러 삼켜버렸다.

쑤전이 온 이듬해 황노부인이 그만 세상을 떠났다. 스여사는 그녀를 데리고 장례에 갔다. 이때부터 쑤전은 학교와 교회에 가는 것 외에는 집밖으로 나가지 않았다. 청명절에 스여사는 그녀를 데리고 왕선생과 왕부인의 묘에 성묘하러 갔다. 꽃을 드리면서 두 사람 모두 눈물을 흘렸다. 돌아오는 길에 스여사는 쑤전의 손을 꼭 쥐었다. 서로가 세상에서 가장 외로운 사람이라고 생각했다. 한 줄기 뜨겁고 부드러운 모정이 부지불식간에 쑤전에게로 흘러들어갔다. 이후로 여행도 잘 가지 않고, 친구들과의 왕래도 더 뜸해졌으며 골동품을 수집하는 것도 시들해졌다. 오직 쑤전만이 한 송이 버드나무 꽃처럼, 한 조각 구름그림자처럼 자기를 따르고 있었다. 스여사는 더없는 위안과 만족을 느꼈다. 때로는 만약 쑤전이 결혼한다면……하고 생각했다. 이것은 여자아이의 종신대사다. 쑤전이 품에 백옥같이 희고 귀여운 아기를 안고 있다고 상상하면, 이 또한 더없이 아름답고 가장 깨끗하며 가장 행복한 그림이 아니겠는가. 그런데 왜 이런 환상은 말로 표현하기 힘든 공포를 주는지 알 수 없었다! ……"만약 쑤전이 결혼한다면?" 고독감이 차갑게 사방에서 밀려왔다. 스여사는 이마 위에 드리워진 백발을 쓰다듬으며 몸서리를 치고는 서둘러 처연하고 억지스러운 미소로 이 불길한 생각을 지워버렸다.

사람들은 모두 쑤전에 대한 스여사의 교육을 칭찬했다. 스여사의 손에서 십여 년을 컸건만 쑤전은 서방적인 분위기에 조금도 물들지 않았다. 양장을 입어본 적이 없다는 건 말할 필요도 없었다. 중국어를 못하는 친구들 앞을 제외하면, 스여사는 쑤전에게 영어 한 마디도 사용한 적이 없었다. 가끔 중학교 남자 학우들이 집 다과회에 와도, 쑤전은 그저 언제나처럼 수줍어하며 조용히 스여사의 옆에 앉아 있을 뿐, 그들이 게임을 하고 얘기하고 웃는 것에 끼어들지 않았다. 어쩌다 일어나 과자 같은 것을 건네주어도 고개를 숙인 채 가만가만했다. 이 젊은이들의 즐거운 모임이 쑤전에게는 오히려 그저 구속이고 불안감을 안겨주었을 따름이다. 이는 더더욱 스여사의 연민을 불러일으켰다. 경솔하게 억지로 그녀에게 남자들과 어울리라고 하지는 않았다. 가끔 중국인 할머니들이 쑤전도 이젠 시집을 가야 한다는 말을 꺼내기도 하고, 남학생들이 직접 스여사에게 쑤전에 대한 사랑을 드러내기도 했다. 하지만 스여사는 한결같이 고고한 미소를 지으며 완곡하게 거절했다.

쑤전은 열여덟에 중학을 졸업했다. 이해는 마침 스여사가 정기적으로 휴가를 얻어 귀국하는 때였다. 전에는 한 번 쑤전을 친구 집에 맡기고 혼자 귀국했었다. 그런데 이번에 스여사는 쑤전을 데리고 가기로 결정했다. 우선 쑤전에게 세상을 좀 보여주고 싶었고, 또 자신의 외로움도 덜고자 함이었다. 쑤전에게 이야기를 하니, 뜻밖에도 쑤전의 창백한 얼굴에 생기가 돌았다. "엄마! 엄마랑 함께라면 난 어디든 가고 싶어요!" 스여사는 사랑스러워서 쑤전의 어깨를 쓰다듬으며 말했다. "고맙다! 너도 틀림없이 내가 태어나고 자란 곳을 보고 싶어 할 거라 생각했다. 만약 네가 정말로 미국을 좋아한다면 미국 대학에 입학할 수도 있어……"

뉴잉글랜드의 한 마을에서 쑤전과 스여사는 다시 또 서로 의지하며 생활해나갔다. 널따란 풀밭과 오래된 떡갈나무들이 이 오래된 집을 둘러싸고 있었다. 그때는 마침 늦여름 초가을인지라 나뭇잎들이 요염하게 붉은 빛으로 사람들을 맞이했고 나무 아래에는 잔잔하게 촉촉한 기운이 감돌았다. 이 집은 스여사의 부친인 스목사의 고택이었다. 넓고 큰 나무 침대, 높은 등받이가 달린 의자, 두꺼운 양탄자, 높다란 책꽂이, 가득 쌓여 있는 책들, 서재에는 아직도 담배연기 내음이 맴돌고 있는 듯했다. 복도는 높고 커서 소리가 울릴 것 같았고, 양쪽 벽에는 성경 이야기를 담아 놓은 금테 액자 그림이 걸려 있었다. 창문엔 온통 짙은 색깔의 커튼을 달아 놓아서 방안은 황혼이 되기도 전에 사방에 컴컴한 그림자가 일었다. 스여사는 쑤전을 데리고 사방을 둘러보았다. 서재 벽난로 앞 적색 빌로드의 안락의자는 매일 밤 스목사가 책을 보고 성경을 찾던 자리였다. 거실 구석 작은 호두나무 책상은 스부인이 매일 편지를 쓰고 장부를 기록하던 곳이었다. 위층 동쪽에 있는 작은 방이 스여사의 침실이었는데, 벽엔 아직도 스여사 어렸을 적의 사진이 몇 장 붙어 있었다. 삼층 꼭대기에 있는 조그만 방은 스여사의 오빠, 야곱의 어렸을 적 침실이다. ……이 고택은 원래 야곱선생 부부가 살았는데, 올봄 야곱선생이 세상을 떠나고 부인과 그의 아들은 부근에 새로 지은 조그만 집으로 이사를 나갔다. 이 집은 본래 팔려고 했는데, 스여사가 편지를 보내 쑤전을 데리고 고국에서 지난 일을 회고하면서 여생을 보내려고 하니 그녀에게 물려 달라고 부탁했던 것이었다.

이 오래된 집에는 찾는 손님들이 별로 없었다. 스여사와 교회에 가서 예배를 드리는 것 외에, 쑤전은 그저 집에서 책을 좀 보고 피아노도 좀 치면서 바느질 같은 것을 했을 뿐, 거의 밖에 나가지 않았다. 때로 스여사가 교회 모임에서 중국의 사정을 강연할 때 쑤전은 항상 그녀를 따라갔다. 강연 후엔 항시 스여사와 쑤전에게 악수를 청하는 사람이 있었다. 중국에 관한 갖가지 문제를 물어보면 쑤전은 그저 수줍어하며 애매하게 몇 마디 대답할 뿐이었다. 그녀의 조용한 태도는 많은 사람들의 연민을 일으켰다. 때문에 어떤 할머니들은 때때로 그녀를 찾아와 이야기를 나누기도 했고, 잡다한 일용품들을 가져다주기도 했다.

매주 일요일 저녁식사는 언제나 야곱선생의 부인과 그녀의 아들

피터가 고택에 와서 함께 했다. 야곱선생의 부인은 야위었는데, 키가 크고 얼굴에 주름이 가득했다. 그래도 진하게 분을 칠했다. 말을 했다 하면 끝이 없어 스여사는 항시 싫증을 냈다. 피터는 붉은 머리의 활발한 청년으로 스물두 살인데, 쑤전이 보기에는 아직 어린애였다. 집에 들어오는 순간부터 조금도 가만히 있지를 않았다. 처음 만났을 때 그는 곧 쑤전의 이름을 부르면서 말했다. "네가 우리 고모의 중국 딸이구나. 우린 당연히 좋은 친구가 되어야겠지!" 그는 말을 하면서 바보처럼 웃었다. 스여사는 쑤전이 쭈뼛거리는 모습을 보고는 미소를 지으며 말했다. "피터, 좀 얌전하게 있어야지, 우리 딸애를 놀라게 하지 말고!" 그러면서 쑤전에게도 말했다. "이건 우리 미국인의 친밀함의 표시란다. 우린 친한 친구에겐 '선생'이니 '아가씨'니 하는 존칭을 쓰지 않아. 너도 그냥 피터라고 부르면 된다." 쑤전은 얼굴이 빨개져서 웃음을 지었다.

쑤전이 얌전하여 피터는 재미가 없었다. 매주 일요일 저녁식사 후 그는 뭐든 이유를 붙여 먼저 가버렸다. 스여사와 야곱선생 부인은 띄엄띄엄 되는 대로 지나간 얘기들을 나누었다. 쑤전은 듣다가 지겨우면 때로는 일어나 창가에 기대어 서서 밖을 바라보았다. 가로등 아래 파란 눈과 금발을 가진 사람들이 걸어 다니고, 저녁바람이 종잡을 수 없는 타향의 언어를 실어왔다. 마음은 산란하고, 말로 형언할 수 없는 처량함이 솟구쳤다……

어느 날 저녁, 야곱선생 부인이 떠나려고 하다가 갑자기 쑤전에게 웃으면서 말했다. "다음 주 저녁에는 네가 중국말을 할 기회가 있겠구나. 여기 신학원에서 리李목사라는 분하고 그분의 아들 톈쓰天錫가 신학을 공부하고 있다는 걸 알게 되었단다. 내가 벌써 그 사람들하고 다음 주 저녁에 여기로 같이 와서 저녁 먹기로 약속을 했지. 너도 원하는 일이었음 하는구나." 쑤전이 고개를 들어 스여사를 바라보자 스여사가 곧 말을 이었다. "나도 신학원 도서관에서 몇 번 그들을 본 적이 있단다. 리목사는 정말 자상한 노인이고, 톈쓰도 아주 조용하고 침착하더구나. 난 우리가 그 사람들을 자주 초대해야 한다고 생각해, 그 사람들이 외국에서 외로워하지 않도록 말이다." 쑤전은 동의했다.

일요일 저녁, 스여사와 쑤전은 중국 음식을 한상 준비했다. 수저를 놓고 붉은색 초에 불을 붙였다. 스여사는 중국옷으로 갈아입고 옥팔찌를 꼈다. 또한, 리목사 부자가 들어서면 고향의 언어를 들을 수 있도록 쑤전더러 벨소리가 들리면 나가서 문을 열어 주라고 했다. 쑤전도 웃으며 대답하는데 즐거워하는 것 같았다.

벨이 울렸다. 쑤전은 마음이 약간 두근거리는 것 같았다. 얼른 일어나 나가니 뛰어 들어오는 것은 외려 피터였다. 그 뒤로 야곱선생 부인이 수척하고 창백한 까만 머리의 중년 남자와 함께 들어왔다. 피터가 한 손에 쑤전을 잡아끌면서 말했다. "이분이 리목사님이셔, 서로 인사해야지!" 그런 뒤 또 리목사의 뒤에서 한 청년을 끌고 나왔다. "이쪽은 리톈쓰 선생, 이쪽은 미스 왕, 우리 쑤전입니다." 리목사는 얼굴 가득 웃음을 띠고 쑤전과 악수를 하며 말했다. "동향이군요, 동향. 정말 공교롭기도 하지, 여기서 만나다니!" 톈쓰는 그저 아무 말없이 허리를 숙였다. 스여사도 나와 이들을 맞이했다. 그들은 모두 거실로 들어갔다.

저녁 식탁은 몹시 흥겨웠다. 리목사와 스여사는 아주 다정하게 국내외 선교 상황에 대해 얘기를 나누었고 야곱선생 부인도 열심히 대화에 참여했다. 피터가 젓가락으로 집은 갈비가 내내 온 식탁 위를 굴러다니기만 하고 입까지 가지를 못하니 끊임없이 웃고 소리를 질렀다. 쑤전은 미소를 지으며 그에게 가르쳐주었다. 텐쓰는 외려 한 마디 말도 없이 밥만 먹고 있었다. 누군가 무엇을 물어볼 때면 그제야 한두 마디 대답했다. 목소리가 의외로 맑고 분명하며 태도도 부드럽고 침착했다. 야곱선생 부인은 웃으면서 리목사에게 말했다. "전 정말 중국인들의 교육방식이 존경스러워요. 텐쓰와 쑤전 다 이렇게 침착하고 점잖은 것 좀 보세요. 우리 아이들처럼 저렇게 안절부절못하는 모습이 아니고, 피터 좀 봐요!" 피터는 마침 고기 완자 튀김을 집어 들고 불안스럽게 입안으로 가져가고 있었는데, 고개를 들자마자 젓가락이 느슨해지면서 완자가 또 미끄러져 굴러가 버리고 말았다. 피터가 하하 웃음을 터뜨렸고, 다들 한바탕 따라 웃었다.

식사가 끝나고 자리를 옮겨 앉아서 커피를 마셨다. 쑤전과 텐쓰는 여전히 조용하게 한쪽에 앉아 세 중년들의 대화를 듣고 있었다. 피터는 잠깐 앉아 있다가 곧 하품을 하기 시작하더니 일어서며 말했다. "엄마, 계속 이야기 나누실 거면 전 먼저 갈래요. 내일 수업이 있어요!" 야곱선생 부인은 고개를 돌리고는 웃었다. "너 또 서두르는구나. 연극이니 영화를 볼 때는 안 피곤하면서. 지금 집에 간다고 자는 것도 아니잖아!" 그녀는 말하면서 일어났다. 텐쓰도 몸을 내밀고는 양손으로 의자를 누르면서 리목사를 바라보고 말했다. "아버지, 우리도 가야지요?" 스여사가 바로 말했다. "서두를 것 없어요, 아직 이른걸요. 부친은 또 우리 아버님이 모아 놓은 종교에 관한 책도 보려고 하시는데!" 피터도 웃으면서 모자를 집어 들고는 말했다. "나보고 한창 재미있게 이야기하는 분위기를 망쳤다고 하지 말고, 더 앉아 있다 가세요." 그리고는 앞으로 가서 야곱선생 부인을 부축하고, 사람들과 악수를 나누며 작별인사를 하고 나갔다.

스여사는 그들 모자를 보내고 돌아와 거실 입구에 멈춰서더니 고개를 끄덕여 웃으면서 리목사에게 말했다. "저와 함께 서재로 가시지요. 우리 아버님의 장서는 거의 다 저쪽에 있어요. 쑤전, 너도 텐쓰를 잘 좀 대접해 주어라. 모두들 외국에 나와 있는 마당에, 중국의 전통규율을 지킨다고 입 꼭 다물고 있지 말고!" 리목사가 웃으며 나갔다. 쑤전과 텐쓰는 몸을 약간 일으켰다.

두 사람은 몸을 돌려 마주 앉았다. 텐쓰의 과묵함과 조용함 때문에 쑤전은 도리어 부끄럽지 않았다. 텐쓰가 언제 미국에 왔는지, 어디서 살고 있는지를 물어보면서, 어렴풋이 흔들리는 불빛 아래 이 이국에 있는 고향 청년을 주의 깊게 바라보았다. 까만 머리는 조금도 기름을 바르지 않고 단정하게 뒤로 빗겨져 있었다. 넓은 이마, 곧은 코, 생기 있고 아름다운 두 눈, 자그마한 입, 입가가 약간 위로 치켜 올라가서 약간은 좀 여자아이 같은 매력을 갖고 있었다. 모직으로 된 검은 옷을 입고 검은 넥타이에 검은 신발을 신은 탓에 황색으로 빛나는 얼굴이 더 두드러져 보였다. 이 집에 순간 동방의 분위기가 넘치도록 만들었다.

텐쓰가 웃으면서 물었다. "아가씨는 여기 오신 지가 오래되셨지요, 자주 놀러 나가십니까?" 쑤전은 가볍게 한숨을 내쉬더니 고개를 숙이고 대꾸했다. "아뇨, 교회에 가는 것 외엔 잘 나가지 않아요. 왜 그러는지 모르겠는데, 여기 사람들은 중국에 있는 미국 사람들하고는 다른 것 같아요, 전 그 사람들을 보기만 해도 불안해서 허둥거려요……" 쑤전은 말을 하면서도 어떻게 이 낯선 청년에게 이렇게 많은 말을 하는지 스스로도 이상했다.

텐쓰는 잠깐 침묵하더니 말했다. "아마도 외국인하고 우리가 성격이 달라서 그럴 겁니다. 저도 그렇다고 생각해요. 전 때로는 교회도 가고 싶지 않은 걸요!" 쑤전이 고개를 들고 물었다. "제 생각에 교회에서는 도리어 말할 필요가 없잖아요, 그런데 당신은 왜……" 그러면서 속으로는 "목사의 아들이……"라는 생각을 했다.

텐쓰는 갑자기 일어나더니 전등 아래를 서성거렸다. 잠시 후 쑤전의 의자 옆에 다가와 섰다. 너무 가까이 서는 바람에 쑤전은 순간 몸이 위축됨을 느꼈다. 텐쓰는 양손을 바지 주머니에 넣고 반짝반짝 빛나는 눈으로 쑤전을 응시하면서 말을 꺼냈다. "아가씨, 부디 제가 교분이 얕은 사람에게 마음을 터놓는다고 탓하지 말아 주십시오. 전 이 집에 들어오자마자 5분도 안되어 당신이 저하고 같다는 것을 알았습니다. …… 뭐든 다 같아요, 전 여기서 늘 외로움을 느끼지만 이런 말은 아버지에게조차 한 적이 없습니다." 쑤전은 고개를 들고 집중하여 그를 보고 있었다.

텐쓰는 계속 말을 이어나갔다. "저의 조부님은 진사였는데, 말년에 영락하시는 바람에 가르치면서 삶을 꾸려나가셨습니다. 후에 외국인들을 좀 가르치면서 그 사람들이 중국어 사전을 편찬하는 것을 도우셨지요. 아버님은 조부님의 외국 친구들과 알고 계셨기 때문에 교회에 와서 신학을 하시게 되었고 세례도 받으셨습니다. 저 역시 미션

학교 출신입니다. 그러나 저는 어렸을 때부터 조부님과 함께 옛날 책들을 많이 읽었고, 미술에 관한 학문도 좋아하지요. 작년에 교회에서 아버님을 신학교에 들어가라고 이곳으로 보내면서, 저에게도 상당한 보조를 해주면서 신학교에서 공부를 하라고 합니다. 전 미술 공부를 하고 싶은데 조건이 여의치 않아, 과외 시간에 직접 친구들에게 물어보고 책을 보고 할 수밖에 없지요. ― 그들은 당연히 저도 목사가 되기를 원하지만 전 성복을 입고 강단에 서는 생활은 싫습니다! 사실 완전한 사랑을 표현하고자 한다면 조화로운 신의 힘이든 미술이 인도하는 것이든 어떤 것이라고 밝은 대로가 아니겠습니까마는, 그런데……사람들은 그렇게 생각하지 않아요!"

"교회에 가서 강연을 좀 하고 나면 언제나처럼 저를 둘러싸고 저의 이십여 년의 짧은 경험 속에서 사천년이나 되는 고국의 갖가지 문제를 캐내려고 하는 사람들이 있어요. 이게 종내 저를 숨 막히게 하고 당황스럽게 만들어요. 더더욱 불편한 건 어떤 사람들 중에는 기독교가 전래되기 전 중국에는 문화가 없다고 늘 생각한다는 거예요. 신학교 안에서 사람들이 절 '모범적인 중국 청년'이라고 부르지요. 전 정말 놀라울 정도로 총애를 받고 있습니다. 중국에서 돌아온 어떤 교육자들은 각처에 학교를 세우기 위한 기금 마련 강연을 하고는 자주 절 강단으로 불러서 회중들에게 소개합니다. '우리가 교육한 중국 청년입니다. 여러분, 보십시오!'라고 말하는 것 같습니다. 원숭이를 놀리는 연예인이 그들이 훈련시킨 원숭이를 사람들에게 보이는 것하고 다를 바가 뭐 있습니까? 감히 말하건대, 제가 만약 티끌만큼의 배울 점이라도 갖고 있다면 결코 이런 사람들의 훈련으로 만들어진 것은 아닙니다!"

쑤전의 위축됐던 마음이 완전히 풀렸다. 그저 의자 앞에 한 거대한 그림자가 서 있는 것만을 느꼈다. 이 그림자는 그녀의 영혼을 뒤덮어 숨을 쉴 수 없을 정도로 컸다. 두 뺨이 빨갛게 달아오르고 눈빛이 횃불처럼 타오른 몹시도 흥분한 톈쓰를 보고 있노라니, 쑤전 자신도 갑자기 눈물이 핑 돌았다. 이 눈물은 동정인가? 연민인가? 향수인가? 자신도 설명할 수 없었다. 눈물이 떨어지는 것을 막으려고 쑤전은 시종 억지로 미소를 지으며 고개를 들고 바라보고 있었다.

톈쓰는 숨을 한 번 고르고는 또 말했다. "정말입니다. 어떨 때는 교회에서 중국에 선교하러 가는 사람들을 위해 환송회를 합니다. 가는 사람이 일어나 인사를 하는데, 비통하고 격앙되어 있지요. 보내는 사람은 또 아주 우러러보며 동정을 표합니다. 마치 가는 사람들 모두 귀양당해 미개한 곳에 충군(充軍)가는 사람들마냥! …… 해외선교는 일종의 희생입니다. 저도 인정해요. 하지만 외국인이 중국에서 사는 것은 중국인이 외국에서 사는 것보다는 훨씬 편합니다. 최소한 물질적으로는요, 그렇지 않습니까?" 쑤전은 고개를 끄덕이며 미소를 짓더니 옷매무새를 가다듬고 일어나 온화한 목소리로 말했다. "맞아요, 하지만 전 그 사람들의 착상이 어쨌든 나쁘지 않다고 봐요. 어떤 일엔 우리 스스로 타국에 있는 약소국 민족이라고 생각해서 먼저 기가 죽고 겁을 내잖아요. 심지어 다른 사람의 호의에 대해서도 때로는 비정상적인 반감을 가져요. 만일 마음을 가라앉히고 감정에 얽매이지 않을 수 있다면, 묵묵히 이런 자극들을 받아들여 고국에 가져가면 되죠. 이게 고국에서 어쩌면 뭔가를 해낼 수 있는 격려가 될 것이고, 미래의 젊은이들이 국제무대에서 영광스러운 조국 덕분에 정신적으로 건강한 사람이 될 수도 있을 거예요. ……어떻게 생각하세요?"

텐쓰는 앉아서 가슴팍에 있는 주머니에서 손수건을 꺼내 이마의 땀을 닦았다. 얼굴의 홍조도 점차 사라졌고, 눈빛도 다시 침착하고 온화해졌다. 그는 의자를 앞으로 당겨 몸을 약간 구부리고 앉아 조용하게 말했다. "미안합니다. 당신과 처음 만나서 이렇게 흥분해서 애 같은 말을 하리라고는 생각도 못했습니다! 한 마디로 말해, 저는 외롭고, 조부님의 고향이 그립습니다. 오늘 저녁 당신을 보니 마치 '중국'이 생생하게 제 앞에 놓여 있는 것 같았습니다. 전 단지 중국의 화신을 향해 제 마음속 번민을 털어놓은 것뿐입니다. 저도 모르게 당신의 평온한 마음을 산란하게 만들었는지도 모르겠군요. 절 이해하시고 용서해 주셨으면 합니다." 이 청년은 여기까지 말하더니 다시 또 얼굴이 붉어져 더 이상 말하지 않았다.

쑤전 역시 자신도 모르게 얼굴이 빨개져서는, 고개를 숙인 채 의자의 무늬를 만지작거리며 대답했다. "저도 오늘 밤에 너무 많은 말을 했네요. 정말이지, 아버지가 돌아가시고 난 뒤부터 저는 침묵 중에 저를 이해할 수 있는 사람은 없다고 늘 생각했어요. ……오늘 밤……어쩜 이국에서 고국 말을 들어서인지도 ……저……" 쑤전은 말을 하면 할수록 말을 잇지 못하다 그만 가만가만 멈춰버렸다. 방안은 한참 침묵으로 채워졌다.

쑤전이 고개를 들었을 때 텐쓰의 얼굴은 더 평온해졌다. 좀 전의 흥분은 이미 어떤 흔적도 남기지 않았다. 그는 미소를 지으며 말했다. "저희들은 응당 이렇게 외국에 있는 시간을 이용해서 여행도 다니고 책도 읽어야 한다고 생각합니다. 저는 언제나 서양 사람들의 활달함과 용감함에 탄복했습니다. 그들은 누릴 줄 알고 즐거움을 찾을 줄도 알아요. 그들은 건전한 생활을 하는 다양한 모임이 있지요. 전 미국 청년들이 우리처럼 이렇게 우울하고 생각이 많은 모습을 거의 본 적이 없습니다. 예술학원과 신학원에서 여러 나라 청년들을 사귀었는데, 그 중엔 아가씨들도 있지요. 우리 모두는 말이 잘 통합니다. 매주 토요일 오후면 그들과 자주 모여 연구하고 토론하거나 소풍을 갑니다. 저도 때때로 참여하는데 상당히 재미있어요. 쑤전, 당신도 그들 모임에 참여해서 당신이 가지고 있는 천부적인 기질을 발휘해야 합니다. 저희 아버님께서도 자주 함께 가시는데, 제 생각에 스여사님도 틀림없이 찬성하실 겁니다."

쑤전의 눈빛이 감사와 기쁨으로 넘쳐흘렀다. 그녀는 얼른 대답했다. "청해주서서 고마워요. 내년에 대학에 들어가게 될 텐데, 집 떠나기 전에 여기 청년들과 만나보고 싶어요. 갑자기 그들의 모임에 참여해서 낯설어하지 않도록 말이죠."

톈쓰가 물었다. "어느 대학에 들어갈 생각이십니까?" 쑤전이 대답했다. "아직 결정하지 않았어요. 내년에 스여사님이 중국으로 돌아가실 수도 있고, 돌아가지 않으실 수도 있거든요. 요즘엔 스여사님이 얘기하는 걸 들어보지 못했고, 저도 물어보지 않았어요. 만약 스여사님이 돌아가신다고 하면 저도 당연히 같이 가야할 거예요. 하지만⋯⋯ 지금은 ⋯⋯전 여기서 대학에 들어가고 싶어요⋯⋯"

문이 열렸다. 스여사가 먼저 들어오고 리목사가 뒤따라왔다. 겨드랑이에 두꺼운 책 몇 권을 끼고 있었다. 스여사는 웃으며 톈쓰에게 말을 건넸다. "우리가 책 고르고 얘기하고 하느라 시간 가는 줄도 모르고 있었네. 기다리느라 초조하지는 않았나요?" 텐쓰가 일어나 웃으면서 말했다. "저희는 학교 다니는 일을 얘기하고 있었는데, 재미있어서 시간 가는 줄 몰랐습니다." 리목사가 모자를 집어 들면서 말했다. "이제 정말로 가봐야겠습니다! 스여사님, 오늘 밤에 폐 많이 끼쳤습니다. 책과 식사 정말 감사합니다. 다음에도 자주 뵐 기회가 있기를 바랍니다." 스여사도 웃으면서 그들 부자와 악수를 하고는 말했다. "이후에도 자주 놀러 오세요. 쑤전도 여기서 답답해 죽을 지경인데, 고향 분들이 와서 같이 얘기도 나누고 그러면 좋지요!" 쑤전은 옆에 서서 얼굴이 빨개진 채로 웃고 있었다. 텐쓰는 부친에게서 책을 몇 권 받아들고서, 부친 뒤를 따라 함께 인사를 하고 나갔다. 스여사와 쑤전은 문 입구까지 그들을 배웅했다.

스여사와 쑤전은 거실에서 찻잔들을 정리했다. 스여사는 가볍게 하품을 하면서 말했다. "리목사와 그 아들 모두 아주 좋은 사람들 같지 않니? 텐쓰는 정말 중국 신사더구나, 조금도 경박하지가 않아. 너 그 사람하고 얘기하는 거 괜찮았지?" 쑤전은 마침 다반을 들다가 고개를 들고 스여사를 바라보았다. 잠시 머뭇거리더니 얼굴이 또 빨개졌다. 그저 조그맣게 한 마디 대답하고는 고개를 숙이고서 다반을 들고 나갔다.

벌써 초봄이 되었다. 스여사와 쑤전이 미국에 온 지도 장장 반년이 되었다. 이 반 년 동안, 고택 안의 모든 것들은 여전히 아무런 변화가 없었다. 리목사 부자와 야곱선생 부인 모자가 자주 찾아오고, 한두 번 여섯 사람이 함께 청년 모임에 참가해 야유회를 갔던 것을 제외하고는 말이다. 그 밖에는, 바로 쑤전이 성장기에 이르렀다는 것이었다. 스여사는 속으로 쑤전이 살과 근육이 많이 오르고 양 뺨도 발그레하게 윤기가 돈다고 생각했다. 가장 눈에 띄는 것은 그녀의 깊고 커다란 눈에 넘쳐흐르는 광채였다. 말과 웃음도 자연스러워졌다. 비록 리목사 부자와는 가끔씩 여전히 중국 여자아이의 수줍음을 고수하고 있지만, 피터와는 자주 말도 하고 웃기도 했다. 스여사는 일종의 또 다른 위안을 느끼게 되었다. 이전의 쑤전은 너무나도 말이 없었다. 젊은이들은 당연히 활발해야 했다. ……생기발랄한 영혼이 쑤전의 얌전하고 조용한 몸 안으로 스며들어, 쑤전은 특별히 사람을 감동시켰다! ……만일 ……스여사는 더 이상 생각을 하지 않았다. 손으로 이마를 누르고는 참회하듯 일어나 창밖으로 아직 녹지 않아 쌓인 눈을 멍하니 바라보았다.

고향의 날씨가 그녀의 최근 몸과는 맞지 않는 듯, 스여사는 봄이 되면서부터 자주 몸이 좀 안 좋다고 느꼈다. 겨울에 내렸던 큰 눈이 초봄의 햇살 아래 새싹들과 함께 차고 습습한 기운으로 올라왔다. 두터운 커튼도 더 아래로 쳐진 것 같았다. 스여사는 마지못해 침대에 기대고 앉아, 쑤전이 아래층 복도에서 가구를 닦으면서 경쾌하게 움직이며 조그맣게 흥얼거리는 것을 듣고 있었다. 우체부가 벨을 누르자 쑤전이 문을 열어주는 소리도 들렸다. 잠시 후 쑤전이 아침식사를 담은 쟁반을 들고 사뿐사뿐 걸어 들어왔다. 조그만 쟁반을 들고 와서 침대 위에 올려놓고, 스여사를 부축해서 잘 앉히고는 베개를 탁탁 쳐서 부드럽게 만들어 주더니, 미소를 지으며 쟁반 위에 놓인 편지를 들고 말했다. "엄마, 좀 보세요. 이것은 지난 번 우리 야유회 갔을 때 찍은 사진인데, ……안에 리텐쓰 선생이 제가 신경 쓰지 않을 때 찍은 사진 한 장이 있어요, 제 모습이 얼마나 바보 같은지 좀 보세요!" 그녀는 말하면서 그릇을 탁자 위에 올려놓고는 빈 쟁반을 들고서 나갔다.

스여사는 어쩔 수 없이 사진을 꺼내 보았다. 모두 여덟 장이었다. 야곱선생 부인 모자도 있었고, 리목사 부자 것도 있고, 쑤전이 그들과 같이 찍은 것도, 또 청년 모임의 많은 사람들을 찍은 사진도 있었다. 마지막 한 장을 본 스여사는 순간 멍해졌다!

배경은 커다란 상수리나무였다. 나무줄기에 새순이 무성하게 달려 있었고, 그 아래는 파릇파릇한 풀밭이었다. 쑤전은 마침 몸을 숙이고 도시락을 열고 있었다. 소매는 걷어 올렸고, 막 고개를 들어 올린 모습이었다. 얼굴 가득한 수줍음, 얼굴 가득한 웃음, 기쁨이 넘치는 웃음, 정을 머금은 웃음, 눈빛이 흐르고 새하얀 이가 가지런하게 드러나 있었다. 이 웃음은 스여사가 십여 년 동안 한 번도 보지 못했던 모습이다!

가벼운 소름이, 스여사의 마음속에 순간 알 수 없는 강한 격정이 치밀어 올라왔다. 놀라움도 아니고, 분노도 아니고, 슬픔도 아니었다……. 그녀는 이 사진을 꽉 움켜쥐었다…….

지난 번 야유회 때, 그녀는 병이 나서 원래는 쑤전도 가지 말고 집에서 자신과 함께 있기를 바랐다. 그러면서도 또 사람들의 흥을 깰까봐 걱정도 되었다. 쑤전도 가려고 하지 않을 거라 추측하고, 사람들 앞에서 괜스레 한 번 사양을 했다. 뜻밖에도 쑤전은 잠깐 주저하더니 모자를 들고 문가에 서 있는 리텐쓰를 한 번 보고는 기쁜 듯이 가겠다며 사람들을 따라갔다…….

그녀는 멍하니 이 사진을 바라보고 있다. 사진 속의 쑤전은 보이지 않았다. 사진에는 오히려 비목사의 정을 머금은 입가와 왕선생의 우울한 얼굴과 고성과 성벽과 조그만 마당과 장미 덩굴 한 그루……가 서로 어우러져 떠올랐다. 손가락에 힘이 빠지면서 사진이 툭 떨어졌다. 스여사의 눈에 갑자기 맑은 눈물이 가득 고였다.

문이 살짝 열렸다. 쑤전이 또 사뿐사뿐 쟁반에 커피를 받쳐 들고 들어와서 침대 옆 탁자 위에 올려놓고는 웃으면서 방안을 되는대로 정리했다. 스여사는 아무 말없이 그녀를 바라보았다. 흰 실크로 된 얇은 윗도리를 입었는데, 계단을 오르느라 숨이 가빴던 탓에 풍만한 가슴이 가볍게 팔딱거리고 있었다. 굵게 살짝 말린 단발머리가 발그레한 양볼 옆으로 풍성했다. 몸을 한 번 돌리니 또 고운 뒷모습이 드러났다. 셔츠 줄무늬 사이로 어렴풋이 연분홍색 살결이 비쳤다. ……봄기운이 한 움큼 방안을 맴돌았다…….

고개를 휙 쳐들고 맞은편 화장대 거울 속의 자신을 바라보았다. 헝클어진 머리, 스웨터를 걸쳐 입고서, 안색은 창백하고 눈엔 핏발이 선 것 같고 눈가에는 주름이 가득했다…….

쑤전이 웃으며 다가와 침대 밑에 서더니 사진을 집어 들고는 웃으면서 말했다. "엄마, 이 사람들 모두 활기차고 귀엽지 않나요? 우린 또 다음에 다 같이 꼭 대학에 들어가자고 그랬어요, 꼭……"

스여사는 대답이 없었다. 쑤전이 고개를 들더니 갑자기 웃음을 거두었다. 스여사가 아랫입술을 가만히 깨물고서 두 눈에 눈물을 가득 머금은 채 아주 쓸쓸하게 창밖을 멍하니 바라보고 있었던 것이다. 쑤전은 가까이 다가가 조그마한 소리로 물었다. "엄마, 무슨 생각하세요?"

스여사는 고개를 돌리지 않고 그저 살그머니 쑤전의 손을 잡아끌면서 대꾸했다. "얘야, 난 중국으로 돌아가고 싶구나."

1934년

서풍西風

　　치우신秋心은 차창에 기대어 앉아 창밖으로 지나가는 눈앞의 소슬한 대지를 멍하니 응시하고 있었다. "가을이 깊어졌구나!" 그녀의 쓸쓸하고 무료하기 짝이 없는 마음이 그녀를 향해 이렇게 나지막하게 외쳤다.

　　들녘은 이미 한 차례 수확이 끝났다. 잘라내고 남은 수수줄기가 황혼 어스름한 햇빛 아래 가늘고 빽빽하게 서 있는 희미한 그림자를 드리웠다. 풀은 누렇게 말라버렸고, 밭도 마르고 쪼글쪼글하니 갈라졌다. 선로 양쪽 가을 버드나무의 누런 가지가 가을바람의 먼지 속에 가련하게 힘없이 흔들거렸다. "가을이 깊어졌네!" 치우신이 갑자기 희미하게 한숨을 토해냈다.

　　최근 들어 점점 버틸 수 없겠다는 생각이 드는데, 이 이틀간은 더더욱 그렇게 보였다. 기차 안의 치우신은 홀로 여행하는 길에 창밖의 누렇게 말라버린 낙엽들을 보고 서늘하게 감기는 가을바람 소리를 들으며 마음이 더욱 우울해졌다.

　　무료하게 옷맵시를 한 번 가다듬고 다시 잘 앉아서, 한 줄 한 줄 마주앉아 동행하는 여행객들을 보았다. 이 길고 단조로운 흔들림이 모든 사람들의 권태로운 얼굴을 만들어내는 것 같다. 대화를 하는 사람들은 잠시 멈추고 기지개를 켜기 시작하더니 큰소리로 차를 달라고 사람을 불렀다. 어린 아이는 멍하니 창밖을 바라보고 있는 어머니에 기대어 자고 있다. 이 모든 것이 지루함과 산란함과 무료함을 보여주었다. "이것들 전부가 내 삶의 여정의 동반자구나!" 치우신은 눈썹을 찌푸리며 다시 또 창밖을 바라보았다.

"안녕, 치우신, 너의 일은 신성한 거야. 평범한 난 처음부터 너의 창창한 앞길을 막지 말았어야 했어. 이제 나는 너를 향해 진정으로 온 마음을 다해 구슬픈 손을 흔든다. 나는 담장 구석에 홀로 핀 꽃처럼 물러나서, 당신 만월의 빛이 천천히 떠오르는 것을 바라보고 있을거야.

안녕, 내 친구여, 여기에 나는 마지막 소중함, 또 당신이 내게 표현하도록 허락한 마지막 충실함을 바칠게. 어느 날엔가 우리 모두는 '서풍西風과 잔월殘月'* 같은 중년이 되겠지. 외롭고 슬픈 소식들이 하나하나 당신의 마음에 닿을 때, 진실한 어떤 영혼이 여전히 당신을 쫓고 있으며, 언제라도 기꺼이 그의 미약한 위안이나마 바치고자 한다는 것을 잊지 말아 줘."

이것은 그녀의 거절 편지를 위안遠이 받은 후 그녀에게 보낸 마지막 편지의 끝부분이다. '권지서풍卷地西風' 같은 오늘을 맞고 보니, 치우신은 홀연 또 생각이 났다. 순식간에 10년이 흘렀다. 그가 이 편지를 쓴 뒤 얼마 되지 않아 바로 결혼했다는 사실도 알고 있다. "이게 남자야!" 치우신은 당시 조금은 경멸했었다. "남자가 요구하는 건 그저

---

* 권지서풍卷地西風, 반렴잔월半帘残月: 서풍이 맹렬히 불고 잔월이 창가에 걸려 있다.

자신의 생활을 안정되게 만들 아내야. 소위 열정적인 사랑이니 충실이니 하는 것은 구애하는 동안 사람을 속이는 말일 뿐이야. 내가 없으면 앞날도 없다고 위안은 항상 말했었는데, 다 내팽개친 것만 봐도 알수 있잖아!" 그녀 자신도 마침 한창 때였기에 비록 위안에게 마음은 있었지만 자신의 원대한 앞날을 생각하면, 최근 몇 년 동안 받아온 교육과 훈련을 팽개치고 온화한 아내가 된다는 게 달갑지 않은 것 같기도 했다. 그녀는 위안의 삶이 한 단락을 고했음을 알고 오히려 마음이 놓였다. 조금은 슬퍼서 망연자실한 중에도 유쾌하고 친밀하게 다정한 편지를 써 보내 그들을 축하했다.

이로부터 모든 게 끊어졌다. 간접적인 소식을 통해 위안의 일이 성공적이고 그가 자주 베이핑北平에 온다는 것도 알았다. 그러나 10년 동안 한 번도 만난 적은 없었다. 어쩌면 위안이 일부러 피했을 수도 있고, 어쩌면 기회가 없었을 수도 있었다. 치우신은 도리어 약간은 위안을 그리워했다.

"외롭고 슬픈 소식이 하나하나 당신의 마음에 닿을 때……"

치우신은 가볍게 탄식하고는 자기도 모르게 일어났다. 몸에 묻은 먼지를 털어내고 가죽 자켓을 집어 들더니 멍한 채 식당차를 향해 걸어갔다.

식당차에는 드문드문 서너 사람만이 앉아 있었다. 다들 신문을 보거나 담배를 피우고 있었다. 간식을 다 먹고도 가지 않은 것을 보니 칸이 넓어서 한가하고 자유롭기 때문에 그런 것 같았다. 치우신은 잠자코 문 가까이에 있는 탁자에 앉아 커피 한 잔을 주문했다.

왼손으로는 살며시 접시의 가장자리를 받쳐 들고, 오른손으로는 스푼을 가볍게 만지작거리면서, 멍하니 언뜻언뜻 컵 위로 피어오르는 뜨거운 김을 바라보고 있었다. "……잊지 말아 줘, 여전히 진실한 한 영혼이 쫓고 있음을……" 차 문이 요란한 소리를 내며 닫혔고 감정은 이내 끊어졌다. 치우신은 무료하게 고개를 들었다. 그녀는 자신의 눈을 믿을 수가 없었다. 가슴이 뛰고 얼굴이 달아올랐다는 것만 느낄 수 있었다. 들어온 것은 위안이었다. 10년간 보지 못했던 위안!

생각할 겨를도 없이, 서로 놀라고 혼란스러운 가운데 인사를 했다. 위안은 입가를 떨며 미소를 짓고 있었다. 그녀가 손으로 가리키는 것을 따라 그녀의 맞은편에 앉았다.

정신을 가다듬고, 치우신도 고개를 들어 자세히 위안을 바라보았다. 10년의 시간은 위안에게 그다지 많은 흔적을 남기지 않았다. 그는 여전히 젊었고, 얼굴은 예전보다 더 살쪄 보였다. 단정한 옷차림으로, 오른손 무명지에 반지 하나가 늘었다.

위안도 자신을 바라보고 있었다. 그의 놀란 눈빛에서 치우신은 자신의 초췌함을 명백히 깨달았다. 맥이 확 풀리는 것 같았다. 위안은 이때 이미 완전히 침착해져, 의자에 기대고는 미소를 지으며 말했다.

"여기에서 당신을 만나게 되리라고는 정말 생각도 못했는걸. 잘 지내고 있지? 일이 잘된다고 들었어."

치우신도 미소를 지었다.

"그럭저럭 괜찮아. 당신은?" 이 말은 뜻밖에도 탄식 같았다.

위안이 말했다.

"나는 상하이에 살고 있고, 일도 상하이에서 해."

이때 사환이 왔고, 위안도 커피를 주문하면서 간식거리도 시켰다.

"하루 종일 바쁘지만, 일이 그나마 순조롭고, 식구들도 잘 지내. 내가 벌써 두 아이의 아빠라는 거 당신도 알지." 그의 얼굴에 웃음이 피어났다.

간식이 왔다. 위안이 치우신에게 먹을 것을 권하면서 어디로 가는지 물었다. 치우신이 대답했다.

"탕구塘沽에 가서 배를 타고 상하이에 회의하러 가. 오랫동안 배를 타 보지 못했어, 바다 여행하면서 좀 쉬어볼까 하고."

위안이 즐겁게 말했다.

"정말 공교롭군. 당신 타는 게 '순톈順天'이지? 나도 그 배 타고 가. 바다 위의 달빛을 보는 게 좋거든. 상하이에 사는 사람은 달빛조차도 맘껏 보지 못한다니까."

두 사람은 잠시 창밖을 바라보았다. 이때 바깥은 끝이 보이지 않는 얕은 못과 갈대였다. 탕구가 보였다. 치우신은 갑자기 뜻밖의 즐거움을 느끼고는 미소를 지으며 일어났다.

"곧 도착하겠네. 난 가서 짐을 좀 싸야겠다."

위안도 바삐 일어나면서 말했다.

"나도 바로 올게. 이건 내가 계산하지. 간이 열차에서 봐."

그는 말하면서 몸을 기울여 치우신 대신 문을 열었다. 이 웃음, 이 모든 것, 치우신은 그 사이 10년이 조용히 비켜갔다고 느꼈다.

간이 열차를 타고 조금 가니 바로 배 아래에 닿았다. 흰 옷을 입은 선장과 그의 조수들이 만면에 웃음을 띠고 뱃전 양쪽으로 늘어서서 손님들이 배에 오르도록 도왔다.

사환이 치우신을 그녀가 예약한 선실로 안내했다. 그녀는 손가방을 내려놓았다. 둥근 창밖으로 해안가 일꾼들이 이미 갑판을 들어 올린 게 보였다. 해안가의 모든 것이 벌써 뒤쪽으로 이동했다. 탁한 물결이 배에 가볍게 부딪히며 소리를 냈다. 방안의 모든 것이 희미해졌다. 그녀는 전등을 켰다.

불빛 아래에서 거울에 비춰보았다. 그녀는 먼지가 내려앉은 머리칼과 눈가의 다크써클, 그리고 피곤에 지친 얼굴과 초췌한 표정을 보았다. "예전 같지 않구나!" 그녀는 멍하니 잠깐 서 있었다. 저녁식사를 알리는 종소리를 듣고 나서야 정신을 차린 듯 서둘러 옷을 갈아입고 손을 씻고서 오랫동안 사용하지 않았던 분을 뺨에 살짝 발랐다.

식당에 가니 다들 앉아 있었다. 이 큰 식당엔 모두가 외국인이었다. 위안이 혼자서 조그마한 둥근 탁자에 앉아 있었다. 사환은 치우신을 위안의 탁자로 안내했다.

위안도 옷을 갈아입은 것 같았다. 불빛 아래, 눈처럼 하얀 깃과 남색 바탕에 흰점이 박혀있는 넥타이와 모직 옷, 씻은 얼굴, 양 볼엔 건강한 홍조가 떠 있었다. 치우신이 걸어오는 것을 보더니 얼른 일어나서 그녀를 위해 의자를 빼주었고, 두 사람은 마주앉았다. 고개를 들었다. 이 접시, 이 음식, 이 방안에 넘쳐나는 이국적인 말소리가 그들을 완전히 10년 전 외국의 기억 속으로 돌려보냈다!

두 사람은 잠시 무슨 말을 해야 좋을지 몰라, 그저 일상적인 중국 음식과 외국 음식의 좋고 나쁨을 얘기했다. 말하면서, 위안은 맞은편에 앉은 치우신을 바라보았다. 오후에 처음 보았을 때보다 그녀가 좀 젊어 보인다고 느꼈다. 연한 남색에 하얀 꽃이 흩뿌려져 있는 긴 옷은 그녀의 가냘픈 몸매를 아주 잘 감싸주었다. 긴 눈썹이 여전히 아름다웠지만 화장도 그녀 눈가의 희미한 주름을 감춰주진 못했다. 까맣고 커다란 눈동자에도 10년 전 생기 넘치던 광채는 더 이상 흐르지 않았다.

대화가 점점 자연스러워졌다. 적잖은 옛날 친구들의 근황을 얘기하면서 서로 세월의 흐름을 탄식했다. 친구들의 여러 에피소드를 얘기할 때 치우신은 뜻밖에 아주 자연스럽고 즐거운 웃음을 터트렸다.

식사가 끝난 후 사람들이 잇달아 자리를 떴다. 치우신도 천천히 일어나서 밖을 향해 걸어갔다. 위안이 따라왔다. 이즈음 배는 이미 탕구항을 벗어나 있었다. 바다에는 밝은 달이 떠올랐고, 물결 위로 반짝이는 별이 흔들리고 있었다. 세찬 바닷바람 속에서 두 사람은 자기도 모르게 천천히 가장 높은 층으로 걸어 올라갔다.

위쪽의 달빛은 더욱 밝았다. 돛대 그림자가 먹으로 그린 것처럼 평평한 갑판 위에 길게 새겨져 있었다. 조종실 밖 선교船橋 위로 흰옷을 입은 관원이 달무리 같은 달그림자 가운데 순찰을 하고 다니는 게 보였고, 그들이 담배를 피우며 웃고 얘기하는 소리도 들렸다. 사방을 둘러보며 감탄을 하고 난 후, 치우신은 달을 향해 의자를 하나 골라 앉았다. 위안도 그녀 옆에 앉았다.

고개를 들어 바라보면서 세상의 모든 것을 던져버렸다. 여기에는 오로지 밝은 달과 너른 바다가 있을 뿐이며 낯선 배 하나가 망망한 바다를 향해 나아가고 있을 뿐이었다. 이 배 위에는 오직 그녀가 있고 위안이 있을 뿐이다. 자기가 10년 동안 그리도 그리워했던 위안이 지금 마치 기적처럼 아주 가깝게 자기 옆에 앉아있는 것이다. 만월滿月의 달빛이 하늘가에서 천천히 차 올라오는 것을 바라보았다. "……잊지 말아 줘, 여전히 진실한 한 영혼이……" 치우신은 홀연 고개를 돌려 위안을 주시했다. 마음속에서 부끄러움과 쓰라림이 솟구쳤다.

위안은 그녀를 보고 있지 않았다. 달도 바라보고 있지 않았다. 그저 반짝반짝 움직이고 있는 파도만을 주시하고 있었다. 눈빛이 아주 무거웠다. 치우신이 고개를 돌려 그를 보고 있다는 것을 느끼고 고개를 돌렸다. 웃음을 머금고 막 얘기를 하려는 순간, 달빛 아래 치우신의 눈에서 반짝이며 금방이라도 굴러 떨어질 것 같은 두 줄기 눈물방울을 보고, 그는 갑자기 멈칫했다. 가볍게 헛기침을 한 번 하더니 이내다시 침묵했다.

치우신은 억지로 웃었다. 고개를 들고 달을 바라보았다. 눈물이 눈가를 적셨다. 그녀가 말했다.

"바다 위의 달이 유난히 청량하네. 근데 난 좀 추워."

"코트 입을래? 내가 선실에 가서 가져오지."

그가 말하며 일어나자, 치우신도 일어나면서 말했다.

"그럴 필요 없어. 나 아래로 내려갈까봐. 낮에 좀 피곤했어. 우리 좀 일찍 쉬자."

위안은 그녀를 방 앞까지 데려다 주더니 저녁 인사를 하고 갔다. 치우신은 문을 닫고 넋이 빠져 천천히 옷을 갈아입고 머리를 풀었다. 이 하루가 너무도 갑작스러웠고, 너무도 의외였고, 너무도 꿈같았다. 그녀는 마음이 심란하여 어디서부터 생각해야할 지 알 수 없었다. 그녀는 자신의 10년간의 고단한 삶이 원망스러웠다. 자신이 거절했던 위안을 보고서 그녀는 그간의 삶에 참을 수 없는 눈물만 삼켰다. "이게 여자야!" 그녀는 자신을 원망했다. "결혼과 일을 선택하기 전에 난처음부터 이 모든 걸 알고 있었잖아…… 이건 위안 때문이 아냐, 올

한해의 피로가 쉬는 중에 꿈틀꿈틀 올라오기 시작한 거야. 바다 여행이, 밝은 달이, 이 로맨틱한 분위기가, 내 자신의 나약한 마음이……" 생각이 여기까지 미치자, 그녀는 거울을 보면서 자기를 위안하듯 한 번 웃고는, 서둘러 옷을 걸은 뒤 불을 끄고 잠자리에 들었다.

눈을 감고 누웠는데 시야에 달이 가득하게 느껴졌다. 눈을 뜨니 방안이 온통 달빛이었다. 그녀는 약간 더웠다. 맨발로 일어나 둥근 창을 좀 많이 열고는 다시 잠자리에 누웠다. 담요를 가슴께로 끌어내리고 팔꿈치를 베고서 창밖 바닷바람이 쏴쏴하는 소리를 들었다. 난간 쪽에서 가죽구두 소리가 일정하게 왔다갔다 하는 것처럼 들렸다. 노랫소리와 웃음소리도 희미하게 들렸다.

"위안이 자는지 모르겠네?" 그녀는 정신이 멍하여 또 생각하기 시작했다. "이런 달밤,……오로지, 우리 둘……만약 10년 전 다른 결정을 했다면……" 그녀는 갑자기 고개를 흔들고는 담요를 한 번 위로 끌어올리더니 어깨를 덮고 다시 눈을 꼭 감았다.

아침을 먹으러 나가기 전에 치우신은 결심했다. "위안이 뭔가를 알아채도록 하지 말자, 게다가 원래 뭐도 없었잖아, 함께 있는 것도 줄이고 얘기도 조금만 하자. 내가 해야 할 일이 얼마나 많은데, 이것 말고도 회의에서 발표할 원고……" 그녀는 만년필과 노트를 꺼내 식사 후 사무실에 가서 쓸 필기구를 준비했다. 노트를 끼고 문밖으로 나갔다가 외려 다시 돌아와서는 우아하고 고운 색의 옷으로 갈아입었다.

위안이 어제 저녁과 마찬가지로 예의바르게 일어나서 그녀를 위해 의자를 당겨주었다. 얼굴은 여전히 평화로웠고, 통통한 뺨 위로 건강한 홍조가 떠 있었다. 치우신은 갑자기 눈가가 다소 시큰거림을 느졌다. 머리도 약간 지끈거렸다. "불면은 아무래도 몸에 안 좋아." 속으로 그녀는 그런 생각을 하면서 한편으로는 오히려 자연스럽게 위안과 이야기를 나누었다.

위안은 배가 9시면 옌타이烟臺에 도착하는데 한참 동안 정박할 것이라고 알려주었다. 그러면서 배에서 할 일도 없으니 내려가서 구경이나 하지 않겠냐고 했다. 치우신은 잠깐 망설이다 곧 웃으면서 말했다.

"미안하지만 같이 못 가겠다. 발표할 원고를 준비해야 하거든. 모처럼 배가 멈춰서 움직이지 않으면, 글쓰기도 편할 거야. 난 이 시간을 좀 써야할 것 같아."

위안도 더 권하지 않고 아침을 다 먹자 바로 양해를 구하고는 먼저 일어났다.

새파란 양쪽의 섬 산을 빙 돌아 배는 느릿느릿 항구로 들어섰다. 새벽빛 아래 해산海山에 안개가 피어오르고 있었다. 산 위 숲속에 빽빽하게 늘어선 회와방灰瓦房: 지붕의 윗부분은 기와를 잇고 아래 부분은 회칠을 한 집이 보였다. 가까이 눈앞으로 들어오는 하얀 등대가 나뭇가지와 암석 사이에 반쯤 가려 있었다. 작은 물고기들이 배 근처로 몰려들었다. 그녀는 위안이 모자를 쓰고 겉옷을 옆구리에 낀 채 작은 배로 내리는 것을 바라보았다. 그녀를 쳐다보자 웃으면서 손까지 흔들어주었다.

몸을 돌려 객실로 돌아와 노트를 펴고 "여자의 두 가지 큰 문제 — 직업과 결혼"이라는 강의 제목을 적었다. 그녀는 갑자기 써 내려갈 수가 없었다. 눈살을 찌푸리고 깊은 생각에 잠겨 이미 쓴 몇 개의 글자 주변에 촘촘하게 동그라미를 그렸다.

점심은 혼자 먹었다. 오히려 편하게 느껴졌다. 밥을 먹고 난 후 잠간 잠이 들었는데, 3시에 돌연 깼다. 창밖에서 사람들의 떠드는 소리가 들렸다. "배가 곧 떠나려나 보네? 위안도 돌아왔겠지?" 그녀는 일어나 얼굴을 씻고 난간 쪽으로 나갔다.

위안이 왼팔에는 종이 꾸러미를 끼고 오른 손에는 광주리 하나를 들고서 마침 계단을 오르고 있었다. 그녀 앞으로 오더니 웃으면서 말했다. "여기 과일이 정말 좋네. 이 광주리 안의 포도 좀 봐. 우리 아이들 모두 이걸 좋아하거든."

치우신도 웃으면서 고개를 숙이고 광주리의 덮개를 열면서 대꾸했다.

"알이 정말 크네, 향도 좋고. 그 종이 꾸러미는 뭐야?"

위안이 웃으면서 대답했다.

"이것은 레이스야. 집사람이 여기 레이스가 좋고 싸다면서, 사람들에게 선물한다고 좀 많이 사오라고 분부했거든."

치우신은 억지웃음을 지으면서 아무 말도 하지 않았다.

배가 다시 천천히 움직이기 시작했다. 여기서 또 많은 외국인 손님들이 탔다. 대부분이 피서를 왔다가 돌아가는 사람들로 다들 아이가 있어서 배는 돌연 시끌벅적해졌다. 치우신과 위안은 난간에 기대어 아이들이 새끼줄을 던지며 노는 것을 바라보았다.

치우신이 물었다.

"네 아이들은 몇 살이야? 누구 닮았어?"

"큰아이는 남자애로 여덟 살이야. 작은애는 여자애인데, 이제 겨우 다섯 살이지. 누구 닮았는지는 말하기가 어렵네. 우리 둘 사이라고 할 수밖에. 아이는 정말 이상해. 애들을 안고 거울을 보면 그 애들이

나 같기도 하고 다른 사람 같기도 하거든……"

여기까지 말하던 그는 치우신이 먼 곳을 응시하고 있는 것을 보고 곧 입을 다물었다. 치우신이 갑자기 고개를 돌리더니 웃으며 말했다.

"나 듣고 있어. 네 아내는 젊고 아름답겠지? 너희 가정은 틀림없이 아주 행복할 거야." 치우신이 말하면서 위안을 주시했다. 위안이 약간 주저하며 대답했다.

"응, 집사람은 나보다 거의 열 살 아래야. …… 너 상하이에 도착하면 우리 집에 와서 며칠 묵어야 한다."

"고마워, 꼭 갈게."

이때 저녁식사 종이 울렸다. 그들은 함께 식당으로 들어갔다.

그들 자리에 외국인 부부 한 쌍과 어린 아이 한 명이 동석했다. 위안과 그 남자가 아는 사이여서 다가가 인사를 했던 것이다. 다들 소개하고 악수를 나누고는 함께 앉았다. 그 아이는 겨우 너덧 살 정도인 것 같았다. 붉은 뺨, 큰 눈, 활발하고 귀여운 아이였다. 그의 어머니가 그를 밀면서 말했다.

"장선생님을 뵌 적 있지? 인사 안 하고 뭐하니!"

그 아이는 웃으면서 위안에게 "안녕하세요. 장선생님."하더니, 고개를 돌리고 또 치우신에게 웃으면서, "사모님, 안녕하세요."하고 인사했다. 치우신은 자기도 모르게 얼굴이 빨개지면서 막 얘기를 하려는 순간 위안이 서둘러 말했다.

"이분은 미스 허何야."

그의 어머니도 웃으면서 말했다.

"얼른 '미안합니다' 해야지. 너한테 소개해주는 것을 잊었구나."

아이는 그저 헤헤 웃으면서 고개를 들어 치우신을 쳐다보았다.

치우신은 침묵했다. 그 외국인 부인과 그저 몇 마디 이야기만 나누었다. 위안과 그의 외국 친구는 아주 즐겁게 이야기를 나누고 있었다. 식사 후 그 외국인 부인은 아이를 데리고 자러 갔다. 위안과 그 남자는 흡연실로 갔다. 치우신은 방으로 돌아와 겉옷을 걸치고 혼자 갑판 위로 올라갔다.

달빛이 어제보다 더 밝고 더 서늘했다. 바닷바람도 더 세고 차가운 것 같았다. 난간에 서 있을 수가 없어 치우신은 의자를 끌어와 삼판舢 舨의 까만 그림자 아래 앉아 바람을 피하며 달을 바라보았다.

갑판 위에는 아무도 없었다. 배가 나아가는 소리와 웅장한 파도소리며 바람소리 외에 사방은 끝없는 고요뿐이었다. 달빛 아래 파도가 거의 하얀색이었다. 희고 여린 파랑 위로 수없이 많은 별빛이 춤을 추고 있었다. 이 별빛 길이 그녀가 앉아있는 곳에서부터 하늘가 달 아래까지 이어져 있었다.

"만약 바닷바람을 타고 밝은 길을 밟아 하늘 끝까지 갈 수 있다면……" 그녀의 마음속이 시적인 정취로 넘쳐났다. 십 년간의 고단한 삶은 그녀에게 자신의 환상을 펼칠 만한 시간을 주지 않았다. 이 이틀 동안 일에 대해서는 결코 어떤 흥미도 못 느낀 듯, 그녀는 자신을 자유분방한 환상 속에 빠뜨렸다.

"무엇이 광명한 길일까? 진짜 '광명한 길'을 걷는 것도 '파도를 걷는 것'처럼 불가능할거야. 보기에 어제는 원대하고 즐거운 광명한 길로 가고 있었는데, 오늘은 어쩌면 너를 환멸과 어두움으로 이끌지도 몰라.……보기에 십 년 전엔 광명한 길이었는데, 십 년 후에는……"

치우신은 얼굴을 양손바닥에 묻었다.

얼마나 시간이 지났는지 알 수 없었다. 치우신은 망연하여 고개를 들었다. 위안이 의자 앞의 난간에 기댄 채 웃으며 자신을 바라보고 있는 것을 깜짝 놀라 쳐다보았다.

치우신은 얼굴이 빨개져서 웃었다.

"언제 온 거야? 어떻게 아무 소리도 없이? 깜짝 놀랐잖아."

위안이 다가와 그녀의 의자 옆에 서서 웃으며 대꾸했다.

"온 지 한참 되었지. 네가 얼굴을 감싸고 앉아 있는 것을 보고 놀라게 할 수가 있어야지."

치우신은 아무 말도 하지 않았다. 고개를 들고 위안을 한 번 쳐다보더니 다시 무릎을 감싸며 달을 바라보았다.

위안이 조용히 잠깐 서 있다가 입을 열었다.

"기분이 좋지 않은 것 같네. 어린애가 뭘 알겠어. 신경쓸 것 없어. 넌 여전히 예전과 같고……"

치우신이 갑자기 일어났다.

"내가 기분 안 좋을 게 뭐 있어, 그 아이의 말도 신경 안 쓰이고. 말해 봐, 내가 전에 어땠는데? ……"

말하면서 그녀는 화가 난 것 같았다. 양 어깨에 겉옷을 꼭 여미면서 고개를 들고 위안을 노려보았다.

위안도 그녀를 쳐다보았다. 눈 속이 갑자기 따스함으로 가득해졌다. 목소리도 낮아졌다.

"치우, 너와 내가 처음 안 것도 아니고, 네 기분을 설마 내가 알아채지 못하겠니? 오늘 저녁 네가 별로 말이 없어서 식사 후에 나도 너를 따라오지 못한 거야. 넌 오늘 저녁만 기분이 좋지 않은 게 아냐, 이 이틀 동안 난 네가 기분이 별로인 걸 자주 봤어."

치우신은 여전히 고개를 들고 그를 노려보았지만, 마음속은 외려 좀 흔들렸다. 잠시 후 그녀는 눈을 내리깔고 앉으면서 말했다.

"정말로 내가 기분이 별로인 걸 네가 느꼈다면 미안해. 요 몇 년 동안 일이 정말 고단했어. 쉴 때에도 주변 모든 것들이 더 귀찮고 싫증나고 그랬거든. 내가 행선지를 바닷길로 잡은 것도 익숙한 사람이며 익숙한 일을 좀 피해보려고 한 것이었는데, 뜻밖에도 ……"

위안도 앉아서 아주 간곡하게 물었다.

"정말이야, 난 네 생활을 알고 싶어. 일이 어느 정도로 바쁜 거야? 시간이 나면 뭐하며 지내? 너도 알다시피 일만 하고 쉬지 못하면 사람을 메마르고 짜증나게 만들잖아."

치우신이 가볍게 한숨을 내쉬고는 말했다.

"내 일은 정말 잘 풀리고 있는 셈이야. 그런데 순조로운데도 짜증이 나더라고. 시간이 나면 원래 집에 많이 갔었는데 어머니가 돌아가신 뒤로는 형제들도 다 따로 살고, 십여 년 동안 친구들도 여기저기 흩어져서 얘기할 사람도 없어. 외로움, 바로 이 외로움이, 때로는……"

그녀는 다시 억지로 웃었다.

"사실 그리 심각한 것도 아냐, 하지만 바쁜 뒤의 외로움이 사람을 그다지……"

그녀는 멈추었다. 위안도 조용히 하늘을 바라보며 아무 말도 하지 않았다.

달이 이미 중천까지 떠올랐고, 바닷바람은 더 거셌다. 치우신은 가볍게 탄식하면서 일어났다.

"내려가자, 늦었어." 하면서 가려고 했다.

위안이 손을 내밀어 그녀를 저지했다.

"치우, 넌 친구가, 영원히 충실한 친구가 있어. 우리 집이 바로 너의 집이야. 너만 괜찮다면, 아무 때고 네가 우리 집을 찾아와주길 바라고 있다고."

치우신은 처연하게 웃었다.

"고마워, 너의 그 원만하고 완벽한 가정에 나 같이 낯선 사람이 온다면, 너희는 모를거야……"

위안이 그녀의 손을 꼭 잡았다.

"이 모든 것이, 내가 일찍부터 너한테 그러자고 했던 거잖아. 치우, 만약 애초에……"

치우신은 그저 멍하니 그가 손을 잡고 있도록 내버려 두었다. 눈물이 벌써 얼굴에 흘러내렸다.

위안이 또 말을 이어나갔다.

"외로움, 나도 외로움이 없는 것은 아니야. 난 우리 아이들을 사랑해. 난 본분을 다하는 남편이지. 그러나 때로는 나도 생각한다. 만약 당시에……우리 가정, 우리 아이는 천배 백배 나았을……"

이때 계단에서 몇몇 사람이 이야기를 나누며 웃으면서 올라왔다. 꼭 붙들었던 이 한 쌍의 손이 천천히 떨어졌다.

방안으로 돌아와 멍하니 침대에 앉은 치우신은 또 다시 자신을 격하게 원망하기 시작했다. 이 한 시간의 대화는 자신이 생각하고 바라던 것이 아니었다. 어찌하여 십 년 만에 다시 만난 위안 앞에서 자신의 은밀한 약점을 다 드러냈단 말인가. 게다가 위안의 가정이 깨질 지도 모른다는 책임감까지. 그녀는 생각하면 할수록 괴로워서 이를 악물고 말했다.

"이 배를 떠날 때까지 다시는 위안을 만나지 않을 거야."

다음 날 아침, 원래는 일어나고 싶지 않아 사환에게 아침을 선실로 갖다달라고 할 참이었다. 그러다 위안 생각에 그녀가 슬픈 나머지 병이 났다고 하면 은연중에 복수의 쾌감을 느낄 수도 있겠기에, 그녀는 전혀 아무 일도 없는 것처럼 나갔다.

위안도 평온하고 자연스러웠다. 식탁에서 사람들과 예의바르게 말을 나누고 있었다. 이날 그녀는 사무실에서 시간을 보냈다. 두 편의 강연 원고를 초안했는데, 황혼이 되기 전에 다 끝냈다. 마음이 가뿐했다.

저녁 먹기 전에 그녀는 잠시 쉬었다가 다시 머리를 빗고 난간 쪽으로 가서 잠깐 서 있었다. 이날 밤은 마침 만월인지라 바다 위로 먹먹하게 옅은 안개가 피어오르고 있었다. 방황하던 그녀가 하루 내내 우두커니 홀로 앉아 있었던 탓인지 마음은 또다시 우울하고 처량해진 것 같았다.

"여행 마지막 날이구나. 마지막 날 달이네……내일부터는 또 고단한 세상일이 시작되겠지!"

그녀는 가볍게 탄식을 했다. 고개를 돌렸다가 위안이 저쪽에서 걸어오고 있는 것을 보았다. 그녀는 얼른 못 본 척 하고, 종소리가 울리는 가운데 사람들을 따라 식당으로 들어갔다.

식사를 마친 후 그 젊은 외국인 부부가 아이는 자라고 선실로 보내고, 갑판에서 달구경을 하자고 제안했다. 치우신은 아무래도 좋다며 찬성했다. 위안도 치우신이 말이 없는 것을 보고 그들을 따라서 올라왔다.

달구경을 하면서, 이야기를 나누니, 다들 기분이 아주 좋았다. 그 부부가 특히 더 활발하고 쾌활했다. 이야기 가운데 그들은 수시로 자신들이 연애하던 시절의 감정을 얘기하면서 서로를 놀렸다. 여자가 웃으며 말했다.

"남편은 내가 저 사람한테 시집가지 않으면 자기에겐 평생 기쁨이 없을 거라고 했지요. 가을밤에도 달을 보지 않고 겨울밤에도 화롯가에 둘러앉아 있지도 않을 거라고요. 그가 평생 동안 달도 안 보고 화롯가에도 안 갈까봐 겁이 나서 내가 그에게 시집간 거라니까요."

남자도 웃었다.

"무슨? 난 그녀가 노처녀가 될까봐서 그녀를 아내로 맞은 거예요!"

말하면서 그들은 크게 웃었다. 위안도 웃었다. 호탕하고 자연스러웠다. 치우신은 그저 몇 번 맞장구를 치다가 그만두었다.

잠깐 앉아 있다가 위안이 먼저 일어나며 말했다.

"미안합니다. 먼저 가겠습니다. 내일 아침 일찍 도착하는데, 짐을 좀 꾸리러 가야겠어요." 그 부부가 바로 말했다.

"뭐 바쁠 게 있어요. 간만에 달이 이렇게 밝은데, 우리 좀 더 이야기나 나눕시다."

치우신도 위안을 보며 말했다.

"조금만 더 있다가 함께 내려가요."

위안이 미소를 지으며 대답했다.

"다른 게 아니고, 내일 아침 아이들이 틀림없이 마중 나올 텐데, 애들을 위해서 베이핑에서 산 물건을 상자 아래에 두었거든요. 내일 애들이 달라고 할 때 바로 줄 수 있도록 앞에다 좀 꺼내놓으려고요."

치우신은 곧 입을 다물었다. 그 부부가 웃었다.

"당신은 정말 좋은 아버지군요! 우리도 내려가야겠습니다. 만약 아이가 깼다가 우리가 안 보이면 그것도 말썽이지요."

두 사람은 말하면서 일어섰다. 치우신은 혼자 앉아 고개를 들고 웃으며 말했다.

"먼저들 내려가세요. 나는 좀 더 앉아 있을래요."

위안이 계단 가로 갔다가 고개를 돌리더니 부드럽게 말했다.

"지금 밤이 차네. 잠깐만 앉아 있다가 내려가."

이날은 또 흐렸다. 희미한 새벽 연기 속에서 "순텐호"는 천천히 우쑹커우吳淞口로 들어섰다. 잠을 설친 치우신은 혼자 난간에 기대 있었다. 갑판을 청소하는 선원들 외에 갑판에는 아직 다니는 사람이 없었다. 새벽안개 가운데 벌써 양쪽 강기슭에 세워진 건물들과 큼직큼직한 목판 광고물들이 보였다. 치우신은 낙담하여 눈살을 찌푸렸다.

"언제나 흐린 날이야,……언제나 사람을 짜증나게 하는 이 모든 것들!……오늘 회의에서 마중 나온 사람이 있을지 모르겠네?……위안의 아이……위안의 가정……어쩜 그가, ……"

여기까지 생각이 미치자 다시 고개를 흔들고는 망연하여 선실 안으로 들어갔다.

손님들이 점점 일어나기 시작했다. 다들 서둘러 아침 식사를 마쳤다. 시끌벅적하니 가방이며 바구니들을 정리하고는 사환에게 난간 쪽

계단 입구로 들어다 자기 옆에 쌓아 달라고 했다. 이런 요란함 속에서 치우신도 겉옷을 입고 가죽 자켓을 가지고 가방을 든 채 걸어 나왔다. 이때 바깥에서는 이미 양쪽 건물들을 가깝게 볼 수 있었다. 부두에서는 사람들 소리로 시끌시끌했다. 배는 아주 느리게 움직이면서 천천히 기슭에 닿았다. 갑자기 위안이 자기 뒤에서 큰소리로 외치는 게 들렸다. 치우신이 고개를 돌려보자, 위안은 마침 얼굴 가득 웃음을 띤 채 부두를 향해 손짓을 하며 누군가를 부르고 있었다. 그의 손짓을 따라가 보니 사람들 틈에 한 젊은 부인이 양손을 앞에 있는 두 아이의 어깨에 올려놓고 서 있었다. 사다리가 놓이자 그들이 제일 먼저 사람들 틈을 비집고 뛰어 올라왔다. 위안이 급히 사다리로 걸어가 아이들의 팔을 부축하여 그들을 객실 입구로 끌어당겼다.

치우신은 사람들을 따라 내려가는 것조차 잊고 있었다. 그녀는 오로지 기쁨에 겨워하는 이 사람들을 응시하고 있었다. 위안의 부인은 젊고 날씬했다. 머리는 펌을 하여 곱슬곱슬했는데, 머리 양쪽으로 커다란 한 쌍의 진주 귀걸이가 드러나 있었다. 탐스럽고 아름다운 얼굴엔 화장을 했고, 하얀 바탕에 커다란 붉은 꽃무늬가 있는 긴 비단옷을 입고 있었다. 이 모든 것이 그녀의 젊음을 돋보여줄 뿐, 결코 속되게 보이지 않았다. 남자 아이는 목 뒤쪽에 모자가 매달려 있고, 흰색 상의에 푸른색 융으로 된 바지 차림이었다. 여자 아이는 눈썹까지 내려오도록 가지런히 머리를 잘랐고, 연노랑의 옷 위에 둥근 칼라와 짧은 소매의 연노랑 융 셔츠를 입고 있었다. 두 아이 모두 희고 통통한 작은 다리가 반쯤 드러나 있었다.

위안의 가족들은 웃으며 서로의 안부를 물었다. 여자아이는 고개를 들어 아빠의 무릎을 안고 있었는데, 수려한 양미간이 완전히 위안의 분위기였다. 남자아이는 엄마의 손을 잡고 웃으며 한 쪽에 서 있었다. 그 조그마한 입은 위안의 부인과 똑같았다.

위안이 갑자기 고개를 돌리고는 치우신이 계단 입구에 서 있는 것을 보더니 급히 아이들을 데리고 왔다. 그의 부인도 따라왔다. 위안이 소개를 했다. 아이들은 고개를 들어 치우신과 짤막하게 인사를 하고는, 위안의 손을 양쪽에서 끌면서 말했다.

"아빠, 부두에 차가 있어요. 우리 가요!"

위안이 한편으로는 아이들을 밀면서 한편으로는 가방을 들고는 치우신에게 말했다.

"여기 누가 마중 나왔어? 만약 없으면 내 차로 당신을 배웅해 줄게. 먼저 우리 집에 가서 좀 있다가 가도 좋고."

위안의 부인도 웃으면서 말했다.

"그래요, 아가씨, 먼저 우리 집에 가서 좀 쉬세요."

치우신이 서둘러 대꾸했다.

"고마워요. 마중 나온 사람이 있어요. 그들이 부둣가에 있는 것을 봤어요. 먼저 가세요."

이 한 쌍의 젊은 부부는 두 아이가 밀고 끌어당기는 가운데 사다리를 내려갔다. 치우신은 그들이 차를 타는 것을 보았다. 몇몇 손이 창밖으로 그녀를 향해 흔들렸다. 차가 천천히 움직이면서 점점 거리 모퉁이를 돌아갔다……

이때 배 안의 손님들은 거의 다 갔고 부둣가의 사람들도 점점 흩어졌다. 치우신도 가방을 들고 천천히 배에서 내려 해안에 닿았다. 그녀는 잠깐 서 있었다. 사방이 조용한 가운데 서풍이 불어와 그녀의 멍한 얼굴을 스쳐가다 또 우수수 비껴갔다. 부둣가에 어지러이 흩어져 있는 쓰레기며 종이쪼가리들이 땅 위에서 춤을 추고 있었다.

1936년

루인은 푸젠성福建省 푸저우시福州市 출신으로, 본명은 황잉黃英이다. 보수적이고 미신적인 부모로 인해 불행한 어린 시절을 보낸 루인은 1919년 가을 북경국립여자고등사범학교에 입학하였다. 그녀는 이즈음 처녀작 「작가一個著作家」를 〈소설월보 小說月報〉에 발표하였으며, 이후 1921년 1월 '문학연구회文學研究會' 창립대회에 참가하였다. 그녀는 이 무렵 유부남인 귀멍량郭夢良을 만나 사랑에 빠지게 되었으며, 이로 인해 많은 사람으로부터 비난을 받았다. 1923년 상하이에서 귀멍량과 결혼하여 그의 고향 푸저우로 돌아갔으나, 1925년 귀멍량의 죽음으로 인해 헤어날 길 없는 비애와 절망을 맛보게 되었다. 1928년 3월 리웨이젠李唯建과의 만남은 그녀의 삶에 새로운 기쁨을 가져다주었지만, 뜻밖에도 1934년 5월 난산으로 인한 출혈과다와 자궁파열로 세상을 떠나고 말았다.

루인의 창작세계는 삶에 대한 추구와 좌절, 방황과 번민 등으로 말미암은 '비애의 탐미'가 주된 정조를 이루고 있다. 루인의 소설 창작은 그녀 자신의 구체적인 삶과 연관되어 크게 네 시기로 나누어 살펴볼 수 있다. 첫째 시기는 처녀작인 저작가 발표이후 '5.4운동' 고조기의 문제의식이 충만 되어 있던 시기로, 주로 사회문제에 대한 강렬한 관심을 그려내고 있다. 「저작가」, 「편지 한 통 一封信」, 「두 소학생兩個小學生」, 「영혼을 팔 수 있나 靈魂可以賣嗎」 등이 이 시기의 주요 작품이다. 둘째 시기는 '5·4운동' 퇴조기 이후 귀멍량의 죽음에 이르기까지 좌절 속에 방황하던 비애의 시기로서, 귀멍량과의 연애 및 결혼의 개인적 체험이 작품의 제재가 되고 있다. 주요 작품으로는 「어떤 이의 비애或人的悲哀」, 「리스의 일기麗石的日記」, 「해변의 친구海濱故人」, 「돌아갈 곳은 어디인가 何處是歸程」 등을 들 수 있다. 셋째 시기는 좌절과 실의에서 벗어나 베이징으로 돌아온 이래 다시 창작에 전념하던 1930년까지의 시기로서, 리웨이젠과의 연애로 인한 갈등 속에서 새로운 삶의 희망을 추구하던 시기이다. 어느 정도 비애의 정서를 극복하고서 사회문제에 대한 새로운 인식을 보여주는 시기이다. 대표작으로는 「시대의 희생자時代的犧牲者」, 「란티엔의 참회록藍田的懺悔錄」, 「만리曼麗」 등을 꼽을 수 있다. 넷째 시기는 리웨이젠과의 결혼을 통해 심리적 안정을 되찾은 이래 세상을 떠날 때까지의 시기로서, 주로 남녀의 애정문제와 사회정치문제를 다루고 있다. 이 시기의 주요 작품으로는 「장미의 가시玫瑰的刺」, 「화염火焰」, 「수재水災」, 「두부가게 주인」 등이 있다. 이들 작품은 비록 거칠긴 하지만, 1930년대 사회정치문제에 대한 그녀의 시각이 잘 드러나 있다. 지식인 여성의 출로에 대해 끊임없이 천착해온 루인의 창작 스펙트럼이 좀 더 확장되었음을 보여준다고 하겠다.

•

루인

(廬隱, 1898~1934)

두부가게 주인豆腐店的老板

　이 자그마한 두부가게는 어느 한길에 자리하고 있다. 이 길목은 상하이上海에서 우쑹吳淞으로 가자면 반드시 거쳐야 하는 길이다. 두부가게의 주인은 대략 쉰 살 남짓의 몸집이 크고 훤칠한 사내였다. 그의 양 어깨의 근육은 마치 작은 구릉처럼 불룩하게 솟아있었다. 그는 하루도 거르지 않고 한밤중에 일어나 콩을 갈았는데, 콩을 갈 때마다 그의 울룩불룩 튀어나온 근육은 침침한 가운데 새어나오는 전등불빛에 반사되어 기이한 형태를 드러내곤 했다. 그는 이렇게 오랫동안 단련시켜 탄탄해진 근육을 바라보며 자랑스러운 듯 웃음을 짓곤 했다. 그것은 마치 어떤 한 백만장자가 자신의 은전을 안전한 금고 속에 쌓아두고서 흐뭇하게 미소 짓는 그런 웃음과 같은 것이었다. 그의 삼십여 년간의 삶은 오로지 이 존경스러운 팔뚝의 노력에 의지해왔고, 또한 그의 자녀들도 바로 그의 양 팔뚝에 의지해 장성했다. 이제 그의 아들은 부근의 부대 내에서 소대장으로 일하고 있으며, 딸은 이웃에서 미장일을 하는 장張씨 집으로 시집을 갔다. 그의 아내는 세상을 떠난 지 꼬박 삼년이나 되었다.

그는 이렇게 홀로 남겨진 채 적막한 생활을 해오고 있다. 가게 문을 닫아버리자니 그래도 미련이 남아 여전히 삼십여 년 동안 잠시도 떠나지 않았던 이곳에서 장사를 계속 해오고 있는 것이다. 그의 딸이 몇 차례나 찾아와 그를 모시겠다고 했지만 말이다.

그의 아들은 자주 오지는 않는다. 군대 내에서 직책을 맡고 있는 사람인지라 활동이 그다지 자유롭지 못한 까닭이다. 따라서 아무도 없이 적막한 집에 홀로 있노라면 그는 아들에 대한 그리움에 사무쳤다.

그 노인의 방앗간에는 오래전부터 그를 도와 연자매 돌리는 일을 하는 나귀 한마리가 있었다. 그러나 최근에 이 나귀가 노쇠해져 일을 제대로 해낼 수 없게 되자, 노인은 그것을 헐값에 팔아넘기고 말았다. 그래서 이 방앗간에 이제 남은 거라곤 그저 이 노인뿐인지라 그가 모든 일을 전적으로 하는 수밖에 없었다.

어느 날 밤, 노인은 물에 불어 말랑말랑해진 콩을 방아에 넣었다. 이 시각이면 이웃들도 모두 잠드는 시간으로, 시끄럽게 짖어대던 개 소리마저 거의 들리지 않는 그런 고요한 시간이다. 노인은 문득 눈을 돌려 방안을 쭉 둘러보았다. 모든 것이 평소와 마찬가지였지만 왠지 모르게 오늘 밤은 불현듯 전에 없던 적막감에 가슴이 저려왔다. 그는 그의 아들을 떠올렸다. 스무 살의 장성한 아들을 떠올리며, 이젠 마땅히 장가를 들여야 하는데……. 나에게 며늘아기 혹은 손자 녀석만 하나 있어도 지금보단 훨씬 나을 텐데! 이런 생각이 그의 잠잠했던 마음을 심란하게 뒤흔들었다. 방아를 돌리며 내일 아침 일찍 부대로 찾아가 아들더러 결혼을 해서 아내를 얻으라해야겠다고 다짐했다.

"그래, 좋은 신붓감을 골라주자." 그는 이렇게 깊이 생각하다 방아 돌리던 손을 슬며시 멈추고 일어나 방 모퉁이에 있는 자기 침대로 갔다. 노인은 손을 뻗어 침대 밑에 있는 작은 상자를 꺼내 올렸다. 조심조심 상자를 열고서 광목천으로 칭칭 감겨있는 겹옷의 솔기에서 뽕나무 껍질로 된 질긴 종이봉지를 끄집어냈다. 뽕나무 껍질로 되어있는 종이의 처음 한 겹을 펼치자 안쪽에 옅은 황색의 기름종이가 나타났다. 그는 또 이 기름종이를 벗겨냈다. 자그마치 이런 식으로 다섯 겹이나 되었다. 이 다섯 겹을 다 벗겨내고 나자 갑자기 눈앞에 뭔가 번쩍하더니 동시에 자그마한 쇳소리가 들렸다. 백 원가량 됨직한 하얗고 밝은 눈부신 은전이 그동안 칭칭 싸맨 기름종이 속에 쌓여 잠들어 있던 것이다. 마치 갑자기 절세미인이나 발견된 것 같았다. 노인은 손으로 그걸 살며시 만지작거렸다. 그런 그의 얼굴엔 만족스러운 미소가 넘쳐 흘렀다. 아! 이건 노인이 평생을 고생해서 저축한 돈이었다. 지금 이 돈으로 그는 아들을 위해 며느리를 맞으려는 것이다.

먼 곳에서 닭들이 일제히 목청을 돋울 때야 비로소 노인은 환상의 꿈속에서 깨어났다. 그는 재빨리 돈을 예전처럼 한 겹 한 겹 포장해서 상자에 도로 넣었다. 그리고는 방앗간으로 다시 돌아와 콩을 다 간 다음 불을 지펴서 콩을 삶기 시작했다. 날이 밝아올 무렵 첫 번째 솥의 두부가 벌써 다 되었다. 방앗간 앞에선 외발차가 굴러가는 소리가 나더니 오래지 않아 외발차를 밀던 왕아얼王阿二이 가게 문 앞에 멈추어 섰다.

"아저씨! 콩국 다 되었어요? 한 그릇만 주세요."

"어이, 왕아얼! 이리 들어와 의자에 좀 앉지 그래, 내 얼른 갖다 줄게!" 아얼은 그의 말대로 의자에 앉아 시큼한 콩국 냄새를 맡으면서 빨리 콩국을 먹고 싶은지 연신 군침을 삼켰다. 노인이 콩국을 탁자위에 올려놓기가 무섭게 그는 뜨거운 콩국에 입이 데는 것도 아랑곳하지 않고 서둘러 마시기 시작했다. 그러더니 얼마 안 되어 한 그릇을 말끔히 비웠다.

"어때, 한 그릇 더 마시겠나?"

"좋지요. 한 그릇 더 주세요. 두부피豆腐皮: 콩국에 뜨는 단백질 막이나 얇게 썰어 말린 두부도 한 장 넣어 주세요."

노인은 그의 말대로 콩국을 마련해주고, 따로 두부피 한 장을 가져다주었다. 아얼은 두부피를 콩국 속에 집어넣고서 먹기 시작했다. 날은 이미 훤하게 밝아왔고, 콩국을 마시러 오는 사람, 두부를 사러 오는 사람이 줄을 이었다.

이날 날이 저물 무렵 노인은 밖에서 콩을 사가지고 돌아오다가, 마침 외발차를 밀고서 이쪽으로 오던 아얼과 만났다. 아얼은 노인을 보더니 발걸음을 멈추고서 말을 건넸다.

"아저씨, 어디 갔다 오시나 보죠? 무슨 소식 못 들으셨어요?"

"아니, 아무것도. 나는 어디 먼 곳 갔다 오는 게 아니고 근처 리李씨 가게에서 콩을 받아 돌아오는 길이거든. 이제 아들 녀석이나 보러 가려고."

"지금 가서 만나실 수 있을까요? …… 출발했을지도 모를 텐데요?"

"어디를 가는데?"

"자베이閘北에 전쟁하러요."

"전쟁? 누구랑 싸우는데?"

"아저씨, 아직도 모르셨어요? 일본놈들이랑 전쟁이 시작되었어요."

"아니?! 왜?"

"저도 잘은 모르겠지만 오늘 채소를 가지고 자베이로 팔러가다가 도중에 닭과 오리를 파는 왕王형을 만났어요. 형님 말로는 그쪽에 전쟁이 나서 갈 수 없다고 하던데요. …… 그래, 저도 물었죠. 왜 전쟁이 났냐고요. 그랬더니 우리 중국인들이 일본제품을 사서 쓰지 않으니까 일본놈들이 화가 나서 조건을 제시했다더군요. 중국인들이 일본인에게 반대하지 못하도록 하고, 아울러 백성에게 강제로 일본제품을 사도록 시장에게 요구하는 그런 조건이라 하던데요. 만약 자기들 뜻대로 되지 않으면 대포를 쏘겠다고요. ……"

"그럼 시장이 그 조건을 승락하지 않았나보지?"

"듣기론 시장이 벌써 승락했다던데요."

"승락했는데 왜 싸우는 거야?"

"아이 참, 아저씨 말씀하시는 게 답답하시네요. 일본놈들은 만족할 줄 모르는 놈들이라니까요. 우리 중국인들이 겁내면 더욱 더 사나워져요. 그들은 지금 상하이에 주둔해 있는 우리 중국군더러 물러나라고 요구하고 있다니까요. 하지만 아저씨, 그게 말이나 될 법한 소리예요? 상하이는 엄연한 중국 땅이잖아요. 왜 우리가 물러나야 되요? 우리가 일본놈의 요구에 응해 상하이에서 물러난다면 우리 중국인이 스스로 상하이를 그들 손에 넘겨주는 꼴이 아니고 뭐겠어요?"

"아무렴, 그렇고말고. 여하튼 절대로 물러설 수 없지." 노인은 분연히 대꾸했다.

"그럼요, 절대로 물러설 수 없죠. 그래서 전쟁이 시작된 거예요!" 아얼이 탄식하며 말했다.

"전쟁이 시작되었다고? 그거 잘됐다. 이번 기회에 그놈들을 모조리 죽여 버리면 되겠네. 그러면 얼마나 통쾌할까!" 노인은 자신의 강철 같은 주먹으로 탁자를 두드려댔다. 그때마다 양손의 근육이 한층 더 불룩하게 솟아올랐다.

그들이 이렇게 얘기를 나누고 있을 때, 멀리서 펑펑 하는 대포소리가 은은하게 들려왔다. 노인은 눈을 부릅뜨고서 문밖 저 멀리 나무 있는 곳을 향해 말했다. "들어보게, 이건 포성소리가 아닌가?"

아얼 역시 일어나 나지막하게 말했다. "그러게 말이에요? 아마 댁의 아드님은 이미 떠났을 거예요!"

"떠났다고? 떠났다고?" 노인은 반복해서 되뇌었다. 동시에 어젯밤의 그 몽상들이 또 다시 그의 머릿속에 떠올랐다. 아들은 이제 스무 살의 건강한 젊은이고 앞으로 장가를 들어 며느리도 얻고 손자 녀석도 봐야한다. 씩씩하고 활달한 손자 녀석을 품에 안고서 녀석에게 신선한 콩국을 먹여주는 모습, 이 얼마나 달콤하고 아름다운 꿈이란 말인가! 그런데 지금 아들 녀석이 전쟁을 하러 떠났다면……. 전쟁하러 가서 일본놈과 싸우는 과정에서 피도 흘릴 수 있고 어쨌든 생명을 내걸 텐데……. 노인의 눈에선 자기도 모르게 눈물이 그렁그렁 한 가득 맺혔다. 아얼도 노인이 자기 아들을 걱정하고 있다는 사실을 알아차리자, 더 이상 그를 신경 쓰이게 하고 싶지 않아 작별을 고하고서 곧 자리를 떴다. 아얼이 떠난 후 노인은 가게 앞의 두부를 다 정리하고 덧문을 내리고 문을 잠갔다. 그리고 황급히 우쑹전吳淞鎭으로 떠났다. 그의 아들이 주둔하는 병영 앞에 도착하니 과연 병사들이 서둘러 참호를 파고 있었다. 노인은 그곳에서 오랫동안 배회했다. 나중에 그의 아들과 잘 알고 지내던 병사를 보았다. 노인은 즉시 그에게 다가가 먼저 아는 척을 했다. "우리 아들 아직 여기 있나?"

"아드님이요? 오늘 새벽 다섯 시쯤 자베이로 떠났는데요!"

노인의 가슴은 콩당콩당 뛰기 시작했다. 노인은 머뭇거리며 말했다. "어디가 이겼나?"

"우리가 이겼어요!"

"아! 하느님 감사합니다. ……" 노인의 가슴은 기쁨으로 충만했다. 하지만 그가 집으로 되돌아올 무렵 갑자기 그런 기쁨이나 희망은 두려움으로 변했다. 아무리 싸움에서 이겼다고 해도 반드시 우리 아들이 안전하리라곤 단정할 수 없으니까. 만약에 그 애가 영영 돌아오지 않는다면 며늘아기를 보고 손자 녀석을 안아보는 이 모든 것이 영원히 허사가 되어버리겠지. 이런 무서운 적막감은 마치 악마가 냉소하는 것만 같았다. 노인의 건장한 두 팔은 갑자기 힘이 빠지더니 축 쳐져 들어올릴 수가 없고, 그의 양 다리 역시 솜처럼 늘어져 도무지 기운을 차리지 못했다. 노인은 도로가의 커다란 돌덩이에 앉아 힘겹게 숨을 내쉬었다. 이때 피난을 오는 군중들이 문득 눈에 띄었다. 그들은 등에 보따리를 짊어지고 손에는 아이들을 이끌고서, 얼굴은 저마다 공포에 차 허둥대는 기색이 역력했다. 노인은 무리 가운데의 한 소년에게 큰소리로 물었다.

"인걸銀哥兒, 너희들 지금 어디로 피난가는 게냐?"

"우리는 지금 상하이 외국인 조계지로 피난가는 거예요. 일본놈들이 우리 중국인을 기만하고 모욕할 수 있을지는 몰라도 감히 외국인을 건드릴 순 없잖아요."

노인은 이 말을 듣자 마음에 일종의 의문이 들었다. 어째서 일본놈은 외국인한테 꼼짝도 못할까? 아! 그들의 병력이 튼실하고 그들의 국가가 부강하니까, 감히 일본놈들이 그들과 대적하지 못하는구나. 만약에 우리 중국군이 목숨을 걸고 그들과 싸워 그들을 물리쳐 낸다면, 그들이 앞으로 또다시 우리를 기만하고 모욕할까? …… 그래, 목숨 걸고 싸워 물리쳐야 해. 노인의 생각이 여기에까지 미치자 가슴속 깊이 뜨거운 피가 용솟음쳤다. 내가 어째서 우리 아들을 아끼지? 그 애는 소대장이고 그에겐 나라를 지키고 보호해야할 책임이 있는데. 우리 아들은 싸워야만해. …… 아들이 죽음을 두려워하지 않도록 아들 녀석을 격려해야 마땅해. 누구나 태어나면 죽기 마련이지. 아들이 끝까지 자신의 책임을 다하다가 죽는다면, 이보다 더 값진 것은 없지. ……"

노인의 마음은 조금 진정되었고, 그의 전신엔 비로소 힘이 완전히 회복되었다. 그는 천천히 일어나 두부가게로 돌아왔다. 그는 이전처럼 여전히 콩을 갈았지만, 전선의 소식에도 세심한 주의를 기울였다.

대포소리는 점점 더 가까워졌다. 노인은 평소대로 콩국을 끓였지만 그것을 마시러 오는 사람은 줄기만 했다. 근처 잡화점은 오늘 문을 열지 않은 채 창문만 빼꼼히 열고서 문틈으로 장사를 했다. 문 앞을 지나는 피난민 행렬은 끊임이 없었다. 오후 무렵, 하늘에 독수리같은 비행기들이 나타났다. 검은 점 같은 것이 비행기에서 길가로 투하되었다. 바로 산이 무너져 내리는 듯한 파열음이 들렸고, 길엔 커다란 구멍이 움푹 패었다. 피난을 가던 어떤 부인의 왼쪽 팔이 순간 어디론가 날아가 버렸는데, 저쪽 피 웅덩이 속에 뻣뻣하게 굳어버린 팔 한 쪽이 나뒹구는 게 보였다. 그 나머지 두 명의 젊은 남자들의 머리에서는 피가 철철 흐르고 있었다. 하지만 그들은 이런 아픔을 돌아볼 여유도 없이 즉시 밭으로 뛰었다. 그리고 묘 뒤에 재빨리 엎드렸다. 노인은 영문도 모른 채 이런 유혈참극을 바라보고만 있었다. 그 순간 노인은 이것이 바로 전쟁이구나 하고 받아들였다. 하지만 저 사람들은 군인도 아닌데, 왜 그들까지도 안전하지 못할까?

노인이 의심에 차 이런저런 생각을 하고 있을 때 연이어 펑 소리가 들렸다. 그 소리에 가게의 창문과 문이 죄다 덜컹덜컹 흔들렸다. 노인은 벽모서리 끝으로 몸을 피하지 않을 수 없었다. 오후의 청명한 쪽빛 하늘이 창문 틈으로 새어들어 왔건만, 여전히 노인은 자신이 살아있는지 믿을 수 없었다. 방금 일어난 일들이 무서운 악마의 희롱이 아닌가 의심스러워, 그는 자신의 온전한 두 팔을 뻗어보고서야 모퉁이에서 일어섰다. 바깥은 거의 고요를 되찾았지만, 누군가 목놓아 울고 있는 소리가 흐릿하게 들려왔다. 이상하다! 도대체 이게 어찌된 일이지? 노인은 호기심을 억누르지 못하고 있는 힘을 다해 사립문을 열치고 문 앞에 섰다. 하늘에서 윙윙거리는 비행기 소리가 뚝 끊겼다. 고개를 들어 하늘을 보니 하늘빛은 깨끗하기 그지없었다. 참혹한 흔적이라곤 찾아볼 수 없었다. 그래서 그는 시선을 지평선 쪽으로 옮겼다. 아! 움푹 패인 구덩이는 마치 입을 딱 벌리고 있는 호랑이인 양, 그 위는 시뻘건 피로 온통 물들어 있었다. 그리고 남자 두 명이 옷깃을 뜯어 머리에 난 서로의 상처를 싸매고서, 그다지 깊지 않은 구덩이를 파고 있었다. 그러더니 왼팔만 남은 채 안색이 창백해진 부인의 시체를 구덩이 위에 놓았다. 그들은 울면서 구덩이를 흙으로 덮었다. 노인은 잠자코 그들의 모습을 바라보았다. 얼마 지나지 않아 상처 입은 채 피로에 지친 두 남자가 막 이곳을 떠나려는 순간, 노인은 마치 꿈속에서 깨어난 듯 허공을 향해 긴 숨을 내쉬더니 그들을 불렀다.

"이보시오, 젊은이들. 그런 몸으로 더 갈 수 없을게요. 부상을 입었으니 쉬어야만 하오! 이리 내 가게로 들어오시오. 내가 그 상처를 치료할 약을 주겠소. 그리고 콩국이라도 들고 가시오. 아, 참 안됐구려!"

두 젊은이는 노인을 바라보았다. 노인의 자애로운 모습이 그들을 슬픔과 고통에서 깨어나게 했다. 그들은 눈물을 흘리며 노인의 가게 안으로 들어갔다. 노인은 그들을 그의 나무침상에 앉히고 상자에서 두개의 붉은 환약을 꺼내어 그들에게 먹였다. 그리고 그들의 피에 젖은 헝겊조각을 벗기고서 지혈약을 바른 후 깨끗한 천을 찾아 다시 싸매주었다. 두 젊은이는 몹시 감격한 눈으로 노인을 바라보았다. 노인은 그들에게 잠시 눈을 붙이도록 했다. 노인은 아궁이에 불을 지펴 신선한 콩국을 뜨겁게 데운 다음 젊은이에게 마시도록 했다. 두 사람은 노인의 극진한 대접과 치료를 받은 뒤 점차 안정을 되찾았다. 노인이 그들에게 물었다.

"당신들은 어디 사시는 누구시오? …… 죽은 부인은 당신들 친척이오?"

젊은이들 가운데 한명이 대답했다. "우리는 마을의 류劉씨 집에 사는데, 소문이 흉흉한 걸 듣고서 형수님과 몇 가지 중요한 물건만 챙겨서 상하이 조계에 있는 친척집에 가던 참이었어요. …… 누가 알았겠어요. 길가는 중에 포탄을 맞을 줄을 …… 형수님은 이렇게 돌아가셨어요!" 여기까지 말하더니 콩알만한 눈물방울이 젊은이의 양 볼에서 주르륵 흘러내렸다. 다른 젊은이인 그의 형 역시 참지 못하고 대성통

곡을 했다. 노인의 얼굴 또한 불과 같이 뜨거워졌고 그의 늙은 두 눈에 서도 그렁그렁 눈물이 맺혔다. 근육이 불룩한 양팔과 강철 같은 손으로 나무 벽을 내리치면서 화가 치밀어 소리쳤다. "이놈의 세상! …… 우리 같은 백성들이 얼마나 더 이런 꼴을 당해야 하는 거야! ……"

두 젊은이는 노인의 말을 듣자 곧 고개를 떨궜다. 그들은 이때 이미 공포와 두려움에 짓눌려 노인의 이야기를 생각해볼 용기조차 사라져버렸다. 날이 점점 어두워지자 젊은이들은 노인에게 작별을 고하고 마을로 되돌아가려했다.

"형수님은 돌아가셨고, 이제 우리도 상하이로 가려던 마음이 싹 사라졌어요. 집에는 지금 연로하신 아버님이 계시지요.……" 그들 중 한 명이 말했다.

노인은 그들의 손을 굳게 잡고서 말했다. "여보게들, 죽은 형수를 위해서 원수 갚을 생각을 하지 않는가?……"

"원수를 갚는다고요? 우리에게 어디 그런 힘이라도 있나요? 국가에서 훈련시킨 몇 백만의 군인들도 일본놈에게 대적을 못하는 판인데, 우리가 어떻게 ……"

"후! …… 일본놈들, 그놈들도 피와 살을 가진 인간이야. 머리 셋에 팔이 여섯인 괴물이 아닌 바에야, 우리 모두가 힘을 합쳐 죽을 각오로 싸운다면 원수를 갚고 원한을 풀 수 있으리라 난 믿어 의심치 않네 …… 국가가 수백만의 병사를 양성했다고 하나 그들은 자신의 부귀영화만을 위해 주판알을 튕길 뿐 어찌 우리 백성들의 생사를 돌보아주겠는가…… 우리 스스로 구하고 스스로에 의지하여 목숨을 걸어야 ……" 노인은 분개한 어조로 말했다.

두 젊은이는 그 노인을 바라볼 뿐 아무 말도 하지 않았다. 그들 눈에 비친 노인은 마치 미친 사람 같았다. 가게를 떠날 즈음 그들 마음엔 뭐라 형용할 수 없는 느낌으로 가득 찼다. 다만 그들을 향한 노인의 친절함에 감격했고 그저 노인에게 감사할 뿐이었다.

그들이 떠난 후, 노인은 줄곧 문 앞에 서서 떠난 이들의 뒷모습을 바라보고 있었다. 그들이 가림담벽을 돌아서고서야 비로소 노인도 몸을 돌려 안으로 들어왔다.

머잖아 밤이 되어 수많은 별들이 쪽빛 하늘에 빛나고 있었다. 노인은 매일같이 밤이면 저녁식사 후 콩을 찌고서 편안한 맘으로 잠자리에 들었다. 그러나 오늘 밤은 어찌된 일인지 잠을 이룰 수가 없었다. 당연히 그는 그의 하나뿐인 아들을 떠올렸다. 하지만 노인의 마음은 아들에 대한 걱정 말고도 모순된 두 가지 상념으로 뒤엉켜 있었다. 노인은 낮에 만났던 그 두 젊은이를 떠올렸다. 그들은 자신의 아내, 형수를 일본놈에게 잃고서도 반항조차 하지 않았다. 노인은 이것을 수치스럽게 여겼다. 그래서 그들에게 종군하도록 용기를 북돋았던 것이다. 하지만 그는 자신의 하나뿐인 아들을 동시에 떠올렸다. 지금 전선에 나가 있으니 곳곳에 위험이 도사리고 있을 텐데 …… 애당초 그 애를 군대에 보내지 말았어야 했는데 하는 후회가 들었다. 그렇다면 지금쯤 틀림없이 어여쁜 아내를 얻어 손자를 낳고 길러 나의 노년을 외롭지 않게 해주었을 텐데 ……

밤이 되자 포성은 더욱 거세졌다. 끊임없는 포성은 노인의 마음을 온통 한 군데로 집중시켰다. 노인은 불안해서 누워있을 수가 없었다. 그는 기어 일어나 작디작은 방앗간을 맴돌았다. 이윽고 닭의 울음소리가 들리자 그는 간신히 정신을 가다듬고 콩을 방아통에 넣고서 천천히 그 무거운 방아를 움직였다. 그는 오래도록 콩국물이 통에서 넘쳐흐르는 것을 깨닫지 못했다. 넘쳐흐르는 콩국물에 그는 화들짝 놀랐다. 여태껏 이 일이 힘든 일이라고 생각한 적이 없었는데, 오늘 밤은 왜 이다지도 평소와 다른지! 그는 등잔불의 심지를 돋우었다. 그의 강인하고 울룩불룩 튀어나온 팔뚝을 보고 또 보았다. 팔뚝은 여전히 튼튼하고 힘이 넘쳤다. 그런데 왜 방아를 돌리지 못하는 걸까! 노인의 마음은 깊은 심연 속으로 빠져들었다. 그는 콩을 더 이상 갈지 않았다. 그는 오랜 세월 싸두었던 백 위안元을 허리에 차고서 새벽 무렵 여정에 올랐다. 그는 미칠 듯이 아들이 보고 싶었다. 그는 상하이로 발걸음을 재촉했고, 포성 또한 더욱 똑똑히 들려왔다. 마치 구슬을 꿰어놓은 듯한 기관총 소리도 들려왔다. 이 모든 소리가 바늘처럼 그의 가슴을 콕콕 찔러댔다. 그는 당장 자베이로 날아가지 못하는 것이 원망스러웠다. 그가 상하이에 이르렀을 때 태양은 이미 나무 우듬지에서 땅위로 옮겨가 한낮 가까이였다. 노인이 자베이에 있는 철문 쪽으로 발걸음을 서두르는데 이때 마침 외발차를 미는 왕아얼을 만났다. 왕아얼은 놀라면서도 근심스러운 표정으로 노인을 바라보면서 물었다. "아저씨, 언제 오셨어요?"

"오늘 아침 날 밝을 무렵에 출발해서 방금 여기 도착했네 …… 그건 그렇고. 자네 내 아들 보았나? …… 걔가 지금 ……" 노인은 더는 물을 수가 없었다. 그의 심장이 매우 세차게 뛰었다. 피로하고 흥분된 두 눈은 핏발로 가득했다. 그는 두 눈을 부릅뜨고서 왕아얼을 바라봤다. 그의 얼굴엔 초조하고도 뭔가를 갈망하는 듯한 기색이 역력했다.

아얼은 헛기침을 한 번 하더니 머뭇거리면서 입을 열었다.

"보았어요. 그런데 지금 부상을 …… 당했어요!"

"아! 하느님 맙소사. 그 애가 부상을 입었다고! 자네 어떻게 알았나!"

"적십자회의 구호차가 그를 부상병 병원으로 데려가는 것을 제가 봤거든요."

"그 병원이 어딘가?" 노인의 안색이 창백해졌다.

"듣자니, 하이거루海格路에 있는 적십자회의원이라던데 …… 제가 모셔다 드릴게요!"

"좋아, 어서 가자고!" 노인은 아얼을 붙들고 하이거루로 서둘러 갔다.

수많은 부상병들이 병원에 누워있었다. 어떤 이는 다리에 상처를 입고, 어떤 이는 팔이 떨어져 나갔으며, 어떤 이는 총탄에 안구를 다치기도 했다. 의사와 간호사들은 그들의 부상 부위를 싸매주고 있었다. 노인과 아얼은 간호사를 따라 병실로 들어갔다. 그는 그의 아들을 보았다. 노인은 갑자기 온몸을 벌벌 떨면서 아들 앞에 우뚝 섰다. 그는 입으로 중얼거렸다. "아이고, 하느님 맙소사. 이런 변이…… 아이고, 하느님 맙소사!" 아들의 왼쪽 다리와 왼쪽 팔뚝이 사라지고 없었다. 아들은 끊임없이 신음소리를 내면서 창백한 얼굴로 침상에 누워 있었다. 아들은 아버지를 보더니 창백한 얼굴에 승리의 미소를 지으며 나지막이 말했다. "아버지, 제가 일본놈들을 많이 죽였어요. 정말로 통쾌해요. 놈들은 아무것도 아니더라고요! ……"

"하지만 너도 부상을 입지 않았니! 힘들지 않니?"

"아니요, 아버지, 전혀 힘들지 않아요. 아버지는 아서야 해요. 이번 싸움이 중국의 광명을 위한 싸움이었다는 것을. 일본놈들은 아마 상상도 못했을 거예요. 중국에 애국열정으로 끓어 넘치는 젊은이들이 여전히 남아 있다는 사실을. 놈들에게 중국에 아직 사람이 남아 있다는 걸 이렇게 해서라도 알게 해주어야지요.……"

이 젊은 소대장의 얼굴엔 웃음이 가득했다. 그는 다리와 팔의 고통을 잠시 잊었다. 아얼과 간호사들은 자신도 모르게 그를 향해 미소지었다. 노인은 고개를 돌려 창밖을 보았다. 한참 후 그는 그의 아들 침상 곁으로 다가와 그의 이마를 어루만지며 말했다.

"장하다! 너는 진정 자랑스러운 아들이다!" 노인의 기쁨의 눈물이 아들의 이마에 떨어졌다. 동시에 그는 다른 부상병들의 침상으로 건너가 친절하고 존경하는 눈빛으로 그들을 둘러보았다. 병원을 나올 때 노인은 허리에 차고 있던 백 위안을 정중하게 간호사에게 내주며 말했다.

"이 돈을 받아 저 용감한 애국 용사들에게 필요한 물품들을 사주시구려!"

간호사는 돈을 받아들고서 흘러나오는 눈물을 주체할 수 없었다.

아얼은 노인의 어깨를 두드리면서 말했다. "아! 정말 기분 좋습니다! ……"

방문 시간이 다 되어 노인과 아얼은 인파 속에서 병원을 나섰다.

1932년

화염火焰

1

티 없이 맑은 구름과 하늘 가득 반짝이는 별들로 수놓인 밤의 장막이 황푸강黃浦江 가의 상하이시上海市를 뒤덮고 있다. 이 도시에는 삼백만의 시민과 전 세계에서 모여든 여러 나라의 외국인이 한데 모여 각양각색의 다양한 삶을 꾸리며 살아간다. 마치 이 도시는 신비한 괴물 같다. 여기에서 뿜어져 나오는 것으로는 장미와도 같은 달콤한 향기도 있고, 지옥 속 귀신의 울부짖음도 있고, 즐거운 비명도 있으며, 처참한 신음도 있다. 당신이 만약 그 번화한 네거리에 서 있다면 제각각 다른 얼굴과 영혼들을 마주하게 될 것이다.

만약 당신이 시창루西藏路 일대의 호텔 가운데 가장 높은 건물에 서있기만 해도, 당신 눈에 들어오는 것은 온통 눈부신 화려함과 활력으로 충만한 상하이일 것이다. 당신이 여유롭고 한가하게 테라스에 기대어 앞을 바라본다면, 당신은 그저 소리를 내지를 정도로 놀랄 뿐, 야경 아래의 번화함과 화려함을 찬양하는 것 외에 달리 무슨 할 말이 있겠는가? 수선화와 새앙나무 꽃향기를 머금은 밤공기는 차갑게 고요한 밤을 둘러싸고, 오색 전등은 무지개처럼 한길가의 회사빌딩과 호텔을 휘감아 돈다. 무도장의 번쩍이는 현란한 광채들로 천상의 뭇별들은 수줍고 부끄러워 하늘 장막 뒤로 숨어버린다. 전차의 궤도는 엇갈리면서 빙 둘러가고, 날쌘 호랑이와도 같은 전차와 자동차는 겨울밤 차가운 바람을 가르며 앞을 향해 내달린다. 수많은 젊은 남녀와 사치스런 신사들은 북적거리는 군중을 뚫고서 밤의 환락을 찾아 떠돈다.

경마장 맞은편에는 무도장이 우뚝 솟아 있는데, 무도장 창을 통해 취객의 장밋빛 광채가 발산되고 영혼을 뒤흔드는 음악소리가 막 울려 퍼지고 있으며, 샴페인의 향기와 무희들의 유연한 몸매가 지나는 이들의 발걸음을 붙들어 세운다.

9시 15분쯤, 문 앞에 소형 자동차 한 대가 섰다. 차안에서 양복 차림의 한 청년이 내렸다. 그는 흑색 여우가죽 외투에 수달가죽 모자를 쓴 채 총총히 무도장 문을 밀치고 들어갔다. 무도장에서는 제법 그럴싸한 음악소리에 맞춰 한 쌍의 남녀가 사뿐사뿐 춤을 추고 있다. 그는 조용히 사람들 무리를 지나 테이블 옆 의자에 앉았다. 웨이터는 샴페인을 들고 와 예전처럼 잔 가득 샴페인을 따랐다. 그는 샴페인을 홀짝이면서 미소를 머금은 채 낯익은 무희들과 친구들을 바라보았다. 이내 음악소리가 멈추더니, 무리 가운데서 스물네댓 살쯤 되어 보이는 무희가 걸어 나왔다. 얇은 실크 치파오 차림의 그녀는 대단히 풍만한 몸매를 지니고 있었다. 그녀는 걸어 나오면서 곡선의 흔들림과 요염함을 한껏 드러냈다.

"어머, 안녕하세요, 린林 선생님!" 그녀가 말을 건넸다. "오늘 밤엔 왜 이렇게 늦으셨어요. 저희는 벌써 두 번이나 춤을 췄는걸요."

"정말 늦었군요. 하지만 우린 좀 늦게 헤어져도 되잖소." 그가 대꾸했다. "샴페인을 한 잔 마시겠소, 아니면 레몬차를 마시겠소?"

"샴페인이요. 무도장에서 샴페인을 마시지 않으면 춤추는 맛을 잃어버린다는 걸 당신도 아실 텐데요!"

"그렇지, 샴페인은 춤을 살아 움직이듯 활기 넘치게 해주고 또 흠뻑 빠져들게도 해주지. 자, 우리 모두 서로의 건강을 위해 축배를 듭시다!"

"자, 린형, 우리 중화민국의 승리를 위해 축배를 듭시다." 체구가 건장한 한 청년이 맞은편 테이블에서 내달리듯 다가오는데, 손에는 넘실대듯 가득한 샴페인을 받쳐 들고 있었다.

"승리? 그건 사람을 콕콕 찔러 고통을 안겨주는 주술일 뿐이지. 중국이 도대체 언제나 승리할 수 있겠소? 오늘 일본이 요구한 네 가지 조건도 몹시 굴욕스런 치욕이 아니요? 이건 바로 외교실패라고요! …… 우리는 그저 중국이 설욕하는 날이 있기를 기원할 수밖에 …… 자, 자, 좋아, 친구들! 그럴 수만 있다면 좋지, 건배!" 그들은 잔 가득한 샴페인을 받쳐 들고, 한껏 흥분되어 술을 들이켰다.

"듣자하니 여섯시엔 상황이 더 심각해진 모양이에요. 시장이 만약 흡족할만한 회신을 해주지 않으면 일본해군 육전대陸戰隊가 곧바로 전투에 나선다고 하더군요!" 왕치王琪라는 건장한 체구의 청년이 말했다.

"이게 도대체 어찌된 일이에요? 왕 선생님!" 무희는 도무지 알 수 없다는 듯이 물었다.

"최초의 발단은 일본인 승려 몇 명과 중국인이 충돌한 거지요. 듣자하니 그 가운데 승려 한 명이 중상을 입었는데, 일본정부가 항의를 제기하고 일본 부랑자들은 동시에 보복을 꾀했지. 어느 날 오후 떼를 지어 국산품 실업공장인 싼유三友에 몰려가 폭동을 일으켰는데, 일본은 이번 폭동이 자기네들 민중의 공론으로서 대단히 합리적인 것이라 여긴다네. 그래서 말도 안 되는 네 가지 조건을 제시한 거지. 그 중에서 가장 중요한 것은 중국 민중의 주체적인 애국을 허용하지 않고 모든 항일단체를 없앤다는 항목이야,……"

"중국이 그들에게 동의를 했나요?" 무희가 물었다.

"어떻게 동의하지 않을 수 있겠소. 아, 허약한 나라는 정당한 도리조차도 말하지 못하는 법이라오!" 린 선생은 화가 치민 듯 말했다.

"됐어요. 이젠 어쨌든 평온무사해졌으니, 세 번째 음악에 맞춰 춤이나 춰요!" 무희가 요염한 모습으로 일어나자, 린 선생도 방금 전의 분노를 잊은 채 그녀의 허리를 껴안고서 음악리듬에 맞춰 춤을 추었고 왕치 역시 파트너를 찾았다. 그들은 유쾌하게 춤을 추며 낮고 은밀하게 속삭였다. 무도장 안은 온통 여인의 육체의 달달한 향기와 얼큰히 취한 분위기로 가득했다. 이곳의 남녀들은 하나 같이 인간세계를 초월한 듯 보였다!

창밖은 썰렁하고도 을씨년스럽기 짝이 없었다. 가지를 떨구어낸 앙상한 줄기는 마치 요괴와도 같이 흉물스럽게 도로변에 서 있었다. 이들은 무도장에서 한창 춤을 추고 있는 남녀들과는 아무런 관계도 없어보였다.

문밖에서 갑자기 한 청년이 들어오더니, 당황한 기색이 완연하게 외쳤다.

"왕치 선생님!"

왕치는 황급히 무회를 밀치고 문으로 가 물었다. "장張형, 무슨 일이오?"

"상황이 심각해졌으니 어서 돌아가세. 자당께서 속이 타서 죽을 지경이시네. 전화를 걸어 사방으로 자네를 찾고, …… 우리 집도 프랑스 조계의 친척집으로 피신했다네."

"별일 없었잖소? 갑자기 왜 또 이렇게 심각해진 거요!"

"일본놈들 욕심이 끝이 없어서이지. 이젠 자베이閘北에 있는 우리 중국군대를 즉각 상하이에서 철수시키라는 조건을 제시했는데, 이게 말이나 되는 소리입니까?"

"그럼 우리 군대는 물러난답니까?"

"정부야 물론 저항할 생각이 없지만, 듣자하니 여기 주둔하고 있는 군대는 철수하지 않으려고 한다는군요!"

이건 분명 놀라운 소식이었다. 두 청년이 무도장을 총총히 떠난 후, 무도장의 다른 손님들도 모두 미련 없이 자리를 떴다. 그때가 바로 11시 30분이었다.

청년 린원성林文生과 친구들은 인사를 나누고 뿔뿔이 차를 타고 떠났다. 린원성은 톈퉁안루天通庵路에 살고 있다. 그의 차가 베이쓰촨루北四川路로 들어서자, 과연 드문드문 일본 해병이 사방을 두리번거리는 모습이 보였다. 거리에는 행인의 행적이라곤 찾아볼 수 없었다. 그가 집에 도착했을 때, 집안의 전등은 죄다 꺼진 채 아무 소리도 들리지 않았다. 그는 힘껏 초인종을 눌렀다. 얼마 지나지 않아 하녀가 나와 문을 열더니 그에게 말했다.

"도련님, 이층으로 올라가세요. 노마님과 아씨, 그리고 아가씨는 도련님을 기다리다 못해 먼저 조계로 가시면서 쪽지를 남기셨어요. 도련님이 오시면 거기에 적힌 주소로 곧바로 오시라면서 ……"

"꽝"하는 소리가 어디로부터 온 대포소리인지 모르겠지만, 창문이 바르르 떨릴 정도로 진동이 컸다.

"아, 전투가 시작됐나봐!" 하녀는 울상을 지었다.

린원성은 황급히 이층으로 올라갔다. 주방의 서랍은 죄다 잠겨 있었고, 자질구레한 물건까지 몽땅 치워진 채 방은 텅 비어 있었다. 책상에는 과연 쪽지 한 장이 놓여 있었는데 다음과 같이 쓰여 있었다.

"전해지는 소식이 심상치 않아요. 여기도 전쟁터가 될 것 같아요. 한참이나 오빠를 기다렸지만 오지 않으셔서 우리가 먼저 떠나니, 오시면 곧바로 프랑스 조계에 있는 진金 이모님 댁으로 우리를 찾아오세요. 동생 편芬"

린원성은 쪽지를 가슴에 품고서 여기저기를 두루 살피면서 아래층으로 내려왔다. 갑자기 집문 어귀에서 둔탁한 발걸음 소리가 들리기에 슬그머니 대문을 열어보았다. 문 앞에는 이미 모래주머니가 가득 쌓여 있었고, 자그마한 몸집의 원기왕성한 병사들 몇몇이 벌써 참호를 파고 있었다. 린원성이 앞쪽으로 막 발걸음을 내딛는 순간, 광둥廣東 말씨를 쓰는 한 병사가 별안간 말했다.

"이봐요, 어딜 가는 거요? 이미 전투가 시작되었소!"

린원성은 고향 말투를 듣고 곧 그와 고향 사투리로 이야기를 나누었다.

"나는 프랑스 조계로 갈 생각이었소! 그런데 지금은 갈 수도 없고 방법도 없으니, 당신들을 도와 나도 잠시 참호를 파겠소!"

대화를 나누고 있던 그들은 멀리서 장갑차가 심야의 적막한 한길 위에서 이쪽으로 달려오는 소리를 들었다. 참호를 파고 모래주머니를 쌓은 뒤, 린원성과 4명의 병사는 그 안에 함께 몸을 숨겼다. 장갑차 소리가 점점 가까워지자, 그 가운데 소대장 량粱씨가 모두를 향해 참호 속에 숨죽여 엎드려 있으라고 했다. 그리고 자신은 담배를 피우면서 가만히 귀를 기울였다. 린원성이 조심스레 물었다. "적군이 오는데 왜 총을 쏘지 않지요?"

"서두르지 마시오! 아직 멀리 떨어져 있으니, 그들이 가까이 올 때를 기다렸다가 적에게 몇 방 날리면, 총탄도 쓸데없이 낭비하지 않게 될 것이오." 이 말을 들은 린원성은 침착하고도 서두르지 않는 병사의 태도에 전쟁의 공포도 잠시 잊은 채 신기한 재미마저 느꼈다.

이내 량 소대장이 낮은 소리로 명령을 내렸다. "전투 준비!" 땅거미 속에 거대한 장갑차가 한 마리의 흉악한 짐승처럼 실체를 드러냈다. 위쪽의 기관총이 허공에 대고 마구 총을 쏘아댔다. 량 소대장은 담배를 내려놓고서 손으로 지시를 내렸다. 네 명의 병사는 일제히 총을 겨누어 장갑차에 쏘았다. 한차례 짙은 연기가 흩어졌다. 앞의 장갑차 위쪽의 병사 한 명은 벌써 총에 맞은 상태였고, 나머지 한 명도 조수를 잃어 기관총도 소용없는 상황이 되어버렸다. 그러자 그들은 참호에서 기어 나와 목숨을 걸고 모두 앞으로 돌진하였다. 그 장갑차의 병사는 영문도 모른 채 머리를 밖으로 내뻗어 적군의 동태를 관찰하려다가 량 소대장이 차고 있던 큰 칼에 맞고 말았다. 곧 붉은 빛이 뿜어져 나오고, 둥그런 사람머리가 땅으로 떨어졌다. 뒤따르던 다른 장갑차의 병사는 앞쪽에서 사고가 난 것을 알아차리고, 필사적으로 기관총을 쏘아댔다. 그러나 이쪽의 네 명은 소리 없이 땅에 엎드려 적군의 총알이 소진되기를 기다렸다가 장갑차에 뛰어올랐다. 그리고서는 두 명의 적군을 큰 칼로 해치워버렸다. 그들은 손쉽게 두 대의 장갑차를 손에 넣었고, 적군 네 명의 시체에서 군복과 총탄을 모두 회수했다. 아울러 두 명의 병사가 장갑차를 후방으로 이동시켰다. 량 소대장이 병사 한 명과 함께 참호로 돌아오자, 린원성이 이들을 맞으면서 말했다.

"정말 통쾌한 싸움이었소! 나는 일본군이 매우 흉악하다고만 알고 있었는데, 알고 보니 식은 죽 먹기군요!"

"저들은 도련님격 병사들이오. 단정하게 치장은 했지만, 이십여 년간 전투 한 번 치루지 않았다는 걸 알아야 할 것이오. 싸움이란 게 그저 책속의 지식에만 의지해서는 안 되지요." 량 소대장이 말했다.

그들이 이야기를 나누고 있을 때, 어둠 속에서 중국인 보초병 몇 명이 참호방어를 도우러 왔다. 그러나 한동안 적군은 이곳에 나타나지 않았고, 잦아진 총성과 포성만이 자베이쪽에서 들려올 뿐이었다.

오래지 않아 동쪽 하늘이 희뿌옇게 되더니 날이 점차 밝아왔다. 량 소대장이 린원성에게 말했다. "린선생, 당신은 당신 집에 숨어 있다가 구호차가 오거든 그들과 함께 가시오."

푹풍우와도 같은 전투가 이런 흐름 속에서 치러지고 있었다.

2

황혼녘, 하늘은 더욱 음침해지고 짙게 깔린 먹구름이 한데 모여 들었다. 기압은 매우 낮았고, 서북풍은 호랑이가 울부짖듯 으르렁거렸다. 참으로 사나운 날씨였다. 하지만 우리들은 제1대대와 제2대대가 이쪽으로 이동한다는 소식을 듣자 어떤 근심도 떨쳐버릴 수 있었다. 사나운 날씨가 우리와 무슨 관계가 있단 말인가? 제1대대 제4중대 소대장 장취안張權과 제2대대 제17중대 이등병 셰잉謝英 또한 틀림없이 대대를 따라올 것이다. 그렇다면 우린 다시 한 번 기분좋게 모일 수 있게 되리라. 나는 곧바로 막사로 돌아가 소대장 황런黃仁, 철도 포대병 류빈劉斌과 그들을 만나러 가기로 약속했다.

셰잉은 자그마한 체구에 튀어나온 이마 아래로 움푹하고 예리한 눈을 감추고 있다. 셰잉의 얼굴 윤곽과 활기찬 정신은 광둥사람의 특징을 잘 드러내고 있는데, 올해 겨우 열아홉 살이다. 그는 이곳 제3대대 5중대 소대장인 황런과 동향 사람으로, 그들은 유년시절 공부를 함께 했던 학우이기도 하다. 그런데 황런은 오히려 장저江浙: 장쑤성江蘇省, 저장성浙江省 사람 같다. 그의 얼굴 표정은 대단히 온화하고 맑은지라, 만약 그가 입을 열지 않거나 행동을 취하지 않으면, 아무도 그가 장저 사람이 아니라는 사실을 믿지 않을 것이다. 그건 아마도 그가 2년이나 대학교육을 받은 때문일 것이다. 그가 문인의 길을 벗어던지고 군대로 뛰어든 때가 겨우 스무 살이었고, 올해로 스물세 살이다.

볼을 따라 수염이 자란 장취안은 본래 대장장이였다. 그런데 장사로 적자를 보게 되어 철물점의 문을 닫게 되자 군대에 투신했다. 그는 나와 동향이며 그의 철물점이 우리 집 옆이라 이웃이기도 했다.

　류빈은 머리가 상당히 좋고 행동도 제법 재미있는 사람이다. 그의 고향은 후베이湖北로, 우리 둘은 일찍이 병사강습소에서 2년을 함께 공부했다. 올해 스물한 살인 그는 어떤 일이고 심각하게 생각하는 법이 없고, 심지어 적과 육박전을 벌일 때조차 마치 장난을 치는 양했다. 그는 친근하기 그지없어 우리에게 만약 류빈이 없었더라면, 생활의 재미가 훨씬 덜 했을 것이다.

　마지막으로 나를 소개할 차례다. 내 이름은 천쉬안陳宣이고, 제19로군 제13대대 제5중대의 상등병이다. 내 고향은 후난湖南이며, 내 나이 열여덟에 고향의 중학교를 졸업했다. 그런데 토비土匪들이 소란을 피우는데다 집안 사정도 형편없이 기울고 농사지을 땅도 없어서, 출로를 찾기로 마음먹고 있었다. 때마침 어느 친구 집에서 류빈을 만나 우리들은 의기투합했고, 후에 함께 병사강습소에 들어가 함께 두해를 지낸 뒤 군대로 배속되었다. …… 내가 고향을 떠나온 지 햇수로 꼭 오년이 흘렀다. 아버지는 재작년에 돌아가셨고 이젠 어머니만 쓸쓸히 남아 있다. 그저께 어머니가 인편에 보내온 편지를 받아 보았는데, 내 나이가 적지 않은데 아직도 혼사가 매듭지어지지 않아 마음이 놓이지 않으니 휴가를 얻어 한 번 다녀가라는 당부의 말씀이셨다. 물론 당연한 말씀이다. 나는 내 약혼녀가 아주 마음에 들고, 우리의 결혼생활역시 원만하리라 여긴다. 약혼녀는 고모의 딸인 사촌 누이로, 시골 소학교를 다녔지만 아직까지 내게 편지 한 장도 쓰지 않았다. 시골의 순박한 아가씨인 그녀는 타원형의 얼굴에 양 볼이 불그레한 홍조를 띠고 있어 마치 석양의 저녁노을처럼 붉다. 영리해보이지만 결코 교활해 보이지 않는 까만색의 두 눈과 천진하고 수수한 웃음기가 밴 꽃 같은 입술은 얼마나 사랑스러운지! 요 며칠 상황이 그다지 나쁘지만 않았더라도 나는 휴가를 얻어 돌아갈 작정이었다. 하지만 지금은 잠시 이 일을 보류할 수밖에 없다. 장차 어머니와 약혼녀를 상하이로 오라고 해야 할지도 모르겠다.

우리가 장취안, 셰잉 부대의 주둔지에 이르렀을 때, 때마침 그들도 막 막사에서 나왔다. 오늘 밤은 우리가 마침 비번인지라 상당히 자유로웠다. 저녁식사 후 우리는 외출을 신청하여 함께 장완江灣의 술집으로 가서 별실에 자리를 잡았다. 우선 차 한주전자를 끓이고, 다섯 근의 고량주와 간단한 요리 몇 가지를 시켰다. 오늘 밤 우리는 한바탕 맘껏 즐길 계획이다. 앞으로의 운명을 누구도 장담할 수 없으니, 군인의 생활이란 얼마나 아득한 것인가! 군단장이 명령을 내리면, 우리는 곧 모든 것을 내려놓은 채 적과 목숨을 걸고 싸워야한다. 결국 뒤따르는 결과란 어쨌든 한쪽은 피바다 속에 누워 죽어야 하는 것이다.

오늘 밤 우리는 미친 듯이 즐길 것이다. 메이리美麗표 담배를 피우자, 연기가 차가운 공기 속에서 아지랑이처럼 빙글 타올랐다. 뒤이어 웨이터가 고량주를 들여왔고, 우리는 하나 같이 잔을 비웠다. 온몸이 따스한 온기로 달아오르자, 우리는 거푸 몇 잔을 더 들이켰다. 얼굴은 온통 돼지 간처럼 불그스레해졌다. 특히 장취안은 술기운에 얼굴이 붉어져 자줏빛 포도 같은 얼굴빛을 띠었다.

"쉬안宣형, 듣자하니 자네 고모가 빨리 돌아와 사촌누이와 결혼하라 한다는데, 도대체 언제나 우리에게 결혼축하주를 대접할 텐가?" 류빈이 웃으며 내게 말을 건넸다.

"말도 말게. 이런 시국에 결혼할 시간이 어디 있다고?" 이렇게 나는 그의 말을 잘랐다.

"듣자하니 형의 사촌누이 천陳 형수가 빼어난 미인이시라던데, 사진이라도 가져와 우리한테 좀 보여줘야 하는 것 아닌가?" 류빈이 내게 다시 들이대듯 말했다.

"류형, 그만 놀려요. 시골여자들이 뭐 그리 대단하다고? …… 그건 그렇고 요즘 류형의 애인 시黃누이는 왜 그림자도 도통 안보이시나?"

그러자 류빈의 얼굴이 붉어졌다. 하지만 여전히 웃음 띤 얼굴로 이렇게 말했다. "시黃누이? 이 몸이 돈을 벌어 고관이 되고서도 그녀가 오나 오지 않나 보세!"

"어이! 뭐 고관까지도 필요 없지. 류형이 수중의 돈으로 포목점이라도 하나 차리기만 하면 시黃누이가 자네 품으로 돌아오리라 내 보증하네!" 황런黃仁이 그를 놀리듯 말했다. 이제야 알게 되었지만 류빈의 애인 시黃누이가 한 포목점의 새끼 주인이기 때문이다.

"관두세. 그런 여자가 무슨 이야기거리나 된다고. 자, 우리 술이나 마십시다!"

류빈은 다소 감개무량한 듯 고량주를 받쳐 들고 입속에 털어 붓기만 했다. 그러다 그는 완전히 대취하여 큰소리로 〈마전발수馬前潑水〉* 를 부르기 시작했다. 그는 노래를 부르면서 한편으론 손짓을 해댔는데, 이런 그의 실성한듯한 모습에 우리는 배가 아플 정도로 웃었다. 열

---

* 〈마전발수馬前潑水〉는 경극으로, 내용은 다음과 같다. 한漢나라 때 회계군會稽郡에 주매신朱買臣이라는 사람이 살았는데, 아내가 남편의 궁색한 모습에 실망하여 남편을 떠났다. 훗날 주매신이 현령縣令이 되자, 전처는 지난날을 후회하면서 용서를 빌었다. 그러나 결국 재결합은 이루어지지 않았고, 결국 수치를 느낀 전처는 자살을 했다.

시가 되자 멀리서 야경꾼의 시각을 알리는 북소리를 듣고서야, 우리는 각자의 대대로 돌아갔다. 하늘에선 마침 하얀 눈이 내리고 있었는데, 작고 미세한 물방울이 차가운 바람에 섞여 우리의 화끈거리는 얼굴을 스쳐지나갔다.

이제 우리 다섯 사람은 모두 자베이의 방어지역으로 배치받았다. 오늘 이른 아침, 동녘이 희끄무레 밝아올 즈음, 우리는 벌써 추장루虬江路, 바오산루寶山路 일대로 가서 철조망을 설치하라는 명령을 받았다. 우리는 먼저 군수처로 가서 목제골조와 철조망을 수령한 후, 두 소대로 나누어 각 소대 일곱 사람이 철조망을 목제골조에 감아 중요한 길목에 배치했다. 셰잉은 부주의한 바람에 철조망에 찔렸고, 상처를 입은 손에서는 엄지손가락을 따라 피가 방울져 떨어졌다.

12시에 우리는 방어임무를 교대하고 돌아와 점심을 먹었다. 다들 좀 피곤했던 탓인지 막사로 기어가 눕자마자 골아 떨어졌다. 게다가 오늘 밤에는 연이어 야간작업에 투입되어야 했기에 나와 황런은 이 틈에 쉬지 않으면 안 된다고 생각했다. 류빈은 오늘 포대 수비에 투입되었다가 여섯시에야 교대했고, 장취안과 셰잉은 칭윈루青雲路 일대로 방어진을 치러갔다.

오늘도 여전히 날씨는 음산하고 사나웠다. 밤의 차가운 바람과 가랑비가 우리의 몸을 타고 스며들었지만, 우리는 9시경에 전과 다름없이 출발했다. 각자 연장을 든 채 필사적으로 쉬지 않고 참호를 팠다. 대략 3미터 정도 되는 너비와 깊이의 참호가 만들어졌다. 위로 철판을 덮고, 거기다 흙을 뿌려 평지와 구분되지 않도록 했다. 그래야만 적이 알아차리지 못하기 때문이다. 동시에 따로 통로로 쓸 지하도를 파서 서로 오가기 쉽도록 했다. 이러한 공정은 전에 비적을 토벌할 때에도 사용했던 적이 있어서 이번에는 더 튼튼하게 만들었다. 날이 밝자, 대형트럭 한 대에 실려 우리는 후방으로 배치되었고, 한 끼를 겨우 때운 뒤 눕자마자 잠이 들었다.

오후에 셰잉과 장취안이 방어임무를 교대하고 돌아오자 우리는 다시 한자리에 모였다.

"야, 이번 전쟁은 진짜 살벌하네!" 셰잉이 말했다.

"무슨 소식이라도 들었어?" 류빈이 다급하게 물었다.

"내가 오늘 561여단의 비서 위안袁선생을 만났는데, 글쎄 그 사람이 나한테 이런 흉한 소식을 알려주지 뭐야. 일본사람들이 우리나라 동북지역을 강제로 빼앗고도 여전히 야심에 불타 극심한 자연재해로 지금 정부가 정신이 없는 틈을 타서 우리나라 한 가운데 위치한 상하이를 점령한 다음에 창장長江 유역까지 손아귀에 넣을 거라지 뭐야. 그렇게 하면 우리나라의 가장 풍요로운 곳을 차지하게 되는 셈이지. 또 한편으로는 동북지방에서 군대를 일으켜 화베이華北까지 점거한다니, 그럼 중국의 판도는 완전히 일본군 손에 들어가게 되겠지. ……그 와중에 일본인 부랑자들이 우리 싼유 실업공장을 방화하는 일이 일어났지. 이게 도화선이 되어 때가 되면 화약고까지 불이 번져 폭발하는 사고가 나는 게 당연하지 않겠어. 이렇게 놓고 보면 상하이가 전쟁에 말려드는 것은 불 보듯 뻔한 이치라니까. 그러니 일본군이 만약 상하이를 점거한다면 우리가 첫 공격 대상이 되는 건 당연한 수순이겠지,……"

셰잉의 보고는 무슨 까닭인지 우리를 몹시도 흥분시켰다. 전쟁이란 사실 몹시 두려운 것으로, 그 결과는 비참함과 죽음과 파멸뿐이다. 더구나 내전은 자기편끼리 총으로 겨눠 죽이는 것이다. 도대체 우리 사이에 무슨 한 맺힌 원한이 서려 있기에 이렇게도 분통을 터뜨리며 이를 갈고 살육을 해야 하는가? 우리 쪽 장군들은 우리에게 이렇게 훈계하곤 했다. 전쟁에 임해서는 사력을 다해 적을 죽이고 돌아보지도 말아야 비로소 나라를 지키는 진정한 군인이라고. 하지만 우리가 우리 편을 죽이는 것이 나라 지키는 것과 무슨 관계가 있단 말인가? 그런지라 우리는 내전을 치를 때마다 너나 나나 할 것 없이 모두가 휘청거리며 정신을 차리지 못했고, 두 달치 봉급을 먼저 지급받은 뒤에야 겨우 총자루를 들었다. 때로 상대방이 적군이 아니고 잘 아는 사람인 걸 알고 나면 차마 방아쇠를 당길 수가 없었다. 모두들 공중을 향해 총한 방을 쏜 뒤 그저 쏘는 척 자세만 취했다. 그래서 우린 정말로 이해할 수가 없었다. 우리가 왜 군인이 되었으며, 무엇을 위해 싸우는지.

"일본군이 진짜로 쳐들어온다면, 우린 놈들과 죽고 살기로 싸울거야. 그놈들이 도대체 얼마나 대단한지 두고 볼 거야!" 황런이 흥분한 어조로 말했다.

"대단할지 어떨지는 우리도 알 수 없는 일이지. 다만 그놈들은 머리에 번쩍번쩍 빛나는 철모를 쓰고, 도톰한 황토색 군복을 몸에 걸치고 있겠지. 또 다리엔 검게 윤이 나는 가죽군화를 신고서 큰 거리를 활보하며 마치 제 세상인 양 설치며 우쭐대겠지!" 류빈이 말했다.

"그놈들이 얼마나 대단할 지는 생각할 거 없고, 일본군도 결국엔 피와 살로 이루어진 사람들이니 총알이 그놈들 몸을 뚫고 지나가면 여지없이 피를 흘릴 거야. 게다가 전쟁이 정의를 위한 것이라야 당당하고 떳떳하다면, 우리의 꼬락서니가 비록 망측할지라도 우리의 마음만은 빛날 터이니, 뭘 두려워하겠어?" 황런이 말했다.

우리가 이렇게 이야기를 나누고 있을 때, 제5대대 제6중대 중대장 친궈슝秦國雄이 들어왔다. 그는 영리하고 지략 넘치는 지휘관으로, 올해 겨우 스무살인데도 벌써 부중대장이 올랐으며, 문학도 매우 좋아하여 가끔씩 소시小詩 한두 수를 짓기도 했다.

그는 앉아서 담배를 피우면서 말했다. "일본사람은 정말로 황당해. 중국군대는 공격할 만한 가치도 없다고 하질 않나, 네 시간이면 상하이에 주둔해 있는 19로군을 처리하고 상하이를 점령할 수 있다고 영국이나 미국 사람들에게 떠들어댄다더군. 이런 허풍에 어찌 기가 차지 않겠는가!"

"물론 선양沈陽의 일을 선례로 삼는다면 뭐 헛된 망상은 아니겠지만, 일본사람이 우리 중국인 전체를 잘못 본 것이죠. 중국민족이 평화를 지극히 사랑하여 남 침략하는 걸 즐겨하지 않는다지만, 그들이 그저 우릴 우롱하고 노략질만 해대니 우리도 스스로를 지킬 수밖에! ······우리 군단장께서 이 일에 대해 총체적인 계획이 있으신지 모르겠지만." 나는 이렇게 말했다.

"물론 계획이야 있지. 다만 시기가 아직 무르익지 않았어. 우리가 알 길이 없을 따름이지." 친궈슝이 말했다.

"그렇다면 우리 한 잔 마시면서 중화민족의 최후의 승리를 경축합시다!" 류빈이 어디선가 고량주 한 병을 가져 왔다. 모두들 흥에 겨워 잔을 치켜들고서 경축의 구호를 높이 외쳤다.

요 며칠 동안, 모두들 기대하는 바가 있는 듯 긴장된 기분으로 전쟁의 두려움조차 잊어버렸다. 뜨거운 피로 혈관은 온통 부풀어 올랐고, 각자의 마음은 맹렬한 불길을 억누르고 있었다. 이제 기회만 주어지면 금방 타오를 것이다.

우리는 방어임무를 교대하고 후방으로 돌아올 때마다 어김없이 우리가 소지하고 있던 라이플총을 광이 날 정도로 닦았다. 류빈이 입을 열었다. "언젠가 사랑스러운 내 총에 입맞춤하지 않을 수 없을 때가 오면, 일본인이 우리나라에 가한 압박과 치욕을 완전히 씻어낼 수 있을 거야!" 그다지 심각하지 않은 얼굴에 그가 익살스런 표정까지 지으며 이렇게 말하니 우리는 자연스레 웃음보가 터졌다. 하지만 나는 이것이 참된 진리이며 남에게 침략과 치욕을 받지 않으려면 반드시 스스로를 지키는 힘이 있어야 한다고 믿었다. 그렇지 않으면 아무리 정당한 이치라도 헛된 명목에 지나지 않을 것이다. ……

오늘도 별일 없이 조용히 지나갔다. 모래주머니를 쌓고 참호를 파는 것 외에 달리 새로운 임무는 주어지지 않았다.

하지만 내일은? 설령 태양이 오늘처럼 여전히 밝고 찬란할지라도 그 아름다운 광채 속에 무슨 일이 있을 줄 누가 예견할 수 있겠는가?

3

시청이 일본 측의 최후통첩을 받았다는 사실을 오늘 알게 되었다. 일이 여의치 않을 것이며, 전쟁이 코앞으로 다가왔음을 직감했다. 우리는 극도로 긴장된 분위기속에서 대기했다. 저녁을 먹었지만, 어떤 낌새도 엿보이지 않았다. 설마 아무 일없이 평화롭게 해결된 것은 아니겠지? 셰잉이 전해준 소식에 따르면, 일본이 요구한 4가지 조건, 즉 사과하고, 범인을 징벌하고, 위로하고, 항일단체를 봉쇄하는 것을 시청이 이미 승인했다는 것이다. 아, 우리는 탄식을 금치 못했다! 중국 정부에게는 저항하지 않는 것 말고는 어떤 방법도 없었다. 그들은 그저 벼슬살이에 급급하여 온종일 백성의 고혈만 쥐어짠다. 민중이 얼마나 분노하는지 조금도 신경쓰지 않는다. 셰잉은 애꿎은 라이플총만 광이 나도록 닦아댔다. 그렇게라도 해야 쌓인 울분이 누그러지는 것 같았기 때문이다. 모두들 맥없이 잠자리에 들었고, 하늘은 점점 짙은 흑색으로 덮여갔다. 아득히 희미한 별 몇 개와 가물가물 빛을 잃은 대지는 온통 썰렁하고 적막한 침울 속에 잠겨 있었다.

갑자기 전령이 전 대원의 소집명령을 전해왔다. 우리는 바로 일어나 등에 총탄을 메고 병영 앞에 똑바로 선 채 군단장의 명령만을 기다리고 있었다. "최전선으로 이동한다. 일본 해군의 육전대가 이미 공격을 시작했다."

"네! 전선으로 갑시다!" 우리는 며칠 동안 진심으로 기다렸던 일이 전선으로 달려가 적을 죽이는 것이었던 것처럼 저도 모르게 나지막이 환호했다.

우리는 트럭에 올라탄 지 10분이 채 안되어 목적지에 도착했다. 그때 일본군은 세 길로 흩어져 우리를 공격해왔다. 한 길은 톈퉁안天通庵역에서 북서쪽으로 공격했고, 또 한 길은 하꾸이루哈桂路에서 황빈루黃濱路로 통로를 취하려 했으며, 나머지 한 길은 추장루에서 광둥제廣東街로 쳐들어왔다. 우리 부대는 추장루 어귀의 전선에서 일본군과 싸왔다. 마침 한밤중인데다 북서풍이 사납게 몰아쳐 마치 칼로 에이는 듯한 한기로 몸서리를 쳤다. 하지만 우리의 뜨거운 피는 마음에서 온 몸으로 이내 용솟음쳤다. 우리는 모래주머니 뒤에 숨어 조용히 기다렸다. 앞쪽에서 콰르릉하는 소리가 점점 크게 가까워졌고, 무지막지한 괴물 같은 장갑차가 선봉대가 되어 우리 쪽 전선으로 돌진해왔다.

"수류탄 투척!" 황黃 소대장이 명령을 내렸다. 우리는 민첩하게 손에 쥐고 있던 수류탄의 안전장치를 뽑아 꿈틀거리는 앞쪽 장갑차를 향해 힘껏 내던졌다. 한바탕 연기로 자욱한 곳에선 우레 소리가 진동했고, 마침내 선봉에 섰던 장갑차가 뒤집어졌다. 곧바로 우리 부대는 밀물처럼 기세 좋게 돌진했고, 장갑차 근처에 숨어있던 몇 명의 적군도 슬금슬금 도망하다 날카로운 우리 군대의 칼에 찔려 죽었다.

원래의 전선으로 복귀할 때, 길가 띠집 안에서 어린애의 우는 소리와 남녀의 이야기 소리가 들려왔다.

"벌써 우리 집 앞까지 쳐들어왔어요. 어쩌자고 아직도 도망가지 않았어요?" 여자가 울음을 삼키며 말했다.

"아, 방법이 있어야지! 낸들 왜 도망가고 싶지 않겠소. 하지만 당신이 보듯이 늙으신 어머님이 병까지 얻으셨으니, 어떻게 피신할 수 있겠소!" 남자가 탄식하며 말했다.

"저야 뭐 걱정이겠어요, 하지만 이 아이들은 어떡하고요? 거기다 제 뱃속에도 아이가 있는데. 그러지 말고 당신이 아이들을 먼저 보내고 나서 다시 와서 어머님을 모시고 간다면……"

"모두들 떠나버리고 어머님만 남으시면 포화에 돌아가시지는 않더라도 놀라서라도 돌아가실 것이요. 그러니 당신이 아이들을 데리고 떠나시오. 나는 어떻든 어머님을 지켜드려야겠소!" 이건 남자의 목소리였다.

"여자인 몸으로 그것도 임신한 여자가 네 명이나 되는 아이들을 데리고 어떻게 떠나라고 그러세요. 소문에 어제 일본군이 이웃 장^張나으리 댁 며느리를 칼로 찔러 난도질을 했다는데 나 혼자서 어떻게 떠날 수 있겠어요?" 여자는 더욱 슬피 울었다.

"그것 또한 운명이오. 생각해보시오. 우리는 원래 가난해서 별 일이 없어도 버텨내기 힘든데, 지금 같은 전시에 세상조차 어수선하니 오직 죽음을 기다리는 수밖에 없지 않겠소! ……" 남자도 울음을 삼켰다.

아이들도 처량하고 새되게 우는지라 나는 머리를 내밀어 살펴보지 않을 수 없었다. 그 남자가 예닐곱 살 먹은 두 아이를 두 개의 대나무 의자에 묶고 있고, 아이들은 필사적으로 기어 내려오려 했다. 남자와 여자의 얼굴 역시 흘러내리는 눈물로 온통 범벅이 되어 있었다.

남자는 눈물을 닦으며 이렇게 말했다. "얘들아, 이 아빠가 너희에게 미안하구나. 너희들을 먹여 살릴 수 없고 그저 운에 맡길 수밖에 없으니 말이다!" 이렇게 말하며 남자는 메모한 종이를 아이들의 가슴 앞에 내려놓았다. 종이에는 이렇게 쓰여 있었다.

"곤경에 빠진 이 사람은 아이들을 부양할 힘이 없습니다. 만약 덕행이 높으신 분께서 양자로 삼아 키워주신다면 참으로 그 공덕 한이 없을 것입니다!"

아이들은 여전히 필사적으로 울어댔고, 판자 침대에 누워있는 병든 노부인은 온몸을 부들부들 떨고 있었으며, 중년의 부인은 눈물을 삼키며 흐느끼고 있었다. 아, 이 얼마나 참담한 광경인가! 내겐 방법이 없었고, 또 들어가 그들을 번거롭게 하고 싶지도 않았다. 급히 몸을 돌려 앞 대열을 뒤쫓아 참호로 돌아갔다.

셰잉이 고개를 돌려 내게 말했다. "피난민의 울음소리를 들었어?"

"왜 못 들었겠어? 게다가 나는 피난하고 싶어도 그러지 못해 그저 죽기만을 기다리는 사람들의 참상까지 보았는걸." 나는 한숨을 내쉬며 말했다.

"뭘 보았길래?" 셰잉이 물었다.

방금 전의 일을 내가 설명해주자, 모두의 얼굴은 슬픔과 분노로 가득 찼고, 두 눈은 불이 뿜어져 나오는 듯 붉어졌다.

"그러니 우리가 어떻게 이 잔인무도한 일본군과 목숨을 걸고 싸우지 않을 수 있겠어?"

황 소대장이 화가 치밀어 말했다. "그들의 눈에는 세계 공리도, 인류평화도 없으니 우리 중국을 침략한 게 아니요. 우리는 공리를 위해, 그리고 민족의 생존과 인류평화를 지키기 위해 이 잔혹한 무리와 싸워야 하오. ……우리 군단장의 말이 옳소."

비분의 불꽃이 우리의 온 몸을 불태우는 듯했다. 모두들 참호에서 잠을 청하고 있었으나 아무도 잠들지 않았으며, 피곤조차 잊은 채 긴장감 속에서 대기하고 있었다.

멀리서 트럭 소리가 들려왔다. 재빨리 고개를 참호 밖으로 내밀어 살펴보니, 지원군이 도착한 것이었다. 철도 포대炮隊도 작전에 참여하였고, 류빈도 왔다. 그것만으로도 우리는 몹시 흥분되고 고무되었다.

"잘했어. 너희가 벌써 전투에 이겼다면서!" 류빈이 뛰어들면서 말했다.

"솔직히 말해, 그놈들은 빛 좋은 개살구들이지!" 셰잉이 말했다.

류빈이 우리에게 담배 한 갑을 건네주었다. 모두들 한 개비씩 피워 물자, 담배연기가 허공에서 뒤엉켰다. 이때 사위는 정적만이 감돌았고, 야광시계는 막 3시 반을 가리키고 있었다. 그런데 갑자기 타타타타 기관총 소리가 났다. 동시에 윙윙거리는 비행기 소리가 하늘을 가로질렀다. 우리는 후다닥 일어나 모두 참호에서 대기했다. 멀리서 적의 대부대가 엄청난 숫자의 장갑차를 이끌고서 우리를 공격해왔다. 우리가 총을 쏘자, 셰잉이 미친 사람처럼 달려 나가 두 손에 들고 있던 수류탄을 동시에 던졌다. 꽝하는 소리와 함께 장갑차의 바퀴가 박살났다. 어떤 마력이 우리를 밀어부쳤는지 모른다. "죽여라! 앞으로 돌격!" 양쪽의 거리는 더 가까워졌다. 우리는 총을 쏠 필요도 없이 날카로운 칼로 앞으로 돌진했다. "죽여라!"하는 소리에 몹시 당황한 적군은 허둥대며 뒤로 돌아섰지만, 우리는 이미 그들을 따라잡았다. 셰잉의 예리한 칼은 이미 적군 한명의 가슴팍을 찔렀고, 와중에 나는 한 명을 생포했다. 우리는 적의 진영까지 뒤쫓았고, 뒤쪽의 충원된 부대도 따라잡았다. 이렇게 해서 적의 무리는 마치 사나운 바람에 뽑혀나간 썩은 나무 같이, 한두 번 번쩍 하는 사이에 죄다 쓰러지고 말았다. 그 가운데 한명이 상처 입은 사자 같이 포효하고 헐떡이며 소리를 질러댔다. 나는 화가 치밀었다. 그의 가슴 한복판에 칼을 휘두르고 나니 조용해졌다.

이번 전투로 우리는 적잖은 총탄과 소총을 노획했다. 젊고 똑똑한 병사 하나가 구리로 만든 철모 몇 개를 빼앗아 들고 들어오더니 웃으면서 말했다. "이건 집으로 가져가 솥으로 쓰는 게 낫겠어요. 확실히 튼튼하고 오래쓸 것 같아요." 우리도 모두 하하 웃었다.

이번 전투에 우리는 정말 열심히 싸웠다. 우리의 전선은 오른쪽으로 황빈루까지, 그리고 왼쪽으로는 톈퉁안까지 넓어졌으며, 옆쪽 우측 부대는 허난루河南路 방면으로 진격했다. 전선은 하이닝루海寧路 이남, 라오바쯔루老靶子路 이북까지 나아갔다. 적군은 이때 어찌할 바를 모르고 안면몰수한 채 정신없이 도망쳐 조계로 달아났다. 얼마나 급했던지 번쩍거리는 동 모자도 던져버리고 견장도 내 버린 채 총도 몸에 지니지 않았다. 그 빛 좋은 개살구인 '제국군인'의 위엄 따윈 이미 사라지고 없었다. 그런데 우리는 죽일수록 오히려 정신이 번쩍 들었다. 우리는 사는 게 짜증스러워 스스로 죽음을 택한 게 결코 아니었다. 그러나 우리는 한낱 침략을 당하는 약소민족이 아닌가! 그저 우리들의 피와 의지로 우리 민족을 위난에서 구해내는 것 외에 더 이상 무얼 알아야 하겠는가?

그렇지만 우리의 군단장은 이렇게 명령을 하달했다. "우리는 인류의 신의와 세계평화를 위해 적이 쳐들어오면 저항할 뿐이지, 프랑스 조계로 쳐들어가서는 안 된다!" 우리는 일본군이 왜 프랑스 조계를 근거지로 삼아 우리를 공격하는 것인지 도무지 이해되지 않았지만, 신의를 지켜야 했기에 조계로 쳐들어가지는 못하고 적군을 모조리 군함으로 쫓아버렸다. 아, 이 불공평한 이치는 신만이 재판하실 일이겠지!

정오 무렵 우리는 후방으로 이동하여 쉬었다. 트럭 몇 대가 우리 전우들을 싣고서 울퉁불퉁한 대로를 달렸다. 태양은 여전히 아름다운 광채를 발산하며 대지를 비추었다. 하지만 뻣뻣하게 굳어버린 사지와 엉켜 붙은 붉은 피는 우리에게 인류의 추악함을 보게 하였고, 이런 추악함은 대자연의 아름다움조차 덮어 숨길 수 없었다. 길가의 시냇물이 졸졸 소리를 내며 흘렀는데, 쏴 하는 바람소리와 함께 나는 그 띠집에서 흐느끼던 남녀와 병들어 위중한 노부인, 그리고 장차 부모에게 버림받을 멋모르는 아이들이 떠올랐다. 아, 인간은 왜 전쟁을 해야만 하는 것일까! 인간의 한 인생이 이렇게도 한순간인데, 우린 그래도 아직 이십대 청춘이 아닌가. 우리는 생명을 사랑하고, 인생의 재미도 맛보아야 할 터이다. 그러나 어젯밤 전장에서 뻣뻣하게 누워 있던 병사들, 그리고 심지어 적군까지도 모두 생명을 사랑하고 인생을 맛보고 싶었으리라. 하지만 그들이 아무런 이유도 없이 우리의 동북 3성을 침략해서 무고한 인민들을 살해하고, 노동자들이 피땀 흘려 세운 건물들을 불태운 걸 떠올렸다. 이것으로도 부족했던지 그들은 칭다오靑島를 노략질하고, 사복경찰을 이용해 톈진天津을 공격했으며, 마침내는 상하이로 쳐들어가 못된 짓을 저질렀다. 그들은 우리를 전쟁의 소용돌이로 몰아넣었다. 우리가 아무리 참는다 할지라도 우리의 목숨줄을 꽉 틀어쥐고서 멋대로 빼앗고 쪼개놓으니 어떻게 스스로의 생명을 사랑할 수 있으며 인생을 맛볼 수 있겠는가?! 이제 우리는 희생할 각오가 되어 있다. 비록 내 개인은 생명과 인생을 즐길 수 없을지라도, 우리 민족과 우리 자손은 우리의 분투로 살 길이 열릴 것이다. 아! 이 얼마나 위대한 힘인가. 우리를 밀어 전선으로 가게 하라! 전쟁의 신이 흉측하고도 섬뜩한 미소를 짓더라도 우리는 그 미소 속에서 출로를 찾아야만 하리라! ……

트럭을 타고 가는 동안 나는 수많은 생각을 했다. 트럭은 벌써 후방에 도착했다. 류빈과 장취안도 왔다. 우리의 몸과 마음은 잠시 해방감을 맛보았다. 어젯밤의 교전이 이제야 극심한 피로를 느끼게 했다. 모두들 탄띠와 라이플총 등을 내려놓고 편안하게 다리를 뻗은 채 잠을 잤다.

장취안이 밖에서 들어오면서 말했다. "빨리들 나가봐, 많은 시민들이 온정의 마음으로 먹을거리를 들고 와 우릴 위문한대." 모두들 나가보니 과연 그들은 질서정연하게 서 있었다. 거기에는 신사 모습의 남자도 있고, 여학생 차림의 아가씨도 있었다. 신사 몇 명이 군단장에게 전선의 전투상황을 묻고 난 뒤, 우리에게 이렇게 말했다.

"동지 여러분, 모두 수고하셨습니다. 우리 시민들은 전선에서 직접 싸우지는 못하지만, 동지 여러분의 방패가 되기를 소망합니다. 여러분이 끝까지 투쟁하시기를 바라면서, 여기 각 민중단체에서 여러분께 보내온 물품을 가져왔습니다. 이것으로 우리의 약소한 감사의 뜻과 경의를 표하는 바입니다."

군단장은 우리에게 정자세로 그들을 향해 감사의 뜻을 표하라고 명했다. 그런 뒤 여성 몇 분과 함께 곧바로 한 묶음씩 물건을 나누어 줬다. 물건을 받은 우리는 해산하여 막사로 돌아와 물건을 풀어보았다. 안에는 빵도 있고, 과자도 있었으며, 말린 소고기와 사탕도 들어 있었다. 우리는 이걸 바닥에 펼쳐놓고 먹으면서 웃고 이야기를 나누기도 했다. 결국엔 이걸 몽땅 배속에 집어넣었다. 류빈이 말했다. "굉장하다. 방금 전에 배가 너무 고파 허리띠를 꽉 조여 놨거든. 이제 배가 터지도록 먹었더니 배 둘레에 흔적이 남았구만!" 이렇게 말하면서 그는 허리띠를 느슨하게 풀더니, 배를 쓰다듬으면서 안간힘을 썼다. 그의 모습에 모두들 하하하 기분 좋게 웃어댔다.

나의 위아래 눈꺼풀이 맞붙는가 싶더니, 얼마 지나지 않아 그들의 얘기가 전혀 귀에 들어오지 않았다. 기분 좋게 단잠을 자고 일어나니 벌써 여섯시였다. 몸을 돌려 보니 베개 옆에 편지 한통이 놓여 있는데, 다름 아닌 어머니가 보내온 것이었다. 나는 서둘러 뜯어보았다.

쉬안아

지난주에 휴가를 내서 집으로 돌아와 결혼하겠다는 네 편지를 받고서 엄마는 몹시 기뻤다. 필요한 물건은 내가 네 고모랑 대강 준비해 두었다. 비용은 엄마가 여러 해 베를 짜서 200위안을 모아두었단다. 나머지는 돼지나 한 마리 팔고, 여기저기 모으면 그럭저럭 되겠지 싶다. 고모도 마침 우리 사정을 잘 이해하시고 신랑 집에서 보내는 예물도 많이 필요하지 않다고 하시니 4,50위안만 보내면 될 것 같구나. 이외에 네 새 옷은 한 벌 지어야 할 것이고, 방에도 꼭 필요한 것은 좀 사야겠지. 거기다 혼사 당일 피로연과 기타 경비가 250위안 정도는 될 것 같구나. 네 사촌누이도 상당히 부지런하고 알뜰한데다 미모까지 갖추었으니, 너도 분명 마음에 들 것이다. 바라기는 네가 연말정도에는 돌아와 혼사를 치렀으면 좋겠구나. 그래야 이 엄마도 마음을 놓을 수 있을 테니 말이다.

엄마가

결혼과 전투, 이 두 가지 생각이 내 마음을 나누어 차지하고 있었다. 약혼녀의 빈틈없는 그림자가 나의 마음에 또렷이 빛을 발하고 있었다. 어머니는 올해 쉰한 살이다. 어머니는 나의 결혼이 당신의 늘그

막의 적적함을 위로해주기를 바라신다. 나 역시 문득 문득 외로움을 느끼니, 내게도 결혼은 그다지 나쁘지 않을 것이다. ……

멀리서 포성 소리가 들려왔다. 적군의 잔인한 얼굴이 모든 것을 잊게 해주었다. 나는 어머니의 편지를 몸속 작은 호주머니에 집어넣었다. 집합명령이 벌써 하달되었다. 오늘 밤 우리는 전과 다름없이 전선으로 달려가 진지를 사수해야 한다. 전선으로 왔지만 격렬한 전투는 없었다. 이따금씩 소총의 사격소리만 한두 방 들려왔다. 다만 우쑹吳淞 쪽의 포성은 매우 잦아서 우리를 걱정시켰다. 적군은 빛 좋은 개살구라고는 하지만, 그들의 화기는 수량도 많고 예리했다. 우리는 소총과 박격포 몇 대에 의지해 그들과 필사적으로 전투를 벌이고 있는데, 이건 사실 너무나 쉽게 목숨을 내거는 것이었다. 다행히 적군의 대포는 눈을 감고 쏘는 것처럼, 대포 뒤에 몸을 숨긴 채 마구 쏘아대고 있었다. 이건 비싼 포탄을 낭비하는 형국으로, 자기네 나라에 실업자 몇 천 명을 더해줄 따름이었다.

우쑹 쪽에서 전황 보도가 왔다. 보도에 따르면, 오늘 한두 시까지 우쑹 어귀에 정박해 있던 일본 군함이 어귀 너머까지 밀고 들어와 우쑹 포대에 맹렬한 공격을 가했다고 한다. …… 동시에 우쑹 부근의 포구 언덕인 장화방張華浜 방면에 대규모의 일본군이 상륙하여 포화의 엄호 속에 포대를 탈취할 계획이었다. 그러자 우리 쪽에서도 포화를 몇 번 퍼부었다. 더는 버틸 수 없게 되자 적은 하는 수 없이 후퇴했다. 방법이 없게 된 적군은 육상 전투 대신 곧바로 비행기를 띄워 공중을 선회하다 포대 쪽으로 폭탄을 투하했다. 하지만 포탄이 해변의 모래 위에 떨어지는 바람에 불발되고 말았다. 한편 우리 쪽의 포대 포구가 하늘을 향하자, 그 흉악한 비행기는 더 이상 포탄을 투하하지 못한 채 허둥지둥 줄행랑을 쳤다.

　전투를 시작한 지 꼬박 스무 시간째이다. 일본의 시오자와鹽澤란 자는 4시간 이내에 우리 군대를 모조리 쓸어버리겠다고 말했다. 하지만 지금은? 셰잉은 이렇게 말했다. "평소 의기양양 오만방자하던 시오자와의 대가리가 바지 가랑이 사이로 숨어야겠구먼." 우리 모두 분노에 찬 쓰디쓴 웃음을 짓지 않을 수 없었다.

4

　오늘 전선은 너무 적막하다. 우리는 참호에 숨어 축음기를 들었다. 류빈이 메이란팡梅蘭芳의 〈천녀산화天女散花〉* 음반 한 장을 찾아 축음기에 올리고, 자기도 여인의 작은 소리를 따라 불렀다. 류빈은 원래 체격이 뚱뚱하였는데, 회색 군복 아래 몸을 가려도 불룩 튀어나온 모습이 참으로 가관이었다. 그래도 그는 몸을 이리저리 흔들면서 천녀가 꽃을 뿌리는 춤을 흉내냈다. 이 모습이 너무도 우스워 우리는 참호 안에서 데굴데굴 굴렀다. 장취안이 환한 웃음을 띤 채 먹을거리를 한 보따리 가지고 들어왔다. 우리는 마치 한 무리의 원숭이 떼처럼 우르르 달려들어 잽싸게 한 몫씩 채갔다. 어디서 이렇게 좋은 것들이 왔는

---

* 〈천녀산화天女散花〉는 법회法會 중에 한 천녀天女가 공중에서 꽃을 뿌렸는데, 여러 보살에 닿은 꽃은 모두 땅바닥으로 떨어졌지만, 사리불, 목건련 등 10대 제자에게 떨어진 꽃은 떨어지지 않았다. 그러자 천녀가 "이는 습기가 다하지 못했기에 꽃이 몸에 붙어 있었던 것이다"라고 설명한 불교 이야기에서 유래되었다.

지 모르겠지만, 안에는 소고기와 닭튀김, 관성위안_{冠生園: 100여년 역사}
_{를 지닌 식품회사}의 비스킷, 바이진룽_{白金龍: 대표적인 담배회사}의 담배, 그
리고 별의별 사탕이 다 들어있었다. 먹으면서 경극을 듣다보니 순간
우리가 아직도 참호에 있다는 사실조차 까마득히 잊어버렸다. 먹을
것도 이내 바닥을 드러냈고, 담배조차 한 개비도 남지 않았다. 류빈도
이번에는 천녀가 꽃 뿌리는 춤을 흉내 내지 않았다. 류빈이 장취안을
붙들고서 말했다.

"이봐, 어디서 이런 것들을 가져왔어? 소고기 한 근만 더 가져온다
면 얼마나 좋을까!" 그의 이 말에 우리도 이 물건의 내력에 대해 캐물
었다. 장취안 말로는 관성위안 사장이 우리 먹으라고 보내줬다는데,
통조림만 해도 작은 산처럼 쌓였다는 것이다. 거기다 다른 민중단체
들이 짚신과 속옷, 보온병 등의 물건을 보내와 우리에게까지 몫이 돌
아왔다는 것이다.

"시민들은 우리한테 참으로 잘해!" 셰잉이 감탄하듯 말했다.

"이번 전투가 민중을 위해 하는 것이니만큼, 군단장이 말씀하신대
로 조국수호의 기백을 드러내는 좋은 기회로 삼아야 해!" 나는 이렇게
말했다.

쏴아 한바탕 빗줄기가 쏟아지는 바람에 우리는 잠시 이야기를 멈
추었다. 비는 참호 주변을 따라 안으로 흘러들었는데, 붉은색을 띠고
있었다. 그러자 한줄기 피비린내가 우리의 코를 진동했다. 순간 우리
는 침묵했고, 이 피비린내와 핏물로 전장의 포화 속에 상처를 입은 전
우들을 떠올렸다. 류빈과 장취안은 비를 무릅쓴 채 밖으로 나갔다. 셰
잉은 구석에 웅크린 채 잠시 눈을 붙였다. 차가운 북서풍이 비와 함께

한차례 휘몰아치자, 모두들 코가 붉은 대추처럼 얼어붙었다. 나는 군용담요로 몸을 둘러 감았고, 전선은 깊은 적막 속에 내려앉았다.

이때 황 소대장이 류빈, 장취안과 함께 큰 보따리를 들고서 돌아왔다.

"좋아, 오늘 한번 통쾌하게 취해보자고." 황 소대장이 말했다.

류빈이 받쳐 들고 온 술병들을 내려놓자, 이 술병들이 절대적인 마력이라도 지니고 있는 양 우리 모두를 흥분시켰다. 모두들 각자에게 한 병씩이 돌아갔는데, 병마개를 딸 겨를도 없이 총자루로 병 주둥이를 깨더니 나발을 불면서 고래가 파도를 삼키듯 한 방울도 남기지 않고 모두 들이켰다.

"오늘 영국과 미국의 영사가 나와 중재를 하였는데…… 보아하니 그저 쓸데없는 말장난이더라고. 일본놈들이 이렇게 철수만 한다면…… 그래도 좀 영리하게 처신하는 셈인데! ……" 황 소대장이 말했다.

"듣자하니 저놈들은 지원군이 아직 도착하지 않아 군사적으로 배치가 다 끝난 게 아니야. 그래서 시간을 좀 벌자는 지연책을 쓰는 거겠지." 장취안이 말했다.

"일본놈들은 교활하기 짝이 없으니 이번 회담은 틀림없이 그놈들 계략일거야." 나도 한 마디 거들었다.

"그놈들이 무슨 꿍꿍이를 부리든 신경 쓸 것 없어. 우린 스스로를 지키기 위해 싸우는 거야. 놈들이 남을 침략한 죄를 깨닫고 전쟁을 그만두는 것이 인류의 행복인데 말이야. 그렇지 않으면 그놈들 오는 대로 죽여야지. 우리 중국인이 다 죽지 않는 한, 정의와 인도가 강권에 짓밟히는 일은 일어나지 않을 거야." 황 소대장이 말했다.

"우리 정의를 지키기 위해 끝까지 싸웁시다!" 모두들 약속이나 한 듯 구호를 크게 외쳤다. 이건 대장이 우리 각 사람의 머릿속에 깊이 심어준 생각이다.

황색 제복의 전지봉사단이 오후 무렵에 털실로 짠 목도리와 조끼가 가득 찬 보따리를 보내왔다. 각자 한 벌씩 나누어 가졌는데, 각각의 모직물 위에 소시小詩 한 수씩이 매달려 있어 감동을 안겨주었다. 내가 받은 목도리에는 이런 구절이 쓰여 있었다.

"눈보라 속에 새해를 맞았는데, 상하이 근교에서 전쟁이 일어났네.
마음은 오래도록 실 짧음이 싫거니와, 그저 싸움터에 나간 이들을 위로하려네."

셰잉의 조끼 위에는 다음과 같은 시가 쓰여져 있었다.

"이걸 짜서 이 내 마음 드러내어
나의 장사將士를 위로하고 나의 무기를 따뜻케 하네.
나라 수호에 책임을 다하고 나라 위해 충성을 다해
추악한 자를 무찔러 승전의 공을 세우소서."

류빈도 목도리 하나를 받아들고서 시를 읽어 내려갔다.

"한 땀 한 땀 촘촘히 가다듬어 군대로 보내어 공로를 위로하네.
잊지 말고 추위도 막고 모욕도 막으소서.

여인의 구국의 마음은 그대와 똑같다오."

황 소대장과 장취안의 목도리에도 각기 시 한 수가 놓여 있었다.

"진나라가 커져 은하수를 치니 마음 아픔을 어이 할꼬,
장사壯士가 개선가를 거듭 부르매 참으로 기쁘도다."

"온 백성 벼슬에 오름을 축하하나, 왜놈은 간담이 서늘해지네.
오로지 나라의 치욕을 씻고자 진실로 누각의 난간을 베어버리려네."

차가운 바람이 휘몰아치자 우리는 목도리를 둘렀다. 셰잉이 웃으며 입을 열었다. "나는 조끼도 입어야지. 이 조끼를 만들고 시를 지어보낸 부인을 알지 못하지만, 그분을 만날 수만 있다면 난 그분을 위해 기꺼이 목숨을 바치리라 맹세할 텐데……"

"그래서 뭘 어쩌려고?" 류빈의 돌연한 이 한 마디에 우리 모두는 웃음을 터뜨렸다.

집합신호가 울리자 모두 모여 명령을 들었다. 나와 셰잉은 바오산루寶山路로 파견되고, 류빈은 그대로 포병부대로 돌아가야 했으며, 장취안과 황런은 추장루 어구로 가야 했다. 여덟시에 우리는 출발했다.

저녁이 되자 비는 그쳤지만 바람은 여전히 거세게 불었다. 나와 셰잉은 적막하고 황량한 바오산루 모래참호 뒤쪽에서 조용히 보초를 서고 있었다. 적군은 그림자조차 보이지 않았고, 멀리서 그저 총소리만 두어 번 들릴 뿐이었다. 어쩌면 애꿎은 백성이 재앙을 만난 것인지도

모를 일이다.

동이 틀 무렵, 수비를 교체할 병사 둘이 왔기에 우리는 곧 후방으로 돌아가 휴식을 취했다. 점심때 나와 셰잉은 다시 바오산루 높은 누각 위에 위치한 모래참호 뒤쪽에서 보초를 섰다. 오늘도 전투는 여전히 시작될 기미를 보이지 않았다. 시헝방차오西橫浜橋 부근의 적병들이 다리위에 앉아 햇볕을 쪼이고 있었다. 멀리서 피난민 일여덟 명이 무리를 지어 다리를 건너오는데, 몹시 당황한 탓인지 그저 앞만 보고서 달음질쳤다. 탕 총소리가 들리기도 전에 쉰 살이 넘은 노인이 쓰러졌다. 금방 다시 탕탕 두어 발 총소리가 나더니, 연이어 여자 한 명과 열네댓 살 남자 아이 한 명이 고꾸라졌다. 무리 가운데 아낙네와 품에 안긴 어린애, 그리고 열일여덟 살 또래의 여자 아이만이 쓰러지지 않았다. 그 적군은 무슨 마음을 먹었는지 모르지만 더 이상 총을 쏘지 않은 채 맹수처럼 뛰쳐나갔다. 여자와 아이들은 깜짝 놀라 시체위에 엎드렸다. 적군 가운데 한 명이 우선 여자를 시체 위에서 끌어내더니, 얼굴 가득 음흉한 미소를 지으며 여자 아이의 몸을 거칠게 더듬었다. 여자아이는 큰소리로 울부짖었다. 이와 동시에 부인 역시 다른 적군의 품에 끌려 안겼다. 나는 낮은 소리로 셰잉더러 그 광경을 보라고 했다. 우리의 안색은 새파랗게 변했으며, 마음은 분노로 가득 찼다. 우리 손에 들린 총탄의 도움을 비는 것 말고는 달리 방법이 없었다. 먼저 두 명을 조준했고, 탕 하는 소리와 함께 그들은 결국 쓰러졌다. 나머지 두 명도 누군가 노리고 있다는 생각에 여자아이와 부인을 놓아둔 채 사방을 이리저리 둘러보았다. 우리는 연거푸 두 방의 총을 쏘았고, 이 두 놈도 쾌락을 찾으러 지옥으로 보내버렸다.

그 부인은 적군이 쓰러져 움직이지 않는 것을 확인한 뒤, 황급히 아이를 안고서 여자아이와 함께 다리를 건넜다. 그녀의 얼굴빛은 마치 무덤에서 파낸 시체처럼 창백하게 질려 있었다.

"불쌍한 백성들, 저들은 누구도 건드리지 않았건만 총에 죽기는 매 한가지네." 셰잉이 비탄에 잠겨 말했다.

"총에 맞는 것은 그래도 행운이지!" 내가 말했다. "어제 듣기로 여학생 세 명이 류싼六三공원을 지나다가 일본군 무리에 포위를 당했다더군. 그놈들은 여학생들을 이리저리 잡아당겨 류싼공원의 풀밭 위로 끌고 들어갔다. 색정이 동한 일본놈 몇 놈이 여학생들의 옷을 총검으로 모두 벗겨 갈기갈기 찢어놓았다지 뭐야. 그놈들은 적나라하게 여자들을 강제로 풀밭에 눕히고 번갈아가며 여학생 셋을 강간했다더군. 그런 뒤 끝내는 두 명은 죽이고, 나머지 한 명도 숨이 끊어지기 일보 직전이었다고 하네. 후에 이 소식이 제1대대 전우들에게 알려져, 몰래 이 적군들을 포위해서 총검으로 놈들을 모두 처치해버리고, 이미 정신줄을 놔버린 그 여학생을 구했다더군. …… 이렇게 사는 게 더 비참하지 않을까?"

두 눈이 분노로 이글거리는 셰잉이 총자루를 꽉 쥐고서 미친 듯이 소리를 질렀다. "망할 자식들! 우리가 도쿄東京를 차지하게 되는 그날, 똑같이 보복을 당해봐야 그놈들도 이 분노의 노기를 알게 될 거야!"

원한을 서로 갚다보면, 이 세상은 단 하루도 편안할 날이 없겠지! …… 하지만 문명의 인류, 문명의 수준이라는 것도 고작 이 뿐인 바에야! 이렇게 생각하고 보니 셰잉을 비난할 수는 없다는 생각이 들었다.

자베이에서는 최근 사흘간 전투가 없었다. 우리는 참호를 파고 철조망을 설치하는 일을 했다. 오늘 받은 우쑹 쪽의 전황 보고는 다음과 같았다. "열시 경에 일본군이 네 척의 군함을 띄워 우쑹 어구 너머에 정박하더니 요란하게 경적을 울렸다. 이어 필사적으로 일장기를 휘두름과 동시에 대포로 우리 우쑹 요새를 포격했으며, 열 대가 넘는 비행기가 굶주린 매처럼 하늘을 빙빙 돌며 선회하면서, 40파운드에서 110파운드 정도의 폭탄을 계속해서 투하했다." 하나의 까만 점이 지면 가까이로 다가오더니, 펑하는 소리와 함께 시커먼 연기가 솟구치고, 땅 위의 흙덩이가 튀어 올랐다. 우리가 사수하는 포대의 사령관은 정전停戰기간인지라 어떤 도발이든 해서는 안 된다는 것을 알고 있었지만, 적군이 약속을 파기한 이상 우리 역시 저항하지 않을 수 없었다. 사령관은 용감하게 전선으로 달려가 지휘를 했다. 병사들도 죽을 각오로 우쑹 입구에 정박해 있던 적함에게 사격을 가하는 한편, 고사포로 비행중인 적기를 쏘았다. 두시까지 혼전을 거듭하다 적군의 제22호 구축함을 격침시키고 순양함 두 척에 손상을 입히자 적군은 황급히 도망쳐버렸다. ……

이 소식에 우리는 '중화민족만세'를 외치며 크게 환호했다.

내일이면 정전 시기도 만료된다. 듣자하니 일본 측이 바라던 지원병 대부대가 후이산滬山부두에 상륙했다고 한다. 이 소식에 우리는 미칠 듯이 화가 났다. 후이산부두가 조계가 아니라면, 악마 같은 그놈들이 여유작작하게 상륙하여 우리 민중을 살상하고 우리의 평화를 어지럽히도록 나둬야 할 까닭이 있겠는가?

류빈의 말이 참으로 옳다. "한 중대의 인원만 해안에 잠복시켰다가 그놈들이 상륙할 때 기관총으로 한바탕 쏘아 갈기면, 그놈들을 용궁으로 초대해 음식대접이나 거하게 해줄 텐데 말이야." 하지만 지금은 그 저 일방적인 국제법의 존엄을 유지하기 위해 우리의 번화한 시장을 폐 허로 만들고 생기 넘치는 청년들을 포화와 총탄 속에 죽어가게 하다니 …… 이 또한 인생의 수수께끼처럼 풀 수 없는 공리公理로구나!

"내일"……그들의 뇌리 속에 내일이라는 단어만 떠올리면, 무엇이 든 평정을 잃는다. 누구라도 알 것이다. 내일이면 반드시 맹렬한 전투 가 시작될 것이라는 걸. 설령 지금 이 시각 지구와 달이 부딪친다 하더 라도, 나는 반대하지 않을 것이다. 아! 그렇기에 누구나 최후의 심판 을 받지만, 그렇더라도 아득한 인간세상을 바라보면서 한없이 상심의 눈물을 흘렸을 남편 여읜 아내, 자식 잃은 어머니는 심판에서 벗어날 수 있으리라.

전투가 갑자기 다시 시작되었다. 오후 3시, 우리는 명령을 받아 전 선에 도착했다. 우리는 칭원루와 추장루 쪽에서 적군과 부딪쳤다. 대 포와 기관총 소리가 뒤섞여 울리니 마치 천지가 진동하는 것 같았다. 포화에 깜짝 놀란 태양은 구름 뒤로 숨어버렸다. 우리는 산개된 참호 의 모래언덕 뒤에 엎드려, 포화의 화염 속에 입을 꼭 다문 채 새하얗게 질려 있었다. 그렇다고 우리가 총을 조준하는 것조차 잊은 것은 아니 었다. 화포는 계속해서 굉음을 냈다. 드디어 적군은 둑에서 터져 나온 조수처럼 힘차게 돌진해왔다. 그런데 적군의 맹렬한 자세는 독특했 다. 질서정연하게 한 줄로 늘어서서 총을 든 채 박자를 맞추면서 행진 했다. 셰잉이 말했다. "저것 좀 봐! 저 녀석들은 전투를 하는 게 아니라 영락없이 체조연습을 하고 있구먼!"

"죽여라! 앞으로 돌격!" 연대장의 호령이 떨어졌다. 우리는 실성한

야수처럼 참호를 빠져나와 기다란 총검을 부여잡고 맹렬히 돌격했다. 가는 도중에도 적군을 죽이며 갔다. 놈들은 점점 버티지 못한 채 싱자무차오邢家木橋에서 베이쓰촨루北四川路로 퇴각했다. 우리는 용감하게 적군을 쳐죽이면서 전진했다. 적군은 또다시 디쓰웨이루狄司威路까지 후퇴했다. "좋아! 다시 조계지까지 왔군!" 우리는 발걸음을 멈출 수밖에 없었다. 길을 따라 번쩍이는 육전대 제복차림의 시체가 널찍한 한 길을 가득 채우고 있었다.

이번 전투에서 우리의 손실은 경이로울 정도로 미미했다. 대신 우리는 수많은 탄약과 총자루를 노획했다. 장취안의 이야기에 따르면, 오늘 아군 비행기 역시 두 대대가 출격하여 상하이 서쪽에서 일본 비행기와 맞붙었는데, 일본 비행기를 격추하여 전루眞如역 남쪽의 공터에 추락시켰다고 한다. 그 비행기는 추락할 때 이미 불에 타 뼈대만 남았고, 안에 있던 일본군 비행사 세 명은 모두 까맣게 타버렸다. 비행기 머리 부분에는 '미쓰비시 항공기 주식회사 수리修理. 소화昭和 6년 7월 18일'이라고 한 줄 씌어져 있었다.

부근의 마을 주민들이 빙 둘러싼 채 구경을 하고 있었다. 그들은 약간의 강철과 아직 훼손되지 않은 비행기 부품을 빼내 기념품으로 가지고 갔다. 우리는 모두들 흥분되어 피곤함마저 잊은 채 참호에서 국가를 불렀다.

5

일본의 새로운 사령관 노무라野村가 대규모의 지원군을 이끌고 왔다. 이건 우리가 일찍부터 예견하고 있었던 사실이다. 며칠간의 정전을 통해 우리는 적군이 얼마나 파병을 서두르고 있을지 상상할 수 있었다. 지금은 벌써 군대 배치가 시작되었고, 뒤따르는 건 당연히 격렬한 전투일 것이다 …… 내 마음은 긴장하지 않을 수 없었지만, 한편으론 차라리 그들이 빨리 오기를 바랐다. 장취안도, 셰잉도, 또 류빈도, 황린도 모두들 심기일전하고서 적을 기다렸다.

적이 움직이기 시작했다. 과연 이번에 몰려오는 기세는 전에 없이 맹렬했으며, 대포는 쉬지 않고 포성을 울렸다. 그야말로 1분에 한 번씩 포를 쏘아댔다.

우리는 산개된 참호의 모래더미 뒤에 흩어져 있었다. 등에는 나뭇가지와 잎으로 만든 엄폐물이 묶여 있었다. 멀리서 보면 바람에 흔들리는 한 줄의 송백나무 같을 것이다.

적군은 티엔통안 정류장에서부터 철갑차와 탱크로 보병을 엄호하며 우리의 진지로 침공해왔다. 동시에 야포野砲와 구포臼砲, 평사포平射砲는 우리쪽 진지를 향해 정조준을 하고, 개화탄開花彈으로는 벌써 파괴에 착수했다. 자욱한 연기 속에서 앞으로 전진하던 적군부대는 이내 꿈틀거리며 우리 쪽으로 돌진해왔다. 거기다 그들 철갑차에 설치된 기관총은 치밀하고도 성능이 좋아 우리는 차마 고개도 몇 번 들 수 없었다. 그래도 우리는 수류탄 5, 6개를 한꺼번에 매달고 안전핀을 뽑은 채 이걸 긴 철사 줄에 묶었고, 그 철사 줄에 폭탄 여러 개를 매달고서 양쪽에 초병哨兵을 배치했다. 적군이 점점 가까이 다가오자 우리는 철사를 느슨하게 했다. 쾅하는 소리와 함께 적군의 철갑차가 사분오열되면서 땅으로 곤두박질쳤다. 적들은 우리를 바로 보지도 못하고 뒤로 돌아 죽어라 줄행랑을 쳤다. 부상을 입은 어떤 적군 2명은 마치 상처 입은 여우처럼 꺼이꺼이 울부짖으며 땅위에 엎드려있었다. ……그자들도 아마 가슴 가득 말 못할 상처투성이를 부둥켜안고 있을지 모르겠다! 문득 이런 생각이 들었다가 그저께 류빈이 나에게 알려준 소식이 떠올랐다. 그것은 바로 일본이 우리와 전쟁을 시작한 이래 일본 국내에 열심히 승전 소식을 전하고 있으며, 거기다 벌써 상하이까지 점령했다는 말까지 한다는 것이었다. 이 때문에 교만한 생각에 사로잡힌 적잖은 일본청년들은 이 말에 속아 상하이까지 와서 목숨을 잃게 되는 것이다!……거기다 몇몇 병사들은 육지에 올라와서야 우르릉하는 대포소리를 듣고, 트럭마다 실려 있는 일본 병사의 시신을 보게 되었다. 그들은 그제야 다리가 후들거리고 그 건방진 교만은 일곱 구멍으로 죄다 빠져나와 뼈저리게 후회를 하며 '속았어'라고 되뇌었다.

지금 땅위에 엎드려 신음하는 이 두 명의 병사도 '속았다'하며 어찌 후회하지 않겠는가? 아, 군벌을 위해 주구노릇을 하는 전사들은 확실히 '속은' 것이다!

전선의 포화도 잠시 잠잠해졌다. 아마도 적군은 이번 전투에 패하면서 패기에 찬 지원군을 기다리는 것 같았고, 우리는 완전히 수동적으로 대처하는 것 같았다. 그들이 공격하지 않으면 우리는 전투 참호 속에서 유성기를 듣거나, 담배를 피우며 즐긴다. 하지만 그들이 쳐들어온다면, 우리 역시 기꺼이 그들이 발걸음을 돌리도록 할 것이다.

"아! 불이 크게 났어! ……저런, 상무인서관에 재앙이 일어났구먼."
깡마른 광둥 병사 한명이 뛰어 들어오며 말했다. 우리는 모두 참호 밖으로 나가 주위를 살폈다. 북쪽 하늘은 피처럼 붉은 빛을 띠었고, 어슴푸레 어디선가 우르르 쾅쾅하는 소리와 함께 투닥투닥 타는 소리와 무너져 내리는 신음소리가 들려왔다. 한편 자욱한 연기는 바람을 타고 위쪽으로 곧장 솟구쳐 올랐다. 마치 마귀처럼 한 줄기 한 줄기 삼켰다가 내뱉기를 반복하며 이내 피 묻은 거대한 혓바닥 같은 불꽃이 연기를 뚫고 재빠르게 위로 선회해 치솟았다. 수많은 문인들이 피를 토하며 심혈을 기울였던 작품들이 지금 추풍에 찢겨나간 나비처럼 갈 바를 찾지 못한 채 그저 허공에서 최후의 발악을 하고 있었다. 화염에 그을린 원고 몇 장이 바람에 떠밀려 참호 가까이에 떨어졌다. 뛰어나가 종이를 주워보니 타다 남은 종이 위에 「최신 생물학 교과서」라는 문구가 눈에 띄었다.

"아, 전쟁이란 참으로 엄청난 훼멸毀滅이구나! 말 못하는 책조차도 이런 재앙을 당해야 하다니!" 우리는 분통을 터뜨리며 말했다.

"책은 벙어리처럼 말은 하지 못하지만 이것으로 온 민족의 생명이 유지되는 것인데 말이야. 당초 일본이 조선을 삼키려고 할 때 제일 먼저 조선 자국의 문자사용을 금지시켰잖아. 이것이 바로 근본부터 잘라버리려는 일본인의 악랄한 수법인데, 그걸 지금 우리에게 적용시키려는 거야. 일본의 야심이 충분히 드러나는 대목이지." 황 소대장이 말했다.

"그건 전쟁 중의 공법을 어기는 것 아닙니까?" 하고 내가 물었다.

"현재 경제적 압박으로 불경기에 처해 있는 구미 각국의 세계정세를 천하에 교활한 일본인이 잘도 간파하고 있는거지. 그러니 어떤 나라가 충분한 역량을 갖추고서 일본에게 대응을 하겠나? 거기다 중국조차 내적으로 천재지변에 토비土匪들의 난리로 어수선하니, 그놈들이 뭘 망설이겠어?" 황 소대장이 말했다.

북쪽을 바라보니, 둥팡東方도서관도 화염에 휩싸이는 게 보였다. 동시에 놈들의 비행기가 하늘로 날아올라 서쪽으로 향하고 있었다. 그건 둥팡도서관에 폭탄을 투하했다는 사실을 말해주는 것이었다. 그렇지 않다면 불길이 저렇게 맹렬하게 타오를 수 있겠는가? 이를 바라보는 우리 마음도 미친 듯이 타오르는 불꽃처럼 원한이 사무치는 것 같았다. 차디찬 서북풍이 계속해서 불어대고 있었으나 우리의 타는 듯한 피는 혈관 마디마디마다 끓어오르고 있었다.

오후에 명령에 따라 바쯔차오八字橋로 이동했다. 적군은 그쪽의 우리 병력이 약하다는 사실을 알고 전력을 다해 공격한다는 전략이다. 우리가 그쪽 전선에 투입되었을 때, 시각은 벌써 밤 9시경이었다. 대장이 가파른 언덕에서 망원경으로 적군의 전선을 살핀 후 곧바로 명령을 내렸다.

경고성 대포가 발사되었고, 우리 모두는 정신을 집중한 채 대기하고 있었다. 한 줄로 늘어선 탱크가 대포로 엄호를 하면서 우리쪽 진지로 맹렬히 밀고 들어왔다. 이쪽으로 진격하는 적군만 해도 대략 2천명은 넘어보였다. 그들은 탱크를 뒤따라 벌떼처럼 줄지어 왔다. 우리는 참호 모래보루 뒤에 숨어 놈들에게 기관총을 발사했다. 그런데 교전을 하던 적군의 탱크 두 대가 우리가 던진 수류탄에 맞아 더는 앞으로 나아가지 못했다.

　이때 대장이 호령했다. "죽여라! 죽여! 힘차게 돌진하라!" 우리는 인간세상의 모든 것을 망각한 채 그저 '죽인다', '힘차게 돌진하라'는 생각만 했다. 적군은 마치 엄중한 호령을 받아들인 것처럼 앞뒤로 줄줄이 쓰러져 있었다. 우리는 더욱 흥분했고, 우리가 만물의 영장이라는 사실조차도 잊고 있었다. 우리는 야만스런 원시시대로 돌아가 어떤 연민과 동정심도 갖지 않게 되었다. 적과의 사이가 가까이 좁혀질수록 기관총이나 박격포는 피차 필요없게 되었다. 적은 앞으로 한차례 돌진했다가 이내 뒤로 후퇴했다. 우리는 적의 진지로 힘차게 밀고 들어가 양손에 칼을 든 채 동에 한명, 서에 한명 이런 식으로 적군을 처치했다. 사방에서 흘러든 피로 주변은 마치 봄바람이 스치는 곳에 한바탕 살구꽃 비가 내리는 듯했다. 팔다리와 살점, 그리고 선연한 피가 희뿌연 모래로 뒤덮인 대지에 나뒹굴었다. 적은 더는 버티지 못하고 총탄을 걸쳐 메고서 곧장 홍커우虹口공원 쪽으로 퇴각했다. 우리는 그들을 추격하여 사격장에서 놈들과 다시 한판 육탄전을 벌였다. 핏기가 사라진 적군은 저 뒤쪽으로 후퇴할 기회를 엿보고 있었다. 이때 우리 쪽 선봉대가 벌써 디스웨이루에 도착했고, 후방에서도 이에 호응하여 진격해왔다. 때문에 우리의 최전선은 금세 웨저우루岳州路까지 전진하여 홍전紅鎭 일대로 향하게 되었다. 적군은 목숨을 걸고 도주하였다. 홍커우 일대의 주민들은 남녀노소 할 것 없이 부대와 일치단결하여 조계지의 철문으로 밀고 들어갔다. 하지만 철문은 무작정 돌진하는 사람들을 사납고도 냉정하게 바라보며 섬뜩한 미소를 흘렸다. 한 쪽 철문으로 마차가 승천하는 용처럼 내달리고, 호기심 많은 사람들이 대로변 양쪽으로 쭉 늘어서서 시끌벅적한 것을 제외하면 대단히 평화로워보였다. 하지만 군중의 얼굴에 언뜻언뜻 비치는 가슴속 응어리와 솟구치는 분노는 그들의 눈빛으로 충분히 전달되었다. 아, 그들은 이제 잠에서 깨어났다. 바로 적의 포화소리에 깨어난 것이다!

오늘 밤 우린 아주 편안한 맘으로 잠을 청했다. 날이 밝자 대도부대大刀隊가 이동해왔다. 그들의 복장은 정말 특이했고, 모두들 하나 같이 번쩍이는 큰 칼을 손에 들고 있었다. 그들은 솟은 가슴을 곧게 펴고 몸엔 호심패護心牌만 걸치고 있다. 거기다 손이나 팔, 그리고 가슴 앞뒤 어디든 큰 꽃송이를 꽂고 있었다. 이들 무리는 마치 옛날 협객 영웅 인물들을 생각나게 했는데, 특이한 모습 뿐 아니라 죽기를 절대 두려워하지 않는 정신으로 무장해 있었다. 그들은 철통같은 진심으로 민족의 자유를 되찾고자 하였던 것이다.

적은 오전 10시를 넘겨 다시 우리 쪽 진지인 바쯔차오로 진공해왔다. 그들은 예리한 무리와 다량의 탄약을 지니고 있었다. 매번 진격할 때마다 어디든 폭탄 한 방을 크게 쏘아야하는데, 그 '쾅'하는 소리에 귀가 크게 진동했다. 요 며칠 이런 소리를 듣는 일이 벌써 습관이 된 탓인지, 간혹 포 소리가 들리지 않으면 오히려 전선의 분위기가 무겁게 느껴졌다. 재앙의 희생자는 바로 더 무고한 백성들이다. 바쯔차오 인근의 민가는 총탄을 맞아 벌집 같은 구멍이 생겼다. 집을 잃은 난민 가운데 어떤 사람은 무덤 뒤에서 노숙을 하기도 하고, 또 누군가는 마을까지 도망치기도 했다. 도대체 그들에게 무슨 죄가 있단 말인가? 그저 운명의 신에게 잔인하게 지배당할 따름이다.

적은 쉴 새 없이 기관총을 쏘아댔다. 이따금 울리는 총소리로 우리는 그들에게 화답했다. 한편 대도부대 일부가 적의 배후를 색출했고, 그들은 뱀처럼 슬금슬금 앞으로 기어가고 있었다. 적은 총을 쏘느라 온 신경을 거기에 집중하고 있었는데, 바로 이때 갑자기 벽력같은 소리로 "죽여라! 죽여라! 죽여라!"를 외치며 놈들 하나하나를 추격하였고, 뒤이어 놈들과 땅위를 데구르르 굴렀다. 적군은 자기 목덜미를 잡은 채 아연실색했고, 그 모습은 마치 악몽을 꾸는 것처럼 정신없이 도망가기에 바빴다. 하지만 우리 대도부대는 털끝만큼도 해를 입지 않았고 이내 참호로 돌아가 조용히 윤이 나게 칼을 닦았다. 적군 대장은 구렛나루를 기른 얼굴에 문신門神: 문을 지켜서 불행을 막아준다는 신처럼 키가 훤칠했고, 양 팔뚝에는 근육이 불룩 솟아있었다. 또 앞가슴에는 비룡飛龍 문신을 새겨놓아, 마치 〈태평광기〉에 나오는 규염객虯髯客이 연상되었다. 거기다 그 대장은 만두 10개와 야채 두부조림 한 그릇, 그리고 소불고기 두 근을 한 끼 식사로 뚝딱 해치웠다.

오늘 밤은 좀 고단했다. 놈들은 이번 전투로 칼에 맞아 큰 상처를 입었기에 다시 진격해오지 않았다. 모두들 곤히 잠들었고, 음식을 먹을 힘마저 다 소진한 상태였다. 몇 시간 후에야 우리는 민중들이 보내온 쇠고기 통조림과 야채요리를 먹었다. 연일 식사 한 끼도 제대로 못한데다 모두들 남쪽 태생인지라 흰쌀밥 한 끼라도 몹시 먹고 싶던 차였다. 우리는 취사부를 찾아 쌀밥 한 솥을 지어 달라 했다. 거기에 쇠고기와 간간하게 절인 야채를 곁들여 배불리 먹었다. 지금 우리는 세상 부러울 것이 없다. 우리는 폭격도 잊은 채 천천히 정신이 들면서 문득 무엇 때문인지 몹시도 고향이 그리워졌다! 연로하신 어머니, 그리고 나의 약혼녀, 나는 홀로 참호 구석에 웅크린 채 긴 밤의 하늘을 한

없이 바라보며 한 폭의 고향 그림을 떠올리고 있었다.

사랑스런 푸른 논과 들, 벼는 이미 모내기를 마쳤고, 온화한 들꽃 향기를 실은 봄바람은 가지런한 볏모를 살며시 스치고 간다. 밭 옆으로 물레방아 한 대가 있는데 18, 19세쯤 되어 보이는 아가씨가 물레방아를 밟아가며 덜컹덜컹 돌린다. 작은 시냇물은 물레방아 바퀴를 따라 논 앞쪽으로 맑게 흘러간다. 저 아가씨는 어쩜 저렇게 건강하고도 즐겁게 일할 수 있을까? 초롱초롱하고 선한 물기를 머금은 눈빛은 이따금씩 멀리 하늘과 구름을 바라보고, 그녀의 천진한 입가엔 한 줄기 온화한 미소가 떠올랐다. 그녀는 잘 생기고 용감한 약혼자를 꿈꾸고 있을거야. 아, 순간 마음이 흔들려 총을 내려놓고 깊은 밤 이 고요한 시간에 전선을 도망쳐 그리운 내 고향으로 돌아가고만 싶었다. 나는 지금 한창 젊지 않은가!……

쾅하는 요란한 소리가 나를 환상에서 끄집어냈다. 눈을 들어 보니, 멀리 적군 쪽에서 섬광이 번뜩이고 있었다. 나는 내게 복을 주는 총을 들고 일어나 준비 자세를 취했다. 이내 소리는 멎었고 다시 사위는 조용해졌다.

이른 새벽 무렵, 하늘색은 여전히 어둡고 하늘 구름은 두텁게 쌓여 있었다. 구름과 비가 섞여 내렸다. 음산하게 눈비가 흩날리는 날씨였다. 전선도 이렇게 음울했다. 총성이 드문드문 이 침울한 공기 속으로 울려 퍼졌다. 나는 집에서 부쳐온 편지를 간절히 기다렸다. 특히 나의 약혼녀가 전례를 깨고 편지라도 보내오기를 소망했다. 하지만 이건 한낱 몽상일 뿐, 순박한 시골 처녀가 어떻게 약혼남에게 편지를 보내올 수 있겠는가? 나도 모르게 나는 주머니 안의 어머니 편지를 다시 꺼내어 읽어보았다. 네 사촌 누이는 사람이 참 부지런하고 참 예쁘기도 하구나…… 아, 이 얼마나 두려운 유혹인가, 난 나 같은 성정을 지닌 사람을 믿을 수가 없다. 어떤 때는 맹수처럼 놈들의 피가 마구 솟구쳐 나와도 전혀 마음의 동요조차 없다. 아니 오히려 통쾌하기 그지없다! 인류는 참으로 복잡하고 신비스럽다. 때론 그들의 혈관에 순결하고 사랑스런 피로 충만한 것 같다. 그런지라 신과도 가깝다고 느껴진다. 하지만 또 어떤 때는 그들의 혈관 속에 잔혹하고 추악한 피가 흐른다. 악마만이 그들의 친구이고 영원한 인류는 바로 이런 극단적 모순 속에서 어려움을 당하는 것이다. 시인이 평화의 노래를 어떻게 부르던지, 이기적이고 잔인한 짐승같은 성질이 소멸되지 않는다면 근본적으로 이 세계는 영원히 죄악의 연못이 될 것이며, 도살은 하루도 끊이지 않을 것이다. 여기까지 생각하니 서글픔이 엄습해왔다. 나는 총을 쓰다듬으며, 비분강개한 눈물을 흘렸다. 인류! 무엇 때문에 남을 침략하는 이기적인 전쟁을 버리고서 다른 출로를 찾지 못하는 것일까! 전 세계의 약소민족은 모두들 엄청난 압박 가운데 신음하고, 세상은 죄악에 대한 비참한 절규로 가득하다. 우리는 악마같은 인간들을 각성시켜야하고, 정면충돌 대신 침략의 죄악상과 세계가 장차 지옥에서 몰락할 것이라는 점을 각성시켜야 한다. 아! 국민을 위한 전쟁은 세계 평화를 위해 반드시 거쳐야 하는 길이다. 그렇지 않으면 압박받는 자들의 신음소리에 태양은 빛을 잃을 것이요 대지는 처참한 무덤이 될 것이기 때문이다. 나의 뜨거운 피는 심장에서 들끓었고, 나는 내 역량을 다해 침략자들에게 상처를 입히고 놈들이 하는 짓이 죄악임을 깨닫게 하려한다. 하지만 혼자 힘으로는 너무도 미약하기 짝이 없다!

후방에서 신선한 빵과 과일을 몽땅 보내왔다. 나는 귤 2개와 빵 2개, 그리고 담배 몇 개비를 분배받아, 여전히 말을 아끼며 먹었다. 한편 다른 사람들은 피로감을 많이 회복해서인지 몹시 즐거운 것 같았다.

이틀이 울적하게 지나갔다. 적군의 화포 전선은 또 바쯔차오까지 이르렀다. 이 소식으로 우리는 다시 한 번 흥분했다. 나 역시 침울한 침묵에서 깨어나 적의 사살에 대비했다. 대포소리만 우르릉 쾅하고 쉴 새 없이 들려왔지 돌진하는 적군은 보이지 않았다. 오후가 되자 포화소리는 더욱 맹렬해졌다. 1분에 20개 정도의 대포를 쏘아댔고, 하루 동안 그들이 쏘아댄 대포만 해도 우리 셈으로 어림잡아 천 번이 넘는 것 같았다. 쾅쾅거리는 대포소리는 상하이 전역을 뒤흔들었다. 후엔 우리도 포대 활동을 개시하여 폭탄은 마치 공중에서 베틀이 드나들 듯 교차하였다. 대포 몇 개가 머리 위로 날아갔고, 폭탄의 파편 조각이 나의 두피를 스치고 지나갔다. 셰잉이 날 대신하여 황급히 머리를 천으로 감쌌다. 적군은 이 무렵 폭탄의 연막 아래서 우리 쪽으로 돌격할 작전이었다. 우리도 바짝 긴장한 채 대포로 점점 맹렬하게 공격을 가했고, 그들 진영 쪽으로 기관총을 계속 쏘아대 놈들이 한 발짝도 전진하지 못하도록 했다. 거기다 돌진 준비를 마친 대도부대와 번쩍이는 칼날은 놈들에게 다시 육탄전을 벌일 용기마저 내려놓게 했다.

하지만 적의 포화는 대지마저 온통 요동치게 했다. 우리 쪽 참호 하나도 적군에 의해 무너졌다. 다행히 다들 흩어져 있던 다른 참호에 숨어 있었던지라 피해는 전혀 없었다. 다만 포화의 연기 때문에 코가 막히고 입엔 쓰고 떫은맛이 느껴졌을 뿐이다. 병사들 몇은 참다못해 구토를 하기도 했다.

동이 틀 무렵 적군의 포화가 잠시 잠잠해졌다. 하지만 10시가 좀 넘어서자 적의 폭탄이 폭우처럼 빗발치듯 쏟아졌다. 그래도 목표물에는 그다지 적중되지 않아 우리 쪽 참호는 모두 안전했고, 위협적인 포화에도 우리군은 여전히 침착했다.

셰잉이 말했다. "우린 조용히 큰북대포소리를 듣고 있다가, 적의 보병대가 출발해서 돌격할 때 비파기관총를 발사하자고……"

예상대로 그들은 종일 '큰북'을 쳐댔고, 도무지 우리에게 '비파'를 탈 기회조차 주지 않았다.

일본군은 또 신예부대를 이동시켰다. 오늘 아침 날이 밝아올 무렵 적의 대포소리가 다시 우렁차게 울려 퍼졌다. 적의 보병대가 포화의 연막아래 돌격해왔다. 우리는 이제야 '비파타기' 좋은 기회를 갖게 되었고, 목숨을 내걸고 적의 선두에 포진한 보병대를 향해 총을 쏘았다. 그들은 돌격하지 못하고 우리에게 쫓겨 후퇴했다. 우리는 다시 전호戰壕 안으로 들어갔다. 30분쯤 경과했을까, 적은 다시금 폭탄을 쏘아대기 시작했다. 뒤따라 신예부대가 앞으로 돌격해왔다. 우리는 그들이 다가오기를 기다렸다가 수류탄 몇 개를 던진 뒤 용감하게 앞으로 돌진했다. 대도부대도 힘을 합해 적을 호박 자르듯 한 무더기씩 베어버렸다. 상황이 이 지경에 이르자 적은 죽어라 도망을 갔고, 우리는 그 뒤를 바짝 뒤쫓았다. 하지만 조계지에 가까워지자, 우린 원래 주둔했던 곳으로 돌아갈 수밖에 없었다.

적은 도합 네 차례 공격을 해왔으나 별 성과를 거두지 못하자, 최후의 방법으로 강포鋼炮, 박격포, 과산포過山炮 등의 최신 무기를 총동원하여 우리 쪽 진지에 폭격을 가했다. 놈들은 시간당 삼백사오십 발 정도를 쏘아대며 깊은 구덩이 여러 개를 만들었다. 남은 민가 몇 채도 폭격으로 폭파되었고 묘지위의 백송나무도 다시금 시작된 공격으로 뿌리 채 뽑혀나갔다. 그 순간 머리 위로 윙윙 하는 소리가 들려왔다. 앗! 한 무리의 비행기가 떼를 지어 우리 머리 위를 빙빙 선회하고 있는 것 아닌가. 모두들 방어막 뒤로 몸을 숨겼다. 적은 아무데나 폭탄을 던졌고, 그 와중에 민가 한 채가 폭탄의 폭열로 활활 타올랐다. 우리는 참호 안에 쥐죽은 듯 엎드려 아무 소리도 내지 않았다. 얼마나 시간이 흘렀을까, 놈들은 더 이상 참지 못하고 6륜 철갑차를 선봉에 세운 채 우리를 향해 공격해왔다. 우리 역시 사양하지 않고 그들에게 수류탄을 날렸고 적의 2륜 철갑차는 불에 타버렸다. 우리는 유리한 형세를 틈타 돌격했다. 적은 아직도 죽음을 두려워하는지 또 다시 어수선하게 후퇴했다.

이번 전투로 우리는 기진맥진했다. 하지만 후방에서 이미 신예부대가 이동해왔기에 우리도 후방으로 물러나 쉬게 되었다.

6

이제 우리 부대는 우쑹으로 이동해 전투에 참여했다. 밤 12시에 출발해, 차가운 북풍 속에 정연하고도 굳센 발걸음 소리로 논과 들판의 정적을 깨며 부대는 앞으로 행진했다. 칠흑같이 시커먼 하늘에 별들이 우리를 향해 눈을 깜빡이는 것이, 마치 우리를 찬미하는 듯했다!

이렇듯 용감무쌍한 젊은이들이 자신의 모든 걸 버리고, 한 개인의 생명보다 유구한 생존을 완성하고자 나선 것이다. 하지만 별들은 우리를 비웃고 있는 것도 같다! 아둔한 인간들아, 도살하고 훼멸하는 것 외에, 보다 고상하고도 현명한 방법은 생각지도 못하는가! 그렇다면 별들이 비추는 이 우주는 영원히 허물이며 죄악일 것이다.

우리는 무사히 도착했고, 오늘 밤 이곳에 전투는 없었다. 황런이 그러는데, 적들은 새벽에 전투하는 것을 가장 선호한다고 한다. 지금은 겨우 새벽 3시로, 적어도 한 시간은 기다려야 움직일 것이다!

"천陳 형! 일본군이 세 시간 안에 우쑹포대를 점거할 작전이라네." 셰잉이 내게 말했다.

"음, 그럴 속셈이군. 하지만 적들은 큰북을 치는 것 외엔 별 수가 없을걸." 나도 이렇게 응대했다.

"큰북을 치는 게 뭐 대수로운 건 아니지만, 우리 큰북이 너무 작은 게 좀 그러네. 그렇지만 않다면 그들과 맞서 치는 것도 나쁘진 않은데 말이야. 거기다 우린 협력할 비행기도 부족하잖아. 그런 것만 뒷받침된다면 이 겁쟁이들을 일찌감치 일본으로 돌려보내 긴 잠이나 자게 해줄 텐데." 셰잉이 말했다.

"괜찮아. 무기만 믿는 건 좀 아니지. 놈들은 종일토록 자기가 왜 안락한 생활을 저버리고 군대에 출동해서 고생스럽게 바다건너 남의 집에서 이런 고통을 당해야 하는가만 생각하고 있다니까. 앞으로 놈들은 아마 대포 손잡이 돌리는 것조차 잊어버리고 말거야. 그건 그놈들이 너무 젊기 때문이지. 그들도 인류가 당연히 누려야할 생활을 해야 할텐데……" 내가 이어 말했다.

"맞는 말일세. 명분도 없이 군대로 출동시키는 것, 이건 분명 실패하고 말 일이지." 셰잉이 말했다.

"그러니까 전투에서 아무도 기운을 못 차리지. 이번 전투에서 우리는 겨우 3, 4만의 인원으로 10만의 거대한 일본병사와 이렇게 오랫동안 버텼잖아. 거기다 우리 무기는 진짜 낡고 부족했는데 말이야. ……이건 태양을 관통하는 충성스런 기운이 작용했기 때문이지. ……설령 우리가 패배한다 해도 우리가 인류에게 남겨주는 건 향기로운 한 송이 꽃이지 결코 죄악은 아니야. ……바로 이점이 우리를 이롭게 하는 무기인 셈이지. 큰북을 치고 비파를 타는 것은 중요한 게 아니라고!"

내 말이 끝나자 분명 효과가 나타나기 시작했다. 참호에 있던 사람들의 눈빛엔 두려움 대신 굳건한 정기의 광채로 가득 찼다.

하늘이 다소 밝아졌다. 준비가 완료되자, 비행기가 비상하는 것이 눈에 띄었다. 우리 고사포 부대는 이내 출동했다. 우쑹 입구 쪽에서 적의 군함의 대포가 포를 쐈다. 폭탄은 여름 폭우처럼 엄청나게 발사되었다. 우리는 참호 안에 엎드려 때를 기다렸다. 한바탕의 포화가 쏟아진 뒤, 예상대로 적의 철갑차와 탱크가 마치 거대한 이무기처럼 우리 진지를 향해 위협적으로 돌진했다. 그들의 원래 계획은 눈 딱 감고 대포를 마구 쏘아댈 작정이었다. 하지만 돌격하는 것은 그들처럼 복장 단정한 도련님 병사들이 할 수 있는 일이 아니었다.

"죽여라! 죽여라! 돌격!" 적군 한 부대가 총칼을 휘두르며 소리 질러 돌격했다. 하지만 그들의 포화는 쥐를 때려잡고 싶어도 그릇을 깰까봐 겁을 먹은 듯 이내 멈춰버렸다. 때를 맞춰 우리는 참호에서 튀어나와, 수류탄으로 우선 적의 철갑차와 탱크에 공격을 가했다. 앞쪽의 이륜 철갑차는 폭탄을 너무 많이 먹어 잠이 든 채 다신 움직이지 못했다. 나머지도 당연히 전진하지 못했고, 차 뒤를 따르던 적들도 자기 쪽 방패가 넘어지는 것을 보더니 어수선해졌다. 그 틈에 우리 쪽 총검이 잠시도 쉬지 않고 그들을 공격하기 시작했다. 대도부대의 건아들도 우리를 도왔고, 이를 본 한 적병이 도망치기 시작했다. 큰칼이 번쩍이는 것만으로도 도망치는 적이 절반이나 되었다. 앞쪽 절반은 포탄으로 생긴 깊은 구덩이에 연달아 넘어졌고, 그 나머지도 사람들에게 짓밟혀 형체 불명 상태가 되어버렸다.

또 적병 한 놈의 머리가 바로 내 앞까지 굴러왔는데, 눈을 시퍼렇게 뜬 채 짧고 굵은 수염은 마치 아직 살아있는 것 같았다. 이건 정말이지 악몽보다도 더 무서웠다. 나는 이걸 건너뛰었다. 그런데 또 뭉클한 것이 발에 걸렸다. 고개를 숙여보니 죽은 적군의 시체였다. 이때 적은 이미 멀리 퇴각했고, 우리는 원래의 주둔지로 돌아왔다. 돌아가는 중에 누런색 라사천으로 된 제복의 시체더미에 회색 물건이 하나 있는데, 아직 움직이는 것 같았다. 그건 바로 부상입은 우리 병사였다. 멀리서 적군 진지 쪽에서 셰잉이 돌아오고 있었다. 나는 손짓으로 그 부상병을 불러 들쳐 메고 갔다. 우리는 서로 이름조차 피차 알지 못했고, 그는 이미 의식불명상태였다. 참호까지 왔을 때, 그가 슬프게 한차례 혹 하는가 싶더니, 어지러운 눈빛을 머금은 채 이내 죽고 말았다. 우리는 참호 옆에 구덩이를 하나 파고, 그를 묻어주었다. 우리 군사도 20여명이 부상을 입었는데, 모두 적십자를 통해 후방병원으로 이송되었다.

우리는 전투를 치르느라 모두들 지치고 배도 고팠다. 마침 취사부가 식사를 보내와서 그걸로 요기를 하는데, 갑자기 우르릉 쾅 하는 포성과 타타타 하는 기관총 소리가 우릴 다시 괴롭혔다. 우리는 밥그릇을 내려놓고 흩어져 있는 참호 안으로 숨어들었다. 셰잉은 소시지를 씹으면서 기관총 방아쇠를 당겼다. 멀리서 적군이 조수처럼 밀려들었다. 우리는 기관총을 늘어세우고 쥐죽은 듯 준비태세로 적이 가까이 다가오기를 기다렸다가 곧장 방아쇠를 당겼다. 타타타 하는 총소리가 한바탕 또 한바탕 울러 퍼졌다. 적은 마른 갈대처럼 오는 족족 쓰러졌다. 하지만 뒤쪽에서 계속해서 밀고 올라왔다. 우리도 물이 샘솟듯 앞으로 돌진했다. "죽여라! 죽여라! 죽여라!" 하는 소리가 또다시 울려왔다. 이번에는 제법 사납고 포악하게 달려들었다. 우리는 두 갈래로 나뉘어 전투를 치렀지만, 총검으로는 별 효과가 없었다. 적군 한 병사가 나를 비트는 바람에 이리 뒹굴고 저리 뒹굴었다. 결국 우린 구덩이로 떨어졌는데, 놈이 어찌나 완강하게 버티는지, 놈이 내 숨통을 틀어쥐었고 나는 죽어라 버티다가 상대를 겨우 아래로 쓰러뜨렸다. 나는 곧 놈의 몸통에 올라타서 이를 꽉 악물고 주먹으로 놈의 심장을 세게 내리쳤다. 갑자기 그가 피를 뿜어냈다. 나도 모르게 손에서 힘이 빠졌다. 그의 눈가에 맺힌 영롱한 눈물방울을 보았던 것이다. 아, 숨을 거두는 그의 죽음을 지켜볼 수 없어 나는 서둘러 구덩이에서 기어 올라왔다. 정신이 몹시 혼란스러웠다. 나는 비틀거리며 앞 쪽으로 달려가다 이내 넘어져 쓰러졌다. 정신이 혼미한 상태에서 10보쯤 앞쪽에서 나는 큰소리에 놀라 정신이 들었다. 커다란 구덩이 하나가 시야에 들어오는데 역한 유황냄새로 구토를 참을 수 없었다. 머리위론 윙윙 하는 소리가 더욱 가까워졌다. 나는 다급하게 황색 제복을 입은 시체 뒤에 숨었다. 펑 하는 소리와 함께 마른 버드나무 한 그루가 폭탄에 맞아 활활 타오르기 시작했다. 이때 하늘색이 검게 변했다. 하지만 나는 너무 지친데다, 갈증으로 연기가 뿜어져 나올 지경이었다. 멀리서 흰빛 줄기가 보였고, 그건 참담한 달빛 아래 반짝이고 있었다. 문득 그쪽의 작은 시냇물이 생각났다. 난 거기까지 가서 물을 좀 마시고 싶었지만, 사지는 도무지 힘을 탈 수 없었다. 전신의 뼈마디 긴장이 온통 풀린 것만 같았다. 나는 겨우 위로 기어 올라왔다. 아! 도처에 시체가 가득 널려 있었고, 피비린내가 코를 진동했다. 한참 후에야 가까스로 시냇가까지 기어갔다. 피범벅이 된 손으로 물을 움켜 떠서 그걸 마셨다. 혀가 그제야 감각을 되찾았다. 한 대야나 되는 물을 마시고서야 겨우 정신을 차릴 수 있었다. 나는 몸을 일으켜 주변을 살펴보았다. 여기는 내 참호에서 대략 1리 정도 떨어진 곳이었다. 나는 포복도 하고 걷기도 하면서 겨우 참호에 도착했다. "아이쿠"하는 소리를 지르고서 나는 또 쓰러졌다. 이 소리에 보초가 깜짝 놀라 소리를 질렀다.

"천쉬안 동지요?……부상을 당하셨네요? 안색이 너무 창백한데 온몸이 피투성이이군요?" 나는 고개만 끄떡였고, 그는 나를 안아 참호 안으로 들어갔다. 셰잉이 급히 달려 나와 나의 옷가지를 벗기고 몸의 상처를 살펴봤다. 손과 팔이 긁힌 것 말고는 전반적으로 다 괜찮았다. 그는 그제야 안심을 하고서 이렇게 말했다.

"이게 대체 어떻게 된 일인가?"

이때 황 소대장이 내게 술을 조금 주었다. 그것을 마셨더니 혈색이 좀 돌기 시작했고, 나는 그간의 경과를 그들에게 들려주었다.

황 소대장이 말했다. "수고 많았다. 잠시 후방에 가서 좀 쉬도록 해!"

나는 명령대로 후방으로 돌아갔다.

병영의 장막 안에서 곤히 잠이 들었는데, 꿈에 좀 전의 눈물을 머금었던 병사가 보였다. 얼굴 여기저기 핏자국이 선명한데, 원망에 가득 찬 둥근 두 눈은 멀리 앞쪽을 응시하고 있었다. 그는 내게 자기 집에는 젊은 부인과 어린 아이들이 있으며, 자기 자신도 아직은 너무 젊다고 말하는 것 같았다. ……그렇지. 내 손으로 그를 직접 죽였지. 슬픈 생각에 마음은 먹먹했고, 나는 곧 잠에서 깨어났다. ……이때 류빈과 셰잉도 방어임무를 교대하고 돌아왔다. 그들은 한숨을 내쉬며 내게 말했다.

"우리 텅滕 참모장이 죽었어!"

"뭐라고? 구이저우貴州 출신이신 텅 참모장을 말하는 거야?" 내가 물었다.

"응, 바로 그분!" 셰잉이 몹시 개탄해하며 말했다.

"어제도 그분을 봤는데, 사령관과 함께 산비탈에서 진지를 살피고 있었단 말이야, 그런데 어떻게 오늘 죽었다는 거야!"

"포화 속에서의 생명이란 예측할 수 없는 것이지." 류빈이 분통을 터뜨리며 소리를 질렀다.

"도대체 사고가 언제 일어난 것인데?" 내가 물었다.

"오늘 오후, 적군이 전력을 다해 우리 우쑹 포대로 맹렬한 공격을 해댔지. 폭탄은 여름날의 우박처럼 쏟아졌다네. 우리 포대의 싼허투三합土: 석회와 점토, 모래로 만들어짐도 죄다 무너져버렸고, 포구 역시 몇 개나 망가졌지. 정세는 무척이나 긴박하게 돌아갔고, 우리 텅 참모장은 참호에서 달려 나와 포대로 올라가 적군 군함에 포 쏘는 것을 지휘하고 있었다네. 바로 이때, 적군의 포탄이 날아들었고, 참모장 왼쪽 팔에 명중되고 말았어. 물론 참모장은 용감하게 앞으로 나아갔고, 연이어 왼쪽 옆구리에 총탄을 맞고 결국 그렇게 가신거야!" 셰잉이 말했다.

"포대는 결국 적에 뺏기고 말았나?" 내가 말했다.

"포대의 동북쪽은 일찌감치 적에게 함락당하고 말았대. ……다행히 지원병이 제2방어선에서 몰래 수비를 증강시키고 있었다 하네. 이때 적군이 베이사北沙에서 상륙한 천여 명의 인원을 보유하고 있어서, 유리한 틈을 타 포대를 빼앗을 셈이었지. 우리는 적이 가까이 올 때를 기다렸다가, 포 소리를 내면서 참호 안에 있던 복병들이 깊은 산의 맹호처럼 달려 나갔어. 그런지라 적은 뜻밖에 충격을 받았고 가까스로 상대를 막아낼 수 있었지. 거기다 우리 쪽 대도부대와 총검에 800여명이 죽었다는군. 대도부대는 오늘따라 더 용맹했고, 걸치고 있던 호심쾌조차 벗어던지고 전투를 했다네. 몸엔 반바지 하나만을 걸쳤고, 운동화만 신거나 어떤 사람은 아예 맨발이었다네. 섬뜩하게 번뜩이는 큰 칼을 손에 쥐고, 차갑고 서늘한 바람 속에서 철모로 무장하고 철갑을 두른 적과 크게 한판 전투를 벌였지. 그들은 용맹스럽고도 두려움 없는 정신으로 적군을 신비스런 심연 속에 빠뜨리듯 놀라게 했지. 어디서도 자신을 엄호할 상황은 아니었고, 부상당하기 십상이었는데 부상당한 사람이 한 사람도 없었다네. ……이것도 참 묘한 일이지!" 류빈의 설명이 끝나자 일동은 '중화민족만세'를 높이 외쳤다. 한바탕의 환호성에 막사는 떠나갈 듯했다.

마을 사람 몇몇이 양고기와 돼지고기 2마리, 그리고 사오싱주紹興

酒 네 단지를 가져와 우리 대장을 찾았다. 황 소대장이 나가자 가장 지 긋해 보이는 농민이 개탄하며 말했다.

"대장님, 우리 마을 주민 모두는 귀 군대가 적과 전투를 해서 망국 노亡國奴가 되지 않도록 나라를 지켜주신 것에 크게 감복했습니다. 연 일 수고가 많으시지요! 오늘 특별히 선물을 좀 준비하여, 이것으로 귀 군대에게 감사와 위로의 뜻을 전하고자 합니다."

황 소대장은 그 늙은 농민의 손을 꼭 잡고 감격하여 말했다.

"나라를 지키는 것이 군인의 천직인데, 여러분께서 이렇게 위로해 주시니 우리가 더 부끄럽습니다! 마을 주민 여러분 모두가 우리의 방 패가 되어주시고, 끝까지 저항한다면 최후의 승리는 반드시 우리의 것이 될 것입니다!"

마을 사람들이 돌아간 후, 우리는 취사부에게 양고기 두 덩이를 굽도록 하고 사오싱주 한 단지를 개봉했다. 이러다보니, 우리는 모든 걸 잊은 듯, 몽땅 먹고 마셨다. 우리는 군인이고, 우리에게 가장 필요 한 것은 바로 배불리 먹고 충분히 쉬는 것이었기 때문이다. 내일이면 우리는 또다시 전선으로 나가야 한다. 우리는 포화 속에서 생명을 지 켜야하고, 이 역시 장담할 수 없는 일이었다! 류빈, 셰잉, 황런, 장취 안, 그리고 나 이렇게 다섯 명이 아직까진 살아있지만, 전쟁은 언제 끝 날지 모르니 최후엔 누가 죽고 누가 살아있을지를 그 누가 알겠는가? 아, 우리의 생명줄은 참으로 짧도다!

오늘 밤 나는 오래 만에 편안한 휴식을 취했다.

날이 밝자 우리는 명령에 따라 또다시 전선으로 갔다. 비가 쉬지 않고 내리자 우린 등에 삿갓을 걸쳤다. 이 모자는 비를 피하고 태양 빛을 막을 수 있는데다 적군의 중산모자에 비해 가벼웠다. 하지만 총알이 날아들면 쉽게 뚫리는 게 흠이었다.

전선의 포화는 여전히 맹렬했지만, 우리의 전호戰壕는 상당히 튼튼했다. 거기다 우리는 참호 위에 두꺼운 철판을 덮었고 부토로 그걸 묻어 은폐했다. 또 흙 위에는 배추를 많이 심었기에 적은 우리가 숨어 사격하는 곳을 알아차리지 못했다. 적군이 비행기 정찰을 할 때에도 우쑹 몇 십리가 텅텅 비어있게 보일 뿐 중국인은 단 한 사람도 눈에 띠지 않았다. 그러다 그들이 돌격해 올 때면 어디선지 모르게 이삼천 명이 한꺼번에 쏟아져 나왔다. 이런 광경에 적군은 놀라지 않을 수 없었을 것이다. 그래서인지 적은 감히 돌격하지 못했고, 놈들은 그저 대포만 난사할 따름이었다. 그들은 계속해서 대포를 쏘아대면서, 동시에 일본 함선 20척이 우쑹으로 공격해왔다. 연기는 하늘을 가득 메웠고, 폭탄은 하늘을 나는 황충처럼 날아왔다. 우리는 전호 안에서만 사격을 했다. 갑자기 큰소리가 나면서 우리의 전호 왼쪽이 떨어져나갔고, 전호 안의 모래흙이 어지럽게 떨어져 내릴 정도로 흔들렸다. 우리는 연기를 들이마시며 버티면서 상황을 예의주시하고 있었다. 포대 위에서 우리 수비병도 포 수십 발을 쏘면서 그들에게 반격을 가하였다. 우르르 쾅쾅하는 소리에 귀가 윙윙하고 울릴 정도였다. 가까스로 포성 소리가 좀 줄었으나, 지면에 귀를 대니 벌써 크르릉 하는 철갑차 소리가 들렸다. 우리는 서둘러 기관총에 총알을 장전하고 조준준비를 하는 한편, 수류탄 준비도 마쳤다. 혐오스러운 철갑차가 가까워졌다. 연대장의 한마디 호령에 우리는 일사분란하게 움직였고, 펑펑 터지는 기관총도 전투에 한 몫을 했다. 철갑차 한 대가 이 바람에 뒤집어졌다.

우리는 적과 악전고투를 벌이면서, 15명을 생포했고, 2, 30명을 죽였다. 그들은 더는 완강하게 저항하지 못하고 분분히 퇴각을 했다. 이때 하늘에 세 무리의 비행기 떼가 나타났다. 한 무리에 7대씩, 마치 기러기 떼처럼 바이롱白龍항구에서 날아와 우리 진지에 폭격을 가했다. 우리 포대도 즉시 출동했고, 하늘을 향해 공격하기 시작했다. 그런데 높이 날던 비행기에 갑작스레 폭풍우가 몰아쳤다. 하늘은 칠흑 같은 먹구름으로 뒤덮였고, 비행기는 방향을 잡지 못한 채 얼마 안되어 돌아가고 말았다. 전쟁의 신은 잠시 안정을 되찾았다.

7

오늘 자베이는 잠잠했다. 전투가 없으니 총성 소리 한번 들리지 않았다. 프랑스 신부가 영국 총영사와 함께 4시간의 정전을 요구했기 때문이다. 이는 곤란한 지경에 빠져있는 전투 속의 무고한 백성을 불쌍히 여겨 양국군사 당국에게 그 시간동안 적십자가 그들을 구출하도록 했다는 것이다. 이 일은 후방에서 주요한 화제거리가 되었다.

우선 류빈이 일본인의 잔인함에 대해 비분강개하며, 다음과 같은 사실을 적잖이 알려주었다.

그와 동향 사람인 쥐린左琳은, 집이 홍커우 쟈싱차오嘉興橋 부근이다. 전쟁이 발생한 지 5일째 되는 날, 그는 거리로 나가 동정을 살폈다. 그러다가 일본군인 몇을 만났는데 그를 다짜고짜로 체포하여 일본군 사령부인 동양 어시관御是館으로 잡아갔다. 우선 그를 결박한 뒤 채찍으로 때렸다. 그가 사복군인임을 자복하고 우리 쪽 군정軍情: 군대정보을 제공하라는 것이었다. 줴린이 말했다. "나는 한낱 장사치일 뿐인데 어떻게 군대의 상황을 알겠습니까?" 일본군은 자백을 받아내지 못하자, 그를 베이쓰촨루北四川路의 헝방차오橫浜橋 동양영화관으로 보냈다. 아! 그런데 그곳은 정말이지 인간 지옥이었다. 그 안에는 오백 명이 넘는 중국인이 구류되어 있었다. 식사는 매일 두 끼 밖에 제공되지 않았는데 그나마 한 끼는 차갑고도 딱딱한 주먹밥 하나와 뜨거운 차 한 잔이 고작이었고, 식사는 오전 9시와 오후 3시로 끝났다. 이정도면 그래도 굶어죽을 정도는 아니다! 하지만 일본인들은 잔인하게도 이걸 즐겼다. 그들은 이 아사 직전의 사람들이 먹는 두 덩이의 작은 주먹밥조차 소화가 더디 될까봐, 사람들을 줄 세워 체조나 춤, 무예 시합 등의 운동을 시켰다. 무예 시합을 할 때면 중국인들끼리 시켜, 서로 싸우게 만들었다. 이건 참으로 눈물 나는 골계희滑稽戲가 아닌가! 하지만 자기나라 사람끼리라 서로 봐줄 수도 있는 일이었다. 그러자 그들은 다시 술책을 바꾸어 일본인과 중국인이 겨루게 했다. 사실 이건 일본인이 중국인을 때리는 것이었다.

춤을 추는 건 어떠한가, 이건 완전히 마귀의 승리다. 나이에 상관없이 부녀자들을 마당에 한데 모아놓고 마당을 세 바퀴 돌게 한 뒤 멈추게 했다. 그런 뒤 젊고 예쁜 여자를 모두 불러내어 옷을 벗긴 뒤, 초록색이나 붉은색의 운동복으로 갈아입히고 땅바닥을 사자처럼 뒹굴게 한다. 사방에 일본 군인을 배치하고, 뒹굴던 여자들의 얼굴이 붉어지면 시도 때도 없이 그녀들을 풀숲으로 끌고 들어갔다. 거기에선 치욕스럽고 분노에 찬 처참한 소리가 새어나왔다.

그 가운데 열여덟이나 열아홉 살쯤 먹은 소녀 둘이 있었는데, 일본 군이 그녀들에게 옷을 벗으라고 명령했다. 소녀들이 분노에 찬 눈으로 바라보며 복종하지 않자, 일본군 한명이 다가와 징그럽게 웃으며 한 소녀의 옷을 총검으로 찢어버렸다. 눈 같이 새하얀 유방이 드러났다. 어떤 유혹에 끌린 것인지, 그놈의 눈이 새빨개졌다. 소녀가 두 손으로 가슴을 가렸지만 오히려 놈의 숨겨진 짐승같은 잔인함이 발동했다. 날카로운 총검이 쨍하는 소리와 함께 소녀의 가슴 앞에서 번쩍였다. 피를 흘리는 손은 맥없이 축 늘어졌고, 백설 같던 새하얀 유방 두쪽도 꿈틀거리며 땅위로 떨어졌다. 피가 솟구쳤고, 소녀는 정신을 잃고 바닥에 쓰러졌다. 다른 한 소녀도 바지를 벗지 않으려하자, 일본병사가 길고 날카로운 총검으로 그 소녀의 하체를 찔렀다. 외마디 비명 소리가 사람들을 진저리치게 했다. 이내 파랗던 하늘색도 점점 음산해졌다!

쥐린은 슬프고도 분노에 찬 눈물을 마음속으로 집어삼켰다. 이렇게 압박을 받는 상황에서 무엇을 할 수 있겠는가? 자신의 목숨조차 어찌될지 알 수 없는 판국에 말이다!……

그는 후에 공부국工部局: 옛날 조계의 행정기관의 도움으로 구출되었다. 전쟁터로 그가 나를 보러 왔을 때, 그는 기꺼이 전쟁에 참여해서 세상의 약소민족의 한을 토로하고 싶다고 했다.

"그 사람이 지금 전선에 와있나?" 셰잉이 물었다.

"학생군에 들어가도록 내가 소개시켜주었는데, 지금은 후방에서 훈련 중이야. 나중엔 당연히 전선으로 나오겠지." 류빈이 말했다.

"아, 전쟁이 뭐지? 전쟁이란 일군의 악마들이 대자연을 대신하여 궤멸의 공작을 꾸미는 것이지. 생로병사란 인류에게 있어 아주 느린 변화야. 그런데 전쟁이 나면, 죽지 않아야 할 청년이 너무도 빨리 세상을 뜨고, 궤멸되지 않아야 할 건물도 눈 깜짝할 사이에 잿더미로 변하지. 인류의 바다엔 출렁이는 물결이 일고, 평화로운 인류는 이 물결 때문에 방해를 받게 되지……" 이게 바로 내가 해석한 전쟁의 의미다.

"그렇다면 이번에는 왜 전투를 하는 거지?" 장취안이 내 해석에 갑자기 반기를 들며, 이렇게 물었다.

"물론 이번 전투에는 또 다른 의미가 있지. 무엇보다 우리는 정부를 위해 싸우는 게 아니야. 이건 평소의 전투와 분명 의미가 다르지. …… 우린 우리 자신의 생존을 위해 적을 맞아 통렬한 공격을 하는 거야!" 내가 말했다.

"그렇다면 적은 왜 우리를 공격하는 거야?" 셰잉이 한마디 끼어들었다.

"적군 말이야? 전투에서 자기의 세력과 권리를 강화하려는 군벌과 집정자들을 제하고 나머지는 죄다 사기당한 바보들이야. ……이 말을 아무도 안 믿겠지만 난 이걸 증명해보일 수도 있어! 일본해군 육전대가 이번에 왜 공격을 해왔을까, 가장 큰 이유는 그들의 체면 때문이야. 9·18때 동북삼성이 일본육군에게 허망하게 넘어간 걸 우린 분명히 기억해야해. 알다시피 육군이 국내에서 돌풍을 일으켰잖아, 그것에 비하면 해군은 아직 멀었지. 때문에 상하이를 침략하려는 결단이 내려졌고, 그와 동시에 수많은 바보들을 속여 죽도록 싸우게 만든거야. ……아, 이 얼마나 가련하고도 웃기는 일인지!"

"아, 민중들은 우리에게 참으로 열렬하기도 하지!" 황 소대장이 밖에서 소리를 내며 들어왔다. 모두들 몸을 돌려 그를 바라보았다. 빨개진 얼굴에 두 눈은 흥분으로 반짝거렸다. 바로 이때, 취사부가 큰 깡통더미를 옮겨오고, 트럭에는 신선한 빵이 햇볕을 받아 달콤한 향기를 피워 올리고 있었다. 양복을 걸친 신문기자 두 명이 작은 수첩을 들고서 황 소대장에게 말했다. "애국무용수 자오슈전趙秀貞이 모금한 의연금 은화 500을 가져왔습니다. 자오슈전은 매일 같이 잠도 제대로 못자면서 피곤한 미소를 머금은 채 관객에게 의연금을 모았습니다. 그런데도 그녀는 모든 공로를 애국애민의 영웅들께 돌렸지요. 결국 민족을 스스로 구제하고자 하는 생각은 잠든 사람들의 마음을 흔들어 깨웠습니다. 이 외에도 천陳씨 성을 가진 세 명의 초등학생들이 4개월 동안 모은 용돈을 존경하는 19로군에게 부쳐왔습니다. 거기다 하층노동자들도 양심의 발로로 그들이 먹고 입는데 쓸 돈을 절약하여 30위안을 후방 사무실로 보내왔습니다. ……귀 군대의 이번 전투는 진정으로 민중을 위하고 정의를 위한 것임이 분명합니다."

황 소대장이 감동하여 미소를 지으며 말했다. "이번 전쟁으로 백성들 고생이 이만저만이 아닙니다. 하지만 백성들이 이렇게 우리를 아껴주시니, 백성과 나라를 지켜야할 책임 있는 군인으로서 그저 부끄럽고 감사할 뿐입니다! 동시에 참으로 고통스럽기도 하지만, 인류가 빛의 길로 가는 길에 정의의 신이 전쟁의 신위에서 고개 들 수 있기를 희망합니다. 그러려면 전 인류가 함께 노력해야겠지요!"

황 소대장의 이 말이 신문기자의 마음을 크게 움직였는지, 기자는 내용을 수첩에 일일이 기록하고서 자리를 떴다. 태양빛이 문득 뜬 구름에 덮이더니 북풍이 간간이 불어왔다. 정오인데도 우리는 한기를 느꼈다. 류빈이 술 몇 병을 구해오자는 의견에 우리는 당연히 뜻을 같이했다. 나는 셰잉이 가서 구해왔으면 했다. 셰잉은 술수를 쓰는데 수준급이라 취사부가 감히 그를 어찌할 수 없다는 사실을 알고 있기 때문이다.

셰잉이 가고나자 건량乾糧 주머니에 있던 담배 반 갑을 꺼내 류빈과 장취안에게 한 개비씩 나눠 주었다. 황 소대장도 한 개비를 얻어 피웠다. 한 대를 다 피웠는데도 셰잉은 돌아오지 않았다. 기다리는 게 지루하던 참에, 장취안이 옷을 놓는 벽 모퉁이에서 비파를 꺼내들었다. 잉잉 거리며 〈매화삼농梅花三弄〉*이 연주되자, 우리 마음은 이내 울적해졌다. 우리가 참호 안에서 목숨을 걸고 살아가고 있다는 사실이 믿기지 않았다. 마치 한가로운 세월이 우리를 돌아보는 것만 같았다. 머릿속을 가득채운 공포와 원한이 잠시 죄다 잊혀졌다. 그런데 비파 한 가락에 근심 한줄기가 우리의 가슴속으로 파고들었다. 나는 여전히 사람이구나 하는 생각이 분명하게 느껴졌다. 이지理智와 정감을 지닌 금수와는 전혀 다른 사람이라는 사실을 말이다. 잇따라 유년시절이 선명하게 떠올랐다.

초봄 어느 날, 이웃의 샤오바이小白와 함께 조그마한 강가에서 낚시를 했지. 우린 낚싯대를 보면서 용녀의 신화 이야기를 했어. 좀 있다 내 낚싯대가 움찔하기에 서둘러 잡아당겨보았지. 낚시 바늘에 손가락 세 마디 정도 되는 잉어가 파닥거리고 있었지. 우린 몹시 즐거워하며 잉어를 대바구니 속에 담았어. 동산에 달이 떠오를 때까지 우린 계속

---

* 〈매화삼농梅花三弄〉은 비파곡의 하나이다. 삼농三弄이란 연주할 때 줄을 힘차게 눌러서 계속 올려 치는 수법을 말한다.

낚시를 했지. 그런 뒤 천천히 걸어 집으로 돌아갔고, 어머니는 이 잉어를 구워 밥을 해주셨지.

상관없는 이 추억으로 뜻밖에 어머니를 그리워하는 마음이 교차되었다. 하지만 지금은 어머니를 그리워할 권리가 없는 시국이다. 미친 듯이 적을 추격해 죽여야 하고, 그러면 어머니는 이내 내게서 멀어진다. 이 상황에 내가 어머니를 생각한다면, 나는 적을 털끝만큼도 해치지 못할 것이다. 적에게도 그들의 어머니가 계실 것이기에 나는 모든 전투에 대한 용기를 상실하고 말 것이다. ……하지만 지금 어머니는 분명 내 마음 속으로 깊숙이 파고들었다. 편지를 쓰자, 어머니를 위로하기 위해! 조금만 지나면 어머니는 내 마음 속에서 떨어져나갈 것이다. 쾅 하는 대포소리만으로도 우리는 인간의 세계에서 짐승의 세계로 달려올 것이니 말이다.

문밖에 작고 야무진 셰잉이 번개처럼 나타났다. 그는 과연 수완장이다. 술도 꽤나 많이 가져온 데다 불고기도 한 솥 가져왔다. 모두들 환호 하는 가운데, 류빈이 셰잉을 어깨 위로 들어 올리자 셰잉이 재빨리 뛰어내렸다. 셰잉은 으쓱거리며 말했다.

"그 작고 뚱뚱한 취사부가 마침 불고기를 대장한테 보내고 있더라고. 등 뒤에 몰래 숨었다가 취사부가 돌아보자마자 내가 옆구리 쪽에서 불쑥 나타났지. 깜짝 놀랐는지 양손을 놓고 말았어. 그 틈에 내가 그걸 두 손으로 받쳐 들었잖아……정말 웃기지, 그 친구 살찐 얼굴에 초조했는지 희미한 진땀이 번지르르 엿보이더라고. ……이 친구는 사실 고기가 없는 것처럼 행동했거든. 적어도 두 배 이상은 숨겨놨으면서 말이야. ……그렇지 않다면 그렇게 살이 찔 수 있겠어?"

우린 맘껏 먹고 마시며 즐거워했다. 장취안의 머리에 불거진 핏줄은 붉게 상기되었고, 오래도록 깍지 않아 둘둘 말린 수염은 유독 뻗쳐 있었다.

우리에겐 대단히 즐거운 시간 같았다. 정전停戰된 4시간은 순식간에 흘러가버렸다.

이때 우쑹 쪽 일본군은 황푸강 서쪽 언덕에서 장화방張華浜진지로 800명의 적군을 보내어 야전포를 쏘는 동시에 비행기로 엄호를 하며 온쟈오방蘊藻浜과 차오쟈차오曹家橋 쪽으로 진공했다! 전투는 대단히 치열했고, 우리는 후방에서 전선으로 투입되었다.

8

전선으로 돌아왔을 때, 기관총과 소총 소리가 끊임없이 들려오고 있었다. 하지만 적은 벌써 반격을 거두었다. 그 말라깽이 광둥 병사 리웬두李元度도 전사했다. 또 이름은 모르지만 낯익은 수많은 병사들도 이젠 별로 보이지 않았다. 낯선 보충부대가 오늘 일부 도착했다.

한시에 여단장이 모든 부대를 사열했다. 우리가 정렬할 때, 웅장한 군악이 연주되었다. 멀리서 말 세 필이 다가오는데, 말 위에는 군단장과 여단장, 그리고 사단장이 타고 있었다. 먼저 군단장이 훈화를 했다.

야트막한 비탈 위에 오랫동안 전투를 치러온 군단장이 우뚝 서 있다. 그의 매우 커다란 몸집에 꽤 긴 목덜미, 그리고 열정으로 충만한 머리는 그가 그야말로 근대적인 군인의 전형임을 우리에게 느끼게 해주었다. 그는 날카로운 눈빛으로 우리 뒤를 노려보면서 입을 열었다.

"군 동지 여러분, 1월 28일 적군이 침략한 이래 우리 동지 모두 민족의 생존과 국가의 국격을 위해 목숨을 걸고 적과 싸우고 있습니다. 지금까지 격전을 벌인 결과 자못 우세를 점하고는 있습니다만 …… 적의 지원병이 끊임없이 보충되고 있습니다. 우리가 최후의 승리를 얻기 위해서는 더욱 사기를 북돋고 분투하여야 할 것이며, 적에게 약소민족을 침략하는 것이 죄악임을 알려주어야 함과 동시에, 우리 중화민국은 함부로 우롱할 나라가 아니며 우리 민족은 저항하지 않는 민족이 아님을 세계 만방에 알려주어야 합니다 ……"

군단장의 훈화는 우리의 심금을 울렸다. 우리가 져야 할 책임은 참으로 막중하다. 우리의 마지막 피 한 방울을 전쟁터에서 뿌리지 않는다면, 우리는 국가와 민중 앞에 설 수 없을 것이다.

여단장이 침착하게 산비탈을 올랐다. 그는 군단장의 인상과는 사뭇 달랐다. 여단장은 상당히 자상하고 친절한 편이지만, 그의 눈매에 드러난 영웅적인 정신은 마찬가지로 우리를 감동시켰다. 그가 말했다.

"동지 여러분, 지금은 보국報國할 유일한 기회입니다. 이 기회를 놓쳐서는 안 됩니다. 모두 평소의 침착함을 발휘하여 당황하지 말고 총을 잘 조준하십시오. 한 발의 총탄으로 적군 한 명을 쓰러뜨립시다. 적이 아무리 자세를 낮추어도, 총알이 적의 귓가를 스쳐 감히 고개를 들지 못하게 하십시오. 총알이 다하거든 총검을 들고 돌격하여 적을 죽이고, 총검이 부러지면 총자루로 죽이시오. 총자루가 망가지면 두 주먹을 휘두르고, 주먹이 아프면 이빨로 적을 물어뜯으시오……"

우리의 심장이 빠르게 뛰었다. 여단장이 적을 대처하는 방법을 구체적으로 알려주었다. 어떻게 해야 적이 우리를 얕보지 못하는지 우리는 알게 되었다.

대오가 흩어지고, 우리는 각자의 진지로 돌아왔다.

셰잉과 장춰안, 그리고 황 소대장과 나는 여전히 한데 있었고, 류빈만 포대 방어지역으로 갔다. 오후에 우리는 우쑹하를 건너 다른 부대와 연락을 취했다. 양揚씨댁의 전후좌우를 따라 견고한 진지를 구축했다. 그런 뒤 각 진지에 백연발 기관총을 설치했다. 또 우측 진지에서 맞은편 우쑹 해변의 포대까지, 뱀처럼 기다란 전지를 세웠다. 우리는 그곳에 주둔했다.

밤이 되자 눈이 펄펄 날리기 시작했다. 적은 아마 추위를 두려워하겠지. 잠시 마음이 차분해졌다.

희끄무레 동이 틀 무렵, 전선은 벌써 떠들썩해졌다. 자욱한 포화 연기와 새벽안개가 서로 한데 엉킨 가운데, 쿵쿵 거리는 대포소리는 갈수록 가까워졌다. 우린 일제히 참호의 모래보루 뒤에 엎드린 채 미동도 하지 않았다. 우리는 그저 기회가 오기만을 기다렸다. 갑자기 포탄이 우리 쪽 왼편 참호 속으로 떨어져 짙은 먼지와 연기를 날렸다. 자세히 살펴보니, 참호 귀퉁이가 산산조각 나 있었다! 허공에 회색 물체가 붕 떴다가 한바탕 휘 돌더니 흙더미 위로 떨어져 내렸다. 아! 끔찍했다! 피와 살이 뒤범벅된 머리의 반쪽이 찢겨나간 시신과 함께 낭자하게 쌓여있었다!

얼마나 많은 동지들이 죽었을꼬? 구급대원들이 베틀의 북 드나들듯 미친 듯이 바삐 오가며 군용침대로 부상병들을 계속 실어내는 것만 보였다.

포화소리가 끊임없이 맹렬한 가운데, 여단장이 산개하라는 명령을 내렸다. 사람 사이의 간격은 열여덟 걸음쯤이었으나, 적의 대포가 어찌나 사납게 폭격을 해대는지 우리는 후퇴도, 반격도 할 수 없는 상황이었다. 우리는 그저 적의 포화공격이 잠잠해지기만을 기다렸다. 그들은 우리가 포화로 인해 죄다 재가 되었거나 장조림이 되었으리라 예상했을 것이다. 그리하여 적군은 한 부대 한 부대 일어나 외형을 갖추더니 목청껏 소리를 지르면서 돌진해왔다. 우리는 적이 소리를 지르면서 다가올 때까지 아무 소리도 내지 않았다. 그들의 포격이 완전히 멈추고, 돌격대가 소총의 사정권에 들어오자, 호령소리와 함께 일제히 총을 쏘아대며 참호를 뛰쳐나왔다. 적은 그저 대포나 비행기에만 의존하던 터라, 이런 것들이 사라지자 황망히 되돌아갔다. …… "우리의 정신으로 그들의 물질을 이겼다!"는 사단장의 말은 옳은 말이다.

아군의 소대장 한 명이 적의 총탄에 오른쪽 뺨을 다쳐 피가 샘솟듯 솟았다. 그는 곧 상처를 붕대로 싸매고 계속해서 전투를 지휘했다. 피가 붕대를 흥건하게 적시는지라 셰잉이 쉬라고 권했지만 그는 고개를 가로저으며 소리쳤다. "죽여라! 앞으로 돌격!" 얼마 안 되어 왼쪽 어깨에 또 한 발을 맞았다. 그의 몸이 약간 흔들렸다. 그제야 소대장은 구호대의 도움으로 후방으로 후송되었다.

적의 돌격은 실패로 돌아가고 말았다. 전선은 별안간 조용해졌다. 우리는 이 틈에 한 끼를 배불리 먹었다.

밥그릇을 내려놓자마자 전선에 총성과 포성이 다시 울렸다. 일본군은 장자방張家浜에서 공격을 개시했다. 쉬쉬 하는 길고 날카로운 소리가 음산한 공기를 뚫고 들려왔다. 뒤이어 유산탄榴散彈이 일본군 진지에서 모래가 날리듯 쏟아져 내렸다. 비행기에서의 포탄과 기관총이 소낙비와 메뚜기떼처럼 빗발쳤다. 하지만 우리는 조금도 당황하거나 서두르지 않았다. 저쪽 포대의 고사포는 비행기에 맞서고 있었다. 우리는 수류탄을 쥐고 기관총을 장전한 채 이리떼처럼 돌진하는 적의 육군에 맞섰다.

그들은 패하여 물러났다. 저녁노을이 물들어갈 즈음, 끝없이 펼쳐진 황야의 전쟁터는 황색 제복차림의 적군 시체로 가득했다. 뒤덮은 연무는 수없이 많은 어리석은 일본군의 영혼을 휘감았다. 우쑹하의 졸졸 흐르는 물소리는 무수한 원귀의 울음을 머금고 있었다.

전투가 다시 시작되었다. 포화는 맹렬했고, 허공은 운무로 자욱했다. 묘하게도 운무는 갈수록 자욱하여, 온 하늘이 머리 위를 내리누르는 듯 아무것도 보이지 않았다. 마침 집중력이 흐트러졌을 때, 갑자기 뒤에서 무슨 소리가 들려왔다. "조심해! 적이 연막탄으로 엄호중이야! 차오자차오의 남쪽에 부교浮橋를 가설해서 몇 대대가 돌격해온다!" 우리는 전에 하던 대로 함성을 지르고서 순식간에 준비를 끝마쳤다.

'연막탄'이라는 이름은 처음 들어봤다. 도대체 어떤 물건일까? 우리는 경이로움을 금치 못한 채 앞을 주시했다. 얼마 지나지 않아 과연 신기한 것이 눈에 들어왔다. 겹겹의 연기가닥이 마치 장막처럼 바닥부터 공중까지 꽉 들어차 올라 신비한 공포감마저 주었다. 장막의 배후에는 도대체 어떤 것이 숨어있을까? 악마나 맹수일까? 모두들 가슴을 졸이면서 기대하고 있었다.

연막은 빠른 속도로 우리 전선으로 다가왔다. 하지만 우리는 꿈쩍하지 않았고, 적군은 연막의 엄호 아래 차오쟈차오를 점거했다. 그들은 더욱 용기백배하여 거드름을 피우듯 우리 방어선 쪽을 향해 맹렬한 사격을 퍼부었다. 마침 우리 쪽 지원군이 도착하여, 숨소리도 내지 않고서 적을 삼면으로 포위했다. 적의 총포는 더 이상 힘을 쓸 수 없었다. 그래서 소총을 비껴쥐고서 돌격하려고 했다. 그러나 우리는 그들과 한데 뒤섞여 넘어뜨리기 장난을 치기 시작했다. 적은 마치 사냥꾼에게 잡힌 새장 속 짐승처럼 이리저리 으르렁거리면서 부딪쳤다. 우리는 긴장을 늦추지 않은 채 분노에 가득 차 돌진했다. 바깥의 우리 지원군은 갈수록 많아졌다. 적군은 철통같이 포위되고 말았다. 그들은 퇴각하기에 이미 늦어버린 상황이었다. 적의 비행기는 우리 머리위로 타타타 소리를 냈다. 그들의 포탄은 맹렬하게 퍼부어졌지만 눈이 없는 탄알처럼 아무 곳에나 투하되어 자기네 군인을 더 많이 살상하였다. 타는 것 같은 역겨운 냄새는 피비린내와 뒤범벅이 되어 완전히 지옥에서 나는 고약한 냄새를 풍겼다. 우리의 살기어란 눈에는 핏발이 섰고, 머릿속은 지각을 잃은 지 오래였다. 그래도 손은 영리하게 움직였고, 다리도 민첩하게 뛰었다. 살아 움직이던 적들이 온통 뻣뻣한 시체로 변하고서야 우리는 한숨을 돌릴 수 있었다. 대오를 정돈하여 원래 방어진으로 돌아왔을 때, 적은 조용히 잠든 채 꿈쩍도 하지 않았다.

참호에 도착했을 때 시계를 보니 벌써 다섯 시였다. 아, 우리는 꼬박 20시간이나 혈전을 치렀던 것이다. 스스로도 믿을 수 없었다. 기진맥진하여 죽을 것만 같은 피로감이 몰려들었다. 마침 우리와 임무를 교대하는 보병대가 이미 도착해 있었다. 그리하여 피로에 찌들고 피범벅이 된 우리 전투원들은 트럭 몇 대에 분승하여 후방으로 이동되어 잠시나마 숨을 돌리 수 있었다. 적의 대포소리는 수시로 우리의 고

막을 놀라게 했지만, 그 소리는 낮고 무겁게 웅웅 울리는지라 조금도 우리를 해치지 못했다.

옷을 벗으니, 셔츠에 붙어있던 통통한 이 몇 마리가 눈에 띄었다. 며칠 동안 삶의 세계를 돌아다녔겠지만, 얼마 지나지 않아 손톱에 짓이겨져 죽고 말았다. 이렇게 본다면 녀석들의 생명은 우리들보다 훨씬 짧구나!

셰잉의 얼굴에 핏자국이 많이 묻어 있었다. 셰잉이 총검으로 적의 오른쪽 옆구리를 찌르자, 적은 처참하게 울부짖는 소리와 함께 달려들어 셰잉과 한 덩어리로 굴렀다고 한다. 누가 봐도 작은 몸집의 셰잉은 몇 차례나 적의 가슴팍에 달라붙어 결국엔 적을 때려눕혔다. 그는 적의 가슴 한복판을 한 차례 찔렀지만, 그 자신도 온 얼굴이 피범벅이 되었다는 것이다. 세수를 한 뒤 셰잉은 얼굴이 깨끗한지를 물었다. 고개를 들어 셰잉을 바라보니 그의 얼굴이 문득 전과 달라보였다. 까맣게 여윈데다 광대뼈는 마치 산봉우리처럼 우뚝 솟아있었다. 거기다 눈언저리는 깊게 움푹 패었고, 다크써클이 깊숙이 자리 잡고 있었다. ……아, 뭐라 형용할 수 없는 처량함이 밀려왔다. 나는 뼈 마디마디가 나른해지는 걸 느꼈다. 나는 넋이 나간 듯 멍하니 있었다. 셰잉도 종잡을 수 없는지 약간 허둥대는 것 같았다.

"설마 머리에 구멍이 뚫린 건 아니겠지?" 셰잉은 앞뒤로 자기 머리를 계속 매만졌다.

"아니야. 전혀 다치지 않았고, 완전 괜찮아. 그냥 까매지고 여위었을 뿐이야. 눈에 핏발이 선 것하고, ……물론 아무 것도 아니야." 라고 위로했다.

셰잉은 아무 말도 하지 않았고, 그저 사람들의 얼굴만 바라보았다. 그는 말없이 깨끗한 셔츠로 갈아입은 채 힘없이 볏짚더미 위로 몸을 던졌다. 나 역시 몹시 피곤했던지 머리를 들 수조차 없었다. 황홀한 꿈을 꾸면서 좀 쉬려고 생각했던 것은 헛된 바람이었을까. 몸이 피곤할수록 머릿속은 더욱 말짱해졌다. 머릿속에 각인된 인상들이 자꾸만 겹쳐 떠올랐다.

나는 가까스로 눈을 감았다. 여단장의 영웅적인 모습이 선명하게 떠올랐다. "한 발의 총탄으로 적군 한 명을 쓰러뜨립시다. 적이 아무리 자세를 낮추어도, 총알이 적의 귓가를 스쳐 감히 고개를 들지 못하게 하십시오. ……" 그렇다. 우리는 뭐든 부족하다. 총포든 탄약이든 적군을 통쾌하게 무찌르기엔 부족한 것 투성이다. 가령 우리에게 비행기가 있어 우쑹 어귀 너머의 군함을 폭격한다면, 적군은 무고한 수많은 멍청이들을 실어와 우리와 전쟁을 치르지는 않을 것이다. 지금 어떤가? 그들이 우리를 궤멸시킬 예리한 무기와 맹렬한 화포를 한 척 한 척 이곳으로 옮겨와 우리를 공격하는 걸 우린 그저 지켜볼 수밖에 없다. 아, 우리에게 있는 것은 무엇일까? ……맞다, 우리는 오로지 정신으로 그들의 물질에 대응할 뿐이다. 이번 이십여 일간 우리는 하늘의 해를 뚫을 정도의 불굴의 정신으로 적에게 대항했다. 그들에게는 매일같이 증원군이 있고, 악마의 화신이라는 우에다植田 사령관까지 왔다. 그는 일찍이 지난濟南 민중을 살육했고, 또 이번에는 강권승리强權勝利의 모자를 쓰고 건너와 우리를 해쳤다. ……

수많은 애국민중들이 우리에게 엎드려 절했다. 수많은 채소 노점상들이 음식과 기부금을 상이병원에 보내어 다친 병사를 위로하기도 했다. 아, 이번 전투는 항일 민족전이다. 우리는 더 이상 바보가 아니다. 지쳐 쓰러져 죽을지라도 뭘 아쉬워하겠는가! ……

아, 적의 시체가 작은 산을 이루었다. 오늘 한 번의 전투로 천여 명을 해치웠다. 그들은 와서 왜 죽어야만 하는 걸까? 설마 그들 민중의 뜻은 아니겠지? …… 문득 어제 후방에서 본 신문에 실린 소식이 떠올랐다. 일본의 아내들이 정부를 향해 남편을 찾아달라는 단체를 조직했다는 기사였다. 그녀들은 참으로 총명하다. 그런데 너무 늦은 감이 있다. 아내들은 남편이 살아있을 때 멍청이가 되지 않도록 왜 막지 못하고, 이제 와서야 죽은 남편을 찾아달라고 정부에 요청하지? 실로 슬프도록 웃기지 않은가!

또 하나의 사건이 뇌리를 스쳤다.

그저께 적의 원군 3000명이 도착했다. 그런데 공격명령이 떨어졌을 때, 적군 육백 명이 전투를 원하지 않는다면서 반란을 일으켰다. 당시 다른 병사들은 그 600명을 포위하여 무장해제를 시킨 뒤 우에다 사령관에게 급전을 쳐서 처리방법을 물었다. 우에다는 반란을 일으킨 군대를 압송하여 즉시 본국으로 돌려보내 군심이 요동하지 않도록 하라고 명령을 내렸다. 하루 뒤 이들은 군함 한 척에 실려 우쑹 어귀 너머의 바다에 정박했다. 얼마 안 되어 해풍을 타고 소총과 기관총 소리가 들려왔다. 삼십분쯤 지나서야 조용해졌다. 듣자하니 멍청이가 되기를 원치 않았던 육백 명은 모두 총살당했다 한다. 아, 마귀화신인 위정자와 군벌은 틀림없이 마귀의 위대한 권력과 위엄을 지니고 있다. 하지만 모든 민중은 멍청이가 되기를 거부하여 그들의 권위를 박살내고 말았다. …… 아, 나의 적이 나의 벗이 아닌 적이 있었던가! 우리 사이의 장애만 사라진다면, 우리는 손을 맞잡고서 마음에 아무 사심 없는 교향곡을 연주할 수 있을 것이다. 인류를 창조한 조물주가 인류가 서로 학살하기를 원한 적이 있었을까? …… 그러나 이건 내가 동경해마지 않았던 광명의 세계일 뿐, 내가 잠들어 있는 이곳은 이를 갈면서 서로를 학살하고 파멸시키고 있을 뿐이다.

서로 다른 생각과 기억들로 나는 괴롭기만 했다. 깊은 잠에 빠진 동지들의 코고는 소리가 한층 드높아지고, 하늘빛은 점차 어두워지기 시작했다. 내일 아침이면 또다시 전선에 나가야한다는 생각에 나는 어쨌든 잠을 청했다. 나는 두 눈을 꼭 감은 채 탄식소리를 헤아리면서 잠의 신이 어서 와주기만을 바랐다.

9

지금 우리는 먀오항廟行 전선으로 이동했다.

어제 이곳에선 치열한 전투가 치러졌고, 연일 적의 보충부대가 증원되었다. 제9사단에 구루메久留米 혼성부대를 합치면 모두 이만여 명이나 되었다. 아군의 병사는 모두해야 삼만 남짓이고, 이곳의 작전에 투입된 병사는 고작 수천 명에 지나지 않았다. 무기도 그들은 중포重砲, 야포野砲, 박격포, 유탄포, 산포山砲에 탱크, 장갑차, 비행기까지 갖추고 있었다. 우리가 지닌 거라곤 기관총 몇 정에 대포도 몇 문뿐이었다. 그런지라 사단마다 모양새를 갖춘 포병단은 겨우 하나에 불과했다. 그러니 적과 비교할 수도 없었다. 하지만 우리는 사령관으로부터 병사에 이르기까지 민족을 위해 희생하겠다는 정신을 품고서 억압 속에 죽는 걸 원치 않았다. 우리에겐 뜨거운 피와 충성심이 바로 우리의 유일한 무기이다. 공리公理의 신이 고개를 쳐들 때까지 우리는 이렇게 적에게 대항할 것이다.

적은 예전처럼 탱크와 장갑차로 엄호하며 돌격해왔다. 적군은 강변의 파오마팅跑馬廳 북서쪽 모퉁이에서 밀고 들어와 철로를 지나 멍쟈자이孟家宅쪽으로 길을 잡아 아군측 진지로 사납게 진격해왔다. 적군의 탱크와 장갑차가 전진할 때, 하늘의 비행기는 마치 가을날 남쪽으로 날아가는 기러기 행렬처럼 쪽빛 구름하늘을 가득 메웠다. 포탄이 우박처럼 떨어져 내렸다. 하늘과 대지는 처참한 신음소리와 가슴을 죄는 공포로 가득 찼다. 벼락같은 포탄소리 속에 시골집들은 죄다 무너져 내렸다. 큰불이 무섭게 화염을 토하면서 모든 것을 집어삼켰다. 불길이 무성한 대나무 숲으로 번져가자, 대나무 줄기들이 펑펑 소리를 내면서 터졌다. 허공으로 우뚝 솟은 죽간들이 바닥으로 고꾸라졌고, 모든 생물들의 몸부림은 덧없이 사라지고 말았다. 모든 것이 포화에 짓밟혔으며, 바람을 따라 날아오르는 재가 되었다.

파멸의 공포에 사로잡힌 채 우리는 참호 속 엄폐물 뒤에 웅크리고 있었다. 대포탄 하나가 우리로부터 10야드 정도 떨어진 참호 구덩이 속에 떨어졌다. 천둥 같은 폭발음이 땅속에서 터져 나왔고, 참호 바닥을 뒤엎어놓았다. 잿빛의 물체 몇 개가 연기와 먼지에 휩싸여 허공으로 튀어올랐다. 잘려나간 사지가 여기저기 피를 흘린 채 흩어졌다. 얼굴이 허옇게 질린 셰잉이 이를 악물며 처절하게 소리 질렀다.

"포화 한 번 정말 심하구만!"

하지만 그래봤자 무슨 소용이란 말인가? 지금은 있는 힘을 다해 남을 때려죽여야 할 뿐, 그렇지 않으면 내가 맞아죽는 판국이다. 우리는 미친 듯이 으르렁거리며 분노의 총을 연신 발사했다. 모두가 사납고 흉악한 악마나 다름없었다. 고통 가운데 적과의 사투가 하루 내내 이어졌다. 적의 병력은 갈수록 보강되었고, 우리의 진지는 오백여 미터나 돌파당했다. 적의 대포는 대단히 맹렬한 기세로 퍼부어댔다. 어쩔 수없이 우리는 먀오항전廟行鎭으로 퇴각했고, 적은 먀오항전 남단의 강줄기 동편 진지를 점령했다.

오후가 되자 지원군이 도착했다. 우리는 곧바로 적에게 반격을 시작했다. 뤄羅 대대장은 우리를 이끌고서 적진으로 뛰어들었다. 적은 탱크를 방패삼아 우리가 손쉽게 공격하지 못하게 했다. 그래서 서른 명의 결사대를 조직했다. 각자의 온 몸에 수류탄을 묶고서 적진으로 뛰어들어 탱크를 파괴했다. 물론 그들은 영원히 돌아올 수 없게 되었다. 이 틈을 이용해 우리는 적진으로 돌격하였다. 적은 미처 막아낼 틈이 없었다. 통쾌한 살육이 한 바탕 벌어지고, 몇 백 명의 시체가 땅에 어지럽게 쌓였다. 간담이 서늘해진 적들은 더 이상 우리와 육박전을 벌일 엄두를 내지 못한 채 황망히 퇴각했다. 결국 우리는 잃었던 진지를 되찾았다. 뤄 대대장은 왼쪽 어깨에 총상을 입었지만, 쉬지도 않은 채 전선의 모든 부서에 반격을 대비케 했다.

과연 얼마 지나지 않아 적군 천여 명이 우리쪽 진지에 한 바탕 포화를 퍼붓더니, 노도처럼 공격해왔다. 뤄 대대장도 성난 호랑이와 교활한 토끼처럼 전선에서 용맹하게 지휘하여 적에게 한 걸음의 전진도 허락하지 않았다. 우리 전우들도 사나운 매처럼 싸울수록 더욱 강해졌고, 세 시간을 족히 싸웠다. 적은 절반이나 죽어나갔고, 그 나머지 절반은 기진맥진해서 되돌아갔다. 이번 전투에서 아군 역시 적잖은 손실을 입었다. 슝熊 연대장과 리李 부연대장이 중상을 입었다. 부대를 정돈하다가 우리는 류빈이 실종된 사실을 알게 되었다. 몹시 애가 탔다. 나와 셰잉은 사방으로 그의 소식을 찾아 다녔지만, 그의 소식을 알 수가 없었다. 설마 그가 죽지는 않았겠지? 전쟁이란 죽음과 훼멸을 동시에 몰고 오는 것이기에, 죽음은 당연한 것이라고 우리는 생각할 수밖에 없었다. 그렇지 않다면 우린 아마 미쳐버릴지도 모르니까.

전선이 잠시 안정을 되찾았다. 나와 셰잉은 도저히 친구를 이렇게 내버려둘 수가 없었다. 그래서 해가 뉘엿뉘엿 지는 황혼에 앞으로 뛰쳐나가 류빈을 찾아 나섰다. 그는 아마도 포화로 구멍이 뚫린 구덩이 속에 숨어 있을 것이다. 그렇지 않다면 우린 그의 시체라도 찾아야 한다. 아직 매장하지 않았다면 우리가 그를 묻어주어야 한다. 그래야 그 녀석에게 조금이나마 덜 미안할 테니까.

아, 이곳은 얼마나 무서운 곳인가! 시체들이 여기저기 흩어져 누워있고, 검붉은 피는 황토를 검자줏빛으로 물들이고 있었다. 앞쪽으로 걸어가는 순간, 쉬잉 하는 소리에 우리는 서둘러 땅바닥에 엎드렸다. 정말 위험했다. 총알이 내 귓가를 스치듯 날아갔다. 앞쪽에 적의 보초가 있음에 틀림없었다. 그래서 우리는 몸을 일으킬 엄두가 나지 않았다. 하는 수 없이 뱀처럼 바닥을 기어 앞으로 나아갔다. 한 구덩이 옆을 지나는데 사람의 신음소리가 들려왔다. 셰잉이 황급히 말했다. "너 들었지! 누가 신음소리를 내지 않았나? 분명 류빈일 거야!" 우리는 구덩이 주변에 바짝 엎드려 소리쳤다. "류빈! 류빈, 너 다친 거야?"

하지만 구덩이 안의 사람은 전혀 알아듣지 못한 듯 계속 신음소리만 냈다. 셰잉이 몸에 숨겨온 전등을 꺼내 구덩이 안을 비췄다. 순간 우리 둘은 정신 줄을 놓을 뻔했다. 구덩이 속에는 류빈이 아니라 단정하게 황색 제복을 입은 적군 병사가 있었기 때문이다. 하지만 그 적군은 거의 죽어가고 있었다. 그의 황색 제복은 피로 붉게 물들었고, 칼로 한 줄기 큰 상처가 난 배에는 내장 일부가 나와 있었다. 우리와 눈이 마주친 적군은 일순간 몸을 움츠렸는데, 우리를 바라보는 슬프고도 절망스런 두 눈가에 뭔가 반짝 맺혔다. 아, 그는 이 세상을 곧 떠날 것이다. 그리고 우리는 그의 임종을 지켜본 최후의 두 사람이 될 것이다. 이 세상을 떠나는 그에게 무엇을 들려 보낼 수 있을까? 우리와 그는 국가라는 입장에서는 적이며, 서로에게 학살자일 뿐이다. 하지만, 우리 모두는 사람인지라 죽어가는 이 사람에게 인류만이 지닌 동정을 주고자 한다! 나는 그의 손을 구덩이에 편히 내려놓고, 목을 바짝 죄인 군장 옷깃을 숨통이 트이도록 느슨하게 풀어주었다. 또 보온병에 담긴 술을 그에게 마시도록 했다. 그가 나를 향해 고개를 끄덕였다. 지금 그는 내게 감사하다는 것일까? 아, 이건 그저 수치일 뿐이다. 사람이 사람을 죽이는 이 지경에 이르렀다니!

그가 숨을 거두었다. 나는 셰잉과 함께 저도 모르게 구덩이 사면의 황토로 그를 덮어 주었다. 그는 우리의 성결한 동정 속에 묻혔다. 류빈의 행방이 여전히 묘연하다. 어쩌면 후방병원에 있을 것이다. 하지만, 지금은 그를 보러 갈 시간이 없다.

하늘빛이 밝아오는 신새벽에 우리 여단장과 연대장은 말을 타고 먀오항庙行 전선으로 시찰을 떠났다. 온 땅 가득 황색과 회색 제복의 시체들이 널브러져 있었고, 사망의 신이 우리를 어떻게 압박하든 전쟁은 여전히 계속되었다. 우리 쪽에 일부 정예부대가 투입되었다. 뤄 대대장이 부상을 입었기에 그를 후송하고 새로이 진영을 정리했다. 임무교대를 할 때 전선에서는 여전히 작은 충돌이 발생했다. 린林 소대장과 슝熊 분대장은 이등병 세 명을 데리고 적과 사투를 벌였다. 그들은 중상을 입고서도 후퇴하려들지 않다가, 적의 전투력이 약화되어서야 야전침대에 실려 후방병원으로 이송되었다.

이번 전투에 패한 적군은 전략을 바꿨다. 적군은 맹렬한 포격을 우리 진지에 퍼부어 후방 진지를 파괴할 계획이었다. 포성소리는 마치 진주처럼 연달아 쾅쾅 울려 퍼졌다. 동시에 삼십여 대의 비행기도 전선 위로 날아올랐다. 비행기에서는 양푼 모양의 하얀 증기를 투하했다. 이 수는 참으로 흉악한 것이었다. 적들의 대포는 이 하얀 증기가 가리키는 목표물을 따라 포격했다. 포화는 우리의 감각과 이성을 송두리째 흔들었고, 우리는 마비되어 흉악해졌다.

비행기는 우리 머리 위를 계속 선회하더니 금새 소나기처럼 포탄이 우리 근처에 쏟아졌다. 우리 참호는 상당히 튼튼한 편이었지만 적의 공격은 쉴 새 없이 이어졌다.

갑자기 내 주변에 있던 이등병이 쓰러졌다. 나는 재빨리 몸을 엎드려 그를 살펴봤지만 그는 이미 혼미한 상태였다. 곧 맹렬한 대포가 그를 흔들어 깨웠지만, 그는 그저 고통스런 신음만 내뱉을 뿐이었다. 나는 세심하게 그의 상처를 살펴보았다. 오른쪽 겨드랑이 밑으로 갈비뼈 하나가 삐져나온 것을 발견했다. 피는 연신 멈추지 않은 채 흘러나오고 있었다. 서둘러 붕대를 찾아 상처를 가볍게 잘 싸매주자 그는 멍한 눈으로 나를 바라보았다. "걱정하지 마. 곧 구급차가 올 거야."

그는 절망한 듯 고개를 흔들며 처량하게 말했다. "이미 늦었어요!"

물론 그의 말이 맞다. 그의 얼굴빛은 벌써 납빛에서 보랏빛으로 변해 있었다. 저승사자의 검은 날개가 이미 그를 포위하고 있었다. ……이럴 때면 그에게 난 뭐라고 말해야 할까?!

그의 숨이 가빠지자 나는 그의 손을 잡고 말했다. "벗이여! 넌 영광스럽게 죽는 거야!"

이 말이 과연 그에게 위로가 되었던지, 그는 처량한 미소를 지으며 죽었다. 우리는 구덩이를 파고 그를 대충 묻어주었다.

적군은 십여 대의 탱크와 장갑차가 일렬을 이루어 포화의 엄호 속에서 우리의 멍자자이 서쪽 진지를 공격했다. 일찌감치 우리가 예상했던 대로였다. 일렬로 늘어선 적군의 탱크가 우리 쪽 진지 이백 미터 가까이에 왔을 때, 쿵 하는 큰소리와 함께 세 대의 장갑차가 함정에 빠졌다. 그러자 나머지 행렬은 진격을 멈추고서 더 이상 앞으로 나아갈 엄두를 내지 못했다. 즉시 우리 군은 참호에서 돌격해 나와 수류탄과 소총 및 기관총을 손에 들고 일제히 공중에 사격을 가했다. 우리는 탱크 뒤쪽을 따라오던 적의 대대에게 맹공을 가했다. 이리하여 황색 제복의 진영과 회색 제복의 진영이 한데 섞였다. 매 초마다 사망자와 부상자가 속출했다. 죽이라는 함성이 사방의 대지를 온통 뒤흔들었다. 차츰 적의 숫자가 줄어들었다. 아군 역시 여기저기 어지럽게 넘어졌다. 하지만 황색 제복의 시체가 많았기에 적은 당황하여 후퇴할 수밖에 없었다.

적은 애초에 우리의 철조망을 뚫고서 진격했다. 이제 황급하게 퇴각하다보니 철조망의 장애를 깜박 잊고 말았다. 그들이 철조망에 이르자, 우리는 그들을 추격했다. 이로 인해 철조망의 가시에 상처를 입고 칼에 베여 죽은 자가 백여 명이나 되었다. 적군은 엄호 아래 구출되었으나, 일부 사상자는 우리 쪽 진지에 버리고 갔다.

부상을 입은 적군 몇몇이 처량하게 울부짖고 있었다. 그쪽으로 가보니 적군의 얼굴은 파랗게 질린 채 하나 같이 벌벌 떨고 있었다. 적군은 총검과 모제르총을 얌전하게 머리 위로 높이 쳐든 채 우리가 몰수하기를 기다리고 있었다. 그저 살려주는 것만으로도 그들은 충분했다. 이 상황에 연민을 불러일으키는 것 말고 또 무엇이 있겠는가? 그들의 죽음은 약소민족을 침략한 포악무도한 자의 결과일 뿐이었다!

셰잉이 홀연 적군 소대장을 발견했다. 그는 얼굴을 땅에 처박고 뻣뻣하게 누워 있었다. 그리고 그의 곁엔 지도 주머니가 놓여 있었다. 셰잉이 주워 열어보니 속에는 상하이시 상세도, 상하이항 요충도, 상하이부근 상세도, 산둥성 상세도, 그리고 아군의 병력배치도, 상하이 일본군 연대의 편제 및 장교 일람표 등이 들어 있었다. …… 이렇게 많은 것들에 우리는 놀라지 않을 수 없었다. 놈들이 얼마나 오래 전부터 침략에 대비했는지 모를 일이다!

모두들 참호로 돌아와 몹시 피곤했던 터라 이내 골아 떨어졌다. 금세 코고는 소리가 마치 벼락소리처럼 참호 안을 가득 채운 채 진동했다. 그런데 갑작스런 집합 신호에 우린 꿈에서 놀라 깨어났다. 우리는 급히 뛰쳐일어나 총탄을 짊어지고 모래더미 뒤에서 적진을 조준했다. 우리 부대는 연대장의 명령에 따라 적의 후방을 포위·공격했고, 다른 부대는 먀오항전에서 마이쟈자이麥家宅로 진격했다. 우리가 목적지에 도착했을 때, 돌격하라는 호루라기 소리가 들렸다. 그리하여 천여 명의 병사가 일제히 한 곳에 결집하여 적진을 향해 돌격했다. 철옹성처럼 밀집한 우리 대오가 진격하자, 수천의 적군은 마치 바다 위의 외로운 배가 솟구치는 노한 파도를 만난 것처럼 저항할 엄두도 내지 못한 채 무기를 끌면서 죽어라 달아났다. 이리하여 우리 앞쪽 부대는 좌측의 대오와 이어지게 되었으며, 적은 앞뒤로 공격을 받아 퇴각할 길이 없어졌다. 그들은 안간힘을 다해 우리의 포위망 속에서 이리저리 허둥댔다. 몇 시간동안 쌍방은 마치 미친 듯이 죽이고 치받으면서 격하게 소리를 질렀다. 우쑹강의 강물은 울음을 삼켰으며, 쪽빛 구름하늘은 묵묵히 응시하고 있을 뿐이었다. 하늘을 나는 새도 감히 근처 나무 위에서 쉬지 못했고, 적은 여전히 겹겹으로 둘러싸인 포위망을 뚫을 길이 없었다. 적은 하는 수없이 임시로 지은 산병호에 숨어들어가 기관총을 응사했다. 우리 쪽 지휘관이 잠시 공격중지 명령을 내렸다. 대오를 정리하고 나서 남은 적군을 처치하려던 것이었다. 적군 역시 이때 저항을 멈추었다. 전선에는 갑자기 적막이 흘렀다. 이때 아군과 적군과의 간격은 겨우 사오십 미터인지라, 피차 참호에 엎드려 조준한 채 사격을 기다리고 있었다. 그 누구도 감히 머리를 내밀지 못했다. 너무 쉽게 목숨을 잃을 게 뻔했기 때문이다.

사방에는 이상하리만치 정적만 감돌았다. 우리는 신비스런 공포감마저 느꼈다. 마치 맞은 편 참호 안에 맹렬한 독사나 굶주린 사나운 호랑이나 이리떼가 있는 것만 같았다. …… 우리는 이 형용할 수 없는 공포 속에서 몸부림쳤다.

어디선가 느닷없이 이 공포스러운 정막을 깨는 노래가 들려왔다.

자세히 들어보니 적군 쪽에서 부르는 국가였다. 이 노랫소리로 우리는 다시 인간세계로 돌아왔다. 그리하여 서로 약속이나 한 듯이 우리도 당가薰歌와 사격군기가射擊軍紀歌를 불렀다. 이 노래들은 완전히 다른 심경에서 흘러나왔지만, 이 소리 물결이 끝없이 황량한 들판을 스쳐 지나고, 그리고 피에 젖은 무수한 시체 위를 날아갈 때, 그 속에는 비애와 흥분, 몸부림과 반항 등의 갖가지 복잡한 정서가 포함되어 있었다.

얼마 지나지 않아 전선에 돌격명령이 하달되었다. "적의 지원군이 도착하기 전에 우리 군은 적의 먀오항廟行과 장완江灣 전역을 공격하여 나머지 적군을 섬멸하기로 결정했다." 명령이 떨어지자, 각자 정신을 바짝 차렸다. 모두들 적을 섬멸하여 적군이 쉽사리 우리를 넘보지 못하게 하겠다고 맹세했다. 이것이야말로 결사전에 임하는 우리의 유일한 신념이었다. 죽음과 파멸의 공포가 우리를 엄습하였음은 물론이지만, 민족을 위해 개인을 희생하겠다는 신념을 떠올리면 그 어떤 것도 두렵지 않았다.

우리는 세 길로 나뉘어 진격했다. 한 부대는 리자쿠李家庫로 집합하여 탕둥자이唐東宅를 거쳐 자오자자이趙家宅, 멍자자이孟家宅, 바이양자이白漾宅의 적을 공격하였다. 다른 한 부대는 강을 건너 베이선자이北沈宅와 난선자이南沈宅를 거쳐 저우쟈자이周家宅로 진공하는 부대이다. 또 다른 부대는 먀오항 쪽에서 진무자이金穆宅를 공격목표로 잡았다. 이렇게 우리는 부대 배치를 마쳤다. 우리 부대는 먀오항 정면의 전선에 투입되었다. 오늘 밤은 달빛이 몹시도 고왔다. 맑고 아름다운 달빛 아래 우린 적진으로 돌격했다. 우리에게는 탱크나 장갑포차의 엄호가 없었다. 우리는 몇 문 안 되는 화포의 엄호를 받으며 적진으로 돌격할 뿐이었다. 적의 기관총은 맹렬하게 쏟아졌지만, 우리는 용감하게 한 줄 한 줄 돌진했다. 일부 희생자를 제외하고 나머지는 마침내 적의 진지를 쳐부수었다. 우리는 적의 참호 속으로 뛰어들었다. 셰잉은 기관총 사수를 단칼에 베어 죽였다. 그는 비교적 뚱뚱한 체격에 팔자수염을 한 사람이었다. 그가 쓰러지자 셰잉은 기관총의 부품을 망가뜨려 버렸다. 한 바탕 치열한 육박전을 치른 뒤 우리는 그곳을 점령했다. 황 소대장과 아군 제1연대 리李 연대장이 적의 소대장 니시오西尾 소위를 죽이고서 그의 철모와 모직 군복을 노획했다.

제2연대는 적의 보병초소를 공격해서 적의 38식 소총 다섯 자루를 빼앗았다. 장취안은 일장기 하나를 빼앗아왔다.

낮과 밤과 하루 내내 살육은 계속되었다. 피로하여 입을 뗄 힘도 없었지만, 우린 대승을 거두었다. 적의 맹렬한 포화와 다량의 비행기 아래서 우린 승리한 것이다. 우리는 흥분한 나머지 피곤함조차 잊었다. 정돈과 보충을 위해 후방에 돌아갈 때에도 우리는 여전히 이를 악물고 버텼다.

우리는 트럭에 비집고 앉아 폭탄으로 움푹 패인 울퉁불퉁한 길을 달렸다. 비록 새벽공기가 칼날처럼 얼굴을 파고들었지만, 머리는 여전히 멍했다. 물론 너무 피곤한 탓도 있었다. 요 며칠 동안 밥맛도 잊고 잠맛조차 잊을 정도였으니까.

후방에 도착해서 우리가 했던 첫 번째 일은 주린 배를 채우는 것이었다. 다음으로 …… 담배 한 개비를 피우고 잠을 자는 것이었다. 하루 종일 푹 잘 수만 있다면 더 이상 바랄 게 없을 것 같았다.

취사병이 오늘 품질 좋은 돼지구이와 오래 묵은 사오싱주紹興酒 한 항아리를 보내왔다. 그는 헤헤거리며 이렇게 말했다.

"이건 군단장님의 호의야!"

"자네가 이렇게 잘 구웠으니, 이건 자네의 호의이기도 해!" 내가 대꾸해주었다.

그도 하하하 웃었다. 둥그렇게 둘러앉은 우리에게 취사병이 구운 돼지고기를 나눠주었다. 향기롭고 강렬한 그 무엇인가가 우리의 코를 자극하자, 허기가 목구멍에서부터 손을 내뻗었다. 두툼한 구운 고기가 입안으로 들어가더니 이내 탐욕스럽게 씹혔다. 사오싱주를 한 사발 한 사발 들이켰다. 금세 배가 차 포만감이 느껴졌다. 정신이 다시 드는 것 같았고, 이삼 일 더 싸운다 해도 대수롭지 않을 것 같았다. 이렇게 우리는 와자지껄한 웃음 속에서 하나가 되었다.

장완江灣 진지에서 돌아온 이등병이 혀를 차면서 신이 나 전장의 소식을 우리에게 들려주었다. "오늘 아침 갑자기 적군이 기마대로 아군 진지를 공격해왔어. 그런데 우리 리 연대장은 이걸 벌써 예상하고 있었지. 그래서 일찌감치 쓸모없는 숯 수백 개를 준비하고 구멍을 많이 파놓고서 진지 요처에 뿌려놓았어. 한 바탕 맹렬하게 포화를 퍼붓고 나서 그 용맹스러운 전마들이 머리를 쳐들고 말발굽을 들어 돌격해왔지. 그런데 말 다리가 숯을 밟는 순간 말발굽의 굴레가 되어버린 바람에 말이 더 이상 뛸 수 없게 된 거야. 이 둔한 녀석들이 성질을 부린 통에 병사들은 말에서 떨어지고, 말과 말은 서로 울부짖으면서 짓밟았지. 대열의 선두가 이미 무너져버린 거야. 그러자 우리 지휘관이 쏜 신호탄에 맞추어 일제히 참호에서 뛰어나와 공격을 가했지. 적은 싸울 엄두도 내지 못한 채 뒤쪽으로 후퇴하고 말더라고. 이 전투로 우리는 상당한 양의 총기와 철모, 또 일본 황후가 수놓은 여단기旅團旗를 노획했지.”

우리 모두는 술잔을 높이 들고 미친 듯이 ‘중화민족 만세!’, ‘공리公理승리!’를 외쳤다.

흥분의 도가니가 되었던 우리도 피로를 이기지 못한 채 하나 둘 침상에 드러누워 코를 골았다. 문득 류빈이 생각났다. 내일은 무슨 일이 있더라도 후방병원으로 달려가 확실하게 알아봐야겠다고 마음먹었다. 셰잉도 내 생각에 찬동했다.

이내 우리도 깊은 잠에 빠져들었다.

10

후방 병원의 상이군인 명단에서 류빈의 이름을 발견하고서 우리는 한시름 놓았다.

셰잉이 말했다. “그런데 류빈은 도대체 어디를 다친 거지?”

순간 내 마음도 긴장되었다.

“아마 가벼운 부상이겠지. 하지만, 중상일지도 …… 누가 알겠어?” 이 말을 하면서 나는 불현듯 온몸의 모골이 송연해지는 느낌을 받았다.

짐작되는 공포에 사로잡힌 채, 우리는 말없이 병원의 좁고 긴 통로를 걸어나왔다. 그때 짙게 풍겨오는 암모니아 냄새에 나는 재채기를 했다. 동시에 환자의 힘없는 신음과 고통스런 절규가 우리의 귀를 울렸다. 우리의 마음은 몹시 괴로웠다.

환자로 가득 찬 병원은 상이병들로 가득 차 있었다. 그들은 흰 시트를 깐 스프링침대의 침상과 범포 침상에 누워 있었다. 익숙한 얼굴들을 발견하고서 우리가 그들에게 다가가자, 그들의 얼굴에 흥분된 표정이 역력했다.

"전쟁은 어떻게 되었소?" 머리에 붕대를 감은 한 상이병이 우리를 향해 물었다.

"잘되어가고 있어요, 안심해요! 동지!"

그는 고개를 끄덕이며 입가에 안도의 미소를 지었다.

어느 병실 문이 열렸다. 병실에는 두 개의 침상이 놓여 있었다. 마침 침대에 잠들어 있던 병사는 바로 우리 부대의 린林 소대장과 슝熊 분대장이었다. 나와 셰잉은 서둘러 차례 자세를 하고서 낮은 목소리로 물었다.

"좀 어떠십니까? 소대장님, 분대장님!"

린 소대장이 기운 없는 목소리로 말했다. "왼쪽 다리가 절단되었네! …… 아쉽게도 놈들을 다 처치하지 못했는데!"

"소대장님, 걱정하지 마십시오. 우리가 반드시 그 건방진 놈들을 죽여 조국 대신에 설욕하겠습니다. 소대장님과 모든 동지들의 원수를 갚아드릴 게요!"

소대장은 고개를 끄덕였다. 그의 얼굴빛은 피가 모자란 지 몹시도 창백했다. 우리는 그가 버티지 못할까 싶어 걱정스러웠다.

"분대장님은 어떠세요?" 우리는 몸을 돌려 슝 분대장을 바라보았다.

"걱정하지 마! 나는 왼쪽 어깨에 상처를 좀 입었을 뿐이야! ……

일본군이 다시 진격해온다면 나는 아직도 놈들과 전선에서 맞붙을 수 있어."

분대장은 흥분된 어조로 왼쪽 손도 까닥거려 보였다. 하지만 금세 아이쿠 소리를 내더니 이마에는 식은땀이 송골송골 맺혔다. 분대장의 부상도 만만치 않음을 알고서 우린 이내 자리에서 일어났다. 오래 있어봤자 그들을 힘들게만 할 뿐이기 때문이다.

"그럼 잘 계십시오. 소대장님, 분대장님. 다음에 또 올게요. ……그때쯤이면 아프신 데가 다 쾌유되시기를 바랄 게요!"

린 소대장과 슝 분대장은 간절한 눈빛으로 우리를 바라보았다. 우리는 말없이 병실을 걸어 나왔다.

맞은편에서 젊은 여자 간호사가 다가왔다. 그녀는 손에 김이 모락모락 나는 우유 한잔을 쟁반에 받쳐 들고 있었다. 나는 그녀에게 류빈의 병실을 물었는데, 알고 보니 이층이었다. 우리는 급히 이층으로 올라가 류빈의 병실로 달려갔다. 셰잉이 가볍게 문을 여니 장방형의 큰 방에 열두 개의 범포 침대가 늘어서 있고, 침대에는 흰 시트가 깔려 있었다. 침상마다 이런 저런 약병과 찻잔 같은 물건들이 탁자 위에 놓여 있었다. 류빈은 창가 쪽 침상에서 잠을 자다가 막 깨어 게슴츠레한 졸린 눈으로 우리를 쳐다보았다. 그의 머리 쪽엔 어떤 상처도 없었고 보기엔 어디를 다쳤는지 도통 알 수 없었다.

셰잉이 마치 날듯이 그의 침상 앞으로 다가갔다.

"류빈, 어디를 다친 거야? ……밤새 정말 걱정했단 말이네."

"정말이지 농담 같은 이야기인데, 글쎄 탄알 파편이 내 엉덩이를 그어버렸지 뭐야." 류빈이 말했다.

"근육이나 뼈는 다치지 않았고?" 내가 되물었다.

"아니, 괜찮아. ……아마 이삼 일 후에는 전선으로 돌아갈 수 있을 거야. 오늘도 전투가 있었나?"

"적군 제9사단이 왔다가 참패하고서 지금 지원병을 기다리고 있다네. 아마도 하루 이틀사이에 대단한 전투는 없을 거야!"

"좋아, 내 상처가 낫는 대로 다시 한판 붙어보지 뭐!"

류빈의 얼굴색과 정신이 여전하기에 우리는 마음을 놓았다. 그러고 보니 이 병실에 있는 사람들은 하나 같이 가벼운 부상을 입은 병사들이다. 그런지라 간호사도 우리가 크게 웃고 떠드는 것에 그다지 신경 쓰지 않았다. 류빈이 병원 속의 많은 이야기들을 들려주었다.

"매일같이 병원에 일반 시민들이 찾아와 상이군인들을 위로하고 있어. 오늘 이른 아침에는 여학생들이 찾아와 따뜻하게 우리 침상에 보온병 하나와 수건 한 개씩을 주고 갔다니까. 그런데 바로 그때 어느 부상병이 여학생들에게 이렇게 소리를 질렀어.

'갈증이 나 죽겠소. 물 좀 주시오!'라고. 그러자 한 여학생이 얼른 탁자 위의 찻잔을 들어 그에게 뜨거운 물을 주면서 그의 머리를 부축한 채 천천히 먹여 주었다고. 그 동지가 물을 다 마시고나자 그 여학생이 그 동지를 조심조심 누인 다음 웃으며 말했지. '많이 드셨어요?'

'충분히 마셨어요! 고마워요!'라고 부상병이 화답했고. '아! 여러분은 조국을 위해 수고하시는 영웅들이시니 우리가 마땅히 감사해야죠!'라고 그 여학생이 말하더라고.

그때 내 마음에는 감사와 부끄러운 마음이 동시에 들더라고. 이 얼마나 열성스러운 민중들이야! 우린 국가와 민족을 보호할 책임을 진군인들인데, 과연 우리가 당신들에게 떳떳한 모습인가? 우리의 양심은 이렇게 묻고 있었어.

여학생들이 가고 나자, 또 초등학생들이 찾아왔어. 음식 한 봉지씩을 들고 사과 같은 얼굴에 맑게 빛나는 눈동자, 그리고 따뜻하고도 친근한 미소를 입가에 머금고서 말이지. 아이들은 음식을 탁자에 천천히 올려놓더니 우리에게 꾀꼬리 같은 목소리로 말했어. '존경하는 선생님, 빨리 나으세요.' 내 심장이 쿵쾅거리더군. 대략 일곱 살쯤 되어 보이는 남자아이가 나한테 다가오기에 내가 그 아이의 손을 잡고서 물었지.

'꼬마야, 몇 살이니?'

'아홉 살요.' 꼬마는 살갑게 대답하더군.

'누가 너희를 여기로 보냈니?'

'저희 스스로 왔어요. 학교에서 선생님이 알려 주셨어요. 일본인들은 나쁜 사람들이라고요. 우리나라에 홍수가 크게 났을 때 동삼성東三省을 다 빼앗아 갔고, 지금은 우리 상하이를 또 빼앗으려고 한다고요. 그래도 선생님들이 계셔서 다행이에요. 자기 생명을 아끼지 않고 우리 모든 국민을 대신해서 일본과 싸우시고, …… 지금은 몸까지 아프시잖아요. 그래서 뵈러 왔어요. 어머니가 주신 간식비를 모아 존경하는 선생님들께 드리려고요. …… 저희는 아직 너무 어려서 싸울 수 없으니까요.……'

'하, 정말 똑똑하구나!' 나는 이 한 마디 밖에 할 수 없었어. 눈물에 목이 메었거든 ……"

류빈과 대화를 나누는 사이에 나이 지긋한 시골노인이 불쑥 들어왔다. 그는 기운 흔적이 있는 면직 파란색 상의와 바지를 입고 있었다. 하얗게 센 드문드문한 머리카락이 그의 정수리를 덮고, 앞이마는 벗겨져 감귤 빛을 띠고 있었다. 고달픈 삶의 주름진 얼굴에 인자한 표정이 역력했다. 그의 손에는 붉은색을 띤 귤 한 바구니가 들려있었다. 그의 뒤로 키 큰 간호사가 따라 들어왔다. "여러분! 이분은 샤오장小江이라는 과일 노점상인데, 여러분들이 나라를 위해 힘쓰신다고 몇 년 동안 모으신 은화 40위안으로 귤 한 상자를 사서 부상병 여러분을 위로하러 오셨어요!"

간호사의 말이 끝나자 노인은 진심어린 미소로 우리 침대 쪽으로 다가와 한 사람 한 사람에게 크고 붉은 귤을 두 개씩 나눠 주었다. 나와 셰잉도 두 개를 받았다. 우리는 그에게 고맙다고 인사했고, 그는 미소를 머금은 채 고개를 끄덕였다. 그가 연대장의 침대로 다가가자 연대장도 귤을 받아들면서 말했다.

"어르신의 마음은 매우 감사합니다만, 어르신 연세도 많고 경제적으로 힘도 부치실 텐데 어떻게 귤을 그냥 받을 수 있겠어요. 여기 20위안 받으세요!"

"어이구, 대장님, 제가 돈을 받을 수는 없지요. 비록 보잘것없는 장사지만, 매일 1위안어치 과일을 팔면 4마오毛를 벌어요. 그저 살만합니다!"

연대장은 감동의 눈물을 흘렸고, 그 노인이 사라질 때까지 뒷모습을 바라보았다. 그는 사색에 잠긴 채 붉은 귤의 껍질을 까서 하나씩 삼켰다.

이때 밖에서 발걸음 소리가 들리더니, 하얀 가운을 입은 의사와 간호사들이 환자를 진찰하러 들어왔다. 왼쪽 눈을 다친 한 병사의 싸맨 붕대는 피로 흥건했다. 의사가 간호사에게 속삭이듯 작은 소리로 말하자 환자는 괴로운 듯, "안됩니다. 선생님, 제 눈을 빼내면 안 됩니다!……"

"흥분하지 마시고 들으세요. 어쩔 수 없어요. 왼쪽 눈을 절제하지 않으면 오른쪽 눈도 위험해져요!" 의사는 담담하게 말했다. 왼쪽 눈을 다친 병사는 이해할 수 없다는 듯 소리를 질렀다.

"아니, 아니에요! 난 수술하고 싶지 않아요!" 두 간호사는 바퀴 달린 작은 침대에 그를 옮겨 밀면서 갔다. 의사는 환자들을 하나하나 진찰했다. 마지막으로 류빈의 침대로 와서 간호사에게 체온을 재도록 한 뒤, 그의 얼굴빛을 살피면서 말했다.

"부상당한 곳은 어떤가요? 많이 아픈가요?"

"자유롭게 움직이지 못해서 그렇지 괜찮아요." 류빈이 말했다.

의사는 고개를 끄덕이더니 급히 밖으로 나갔다. 얼마 지나지 않아 간호사 두 명이 왔다. 그들은 매우 상냥하고 친절했다. 약이 든 하얀색 상자와 흰색 도자기로 된 대야에 붕대, 약솜 같은 것을 담아 류빈 앞으로 오더니 그의 어깨에 감긴 붕대를 천천히 풀었다. 붕대를 풀자 십 센티 정도 되는 상처가 드러났다. 나이가 좀 들어 보이는 간호사가 소독약을 바르고 황색 연고를 거즈에 바른 뒤 그것을 상처에 대고 천천히 감았다. 그녀는 미소지으면서 말했다. "열이 오르지 않아 다행이에요. …… 사흘 정도 지나면 회복될 것 같네요."

"정말 감사합니다." 류빈이 웃으며 말했다.

그녀들의 순백의 모습이 문밖으로 사라졌다.

"저분들은 참 좋은 사람들이야. 우리를 군인으로 취급하지도 않고 …… 정말 친절하고 따뜻하게 대해줘. 내가 전쟁터에서 세 번이나 부상을 입었는데 이번이 제일 친절한 거 같아! ……" 류빈이 감격하며 말했다.

"맞아 …… 이번 전쟁으로 우리 동지들은 특별한 위로를 받는 것 같아. 아무것도 부족한 게 없어서 물질적으로도 먹을 것과 마실 것이 충분하잖아. 다른 전쟁 때 같으면 이렇게 먹고 마시겠어! 정신적으로도 그래! 진심어린 위로와 희망어린 격려가 늘 우리와 함께 하잖아! 확실히 우리 민중은 전선에 함께 서 있어!" 셰잉이 이어 말했다. …… 류빈이 잠이 오는 듯했다. 우리는 가능하면 내일 다시 오겠노라고 약속했다. 우리가 류빈에게 작별을 고하고 린 소대장의 병실에 다가갔을 때, 바퀴가 달린 침대에 몸을 쭉 뻗은 채로 누워있는 린 소대장의 모습이 눈에 들어왔다. 세 명의 간호사가 침대를 수술실 쪽으로 조심스럽게 밀고 가는데, 그의 얼굴이 잿빛이었다. 두 눈은 퀭하니 꺼져있고, 입술은 새파랗게 질려 있었다. 셰잉이 내 손을 움켜쥐며 낮은 소리로 이렇게 말했다. "소대장님이 돌아오는 걸 우리가 볼 수 있을까?"

"그게 무슨 말이야?" 내가 물었다.

"수술을 견뎌내지 못할까봐 걱정스러워!"

"그렇게 꼭 수술을 해야만 하는 건가?" 내가 다시 물었다.

"의사들도 나름대로 생각이 있겠지."

우리 둘은 이렇게 그냥 병원을 떠나올 수는 없었다. 우리는 복도에서서 사십오 분 남짓 기다렸다. 드디어 수술실의 문이 열렸다. 린 소대장은? 하얀색 이불이 그의 얼굴을 덮고 있었다. 침대를 옮기는 사람은 간호사와 의료진이 아니라 병원의 잡역부였다.

"끝났어. 저 사람이 린 소대장을 냉동실로 옮기잖아!" 셰잉이 겁에 질린 목소리로 말했다.

"무슨 냉동실?" 나는 그의 말뜻을 제대로 이해하지 못했다.

"병원에 냉동실 있는 거 모르나? 거기다 바로 시신을 보관하잖아!" 셰잉이 슬프게 말했다.

"우리 슝 분대장 있는 데로 다시 가보자!" 셰잉도 고개를 끄덕였다. 우리가 슝 분대장의 병실로 들어서자 슝 분대장이 우리에게 물었다.

"린 소대장의 수술이 어떻게 되었는지 알고 있나?" 셰잉이 내게 눈짓을 했다. 나도 그의 뜻을 알아차렸다. 슝 반장과 린 소대장은 친한 친구사이이다. 지금 슝 반장도 부상을 당한 마당에 이렇게 끔찍한 소식을 어찌 알리겠는가? 잠시 머뭇거리다가 이렇게 말했다.

"괜찮으실 거예요. 방금 수술을 받으셔서 일인실에 계시니 아마 이곳으로 오시지는 않을 거예요."

"난 마음이 놓이지 않아. 그 친구가 너무 많이 다쳐서……어젯밤에는 내게 월급장부를 주더라니까……" 슝 분대장의 목소리가 조금은 떨렸다. 우리는 얼른 그를 위로했다.

"걱정 마세요, 여기 의사들이 수술을 잘하니까 반드시 좋은 결과가 있을 겁니다. ……분대장님은 분대장님 몸이나 잘 추스르세요!"

"그래. 고맙네!"

인사를 하고 나오면서 또 다른 부상병이 린 소대장의 침대자리로 들려오는 것이 눈에 들어왔다. 병원 문밖에는 차가운 북풍이 불어대고 하늘엔 달도 별도 보이지 않았다. 우리는 칠흑같이 어두운 밤중에 부대로 돌아왔다.

오늘 낮에 전선은 침묵에 잠겨있었다. 하지만 우리는 내일 아침 일찍 전선으로 돌아가라는 명령을 받았다.

11

적군은 정예부대를 다시 투입했다. 잔여부대와 합쳐 모두 만여 명이나 되었다. 적들은 장완 남서쪽, 먀오항 남동쪽의 샤오창먀오小場廟에 위치한 우리 진지를 공격했다. 여기는 우리 대대만 주둔해 있다. 그들에게 대항하는 유일한 방법은 마음을 다독이며 진정시키는 것뿐이다. 독사 같은 적군이 맹렬한 포연 속에서 차츰 가까이 다가오자, 우리는 웅크린 채 숨어있던 맹호처럼 뛰쳐나가 백연발 기관총을 쉬지 않고 쏘아댔다. 진격하던 첫 번째 대열의 선발대가 쓰러지고 두 번째 대열의 적군 또한 쓰러졌다. 세 번째 대열이 쓰러지자 그들은 잠시 진격을 멈추었다. 아마도 우리 부대가 일개 대대만이 아니라고 의심하는 것 같았다. 뒤이어 비행기 소리가 들리더니 우리 진지 머리 위를 맴돌기 시작했다. 적군은 우리 쪽을 정찰한 다음 선회하는 방법으로 포격 목표를 알려주었다. 포탄이 연이어 우리의 진지로 날아들었고, 줄지어 피어오르는 포탄 연기는 푸른 하늘을 뿌옇게 덮어버렸다. 날아오는 포탄에 잇달아 파괴되는 광경을 동지들은 눈으로 지켜볼 수밖에 없었다. 우리는 어쩔 수 없이 잠시 퇴각했다.

제2 방어선에 도착했을 때 아군의 3분의 1이 사라졌다. 나는 사방을 둘러보며 셰잉과 장취안, 황런이 무사한 것을 확인했다. 그제야 겨우 안심이 되었다.

적이 잠시 진격을 멈추었지만, 우리도 반격할 힘이 없었다. 전선에 다시 적막이 감돌았다. 대대장은 진즉 전화를 걸러 본부에 갔다. 우리는 오후쯤에 틀림없이 반격을 펼치리라 예견했다. 이때 우리는 비상식량을 챙겨먹고 총탄을 장전한 후 반격의 신호만을 기다리고 있었다.

얼마 지나지 않아 우리의 지원군이 세 갈래로 다가왔다. 한 갈래는 탄자이이談家宅에서 적군의 좌측을 공격했고, 다른 한 갈래는 탕둥자이塘東宅 물레방아 머리 밑에서 우측을 포위·공격했다. 나머지 한 갈래는 우리 부대와 합동으로 적의 정면을 공격했다. 모두들 용기백배하여 적군을 삼면에서 포위했다. 적군도 이번에는 매우 맹렬하게 맞섰다. 이 지역은 적군의 요충지인지라, 그들도 쉽게 포기 할 수 없었던 것이다. 때문에 양쪽의 포화는 맹렬한 공격을 주고받았다. 총탄소리가 슝슝 허공에 울려 퍼지고, 온 대지가 진동했다. 화광이 번개처럼 포연 속에서 나타났다 사라졌다. 모두들 죽음을 망각한 채 적군을 향해 총을 쏘아대고 수류탄을 던지면서 쉬지 않고 진격했다. 하지만 적군의 포화는 강력했다. 전선 앞쪽의 참호 곁에 움푹 패인 구멍은 마귀굴의 공포감을 안겨주었다. 핑핑 스치는 총탄과 벽력 같은 총성만 허공에 가득했다. 뿌연 연무에 유황냄새까지 섞이자, 숨이 막혀 쓰러질 것만 같았다. 혼란스러운 공격이 지나간 후, 양측의 거리는 더욱 가까워졌다. 그리하여 우리는 적군의 황색 대오 속으로 뛰어들었다. 총자루를 가로로 휘젓고 총검으로 가슴 앞과 복부 곳곳을 찔렀다. 지옥 속의 처절한 울부짖음이 사람들 사이를 뚫고 나갔다. 땅을 적시는 피는 시냇물을 이루어 구불구불 흐르고, 시체는 땅에 쌓여 여러 빛깔의 작은 둔덕을 이루었다.

어지러운 살육이 자행되던 그 순간, 갑자기 왼쪽에서 함성이 들렸다. 적진에서 짙은 연기가 피어오르더니 수류탄이 분분히 터졌다. 적군은 산이 무너지듯 물러갔다. 동시에 아군은 정면으로 적군을 추격했다. 결국 적군의 선봉대와 좌측 부대는 연락이 끊기 말았다. 적군은 참패했다. 우리는 우렁차게 개선가를 부르면서 피비린내 속에서 본래의 진영으로 돌아왔다.

우리는 많은 포로를 잡았고, 천여 자루의 총도 노획했다. 기관총도 아홉 자루나 있었다. 포로들을 후방으로 호송하는 임무를 나와 셰잉, 장취안이 맡게 되었다. 우리는 포로들을 큰 트럭에 태우고서 그들을 꼼짝하지 못하게 했다. 때로 총으로 그들을 계속 겨누고서 조준하는 척했지만, 사실 이건 농담이다. 하지만 포로들은 붙들린 어린 양처럼 두려워 떨었다.

그곳은 감옥 같이 생긴 아주 큰 빈집이었다. 그곳에 내려 우리는 포로들을 수용했다. 무거운 철문을 열자 안에는 이미 다른 포로들이 적잖이 있었다. 새 포로들을 다른 방에 몰아 놓고 검사를 했다. 셰잉은 총을 포로들에게 겨누고 그들 모두는 두 손을 높이 올렸다. 우리 숫자가 도합 여섯인지라, 포로들을 여섯 팀으로 나눠 한 사람이 한 팀씩 검색했다. 그들은 하나 같이 착한 학생처럼 순종적이었고, 줄을 지어 얌전히 서 있었다. 우리는 우선 그들의 호주머니를 뒤진 다음, 그들의 허리춤을 더듬었다. 별다른 문제는 없었고 무기도 지니고 있지 않았다. 그런데 스물 대여섯 살로 보이는 포로의 몸에서 편지 한 통을 찾아냈다.

하지만 우리 여섯 가운데 아무도 일본어를 할 줄 몰랐다. 홍이 싹 가셨다. 우리는 편지를 이리 보고 저리 살폈다. 상하이 베이쓰촨루北四川路라고 쓰인 몇 한자만 눈에 들어올 뿐, 다른 글자는 도무지 생소하기 그지없었다.

우리는 포로 배치를 마쳤다. …… 그들은 이제껏 좌식생활이 몸에 배어서인지 모두들 양반다리를 한 채 벽돌 바닥에 앉아 있었다. 포로들은 추운 것을 몹시 싫어해 하나 같이 햇볕이 드는 곳에 옹기종기 모여 있었다. 나는 일본사관학교를 졸업한 리 연대장을 찾아가겠다고 셰잉에게 말했다. 그는 분명 편지를 읽을 수 있을 테니.

"좋아, 리 연대장에게 번역해달라고 부탁하자!" 셰잉도 이렇게 말했다.

나는 혼자 1리 정도 떨어진 연대장 사무실로 연대장을 찾아갔다. 연대장은 원형테이블에 앉아 여러 장교들과 전황 지도를 연구하고 있었다. 나는 연대장에게 편지를 보여주었고 연대장은 빈 공간에 중국어로 번역을 했다. 그런 뒤 연대장이 이 편지를 옆의 다른 상관에게 읽어 주었다.

사랑하는 어머니께

저는 지금 전장에 있고서야 전쟁이 이렇게 참담한 것임을 알았습니다! 인류가 서로 살육하는 것은 경쟁과정에서 피할 수 없는 일일까요? 약육강식 이외에는 다른 방법이 없는 걸까요? 저의 마음은 너무나 괴롭습니다!

이번 전투를 치르면서 인생에서 가장 중요한 것은 개인의 수양이라는 생각이 제일 먼저 듭니다.

3일에 동원령이 내려진 후 13일에 상하이에 와서 상하이 동포들의 환대를 받았습니다. 20일 저녁까지 베이쓰촨루에 가서 경비 책임을 다하고, 이튿날 상하이의 북구 방어를 위해 이동했습니다. 22일 장완 전투에 투입되어 적군과 하루 밤낮을 꼬박 악전고투하였으나 결국 패하고 말았습니다. 지원군이 내일 오기를 기다려 반격할 것입니다. 제 친구 니시오 타로西尾太郎는 이미 전사했습니다. 전쟁은 언제 끝날지 알 수 없고요. 어쨌든 이번에 적군은 용맹하게 전투에 임했으며 그들 민중의 각성 또한 열렬했습니다. 이 모든 게 우리가 미처 예상하지 못했던 일입니다. 제 기억에, 이전에 러시아와 전쟁을 벌였을 때 온나라의 국민이 몹시 격앙했으며, 유순한 여인들조차도 '전사하기를 기원하다祈戰死'라고 수놓은 깃발로 우리를 격려했었지요. …… 그런데 이번 전쟁은 그렇게도 처량할 수가 없습니다. 도대체 무슨 연유인지 모르겠습니다. 아마도 정의롭지 못한 전쟁을 하고 있기 때문이겠지요!

만약 불행히도 제가 전사한다고 해도 어쩔 수 없는 일입니다. 어머니도 저 때문에 너무 괴로워하지 마십시오! 아울러 키워주신 백발의 노모께 은혜에 보답하지 못함을 용서해주십시오. 글로써 인사드리는 죄를 용서해 주시고 걱정하지 마시기 바랍니다. 생명은 유한하나 신께서 지켜 주시길 바랄 뿐입니다. 가족과 친구들 모두 저 때문에 마음 쓰시지 마시고 건강하시길 바랍니다. 저는 모두의 보살핌을 입었는데 보답할 길이 없고, 역시 바라는 바도 없습니다. 하늘이시여!

하고 싶은 말은 많으나 이만 줄이겠습니다. 이십여 년 동안 키워주신 어머니의 은혜에 무한한 감사를 드립니다.

소화<ruby>昭和<rt></rt></ruby> 7년 2월23일 아들 올림

서글프고도 측은한 편지를 리 연대장이 읽은 뒤, 탁자를 둘러싼 장교들의 미간에는 평소와는 다른 표정이 어렸다. 나 역시 마음이 먹먹해졌다. 포로수용소에 돌아와 나는 이 편지의 시말을 셰잉과 다른 이들에게 전했다. 사람들은 모두 저도 모르게 그 포로를 동정하게 되었고, 우리는 그 포로가 있는 곳으로 갔다. 철창 안에 있는 그를 자세히 보았다. 넓은 볼에 높은 콧대를 가진 청년은 자신을 둘러싸고 웅성거리는 우리의 이야기에 신경조차 쓰지 않았다. 그는 하늘을 보며 깊은 생각에 잠겨 있는 것 같았다.

"저 녀석들 속에도 착한 사람이 있네?" 이건 장취안의 새로운 발견이었다. 조금 전만해도 그는 일본인이 속임수와 횡포, 간악함과 야심으로 가득한 못된 근성을 지녔다고 생각하고 있었다. 그런지라 이런 의견도 내놓았었다. '다음에 적군과 육탄전을 하게 된다면, 난 적군의 가슴을 도려내어 그들의 오장육보가 얼마나 시커먼지 봐야겠어."

"물론 세상 모든 사람들이 다 나쁜 건 아니야 …… 아이들은 하나같이 순수한데, 스스로 똑똑한 체 하는 사람, 권력 있는 사람이 개인의 사리를 위해 저들의 순수한 영혼에 죄악의 씨를 심어 놓아 결국 이런 비참한 열매를 맺게 되는 거지! ……" 장취안의 말에 나는 이런 생각이 들었다.

"그렇다면 모든 죄악의 열매는 피할 수 없겠군. 이를테면 침략전쟁 같은 거 말이야." 셰잉이 말했다.

"이 시대에서는 물론 피할 수 없겠지. 똑똑한 체 하는 사람, 권력 있는 사람들의 운이 아직 쇠하지 않았기 때문이지. …… 다시 말해, 그들은 아직도 운이 좋은 편이지. 서민들은 아직도 자신들이 바보인 줄 모르는 거고!" 내가 말했다.

"만일 일반 서민들이 깨닫는 날이 온다면?" 장취안이 말했다.

"그러면 우린 아주 잘 살게 되겠지." 내가 대꾸했다.

"그건 아마 우리 시대가 아니겠지." 셰잉이 끼어들었다.

"아닐 수도 있어!" 내가 말했다. "이번에 우리 민중들이 우리에게 준 도움을 생각해봐. 이게 바로 그들이 각성했다는 증거이지!"

"하지만 일본인 역시 그들의 민중을 위해 우릴 침략했다고 할 수 있잖아.……" 셰잉이 기민하게 나의 말을 반박했다.

"하지만 분명한 사실이 그들의 그런 속임수에 이미 반박을 한 셈이야." 나도 이렇게 맞받으면서 어제 황런이 가져온 소식을 전해주었다.

"일본의 한 재향군인이 이번 전투에서 전선의 작전에 투입되었다가 발에 상처를 입었지. 상인인 그는 적십자병원에서 치료를 받았는데 중국에서 오래 지낸 터라 중국말을 아주 잘했다는군. 어느 날 중국 친구가 그를 만났는데 그가 이번 전쟁에 대한 자신의 생각을 이렇게 이야기하더래. '우리 상인들이 당신네 나라에서 장사를 해오면서 여태 별 탈 없이 잘 지내왔소. 그런데 전쟁이 난 뒤부터 모든 사업이 중단되었어요. 얼마나 많은 손해를 봤는지 몰라요. 또 가장 고통스러운 점은 우리가 주판을 놓고 총을 잡아야 한다는 것이죠. 이번에는 또 얼마나 많은 사람들이 희생될는지? …… 정부가 출병하는 이유가 교민을 보호하기 위해서라는데, 결과적으로 우리 교민은 보호라는 이름아래 희생만 당하고 말았어요. 이 억울함을 어떻게 말로 다 할 수 있겠어요, 이걸 또 누구한테 호소하느냐 말이죠?' 이것만 봐도 일본 민중들이 우리랑 싸우는 것을 원치 않는다는 것을 알 수 있지. 군벌과 정객들이 자기들의 무기가 많고 좋다는 것을 그저 자랑하기 위해 무수한 민중들을 애매한 희생품으로 삼았을 뿐이야."

"이런 의미 없는 전쟁은 언젠가는 허사가 될 수밖에 없어." 장취안이 말했다.

"우리는 그저 빨리 끝나기를 바랄 뿐이야. 억울하게 죽는 일은 정말 없어야 할 테니!" 셰잉도 거들었다.

우리의 뒤쪽 철문이 열리더니 자물쇠 소리가 들려와 우리 이야기는 잠시 중단되었다. 또 새로 온 포로들이 들어왔다. 그들의 안색은 몹시 어두웠다. 포로가 되었는데 무슨 용맹스런 힘이 남아 있겠는가? 되는 대로 한 사람씩 바닥에 앉았는데, 몇몇은 입은 군복이 찢긴데다 견장은 삐뚤어져 있었고, 철모도 쓰지 않았다. 또 다른 몇몇의 얼굴에는 핏자국이 있었다.

정오에 우리는 그들에게 비상식량과 물을 제공했다. 몇 사람은 손을 뻗어 우리에게 더 줄 수 없냐고 물었다. 장취안의 뜻에 따라 무시하기로 했다. 하지만, 그들은 이미 아무것도 없는 포로일 뿐이며, 그들 가운데 좋은 사람도 적잖다는 것이 내 생각이었다. …… 그래서 나는 그들에게 먹을 것을 좀 더 주었다. 그들은 내게 고개를 숙이며 깊이 감사했다.

밖에서 우리와 교대할 병사들 몇 명이 들어왔다.

"수고했어요! 우리들이 왜놈들을 지킬게요." 키가 큰 꺽다리 병사가 우렁차게 말했다.

"요 일본놈들은 정말이지 미신을 좋아해" 광둥 사투리를 쓰는 다른 병사가 말했다.

"왜요? 무슨 재미있는 놀이라도 있나요?" 셰잉이 고향 사투리로 물었다.

그 광둥병사는 호주머니에서 타원형의 부적 같은 것을 꺼냈다. 동메달 모양의 부적에는 '나무아미타불'이라고 한자 몇 글자가 적혀있었다. 이 메달의 한쪽에는 가부좌를 튼 부처가 새겨져 있고, 다른 한쪽에는 세 줄로 쓴 한자가 새겨져 있었다. 맨 왼쪽 줄은 "別當常樂寺", 그리고 가운데 줄은 "厄除北白大悲尊", 그리고 오른쪽 줄은 "信濃國別所"였다.*

"이게 무슨 뜻이지?" 장취안이 물었다.

"무슨 뜻이냐고? …… 문명국인 일본국민들도 전장에 나갈 때 신불의 보우를 바라는 것이지!"

"부처! …… 부처가 있다고 해도 사람을 죽이고도 눈 하나 깜짝하지 않는 악마들을 지켜주지는 않겠지!" 꺽다리 병사가 바로 받았다.

모두들 하하 크게 웃었다. 포로들은 이상하다는 듯 우리를 바라봤다. 그 광둥출신 병사가 그들에게 경멸하는 표정을 짓자, 포로 가운데 몇몇은 굳어진 얼굴로 눈살을 찌푸린 채 화를 내려는 듯했다. 셰잉이 지니고 있던 총을 겨누자, 포로들은 금세 다시 얌전해졌다.

---

* 別當벳토는 절이나 신사 등에서 업무를 관장하는 우두머리를 가리킨다. 常樂寺죠라쿠지는 일본 곳곳에 있는 절로서, 나가노長野현에도 있다. '厄除北白大悲尊'는 액운을 막아주는 대자대비하신 보살을 의미한다. 信濃國시나노쿠니는 지금의 나가노長野현의 옛 이름이며, 別所벳쇼는 사원의 본 거지에서 떨어진 곳에 운영하는 종교시설을 가리킨다.

"만약 우리 손에 총이 없었다면 틀림없이 저 녀석들에게 맞아 육젓이 되었을 거야." 셰잉이 말했다.

"저 녀석들에게 화력 좋은 포탄과 무기가 없었더라면 우리 해안에 오를 엄두도 내지 못했겠지!" 내가 말했다.

"무력이야 정말 겁나지." 장취안이 대꾸했다.

"공리는 더 겁나지! 독일의 실패가 바로 그 증거잖아." 내가 말했다.

"그런데도 일본은 왜 제2의 독일이 되려고 하지!" 셰잉이 개탄스럽다는 듯 말했다.

"일본이 바로 하루 강아지 범 무서운지 모르는 꼴이지." 내가 이어 말했다.

이야기를 나누다보니 어느덧 후방의 장막에 이르렀다. 전선의 포화 소리가 띄엄띄엄 계속해서 차가운 바람을 타고 들려왔다.

12

아침 일찍 우리는 트럭에 실려 전방으로 이동했다. 비는 끊임없이 뿌리는데, 차에는 비를 가릴 방수포가 없었다. 그래서 조릿대 모자를 등 뒤에서 머리 정수리까지 뒤집어썼다. 빗물이 모자 사방으로 흘러내렸다. 차 안은 온통 물바다였다. 북풍이 불어댔다. 우리는 온기라도 느끼려고 그저 한데 가까이 붙어 있을 수밖에 없었다.

전선에 도착했을 때, 잠시 양측의 공격이 멈춰 있었다. 우리는 여유만만하게 방어임무를 교대했다. 어제 적군이 맹렬하게 포격을 해댄

바람에 참호 몇 군데가 무너져 있었다. 나는 삽을 들고서 수리에 나섰다. 구급차가 오더니 부상병들을 차에 태워 상하이 군병원으로 호송했다.

황런도 우리 참호에 있었는데, 몹시 피곤해보였다. 얼굴에 흙먼지를 잔뜩 뒤집어쓴 채 눈언저리가 퀭했다.

"어제는 전황이 어땠나요? 소대장님!" 셰잉이 그에게 물었다.

"어제는 하루 내내 포격전을 치렀지. 적진에서 아마 적어도 천 발은 쏘아댔을 걸." 황런이 말했다.

"우리 쪽 손실은요?" 내가 물었다.

"이십여 명이 부상을 입고 열 명 정도가 사망했어! ······적기가 도처에 포탄을 투하했는데, 완안차오萬安橋 근처의 집들은 유황탄에 맞아 죄다 불타버렸지. 화염이 몇 자 높이까지 치솟았어 ······장완역 근처의 사당과 민가들도 많이들 붙탔어. ······ 어쨌든 이번 전투는 군보다 민간인의 피해가 훨씬 크다니까!"

"게다가 적군은 일부러 민간인들을 괴롭힌다니까요." 한 후난湖南 출신 병사가 끼어들면서 말했다. "어제 내가 일본 사복부대 총본부에서 탈출한 고향 사람 정퉁이鄭統一씨를 만났어요. 그 사람 이야기에 따르면, 일본군 사령부에 선량한 민간인들이 많이 잡혀있다고 하더군요. 그 사람들을 사복조로 몰아 한 사람씩 옷을 벗겨 검사한다네요. 검사하다가 은전 같은 게 나오면, 검사하는 사람이 몰래 자기 주머니에 챙기구요. 그런 다음에 사람들을 모두 땅바닥에 꿇리고서 포탄 손잡이나 채찍으로 아무 이유 없이 차례대로 때린답니다. 군기를 잡는 거지요. 때린 후에는 서기 같은 사람이 수첩과 펜을 들고서 한사람씩 취조를 하는데, 조금이라도 모호한 점이 있으면 바로 끌고나가 '탕'하는 소리가 멀리서 들린다고 하더군요. 그렇게 생명이 끝나는 거지요. 정씨는 운 좋게 한 일본 의사를 알게 되어 그의 보석으로 풀려났다더군요.

그가 나오기 전에 양복차림의 한 청년을 보았는데, 그 청년이 사복조라는 사실을 인정하지 않자 일본병사의 칼에 가슴팍에서 아랫배까지 찔려 선혈과 창자가 죄다 흘러 나왔다네요. 그는 땅에 엎드려 처참한 신음을 토하다 얼마 안 되어 죽었답니다. 이런 시체들은 마대자루에 담아 황푸강에 버리면 끝이지요."

"이런 잔인무도한 일본놈들은 정말로 악마의 화신들이야!" 라이플 총을 한창 들여다보던 광둥 병사가 말했다.

"그러니 우리는 인도를 위해 그 녀석들을 섬멸해야 해." 셰잉이 말했다.

이것은 분명 이번의 항전 의지를 굳세게 만든 이유이다. 우리의 머릿속에 새겨진 일본인의 인상은 옹졸함과 음험함, 악독함과 잔인함 등의 갖가지 못된 근성들이다!

웅웅거리는 비행기 소리가 또 내 머리 위를 맴돌더니, 얼마 안 되어 들판 저쪽으로 날아갔다. 오후에는 전방의 보초병이 농민 한 사람을 데려왔다. 그는 하얀 종이를 풀칠하여 만든 그릇 모양의 물건을 손에 들고 있었다. 새벽에 적기가 들판에 이런 물건 백여 개를 투하하고 갔다는 것이다. 안에는 약물이 들어 있는데, 땅에 닿으면 바로 터져서 진한 연기를 뿜어낸다고 했다.

이 소식이 전해지자 모두들 걱정스러워했다. 며칠 전에 적군이 화학무기로 공격할 것이라는 소문이 돌았기 때문이다. 어쩌면 독가스를 시험하는 것일 수도 있다. 이러한 독가스가 폐로 들어간다면, 폐는 완전히 망가지고 몹시 괴로워하다가 죽는다는 것이다.

이것은 정말 너무나 무서운 암시였다. 우리는 때때로 코로 시험해고 싶었지만, 진짜 독가스이면 큰일 나기에 깊게 호흡할 수도 없었다. 대대장은 이를 염려해 저녁에 모든 사람에게 마스크를 구해다 주었다. 셰잉은 눈만 빼꼼히 마스크를 쓰더니 얼마 후 벗어버렸다.

"너무 답답해! …… 공기를 조금이라도 들이마시고 나면, 뱉어낸 열기를 다시 들이켜야 한다니까." 그가 말했다.

우리는 이 일 때문에 걱정이 많았지만, 그저 유언비어이기를 바랐다.

적군은 다시 우리 진지에 포를 쏘아대기 시작했다.

"저놈들은 언제나 순서가 정해져 있어. 화포가 요란스레 뜨겁게 달궈지면 그때쯤 천천히 진격하는 거지." 셰잉이 화가 치밀어 말했다.

세 명의 기관총 사수들이 주사위 놀이를 하다가, 첫 번째 병사가 셰잉에게 웃으며 말했다.

"대포로 날려버리시지요!"

그는 주사위를 던지고서 머리를 쭉 내밀며 말했다.

"이런 제길!"

이어 두 번째 병사가 주사위를 받아 던졌다. "아이쿠, 부퉁不同이로구나!" 그가 소리쳤다. 세 번째 병사의 차례가 왔다. 그가 주사위를 던지면서 말했다. "편샹分相이나 나와랏." 첫 번째 병사가 또 다시 주사위를 집어 던지려다가 갑자기 고개를 들면서 "아, 왔구만!" 하고 외치더니, 주사위를 놓고 맹렬하게 기관총을 쏘아댔다. 얼마 후 공격해왔던 육십여 명의 적군 가운데 절반은 죽고 나머지는 도망쳤다. 기관총 소리가 멈추자, 그들 세 사람은 큰소리로 외쳤다. "이얏! 펀샹이다!" 그들의 태도에 우리는 터져 나오는 웃음을 참을 수 없었다.*

　정오에 우리는 명령을 받고 길을 에돌아 츠즈持志대학 뒤쪽으로 가서 적을 포위·공격했다. 이때 우리 포병대는 츠즈대학 정면에 있는 적군을 맹렬하게 공격하고 있었다. 우리 대대는 화포의 엄호 아래 용감하게 진격했다. 양측 군이 한데 뒤엉켜 교전할 때, 우리는 뒤쪽에서 치받아 적을 한 가운데로 내몰았다. 적군은 당황하여 좌충우돌하다 결국 헤어 나오지 못하고 말았다. 우리의 총검은 쉴 새 없이 잔혹한 적의 피로 물들었으며, 피비린내는 우리의 목을 간지럽혔다. 죽이라는 고함소리와 포효하는 처참한 함성 소리가 대지를 들썩였다. 이렇게 다섯 시간이 흐른 뒤 모든 적군은 시체로 변하고 말았다. 우리는 머리가 터질 것만 같았다. 눈은 충혈되고 심장은 엄청난 속도로 뛰었다. 우리가 참호 속의 짚더미에 눕고서야 점차 정신이 들기 시작했다.

　취사병이 음식을 가져왔다. 우리는 마침 허리띠를 꽉 조여도 소용이 없을 만큼 이미 허기져 있었다. 그런지라 피곤한 줄도 몰랐다. 우리는 허겁지겁 먹기 시작했다. 큰 솥 가득한 배추 당면볶음과 밥으로 허기진 위를 가득 채웠다. 우리는 서서히 기분이 좋아졌다. 그때 셰잉이 나에게 담배 두 개비를 나눠주었다. 나는 천천히 담배를 피워 물었다. 공중으로 휘감아 오르는 담배연기를 보니 뭐든 더 바랄 게 없었다. 오

---

* 이 주사위 놀이는 여섯 개의 주사위를 한꺼번에 던져 나오는 숫자를 따져 노는 놀이이다. 이 놀이에서 주사위의 숫자가 세 개씩 같은 숫자가 나오는 경우를 '펀샹分相'이라 하고, 주사위의 숫자가 각기 다른 숫자가 나오는 경우를 '부퉁不同'이라 한다.

늘 저녁에 보초를 설 차례인지라 총을 메고 쟝완루를 왔다갔다 했다. 쓰러진 집 뒤쪽으로 적군의 진지와 가까운 곳에 작은 초가집이 한 채 문득 눈에 들어왔다. 순간 빛이 번쩍이는데, 나는 내 눈을 의심했다. 설마 누군가 여전히 살고 있는 건 아니겠지? 아마 적의 스파이가 그곳에 숨어 우리의 행동을 정탐하고 있는지도 모를 일이다. 어쨌든 난 상황을 분명하게 파악해야만 했다. 그 불빛이 깜박이던 집 쪽으로 나는 걸어갔다. 길에는 타죽은 채 널려 있는 수많은 시체와 깊게 파인 참호가 보였다. 타는 고약한 냄새가 허공에 진동했다. 이틀 밤낮을 내내 탔으니 냄새가 나는 건 당연했다. 높게 자란 키 큰 버드나무도 나무 기둥만을 남긴 채 다 타버렸다. 엎드려 있는 시체에서 나온 피가 땅을 적시면서 흐르고 있었다. 작은 언덕 크기의 무덤은 죄다 삽으로 평평하게 만들어 놓은 것 같았다. 어떤 관들은 포탄에 몽땅 망가져 있었다. 죽은 지 오래된 시체도 재차 포화를 맞은 참상이었다. 구덩이가 파인 울퉁불퉁한 대로를 지나자 그래도 아직은 파괴되지 않은 작은 돌다리가 보였다. 그 돌다리를 지나자 바로 그 집이 나왔다. 나는 바로 들어가지 못하고 그 집 문 쪽으로 살금살금 기어갔다. 집안에서 헐떡거리는 숨소리만 들리기에, 나는 용기를 내어 들어갔다. 등잔 밑에 시체 몇 구가 피바다 속에 고꾸라져 있는 것이 눈에 들어왔다. 자세히 살펴보니 그건 온통 벌거벗은 세 여자의 시신이었다. 여자들의 몸은 뭉개진 채 황색군복을 입은 세 명의 적군 몸 아래 깔려있었다. 이건 생생한 신비극이지만 너무나 공포스러웠다. 적군의 머리는 반만 남았고 나머지 두 사지는 모두 잘려 있었다. 시체더미에서 좀 떨어진 벽 모퉁이에는 한 여자가 신음을 토해내면서 엎드려 있었다. 그녀 역시 온 몸이 피범벅이었고, 오른손은 피에 젖은 흰 천으로 감겨 있었다. 그녀의 몸은 연신 바들바들 떨고 있었다.

"도대체 어찌 된 일입니까?" 나는 창백한 얼굴의 여인에게 물었다. 그 여자는 초점 없는 두 눈을 크게 뜬 채 나를 뚫어져라 바라봤다.

"당신은 19로군인가요?" 그녀는 기어들어가는 목소리로 물었다.

"그래요. …… 아니 왜 피난을 가지 않았어요?"

"아, 우리가 왜 피난을 가지 않았겠어요. 피난길에서 저 짐승 같은 놈들에게 붙들렸는데, 그놈들이 남자들은 모두 죽이고 우리만 여기로 끌고 왔어요!"

"그럼 누가 저들을 폭사시킨 거죠?"

"아, 그놈들이 정신이 팔려 수류탄을 몸 쪽에 놓았는데, 제가 그만 식칼을 잡으려다 놓쳐버렸어요. 놈들이 그 짓을 하고 있을 바로 그 순간에 공교롭게도 칼이 수류탄에 맞아 터지고 펑 하는 소리와 함께 저도 혼절하고 말았어요. 제가 깨어났을 때는 이미 이 지경이 되어 있었어요. 제 손가락도 폭격에 네 개가 잘려 나갔어요!" 그 여인은 격앙된 목소리로 말했다.

"잘하셨어요. 다만 저 여자분들은 안타깝지만!" 내가 위로했다.

"결국은 마찬가지일 거예요. 놈들이 우리를 순순히 살려주진 않았을 테니까요!" 그녀는 비분에 차서 말했다.

"하지만 여기는 여전히 위험합니다. 얼른 도망치셔야 해요!"

"그런다고 한밤중에 어디로 도망가겠어요?" 여자가 울었다.

"그럼, 우선 우리 방어선으로 가서 하룻밤을 숨었다가 내일 호송차가 올 때 나가세요."

그 여자의 그림자가 어둠 속으로 서서히 사라졌다.

내가 우리 부대로 돌아왔을 때 밤은 여전히 그렇게 처량하기만 했다. 바람이 황푸강을 스쳐 다가오고, 물결이 밀려와 철썩철썩 소리를 냈다. 대지에는 한 무더기 시커먼 물체가 엎어져있었다. 죽음을 앞둔 한두 명의 적군이 멀리서 간헐적으로 신음소리를 냈다. 쉰 목소리로 지르는 고통스러운 신음소리가 마치 황량한 처형장에서 사형집행인이 교살해주기를 기다리는 것만 같았다.

나는 있는 힘껏 총자루를 붙들었다. 이 무기가 있어야 아득한 나의 생명이 의지처를 갖게 되는 것만 같았다. 그러나 동시에 내 생명 역시 어느 날엔가 이 무기로 인해 사라질 것이라는 생각이 들었다.

참호에 가까이 왔을 때 동지들의 코고는 소리가 희미하게 들려왔다. 피로에 지친 가엾은 사람들은 모두들 꿈나라로 가 있었다. 공격이 끊이지 않는 전장에서 이처럼 평온한 밤은 참으로 얻기 어려웠다. 평온한 꿈을 꾸기란 더더욱 어려운 일이었다. 평온함은 참으로 우리가 갈망하는 것이다. 그러나 믿을 수 없는 찰나의 평온은 우리의 마음을 더욱 깊은 고통에 빠지게 한다. 전선의 포화 속 몸부림 속에서 우리는 모든 것을 망각할 수 있다. 하지만 이렇게 고요할 때면 우리의 심장이 끔직한 벌레에게 갉아먹히는 것 같다. 이때 우리는 평화롭게 살기를 꿈꾼다. 우리는 간절하게 이런저런 환상들을 좇는다. 이것은 조물주가 우리 인류에게 특별히 부여한 권리이다. 우리가 맹수의 소용돌이 속에서 몸부림쳐 빠져나오기만 하면, 우리는 자신도 모르게 이러한 소망을 갖게 되는 것이다. 그러나 인간과 인간이 서로 살육한다는 사실이 지속되기에 이러한 소망은 고통만 더해줄 따름이다. 우리가 좇는 환상은 적군의 포탄 한 방에 즉시 사라지고 말기 때문이다. 이때 우리는 오로지 우리의 사지로 발버둥을 치면서 파멸 속에서 길을 찾는다. 아마 이것이야말로 파멸 속에서 돌아갈 곳을 찾는 것이리라. 아, 삶의 희망은 때로는 완벽해 보이지만 때로 너무나 쉽게 부서진다. 그 희망이 나의 심령을 끊임없이 공격하여, 수많은 죄악의 세계에 저주의 소리를 발산한다. 이 세상에 언젠가 광명의 날이 찾아온다면 우리는 사람을 죽이는 참극을 연출하지 않기를 희망한다. 그렇지 않으면 우리는 모든 세계를 파괴하고 말 것이다. 허황된 희망은 사람을 속이는 행복이니, 마땅히 사형을 선고받아야 할 것이다. 한 세대 또 한 세대의 사람들로 하여금 전쟁 중에 몸부림치게 만들고 있으니, 이 얼마나 부끄러운 일인가!

하지만 류빈은 이런 말을 했었다. "전쟁은 인류의 이기심의 확대에서 비롯되지만, 이기심은 인류의 삶의 흥취를 유지하는 유일한 조건이기도 하지. 만약 인류가 이기심도 없고 소유욕도 없다면 이 세상은 쓸모없는 스님처럼 되고 말거야. …… 그래서 전쟁은 언제라도 피할 수 없는 것이지. ……" 이 말이 진리라면 우리는 최후의 대파멸을 절망적으로 기다리는 수밖에 없을 것이다.

류빈의 말은 어쨌든 옳다. 다만 편면적 진리일 뿐이다. 이 생각은 적어도 야만성이 아직 남아있는 인류에게 적용될 수 있을 뿐, 우리의 이상 속의 문명인의 행동은 아니다.……

이런 생각은 나를 곤혹스럽게 했다. 내 어깨에서 총이 흘러내리는 순간, 나의 이런 생각은 완전히 허구에서 깨어났다. 나는 급히 어깨에 총을 메고 오가며 순시를 돌았다.

어느새 시간이 흘렀다. 적군이 가장 좋아하는 새벽전투가 첫닭이 울 시각에 시작되었다. 적군의 진영에서 웅웅거리는 차 소리가 들려왔다. 그들이 무엇을 모으고 있는지 알 수 없었다.

방어임무를 교대하는 병사가 내가 있는 곳으로 왔다. 나는 구덩이로 돌아와 따뜻한 물을 들이켰다. 셰잉이 마른 빵 두 조각과 절인 야채 통조림 절반을 주었다. 이 정도면 내가 먹기에 충분했다. 나는 구석에 앉아 먹었다. 새벽의 차가운 바람에 날린 모래가 셰잉의 얼굴을 때렸다. 이건 불길한 징조 같았다. 셰잉은 눈에 들어간 모래를 소매로 닦았고 우리는 서로를 말없이 바라보았다.

13

새벽부터 적군이 대포로 우리 진영을 맹렬히 공격했다. 그러나 그들이 진격해 오는 모습은 전혀 보이지 않았다. 새벽부터 지금까지 셀 수 없는 포탄이 차가운 바람을 타고 날아왔다. 쉬잉 쉬잉 펑펑 하는 엄청난 소리가 땅바닥을 벌집으로 만들어놓았다. 때로 우리 참호 옆에 떨어지기도 했다. 사방에서 날아드는 파편에 기관총 사수의 왼쪽어깨가 다쳤고, 부상자의 후송병 두 명도 사망했다. 모두들 엄청난 포탄 소리에 넋이 나가버렸다. 우리는 참호의 엄폐물 아래 웅크려 앉은 채 담배연기를 깊게 들이마셨다. 약 두 시간 정도 지난 후에 적군은 공격을 멈추었다. 전선은 돌연 조용해졌다.

"아마 지원군이 아직 오지 않은 거 같아!" 나는 이렇게 추측했다.

"지원군, 지원군. 매일 같이 끊임없이 오지만 무슨 소용이 있나? 그들 정부가 자기들을 침략의 도구로 삼는다는 걸 떠올리기만 하면 바로 황급히 후퇴해버리는데." 반장이 개탄하며 말했다.

"이런 문제로 얘기해봐야 뭐하겠어? ……어쨌든 전쟁은 계속 될 것이고 저승사자는 계속해서 우릴 쫓아올 텐데." 세잉이 우울하게 말했다. 그는 오늘따라 기분이 좋아보이지 않았다. 안색도 창백한데다 눈꺼풀은 검게 변해 있었다. 이게 우리의 마음을 불안하게 만들었다. 우리는 아무 소리도 없이 그저 멍하니 앉아 있었다. 전선에는 다시 죽음과도 같은 깊은 침묵이 흐르고 있었다. 멀리서 길을 잃은 개가 미친 듯이 짖어대는 소리가 들려왔다.

황혼 무렵 전선에서 다시 기척이 있었다. 적군의 포화가 연속해서 터졌고, 포화의 엄호를 받아 적군 한 소대가 전장에 나타났다. 우리는 모래더미에 숨어 진격하는 적군을 조준하여 사격했다. 그들은 시든 갈대처럼 쓰러졌다. 이어 우리의 기관총으로 불을 뿜었다. 타타타타 연이은 소리에 수많은 적군이 쓰러졌다. 적군 소대는 시종 공격다운 공격도 해보지 못한 채 우리에게 처치당하고 말았다. 그러나 두 번째 무리가 이어 공격해왔다. 이번에는 오류백 명 정도 되는 것 같았다. 기관단총 부대와 수류탄 부대를 선봉대로 삼았다. 우리는 참호 안에 숨어 계속해서 수류탄을 던졌다. 동시에 좌우 참호의 기관총 부대 역시 우리의 사격을 도왔다. 적군이 점차 가까이 다가오자, 우리의 대도부대 제1조 삼십 명은 웃통을 벗고 가슴을 꼿꼿이 세운 채 비호처럼 참호를 튀어나와 적군의 진지로 돌진했다. 그러나 그들의 몸은 실오라기 하나 가려 줄 것도 없어 기관단총에 쉽게 부상당할 처지였다. 순식간에 삼십 명 가운데 스물아홉 명이 쓰러지고 한 명만 탈출했다. 그래서 제2대의 50명이 충원되었다. 총탄의 사격을 피하기 위해 이들은 모두 칼을 든 채 땅바닥에 누웠다. 그런 뒤 적군의 진지로 날듯이 쏜살같이 굴러들어가 재빠르게 몸을 일으켜 번쩍이는 큰칼을 휘둘러 이리저리 베었다. 붉은 빛이 휙 움직이는 사이에 사람의 머리가 바닥에 툭 떨어졌다. 양측이 서로 치열하게 싸우는 가운데 적군의 주력군이 또 왔다. 그들은 다섯 대의 탱크를 에워싸고서 우리의 좌측으로 쳐들어왔다. 갑자기 펑하는 큰 소리와 함께 화산이 분화하듯 대지가 진동했다. 갑자기 적군의 탱크가 어떻게 죄다 쓰러지고 폭파되었는지 알 수 없었다. 적군은 서둘러 후퇴하려 했다. 우리는 이 기회를 틈타 뒤쫓았다. 많은 총기와 탄약을 노획하여 우리 진영으로 돌아왔다. 길가에 머리가 잘린 적군의 시체가 즐비했다. 우리 아군의 시체도 적지 않았지만, 운반해 올 길이 없었다. 우리가 참호에 앉아 잠시 숨을 돌리는데 삽의 핏자국을 닦던 병사가 말했다. "오늘 그 담배곽 덕분에 적군의 예기를 끊어낼 수 있었지!"

"무슨 담배곽?" 셰잉이 물었다.

"그게 바로 적군의 장갑차를 폭파시킨 지뢰라고!"

"그럼 우리 지뢰가 모두 담배곽인가?" 장취안이 끼어들었다.

"너도 우리 쪽에 물건이 뭐든 부족하다는 건 알잖아. 어디 가서 한꺼번에 지뢰들을 마련할 수 있겠어? 우리 참모장이 담배곽 천여 개를 구해오라 했거든. 거기다 화약을 쟁여 요충지에 묻은 거지. ……이게 바로 우리의 지뢰야." 그가 말했다.

"나도 이 일에 대해서 류빈한테 대충 들은 것 같기도 해. 그래도 이런 지뢰가 이번처럼 대단한 위력이 있으리라곤 믿지 않았지. 이게 대단한 공을 세웠으니, 정말 다행이야!" 내가 말했다.

이일로 우리 모두는 기분이 한결 나아졌다.

깊은 밤하늘에는 쟁반 같이 밝은 달이 걸렸다. 하지만 아주 두터운 하늘의 구름송이가 불시에 밝은 달빛을 가리는 바람에 환했다가도 금세 어두워졌다. 우리는 주위안둔竹園墩 진지에 있는 참호 안에서 관성위안冠生園의 사탕을 나눠 먹으면서 쉼 없이 이어지는 총소리에 귀를 기울이고 있었다.

장취안이 입을 열었다. "적군의 포성과 총성이 한두 시까지 계속 이어질 거야. 저 녀석들도 죽는 게 무서운 거지. 고개를 처박고 표적도 없이 쏘아대고 있는 거야. 탄환이 정말 아깝지! …… 아마 쟤네들 탄환 부족의 위험을 알리지도 않았을 걸! …… 저 녀석들의 위험이 곧 우리의 안전이지 …… 셰잉, 우리 포탄은 이미 바닥나지 않았나? 6시간 이후에나 보충된다는데. 그렇다면 이 시간에 적진에 가서 신형 소총 몇 자루와 경기관총 한두 정을 기념 삼아 빌려와야겠구먼. 네다섯 명이면 충분한데 …… 셰잉, 연대장에게 말하러 가세."

"그래. 좋은 생각이야, 그렇지 않으면 적군이 기회를 틈 타 쳐들어왔을 때 탄약이 없으면 너무 위험하지 …… 연대장 오시면 내가 말씀드릴게." 셰잉이 말했다.

이때 친秦 연대장이 마침 밖에서 들어오자, 셰잉이 우리의 계획을 보고했다. 잠시 생각하다 연대장이 말했다. "찬성하네만, 자네 둘 말고 또 누가 가지?"

"천陳형, 어때?" 셰잉이 고개를 돌려 내게 물었다.

"당연히 갈 수 있지."

이렇게 우리는 결정을 내렸다. 친秦 연대장을 따라 셰잉, 장취안, 그리고 나 이렇게 네 사람이 나섰다. 각자 모제르 권총 한 자루와 탄약 백 발, 수류탄 여섯 개, 칼 한 자루로 무장했다. 준비를 마치고 9시가 되자 좌측 돌격선 입구에 집합했다. 연대장이 말했다. "내가 알기로, 좌측 돌격선 입구 오른쪽 전방에 적군 일개 소대가 진지를 방어하고 있는데, 경기관총 두 대가 배치되어 있고 병력은 대단히 단촐하다. 아울러 지형이 우리의 교차사격선 아래에 위치하고 있다. 우리의 희생을 줄이고 또 진지의 안전을 유지하기 위해 우리는 적군의 약점, 즉 겁이 많고 죽는 걸 두려워한다는 것, 그리고 비행기의 조력을 받을 가능성이 없다는 점 등을 이용하여 오늘 밤 놈들을 기습한다. 전진 대형은 산개된 포도 대형을 취하여 쥐도 새도 모르게 상대방을 일망타진하도록 한다. 아울러 무기사용법으로는, 모제르 권총에 탄창을 한 줄 장전하고 안전장치를 채워 허리 우측에 살짝 기울여 찬다. 모제르 탄창 한 줄을 입에 물고 있다가, 탄창의 탄알이 떨어지면 곧바로 입에 물고 있는 탄창을 사용한다. 수류탄은 좌우의 손에 하나씩 들고 목에 네 개를 건다. 큰칼은 등 뒤에 멘다. ……"

모든 준비가 끝났다. 우리는 이 계획을 모두에게 알렸고, 보초병에게 이 소식을 곳곳에 전달케 했다. 그리고 가까이 있는 지휘관들에게 우리가 두 번째 수류탄을 던졌을 때 소속 부대원에게 명령하여 적진에 맹렬히 사격해달라고 부탁했다. 아울러 몇 개의 암호를 정하고, 필요시에는 포도 대형을 약진 대형으로 바꾸기로 했다.

공격 시간이 되자, 연대장은 우리를 이끌고서 줄줄이 늘어서서 엄폐된 곳에서 나왔다. 돌격선을 나와 포도 대형으로 산개하여 전진했다. 연대장은 뜨거운 열정으로 생사를 돌아보지 않은 채, 오로지 적군을 소탕하고자 하는 마음뿐이었다. 그래서 포도 대형으로 천천히 나아가는 게 성가셨는지, 약진을 규정한 암호를 우리에게 보냈다. 암호를 알아차린 우리는 앞다투어 적의 참호 앞으로 진격했다. 우리를 눈치 챈 적군은 즉시 사격을 개시했다. 우리 역시 오른손에 움켜쥐고 있던 수류탄을 적군에게 던졌다.

요란한 굉음이 몇 차례 울렸다. 셰잉은 오른손과 왼손에 쥐고 있던 수류탄을 모두 던졌던 것이다. 이어 요란한 소리가 또 이어졌다. 장취안 역시 수류탄을 던졌던 것이다. 연대장과 내 수류탄도 투척할 준비를 마친 상태였다. 기관총 사수를 겨냥하여 수류탄은 내던졌다. 정확하게 명중되어 두 명의 기관총 사수가 고꾸라졌다. 나머지 적군들은 모두 발버둥을 치고 있었다. 이때 우리는 오른손으로 허리춤의 권총을 꺼내들고 안전장치를 푼 뒤 조준사격을 가했다. 탄창 한 줄을 모두 쏜 다음, 재빨리 입에 물고 있던 탄창을 재빨리 장전했다. 우리는 장애물 뛰어넘기의 자세로 잽싸게 적군의 철조망을 뛰어넘었다. 셰잉은 두 번째 탄창을 장전한 후 제일 먼저 조준사격을 가했다. 그는 더 이상 탄창을 갈아 끼우지 않은 채 모제르 권총을 오른발에 차더니, 오른손으로 번쩍이는 칼을 뽑아들고 적의 머리를 향해 날듯이 찍어 내렸다. 막 도망가려던 적군 병사 한 명이 그의 단칼에 머리부터 배꼽까지 베였다. 피가 사방으로 튀고 내장까지 흘러나왔다. 이 광경에 우리는 미칠 것만 같았다. 일제히 휘두르는 큰칼에 적은 속절없이 목숨을 잃었다. 마지막에는 셰잉이 적군 한 명과 격투를 벌이고 있었다. 몸집이 작은 셰잉이 난폭한 적을 맞아 고전을 당하는가 싶었는데, 마침 장취안이 그 녀석을 단칼에 비스듬히 베어 셰잉을 구해주었다. 고개를 돌려보니 친秦 연대장이 또 적군 한 명과 한 덩어리가 되어 육박전을 벌이는 중이었다. 우리는 바로 달려가 놈의 급소를 찔렀다. 놈은 손발을 버둥거리면서 쓰러졌다. 적의 소대는 우리에게 완전히 끝장이 났지만, 적의 구원병은 아직 오지 않았다. 이는 친 연대장이 적절하게 대처한 덕분인데, 출발하기 전에 아군의 주요 진지부대에 미리 알려서 두 번째 수류탄 소리를 듣자마자 맹렬한 포화로 적을 압박하라고 했던 것이다. 당시 적은 우리가 전면적으로 출격하는 것으로 생각하여 감히 구원병조차 보내지 못했던 것이다.

우리는 적잖은 탄알과 신식 소총 여덟 자루, 경기관총 1자루를 노획한 다음, 적의 철조망을 부수고 경기관총과 신식 소총 덕분에 무사히 돌아왔다. 이때 하늘의 달빛은 더욱 푸르게 다가왔으며, 겹겹이 쌓인 구름은 북풍에 흩어졌다.

셰잉이 어제 저녁에 왼손에 부상을 입었다. 셰잉 말에 따르면, 그 흉악한 적군 칼에 스쳤는데, 남들에게 알리고 싶지 않아 남몰래 반창고만 붙였다고 한다. 적이 동틀녘에 다시 아군에 대한 공격을 개시했다. 우리쪽 돌출부에 접근해오자, 친 연대장과 장취안, 그리고 서너 명의 이등병이 일제히 참호를 뛰쳐나가 적군 몇 명을 생포하려고 했다. 그런데 갑자기 포탄 한 발이 그들 앞에 떨어져 터졌다. 검은 연기가 치솟고, 그들 다섯 명은 갈기갈기 찢기고 말았다. 장취안의 손 한쪽이 우리 참호 쪽으로 날아왔는데, 검붉은 피가 여전히 흐르고 있었다. 셰잉이 찢겨진 시신을 흙으로 덮어주려고 머리를 내미는 순간, 총알 하나가 왼쪽 뺨에서 귀뿌리를 뚫고 지나갔다. 그는 혼절하고 말았다. 우리는 그를 참호 속으로 데려와 약솜과 붕대로 싸매 주었지만, 셰잉은 여전히 혼수상태였다. 구급차가 와서야 그를 후방으로 후송했다.

전선의 포화는 아직도 맹렬한 공격을 이어가고 있었다. 황런은 장취안이 죽고 셰잉이 중상을 입었다는 소식을 접하고 거의 미친 듯이 분노했다. 그는 이를 악물고 필사적으로 적을 향해 총을 쏘았다. 적의 대대가 물밀 듯이 돌진해오자, 우리도 즉시 참호에서 뛰쳐나왔다. 우리 대대의 부대대장이 앞장서서 용맹하게 지휘하고 있었다. 그런데 갑자기 적의 칼이 그의 배를 찔러 대장이 흘러나오고 피가 분수같이 솟구쳤다. 하지만 그는 전혀 개의치 않고 용기백배하여 전투를 계속했다. 이런 광경에 적군은 자신도 모르게 후퇴하고 싶어졌을 것이다. 부관은 적과 싸우면서 대장을 뱃속으로 밀어 넣고 몸에 두른 띠로 상처를 묶더니, 고함을 지르면서 적의 참호 앞으로 달려 나갔다. 이 모습에 적군은 놀라 어찌할 바를 몰랐다. 우리는 부대대장의 용맹스런 정신에 모두들 있는 힘을 다했다. 이리하여 적군은 제2 방어선으로 물러날 수밖에 없었다.

부대대장은 구급차에 강제로 실려 군의를 따라 후방 병원으로 후송되었다. 우리는 구급차 앞을 둘러싸고 그를 바라보았다. 분노를 머금은 그는 두 눈을 부릅뜬 채 차에서 내리려고 했다. 군의들이 필사적으로 그를 안았고 재빨리 차를 출발시켰다. 아직도 그의 "돌격!"하는 고함소리가 귀에 쟁쟁하다.

오늘 아군의 상황은 상당히 좋지 않다. 부대대과 분대장이 부상을 입었던 것이다. …… 전투에는 이겼지만 파멸과 죽음이 바짝 다가오고 있었다. 무엇보다 가슴 아픈 사실은 셰잉과 장취안, 그리고 류빈 모두가 여기 없다는 것이다. 장취안은 시신조차 찾지 못했고, 셰잉은 병세가 위중하다. 또 류빈은 아직 전선으로 돌아오지 않았다. 아, 지금 나는 참으로 쓸쓸하다!

오늘 정오에는 전투가 없었다. 적은 전력을 집중하여 자베이를 공격하리라고 한다. 쾅쾅 하는 포성 소리가 새벽부터 지금까지 쉼 없이 들려온다.

내가 참호에서 침울하게 몸을 웅크리고 있는데, 땅에 신문 한 장이 갑자기 눈에 띄었다. 오늘 아침 구호대가 가지고 온 것인데, 이것이 내게 잠시 위로가 되었다. 이건 내가 전선에 투입된 이래 처음 보는 신문이었다. 〈애국 운전수 후아마오愛國車夫胡阿毛〉라는 표제아래 다음과 같은 기사가 실려 있었다.

"후아마오는 41세로, 상하이 사람이다. 난스南市 소방대의 운전수인데, 어느 날 훙커우로 친구를 만나러 갔다가 일본군에게 붙들렸다. 몸을 수색하다가 운전면허증을 발견하자, 일본군은 그를 운전병으로 쓰기 위해 사령부로 압송했다. 후에 탄약을 적재한 군트럭을 일본군이 주둔하고 있는 방직공장으로 운전하도록 강제 동원되었다. 이때 일본군 네 명이 차량을 호송했는데, 아마오는 거짓으로 응락하고서 차에 올라 날듯이 달렸다. 목적지에 이를 즈음 아마오는 갑자기 방향을 틀어 곧장 황푸강으로 돌진했다. 물보라가 사방으로 튀었고 후아마오와 네 명의 일본군, 그리고 군트럭은 강물 깊이 빠지고 말았다!"

이 소식은 금방 전선에 두루 퍼졌으며, 알지 못하는 사이에 사람들의 애국 열정은 더욱 뜨거워졌고, 참호 속에도 활기가 가득 찼다.

나는 셰잉과 부대대장의 부상이 걱정되어 연대장에게 휴가를 청한 뒤 후방 병원으로 문병을 갔다. 마침 후방으로 가는 차량이 있어 얻어 타고 갈 수 있었다. 그들 두 사람은 모두 제일부상병의원에 입원해 있었다.

나는 그곳에 도착하여 간호사에게 셰잉과 부대대장이 어디 있는지 물어보았다. 간호사는 나를 힐끗 보더니 이렇게 말했다. "루陸 부대대장은 오늘 아침에 이미 사망하셨습니다!"

"결국엔 돌아가셨군요!" 나는 슬픔에 잠겨 말했다. "그럼 셰잉이라도 보러 가야겠네요."

간호사는 고개를 끄덕이고서 우리를 셰잉이 있는 병실로 데려다주었다. 그는 얼굴을 붕대로 싸맨 채 야전침대에 누워 있었다. 다가가 그의 손을 잡으면서 나는 말했다.

"셰잉, 좀 어때?"

그는 고개를 가로저으며 아무 말도 하지 않았다.

"아, 셰잉은 부상이 심각해요. 뺨에 총상을 입은 데다 허리에도 파편이 깊숙이 박혔어요. …… 그러니 더 이상 말을 시켜 피곤하게 하면 안 됩니다!" 나를 안내한 간호사가 말했다.

"알았습니다." 내가 공손하게 대답하자, 간호사는 웃으며 병실을 나갔다. 셰잉의 두 눈이 힘없이 나를 바라보았다. 그의 얼굴색은 누렇게 질려 초췌하고 손은 하염없이 떨리고 있었다. 그런 모습을 보니, 저 승사자와 맞서 더 이상 버티지 못할 것만 같았다.

나는 말없이 그의 침대 맡에 앉아 그의 떨리는 손을 꽉 잡아주었다. 얼마 안 되어 셰잉의 손이 점점 차가워지기 시작했다. 나는 얼른 벨을 눌러 간호사를 불렀다.

나는 초조한 기색으로 말했다. "간호사님, 아무래도 틀린 듯합니다!"

간호사는 조용히 손을 뻗어 그의 맥박을 재더니 고개를 가로저었다. 또 청진기로 그의 심장소리를 듣더니 한숨을 내쉬며 내게 이렇게 말했다.

"이미 숨을 거두셨습니다."

나는 자리에서 천천히 일어났다. 주체할 수 없이 눈물이 쏟아졌다. 간호사가 그의 몸을 덮은 침대시트를 끌어당겨 그의 얼굴을 덮었다. 나는 분노와 슬픔으로 병원을 뛰쳐나왔다. 전선으로 돌아오자 오한이 났다. "하늘이시여, 당신이 인류에게 허락하신 모든 것을 남김없이 거두어 가십시오." 이렇게 저주의 말을 내뱉으면서 나는 바닥에 쓰러지고 말았다.

정신을 차려 보니, 적의 포화가 쿵쿵 소리를 내면서 공격을 퍼붓고 있었다.

14

나는 후방으로 보내졌다. 이곳은 매우 떠들썩했다. 학생군學生軍이 새로 들어왔다. 그들은 젊고 영리하며, 열정으로 흥분되어 있었다. 그

가운데 짧은 치마차림의, 태도가 시원시원한 여학생들도 있었는데, 이들은 후방의 간호대로 편성되었다. 이때 대오를 정돈하여 출발하려던 참이었다. 나는 13연대 이등병 한 명과 함께 사무실 입구에서 당번을 서고 있었다. 얼마 지나지 않아 그 여학생들이 사무실 안에서 가제붕대와 같은 물건들을 가지고 나왔다. 한 사람 한 사람 우리 앞을 침착하게 스쳐 지나가는데, 그녀들의 아름다운 얼굴 위로 과감하면서도 진지한 표정이 넘쳐흘렀다. 여학생들이 저 멀리 사라졌지만, 내 마음에는 문득 강렬한 기쁨과 갈망 같은 것이 피어올랐다. "아!" 나도 모르게 깊은 한숨을 내쉬었다. 전쟁터에서 공포에 파괴되고 억압에 마비된 영혼이 이때 새롭게 꿈틀거렸다. 사악함이라곤 찾아볼 수 없는 여학생들은 마치 깊은 우물 속의 홀로 피어난 흰 장미꽃과도 같아 그 얼마나 흥분이 되는지, 나는 불현듯 나의 약혼녀를 떠올렸다.

나는 지금 사무실 입구에서 총을 든 채 두려움 속에 서 있다. 나의 두 눈이 앞쪽의 띠집을 바라보고 있을 때, 문득 하나의 인상이 나의 마음속에 솟구쳐 올랐다.

마침 눈이 내리고 있었다. 마치 오늘 날씨처럼. 나는 백마 한 필을 타고 고모님 댁으로 가고 있었다. 나무다리에 다다랐을 즈음, 눈발은 더욱 거세졌고, 앞쪽 작은 산의 붉은 매화는 온통 눈에 뒤덮여 보이지 않았다. 그저 붉은빛의 꽃봉오리만 드러나 보였다. 사방은 적막에 휩쌓여 눈을 밟는 말발굽 소리만 사박사박 자그맣게 들려왔다. 차가운 바람이 이따금 겨울 매화의 그윽한 향기를 실어와, 내가 진군하고 있음을 잠시 잊게 했다. 나무다리 위에서 얼마쯤 쉬었을까, 개 짖는 소리에 몽롱한 정신에서 깨어났다. 그제야 말발굽을 내딛어 천천히 일대의 메이징梅井을 지나 고모님 댁 입구에 도착했다. 대문 위의 쇠고리를 두어 번 두드리자 열네댓 살쯤 되어 보이는 여자아이가 문을 열어 주었다. 그런데 나를 보더니 이내 얼굴이 붉어져 재빨리 달아나버렸다. 뒤이어 고모가 나오셔서 나를 맞았다. 고모는 나를 붙들어 저녁밥을 먹이시고서야 농사짓는 머슴을 시켜 나를 바래다주었다. 집에 돌아와 어머니께 고모님 댁의 사촌누이가 왜 나를 보고 숨어버렸는지를 물었다. 어머니는 그저 미소만 지을 뿐 다른 말씀은 하지 않으셨다.

"왜죠? 어머니!"

"바보야, 그 아이가 너와 정혼을 했으니, 너를 보고 쑥스러웠을 테지!"

"아!" 나는 알았다는 듯이 말했다. 하지만 약혼녀가 피하는 것이 더 재미있고 부끄러워하는 모양이 더 사랑스러워 일부러 고모님 댁에 불쑥 가곤 했다.

이 얼마나 달콤한 추억인가, 나는 멍하게 추억에 잠겨 있었다. 느닷없이 아주 멀리서 쿵쿵거리는 포성이 북풍에 실려 왔다. 나도 모르게 눈을 크게 뜨고 사방을 둘러보고서야 이곳에 내가 혼자가 되었음을 알아차렸다. 순간 모든 추억이 흩어져 버렸다. 나는 어깨에 총을 메고 입구를 왔다갔다 했다.

교대할 사람이 오고, 나는 바로 막사로 돌아왔다. 방금 전에 민중 대표 몇 명이 트럭편에 식품을 실어 우리를 위문하러 왔다. 소고기와 신선한 빵, 설탕, 그리고 담배로 우리는 신바람이 났다. 모두들 자기 몫을 받아서 양껏 배불리 먹었다. 이런 행운은 전선에선 좀처럼 만나기 어려운 일이었다.

오후에 자유시간이 조금 주어졌다. 잠을 좀 자두어야겠기에 누워서 몇 번이나 몸을 뒤척거렸지만, 쉬 잠이 오지 않았다. 그래서 나중에 나는 몸을 일으켜 빵을 포장했던 백지 한 장과 연필 한 자루를 찾아 어머니께 편지를 쓰기 시작했다.

사랑하는 어머니께

이십여 일 전에 편지를 받고 어머니의 뜻대로 휴가를 내서 몇 년째 뵙지 못한 어머니를 뵈러 갈까 생각했습니다. 공교롭게도 일본인이 우리 자베이를 점령하는 바람에 전쟁이 일어날 줄 누가 생각이나 했겠습니까? 우리 군대가 장완, 쟈베이, 우쑹 일대에서 적과 전투를 벌인 지 벌써 이십여 일이나 되었습니다. 하지만 적군은 여전히 대부대를 증원하는 중이어서 어디로 공격해올지 알 수 없는 상황입니다.

우리 군은 적잖은 승리를 거두었지만, 우리 역시 많은 사람이 죽었습니다. 이전에 이웃에 살던 대장장이 장취안도 전사했고, 제 친한 벗 셰잉도 중상을 입고 부상병원에서 끝내 숨을 거뒀습니다. 하지만 이게 무슨 대수이겠습니까? 우리는 여전히 기쁘고 즐겁게, 그리고 기꺼이 우리의 최후의 피 한 방울까지 전장에 뿌리기를 원합니다.

사실 적군은 전투 경험이 없어 전쟁을 몹시 두려워합니다. 공격할 때마다 매번 술을 좀 거나하게 마신 채 술기운에 의지해 조준도 하지 않고서 마구 총을 쏘아댑니다. 그러다 비틀거리며 공격하는 와중에 우리에게 생포를 당하는 적군도 있습니다. 그래서 우리 사이에는 '술 귀신을 잡자'라는 구호가 생기기도 했습니다.

또 슬프고도 웃긴 이야기가 하나 있습니다. 그들은 이번에 상하이에서 전투를 벌이는데, 많은 이들이 쑤저우蘇州의 한산사寒山寺에 놀러간다는 말에 속아 왔다고 합니다. 그런데 그들의 군함이 우쑹을 지날 때 쿵쿵쾅쾅 포탄 소리를 듣게 될 줄을, 그리고 소금에 절인 일본군 시체를 강에 정박 중인 군함에 한 포대 한 포대 싣게 될 줄을 어찌 알았겠습니까? 그래서 이들은 얼굴이 노랗게 질리고 말았답니다. 그들 가운데 재봉사 한 명과 이발사 한 명이 뭍에 오르지 않으려 하다가, 황색제복을 입은 육군 두 명이 휘두르는 등나무덩굴 채찍에 맞고서야 울면서 뭍에 오르기도 했답니다.

일본 군벌도 우리나라 군벌과 마찬가지로 민중을 희생하여 자신들의 이익을 챙길 뿐입니다. 이런 작자들은 정말이지 세계평화에 장애물일 뿐입니다! 적군 중에도 각성된 자들이 적지 않지만, 안타깝게도 그 숫자가 너무 적습니다!

좋은 소식도 있습니다. 여기에서 먹고, 쓰고, 입는 것 모두 풍족합니다. 어제는 술과 음식을 대접받았답니다. 우리나라를 사랑하는 열렬한 민중들이 보내준 것이지요. 그러기에 사람 수도 적고 무기도 열세에 놓여 있지만, 전투에서 오히려 승리할 수 있었답니다. 이번의 적군과의 전투도 우리가 자원해서 하는 것이지, 상관의 명령 때문만은 아니랍니다. 그래서 우리는 매번 있는 힘껏 싸우고, 갖가지 방법으로 적의 간담을 서늘하게 만든답니다. 한 번은 우리가 반격을 해서 일본군 사령부를 점령하려고 했습니다. 당시 우리 선봉대 백 명은 옷에 석유와 알코올을 뿌린 채 목숨도 아랑곳하지 않고서 일본군 사령부로 돌진했습니다. 만약 적의 사령부를 점령하지 못하고 돌아오게 된다면 몸에 불을 붙여 사령부를 불태울 작정이었지요. 죽음조차 두려워하지 않는 중국군을 보고서 일본군은 놀라 입을 다물지 못했습니다. 우리는 서둘러 사령부를 벗어나 바쯔루靶子路쪽으로 퇴각했습니다. 이때 우리 보충부대가 뒤쫓아와 사령부를 점령했는데, 포로가 된 일본군이 황급히 총기를 내려놓고 모자를 벗은 채 경례를 했답니다.

그리고, 공격이 없을 때엔 참호 안에서 주사위를 던지거나 유성기를 들으며 소일합니다. 어떤 때는 일본군에게 농담을 건네기도 합니다. 일본군이 우리쪽 방어선에 사격을 가하면 모두들 참호 속으로 피한 뒤 군모 몇 개를 참호 위에 올려놓고서 때때로 참호 옆 총구멍으로 몇 방을 쏜 다음에 몸을 돌려 주사위 놀이를 하지요. 하지만 총소리를 들은 적군이 참호 위의 군모를 보고 우리 군이 참호 속에 엎드려 작전 중이라 생각하고서, 기관총과 소총, 그리고 박격포를 마구 쏘아댑니다. 적의 총알에 적중된 군모가 마침 참호 안으로 떨어질 경우에 우리는 천천히 주워 다시 참호 위로 올려놓습니다. 시간이 흐른 다음 적군이 더 이상 공격하지 않으면, 우리가 한두 방을 총을 쏩니다. 그러면 이 소리에 놈들은 허둥지둥 바빠진답니다. 우린 놈들의 대포소리를 즐겁게 들으면서 웃고 떠들지요.

이런 상황에 대해 어머니는 어떤 느낌이 드시는지요? 상상만으로도 즐거우실 것입니다. 저는 지금 평안합니다. 아마 운이 좋은 모양입니다. 이번 전쟁이 끝나면 어머니께 돌아갈 수 있을 겁니다. 그때 군대에서 있었던 재미있는 일들을 어머니께 더 이야기해 드릴게요.

고모님과 사촌누이에게도 마음 놓으시라고 전해주세요.

제가 만약 불행하게 전사한다면 그것도 나라와 국민을 지키다 죽는 영광의 죽음이니, 어머니께서는 자랑스럽게 생각하셔야 해요. 이런 아들이 있었음을!

당신의 아들 쉬안 삼가 드림

내 자신이 조금은 의아스럽기도 했다. 이렇게 흥이 가득한 편지를 쓸 수 있다는 것이 뜻밖이었기 때문이었다. 마음이 한결 편안해졌다. 거적 대기 위에 누웠어도 금세 꿈나라로 빠져들었다.

몽롱한 가운데 어떤 물체가 나를 누르는 것 같아 깜짝 놀라 깨어났다. 눈을 크게 떠 보니 류빈이 왼쪽에서 손으로 내 몸을 흔들고 있었다.

"아! 돌아왔군. 다친 데는 다 나은 거야?" 내가 류빈에게 물었다.

"다 나았어! ……요 며칠 전선 상황은 어때? 모두들 안전하고? 셰잉, 황런, 그리고 장취안은 왜 안 보이는 거지?" 그는 걱정스러운 듯 말했다.

"전선은 아직도 공격과 반격이 계속되고 있어. …… 장취안과 셰잉은 저승사자에게 붙들려 갔어, ……루陸 부대대장도 사망했고, 이름도 모르는 동지들까지 더하면 셀 수도 없지!"

"아!" 류빈은 깊은 한숨을 내쉬었다. "죽여도 죽여도 끝이 없는 도적떼들 같으니라고. 오늘도 듣자하니 이삼천 명이 또 왔다던데."

"그건 그놈들의 재난이자 우리의 재난이야. ……조물주가 인류를 창조해놓고, 스스로는 차마 파멸시키지 못해 인류가 서로 파멸하도록 만든 거야!" 내가 말했다.

"맞아. 인류의 최대의 노력이 고작 세상을 끝장내려고 온갖 방법을 짜내는 것이니, 정말이지 바보들이야!" 류빈이 주먹을 불끈 쥔 채 분노에 차 소리를 질렀다.

우리는 피차 침묵했다. 내가 그에게 담배 한 개비를 건네주었다. 담배연기는 우리 앞쪽에 하얀 비단을 만들더니, 이내 천천히 찬바람 속으로 흩어졌다.

"너는 언제 전선으로 돌아갈 거야?" 내가 류빈에게 물었다.

"당장이라도 달려가지 못하는 게 한스럽지. 저 터무니없는 강도들을 깡그리 쓸어버려야 하는데 말이야. 오늘은 너무 늦었으니, 내일까지 기다리는 수밖에! 너는?"

"나도 내일 돌아가. 우리 함께 가면 되겠다. 후방병원의 상황은 어때? 무슨 소식이라도 있나?"

"아, 소식이라면 참 기 막힌 일이 있지. ……그제 시골사람 두 명이 부상을 입어 병원으로 실려왔는데, 한 명은 총알이 등 뒤로 들어와 폐엽肺葉을 상하는 바람에 병원에 도착한 지 얼마 안 되어 곧 죽어버렸어. 다른 한 명은 다리에 부상을 입었는데, 다행히 뼈를 다치지는 않았나 봐. 싸맨 후에 경과가 상당히 좋다고 하더라고. 내가 어제 그 사람 침대 앞을 지나는데 그 사람이 정중하게 나를 부르더라고. 그래서 이야기를 나누게 되었는데, 내가 어떻게 부상을 당했느냐고 물었더니 한숨을 내쉬며 이렇게 말하더군.

'난 장완의 경마장 부근에 사는데, 집에 밭뙈기 몇 이랑이 있어 아들 녀석에게 농사를 짓게 했지요. 나는 지주인 자오趙씨네 머슴을 살고 있었고.……아, 그런데 일본놈들이 얼마나 잔인한 지 경마장을 지나면서 보니 평민들 시체가 수없이 쌓여 있더라고요. 가장 참혹했던 것은 글쎄, 젊은 여자가 발가벗겨진 채 등에 총알구멍이 난 사람도 있고, 배를 찔린 사람도 있었소. 검붉은 피가 땅에 뒤엉켜 있습디다. 일여덟 밖에 안 되어 보이는 웬 남자아이는 온 몸에 총알구멍 투성이라, 얇은 솜저고리가 피로 흥건했고, ……이런 백성들이 무슨 해를 끼친 다고 이렇게까지 참혹하게 죽음을 당해야 한단 말이오!'

'참혹한 일은 더 많지요!' 시골사람 왼쪽에 누워 있던 중년 남자가 끼어들었어.

'어떻게 더 참혹할 수 있습니까?' 내가 그 사람한테 물었지.

'그러게 말이오! 정말이지 악마 같은 놈들이야!' 그 중년 남자는 치를 떨면서 말했어. '놈들은 부녀자와 청년, 학생을 모조리 싼위안궁三元宮 일본군 사령부로 데려갔다오. 그 부녀자들들의 옷을 다 벗기고 마음껏 즐겼다는 거요. 어떤 여자가 수치스러워 안 벗으려고 하자, 그 흉악한 일본놈이 칼로 여자 옷을 강제로 찢고 양쪽 가슴을 베었대요. 어떤 사람은 눈을 파냈고요. 귀신처럼 처참하게 우는 여자들의 울부짖음을 들으면서 말이죠! 마치 재미나 장난을 구경하듯이 다른 여자들에게 미친 듯이 웃음을 터뜨렸다는군.'

'또 우리 고향에 어떤 여자가 포로로 잡혀갔는데, 한 살쯤 되는 여자아이를 안고 있었대요. 일본군이 우선 그 여자아이를 엄마 손에서 억지로 빼앗았다오. 그러자 그 부인이 필사적으로 아이를 빼앗으려 했고, 아이도 발버둥을 치면서 엄마에게 가려고 했겠지요. 이게 놈들의 기분을 상하게 했는지, 일본군 한 놈이 날카로운 칼을 그 아이의 항문에 찔러 높이 치켜들었소. 아이가 그만 혼절하자, 그 일본군은 아이를 땅에 내던져 버렸소. 가여운 작은 생명은 그만 죽고 말았지요. 부인도 자기 딸의 참혹한 죽음을 보고, 분노에 차 일본군을 향해 다짜고짜 달려들었대요. 그런데 이 일본군이 옆으로 피하는 바람에 부인은 바

로 벽에 부딪혀 뇌와 장이 그 자리에서 흘러나와 죽고 말았다오. ……'

'아, 세상 사람들은 하나 같이 일본을 문명국이라 알고 있지요. 하지만 그들이 한 짓은 야만인보다 더 끔찍해요.'

그 중년 남자의 이야기에 방안에 누워 있던 환자들 가운데 분노하지 않은 사람은 한 명도 없었어. 특히 우리 전우들은 하루속히 완쾌되어 전선으로 돌아가 적을 죽여 원수를 갚고 싶어했지."

류빈이 이야기를 늘어놓는 동안 내 얼굴은 분노로 일그러졌다.

전선에는 피곤에 지친 사람들이 또 운송되어 왔다. 피곤한 나머지 그들의 얼굴은 불타듯 붉고, 눈에는 붉은 핏발이 서 있었다. 그들은 막사 안으로 기다시피 들어와 말하기도 귀찮다는 듯 곧바로 거적 위에 쓰러졌다.

나는 류빈과 함께 식품을 많이 가져와 그들에게 나눠주었다. 삼십 분쯤 지나고서야 그들은 겨우 숨을 돌렸다. 모두들 먹고 마시면서 점차 상태가 호전되었다. 류빈이 마작을 하자고 제안했지만 아무도 찬성하지 않았다. 그들은 담배꽁초를 내던지더니 금세 코를 골기 시작했다.

나는 어머니께 부칠 편지를 류빈에게 보여주었다. 그가 웃으면서 말했다.

"잘 썼네. 골치 아픈 일도 있긴 하지만, 그런 건 말씀드리지 않는 게 좋겠지!"

나 역시 그렇게 생각했다. 사실을 우리가 피해갈 수는 없다. 이것이 현대인의 비애이다!

15

이른 아침 우리는 트럭에 실려 전선으로 돌아갔다. 구덩이가 패어 평평하지 않은 도로 위에는 아직도 우리 아군의 토막난 시신들이 남아 있었다. 매장을 담당하는 부대가 길가에 커다란 구멍 하나를 파고 있었다. 그들은 피로 더럽혀진 시체들을 깊고 넓은 구덩이에 묻었다.

한 그루 나무줄기 아래로 거대한 물체가 보이는데 멀리서 보니 마치 진흙 속의 커다란 회색 돼지 한 마리 같았다.

"아! 저건 콜레라에 걸린 돼지잖아!" 류빈이 소리쳤다.

"음, 그런데 시체랑 콜레라에 걸린 돼지랑 구분이 안되네!" 내 뒤쪽에 서 있던 후난 병사가 말했다.

"그래도 콜레라에 걸린 돼지가 시체보다 더 쓸모 있을걸!" 내가 말했다.

"그러게. 위생국의 손이 닿지 못하는 시골에서는 콜레라에 걸린 돼지도 허리띠 졸라맨 농민들에겐 좋은 식품이지. …… 하지만 이건 부도덕한 짓이야. …… 무력으로 쳐들어와 활기찬 수많은 젊은이들을 콜레라에 걸린 돼지처럼 시체로 만들어놓고, 이파리조차 다 떨어진 나무줄기 아래 웅크리게 만들어 놓았으니. 그런데도 부도덕하다고 말하는 사람이 아무도 없으니 말이야. 인생사 참으로 불가사의하구먼!" 짧은 수염의 어느 분대장이 말했다.

우리가 탄 트럭이 그 커다란 물체에 가까워지자 그제야 분명하게 보였다. 그건 바로 뚱뚱한 병사의 시체였다. 병사의 회색 군복은 진흙투성이였고, 얼굴은 굳어버린 밀랍처럼 누렇게 번지르르 윤이 났으며, 배는 전투용 북처럼 부풀어 올랐다. 그가 어떻게 죽었는지는 알 길이 없었다. 류빈의 생각은 이러했다. "이렇게 뚱뚱한 뚱보들은 중풍에 걸리기 쉬우니, 아마도 포화소리에 놀라 죽었을 거야."

"저 사람 우리 후배(炳) 취사병 아니야?" 후난 병사가 말했다.

"아! …… 그 친구, 그 친구가 맞네! 취사병이 아니라면 어떻게 이리 뚱뚱하겠어!" 류빈의 확신에 모두들 그렇게 생각했다. 하지만, 그 취사병이 어떻게 죽었는지에 대해서는 아무도 알지 못했다.

트럭이 다리를 지나 우리의 방어선에 도착했다. 모두들 차에서 내려 각자의 참호로 찾아들어갔다. 류빈이 메이리(美麗)표 담배 한 갑을 내게 건네주면서 말했다.

"좀 있다 보세!"

"그래, 잘 지내!" 나도 말했다.

참호로 돌아오자 몇 명이 줄어들었다는 느낌이 들었다. 나는 묻고 싶지도 않았고 차마 물을 수도 없었다. 어제 여기서 진종일 격전이 벌어졌기에 손실은 뻔한 일이었다. 나는 거적을 찾아 자리를 잡고 앉아 조용히 담배를 빨았다. 오늘 이곳에 전투는 없었다. 그런지라 피곤에 지친 병사들이 코를 골며 깊은 잠에 빠져있다.

류빈의 방어진지는 우리부대에서 반리밖에 떨어져 있지 않다. 나는 바로 류빈을 찾아갔다. 그쪽은 마침 유성기를 틀어놓았기에 꽤나 떠들썩했다. 나도 거기에 둘러서서 들었다. 넋을 빼고 듣고 있는데, 갑자기 신식 소총의 총알이 날아와 아무 기척도 없이 유성기 옆에 떨어졌다. 하지만 아직 터지지는 않았다. 류빈이 재빨리 기관총을 들고서 참호를 뛰쳐나갔다. 마침 대여섯 명의 적군 보초병들이 살금살금 다가오고 있었다. 류빈이 기관총을 당기자 적군들은 소리 없이 쓰러지고 말았다. 류빈은 아무 일도 없었다는 듯이 참호로 돌아와 기관총을 손에서 내려놓더니, 유성기에서 흘러나오는 딩자산丁甲山 곡조를 따라 불렀다.

너 쪽발이가 하는 짓은 참으로 무모하구나. 우리 한 마음으로 힘을 모아 일본을 쳐부수세. 옌 소장鹽少將, 예 소장野少將, 우리 19로군은 소식 듣고서 노하여 전쟁터에서 화가 치미네. 수류탄을 던지고 나서 나는 기관총을 갈기네. 작은 쪽발이, 왜소한 쪽발이는 재앙을 면치 못하리. 원통한 죽음의 성으로 보내져 망향대를 오를 터이니, 이 또한 네 스스로 자초한 재앙이로다!

"좋다!" 우리 모두 갈채를 보냈다. 모두들 필사적으로 기분 좋은 일을 찾았다. 이 짧막한 생명이 슬픔으로 덧칠되지 않도록!

후에 나와 류빈은 앞쪽의 병원으로 황린을 문병하러 갔다. 이 병원에 오늘 간호사 몇 명이 새로 왔다. 듣자하니 그녀들은 자원봉사자들이라고 한다. 이들 가운데에는 전쟁이 일어난 뒤 일주일간 훈련을 받은 사람도 있고, 의과대학에서 공부를 한 사람도 있다. 이 젊은 여성들은 모두들 순백색의 하얀 가운을 입고 어깨에는 붉은색 열십자 표지를 달고 있었는데, 모두들 정성을 다해 베틀북처럼 바삐 오가고 있었다.

"말씀 좀 묻겠습니다. 혹시 제3대대 제5연대 소대장 황린이 있는 방이 어디입니까?" 류빈이 둥근 얼굴의 젊은 간호사에게 물었다.

"지난 금요일에 온 사람 말이죠?" 그녀가 물었다.

"네." 류빈이 답했다.

"이쪽으로 따라오세요!" 이렇게 말하고서 간호사는 우리를 오른쪽에 있는 방으로 안내했다. 거긴 꽤나 큰 방이었고, 부상당한 전우들이 줄줄이 누운 채 자고 있었다. 황런이 우릴 보고서 힘없이 바라보다 살짝 기쁜 내색을 했다.

"어떤가, 황런?" 류빈이 물었다.

황런은 애처롭게 고개를 떨구면서 말했다. "아무래도 아무 희망도 없을 듯하네. 한쪽 다리를 절단해야 하고, 의사 말로는 폐도 상처를 입었다는군."

그를 자세히 들여다보니, 얼굴빛이 몹시 창백하고 입술도 자줏빛으로 질려 있었다. 황런에게 활기찬 생명력은 이미 멈춰 서버린 것 같았다. 저승사자의 검은 그림자가 점차 그를 뒤덮고 있었다. 하지만 그를 이렇게 절망 속에 죽도록 놓아둘 수는 없었다. 그를 어떻게 위로해야 할까? 류빈에게 눈짓을 하자, 그는 고개를 가로저을 뿐이었다. 이 친구에게 더 이상 방법이 없다는 뜻이었다.

"한 가지 부탁이 있어." 황런이 숨을 헐떡이며 말했다.

"그래, 황런. 무슨 일이든지 말해 봐요."

"내가 낫지 않으면, 우리 어머니께 편지 좀 써줘요. 내 평생 단 하루도 효도하지 못했는데 ……이렇게 죽는다고 말이지. 어머니께 정말 죄송하다고. 하지만 원래 충과 효는 함께 갖출 수 없는 것이라, 국가를 지키느라 어머니를 보살피지 못했다고. ……자네들이 우리 어머니를 좀 위로해주시게! ……내 아내와 두 살배기 내 아이에게도, ……아버님이 남겨주신 전답에 의지해 잘 살아가라고!" 반짝이는 두 줄기 눈물이 죽음을 앞둔 사람의 볼을 타고 흘러내렸다.

"황형, 무슨 그런 말을? 초조해하지 말고 조용히 며칠 요양하면 점차 좋아질 거예요. …… 황형이 부탁한 일은 그저 지나친 염려일 뿐이고, 완쾌되어 이 일을 웃으면서 이야기하게 될 거예요!" 류빈이 재치있게 말을 돌렸다. 하지만 무슨 소용이 있겠는가? 황런의 얼굴에 우담바라 같은 미소가 잠시 스쳐가더니, 죽음의 고통이 그를 꽉 붙잡고 있는 듯 온몸을 부들부들 떨었다.

한 여학생 간호사가 우유를 받쳐 들고서 병실로 들어왔다.

"우유 좀 드세요!" 친절하게 말하면서 간호사는 우유를 작은 스푼으로 한 스푼 떠서 황런의 머리를 부축한 채 천천히 먹였다. 하지만 세 번째 스푼을 떠먹일 때 황런은 고개를 가로저으며 신음을 토했다. 그 젊고 동정심 많은 간호사가 얼른 우유를 놓고 물었다.

"어디가 불편하세요?"

"폐가 …… 너무 아파." 황런이 개미만한 소리로 말했다.

"제가 의사 선생님을 모시고 올게요!" 그녀는 말을 마치자마자 총총히 병실을 나갔다.

황런의 기색이 영 말이 아니었다.

"결국 떠나고야 말겠군!" 류빈이 낮은 소리로 내게 말했다. 나는 전신에 오한이 나면서 더 이상 참을 수 없을 정도로 떨려왔다.

"술을 한 모금 마시는 게 좋겠어." 류빈이 내 안색을 보더니 이렇게 말했다.

"내 얼굴색도 말이 아니지?"

"그렇지." 그가 말했다.

우리는 의사가 올 때까지 저승사자와 사투를 벌이는 친구를 그냥 바라볼 수밖에 없었다. 나는 주먹을 꽉 움켜쥔 채 쓰러지지 않으려고 안간힘을 썼다.

활달해 보이는 의사 한 명이 병실로 들어왔다. 그가 나와 류빈을 힐끗 쳐다봤다. 냉담한 시선이었다. 우리는 의사가 마음속으로 어떻게 생각하는지 알 수 없었다. 그가 환자의 이불을 젖히고 환자복 단추를 풀자 환자의 마른 장작처럼 깡마른 가슴이 드러났다. 의사는 검은 털이 부숭부숭한 살진 손을 뻗어 가슴을 한 번 두드리고 청진기로 들어본 뒤 몸을 일으켰다. 그런 뒤 간호사에게 체온기록표를 받아 쓰윽 훑어보더니 이내 나가버렸다.

"어떻습니까? 선생님!" 류빈이 의사를 따라가며 물었다.

"희망이 없습니다." 의사가 차갑게 대꾸하며 다른 병실로 가버렸다. 간호사가 작은 유리병 하나를 가져왔는데, 그 안에 담황색 약물이 들어있었다. 간호사가 황런의 어깨에 주사를 한 대 놓았다.

"간호사님, 이게 무슨 주사입니까?" 나는 그 젊은 간호사에게 물었다.

"이건 강심제 주사예요. 환자분 심장이 너무 약합니다!" 간호사가 친절하게 설명해주었다.

"의사 선생님이 별 희망이 없다고 하시는데, 정말 그렇습니까?" 류빈이 물었다.

"지금은 상당히 안 좋은 상태예요. …… 고열이 나면 염증이 생길지도 몰라요! 그땐 정말 위험하죠!"

황런이 잠들어 있어 우리는 그를 차마 깨우지 못하고 조용히 방문을 나왔다. 그리고 그 간호사에게 황련을 잘 보살펴달라고 말했다. 그러자 그녀는 상냥하게 고개를 끄덕이고는 서둘러 다른 일을 보러 갔다.

병원 문을 걸어 나오니 날이 맑았다. 쪽빛 푸른 하늘에는 한 조각 구름조차 보이지 않았다. 태양의 황금빛은 낡은 사당의 지붕 위에 떨어져 빛을 반짝였다. 덕분에 우리의 답답한 마음도 조금은 풀리는 것 같았다.

멀리서 물통과 솔 등을 손에 들고 있는 학생군대가 눈에 띄었다. 아마도 작업을 마치고 막 돌아왔으리라. 그들 대오 앞에서 유력인사 몇 명과 부인들이 서서 훈화를 하고 있었다. 나와 류빈도 옆에 서서 함께 들었다. 그 훈화하는 노부인은 알고 보니 커柯 부인으로, 학문도 상당하고 자선사업도 열심히 하는 사람이었다. 커 부인과 친구 몇 명이 트럭 가득 약품과 식량을 싣고서 전방의 전사들을 위로하러 온 것이었다.

보아하니 커 부인은 오십여 세쯤 되어보였다. 양쪽 살쩍은 이미 하얘지고 매우 자상한 모습이었다. 그녀는 학생군을 향해 열심히 연설을 했다. 나와 류빈은 멀찍하게 떨어져 있어 연설 내용이 분명하게 들리지 않지만, 그녀의 떨리는 구슬픈 목소리에 깊은 감동을 받았다. 겹겹으로 둘러싼 사람들 모두 조용히 듣고 있었다. 때로 그녀가 오열하는 듯하여 모두들 숙연하게 고개를 떨궜다.

얼마 지나지 않아 그들은 떠났다. 학생군 역시 흩어져 후방으로 갔다. 나와 류빈은 여전히 빛나는 태양빛 아래를 배회했다. 우리는 황련이 아직도 자고 있을 거라고 생각했다. 그러나 류빈은 "죽었을 가능성이 커!"라고 말했다. 우리는 편지를 써달라고 했던 그의 부탁을 이내 떠올렸다. 아! 이 얼마나 잔혹한 일인가! 어떻게 편지를 써야할지 도무지 알 수 없었다. 이 편지를 읽을 사람을 상상해 보았다. 일 년이 지나면 예순이 되는 나이든 과부가 손수 길러 장성한 아들이 마지막 작별조차 나누지 못한 채 죽었다는 사실을 알게 된다면, 그 타격은 얼마나 클 것인가? 그 곁에 아직도 서 있을 젊고 아름다운 부인과 천진난만한 손자는······ 참으로 미칠 노릇이다.

"류빈, 편지를 어떻게 쓰지?" 내가 말했다.

"자네가 좀 더 배웠으니, 어떻게 완곡하게 써야 할지 잘 알겠지!" 류빈이 말했다.

"아, 완곡하게! 좀 더 완곡하게, 당신의 아들은 이제 돌아올 수 없습니다라고!"

"누가 짐작이나 했겠어! 이 세상사 운명이 이렇게 정해진 것을!"

"난 모르겠네, 자네가 알아서 써! 정말 미칠 지경이구먼!"

"아마 황런은 살아있을 꺼야!" 류빈이 잠시 잠잠하더니 이렇게 말했다. 우리는 황런을 보기위해 다시 병원을 찾아갔다. 황런은 깨어 있었지만 우리를 향해 한숨을 내쉬었다.

"좀 자고나니 기분이 나아졌어?" 나는 머리를 숙이고서 그에게 물었다. 그는 고개만 끄덕였다. 벌겋게 솟은 광대뼈와 늘어진 근육, 그리고 깊게 패인 눈은 이미 우리에게 알려주고 있었다. 상황이 더 악화되었음을.

그는 깡마른 손을 뻗어 베개 옆에서 금반지 하나를 꺼냈다. 이 반지의 내력은 자못 흥미로웠다. 며칠 전 적과 육박전을 치룰 때 쓰러진 적의 손에서 빼앗아온 것이었다. 일본군 포로의 말에 따르면, 이건 자기들이 전쟁터로 떠나올 때 아내가 해준 기념품이라는 것이었다.

"이걸 아내에게 전해주시오. ……"

나는 반지를 받아들고서 흐르는 눈물을 주체할 수 없었다. 이 반지를 아내에게 부치는 심정이 얼마나 슬플지 차마 말할 수 없지만, 전쟁터에서 남편을 잃은 아내의 심정만큼이나 슬플 것이라는 사실은 알 것 같았다.

"황런! 지금 자지 않을 거요?" 류빈이 그의 야윈 손을 붙잡고서 말했다.

그는 대답도 없이 베개에 고개를 묻고 울었다.

삼십 분이 지나도록 나와 류빈은 조용히 앉아있었다. 그가 아직 하지 않은 말들을 물어보고 싶었다. 하지만 그가 힘들어할까봐 차마 묻지도 못하고 있었다. 그도 말없이 조용히 눈물만 흘렸다. 그러더니 갑자기 황런의 목에서 캭 하는 둔중한 소리가 나더니 머리를 베개로 비틀면서 죽어버렸다. 나는 재빨리 밖으로 뛰어나가 병원 근무병을 붙들고 부르르 떨면서 소리쳤다. "황 소대장이 죽었어요!"

"죽었어요? 시신용 침대로 옮겨서 묻으면 되요! …… 오늘 여기서만 벌써 열두 명이 죽었네요." 그는 아무 일도 아닌 양 말했다.

나는 금반지를 챙기고, 월급 장부와 옷에 달린 계급장도 풀어서 가지고 돌아왔다. 아마도 그의 아내에게 위로금으로 부쳐줄 수 있을 것이다.

"우리 다섯 명 가운데 벌써 세 명이 죽었어. …… 내일은 또 누구 차례일까?" 류빈이 탄식하듯 말했다.

"그건 운명에 맡겨야지. ······"

우리는 황혼의 석양을 받으며 묵묵히 참호로 돌아왔다.

16

총성이 간헐적으로 다시 울리기 시작했다. 듣자하니 적군의 새 사령관인 우에다 겐키치植田謙吉가 작전을 또 바꿔 전선을 최대한 확장하기로 했다는 소식이 들려왔다. 이건 우리에게 물론 치명적이었다. 아군은 전선과 보충대 병사를 합쳐보아야 기껏 사만 명도 채 안되는 반면, 적군은 적어도 팔만 명은 되기 때문이다. 소대장 왕이페이王一飛가 가슴 높이의 담에 기대어 적의 보초병을 정조준했다. 피융 하는 소리와 함께 적의 탄알이 그의 귓가를 스치며 참호 뒤쪽 공터로 떨어졌으나 폭발하지는 않았다. 화가 난 소대장이 이를 악물고 총을 당겼다. 적군 보초병 두 명이 쓰러졌다.

"빌어먹을 자식들!" 소대장 왕이 화가 나 소리쳤다. "죽는 게 무서워 벌벌 떠는 이놈의 쪽발이 새끼들은 도무지 죽여도 죽여도 끝이 없다니까!"

"놈들이 얼마나 달려오든 우린 최후의 병사 한 명까지, 또 최후의 탄알 하나까지 희생할 각오로 놈들과 사투를 벌여야해. 두 눈 벌겋게 뜨고서 놈들이 우리 땅을 한 치라도 차지하는 꼴은 못 보지!" 기관총 사수인 장다슝張大雄이 말을 이었다.

"그래, 죽는 게 사는 거야!" 나는 울적한 생각이 들었다.

장화방張華浜에 주둔하고 있는 적군 대대가 얼마나 모여 있는지를 이때만 해도 잘 알지 못했다. 붕붕 하는 차량소리가 시도 때도 없이 북풍에 실려 간헐적으로 들려왔다. 맹렬한 공세가 막 시작되려는 참이었다. 하지만 아군은? 그저 조용히 적군의 작전을 기다릴 뿐, 포화와 탄알을 낭비해서는 안 될 상황이었다.

밤이 깊어지자 드문드문 들리던 적의 총성도 잠잠해졌다. 우리는 참호에 웅크린 채 코를 골며 잠들어 있었다. 갑자기 내 발가락이 예리한 물건에 찔렸다. 꿈에서 깨어나 더듬거리며 짚신의 끈을 자세히 살펴보았다. 끈은 이미 날라 갔고, 엄지발가락에 작은 이빨자국과 핏자국이 나 있었다.

"재수 없는 놈 같으니라고, 나랑 장난치자는 거야!" 나는 화가 나 저주를 퍼부었다. 그때 그 작고 예리한 눈을 가진 두더지가 다시 구멍에서 머리를 쏙 내밀었다. 재빨리 총대로 그놈을 후려쳤지만, 녀석은 벌써 몸을 웅크려 숨어버렸다.

나는 주머니 속에 남은 담배 한 개비를 만지작거렸다. 그리고는 불을 붙여 천천히 한 모금을 들이마셨다. 참호 밖의 새벽녘 밝은 빛이 스며들고 있었다. 그때 내 야광시계는 정확히 5시 45분을 가리키고 있었다.

"때가 되었구먼!" 내가 막 이런 생각을 하고 있던 그때, "펑"하는 대포소리가 적의 부대 쪽에서 벌써 들려왔다. 단꿈에 빠져있던 사람들 모두 잠에서 깨어났다. 모두들 탄띠를 메고서 모래더미 뒤에 엎드려 대기했다.

적막에 잠겨있던 전선이 갑자기 왁자지껄해졌다. 대포, 기관총, 박격포와 갖가지 소리가 뒤섞여 두렵고도 질식할 것만 같은 거대한 굉음을 냈다. 우리는 두 부대로 나뉘어 적군을 맞았다. 첫 번째 부대는 온차오방蘊藻浜 정면에서, 두 번째 부대는 푸장浦江 남쪽의 초막 쪽을 따라 나 있는 작은 다리에 있었다. 나는 두 번째 부대로 배치되었다. 날이 밝아오고 있었다. 정탐병에 따르면, 적군 일개 대대가 초막 쪽에서 몰래 강을 건너려 한다고 했다. 우리 포대가 맹렬한 공격을 개시했고, 뒤이어 기관단총 부대가 돌격했다. 그 뒤를 대도부대와 보병이 바짝 뒤따랐다. 우리는 격렬히 맞부딪쳐 한 덩어리가 되어 필사적으로 싸웠다. 우리는 인간만이 지니고 있는 연민과 동정은 까맣게 망각해 버렸다. 지금은 오로지 손발을 멈추지 않고 파멸에 사력을 다할 뿐이었다. 황색 제복을 입은 적을 보기만 하면 이를 악물고 맹렬하게 칼을 휘둘러댔고, 찌른 칼날에 선홍색 피가 흐르면 이내 흥분했다. 쪽빛 하늘이 찬란하게 모든 병사의 머리위로 펼쳐져 있었건만, 병사들의 마음은 오히려 새빨간 분노 속에 깊이 파묻혔다. 얼마나 계속되었을지 알 수 없었지만, 마침내 적진을 돌파했다. 아군의 우익이 적의 퇴로를 포위·공격하자, 적은 더 이상 저항할 힘을 잃고 말았다. 적군은 싸우다 지친 늙은 호랑이처럼 힘없이 쓰러지고 말았다. 이쪽의 전투는 잠시 종료되었다.

우리가 피곤에 지쳐 참호로 돌아올 즈음, 하늘빛은 이미 옅은 회색을 띠고 있었다. 서녘하늘에는 노을이 걸려 있는데, 붉은빛 사이로 옅은 보랏빛이 뒤섞여 있었다. 이처럼 선명하기 그지없는 색채가 세계의 암담함을 더욱 두드러지게 드러내주었다.

오늘 아침에 전지복무단이 여러 통의 편지를 배달해 주었다. 그 가운데에는 셰잉의 것 한통, 내 것 한통도 들어 있었다. 덩치가 우람한 전지 우체부가 편지 두 통을 건네주는데, 나는 나도 모르게 몸이 부르르 떨렸다. "아, 셰잉은 이미 편지를 볼 수 없게 되었으니, 그만 가져가세요!" 나는 우체부에게 이렇게 말했다.

우체부가 나를 힐끗 쳐다보면서 손을 내뻗자, 나는 얼른 움츠리면서 말했다. "좋아요! 제가 반송할 방법을 알아볼 게요!"

"그게 무슨 말이요!" 우체부가 차갑게 웃으면서 말했다.

"별 일 다 보겠네! 가세요, 가!" 나는 분노에 차 절규했다. 그가 뭐라고 하던 나는 몸을 돌려 참호로 뛰어 돌아왔다. 셰잉의 편지를 내 배낭 안에 넣고서 나는 자신을 진정시키려 했다. 우선 뜨거운 물을 한 잔 마신 뒤 우리 집에서 보내온 편지를 뜯었다. 편지에는 이렇게 쓰어 있었다.

쉬안아!

모든 게 다 준비되었으니, 이제 네가 돌아오기만을 기다리마! 상하이에 전쟁이 벌어졌다고 들었는데, 넌 괜찮은 거니? 엄마는 매일같이 문 앞에 서서 널 기다리고 있단다. 네가 곧 돌아올 상상을 할 때면 엄만 무척 기쁘단다. 하지만 네가 전선에 투입될까봐 몹시 두렵기도 하단다. 그저 하느님이 보우하시길 바랄 뿐이지! 할 수만 있다면 어서 빨리 돌아오려무나.

엄마가

이 편지를 들고 있자니 나의 마음은 나도 모르게 무거워졌다. 동네 어귀에 기대어 있을 백발의 노모와 결혼을 기다리는 사촌누이 동생. 하지만 한치 앞을 알 수 없는 운명 속에 결과가 어찌 될지 그 누가 알겠는가!

우르릉하는 대포소리가 또다시 울린다. 집합명령이 이미 떨어졌다. 나는 편지를 잘 놓아둔 뒤 참호를 뛰쳐나가 전선으로 달려갔다.

한바탕 유황 냄새가 훅 끼쳐왔다. 이어 포탄 하나가 우리 대오 앞쪽 두 자 남짓 떨어진 곳에 떨어져 터졌다. 머리가 핑 돌더니 나는 땅에 쓰러지고 말았다.

얼마나 되었을까, 나는 이미 병원에 이송되어 있었다. 눈을 떠서 이리저리 둘러보다가 문득 낯익은 얼굴이 눈에 뜨였다. 내 눈앞을 휘익 스쳐 지나는데, 자세히 보니 바로 류빈이었다.

"이봐! 류빈! 이제 우리 차례인가!" 나는 낮은 목소리로 그에게 말했다.

뜻이 분명하진 않았지만 류빈도 알아들은 모양이었다. 그는 한숨을 내쉬더니 고개를 끄덕이면서 대꾸했다. "좋지. 국가의 운명이 이렇게라도 연장될 수 있다면, 또 민족정신이 훼멸되지 않을 수만 있다면, 우리 차례인들 뭐 대수겠어!"

"요 며칠 전선의 전투는 어찌 되어가나!" 내가 물었다.

"잘 모르겠어!" 류빈이 고개를 가로저었다. 초조한 기색이 얼굴에 역력했다.

갑자기 벽 너머 옆방에서 분노와 탄식의 소리가 들려왔다. 이어 부상당한 전우들이 어떤 이는 소리 내어 통곡하고, 또 어떤 이는 이를 갈며 주먹을 쥔 채 침대 모서리를 내리쳤다. 시끌벅적한 소리 가운데에서 희미하게 들리는 소리가 있었다. "퇴각한다고! 퇴각해! 우리 전우들이 그렇게 희생을 당했는데 결국 퇴각한단 말이야!"

병실 안은 온통 분노와 비통의 고함소리로 가득했다. 경상을 입은 전우 몇몇이 침상에서 가까스로 일어나자, 간호사들이 황망히 들어와 이들을 말렸다. 하지만 뜨거운 피로 타오르는 마음은 화염으로 불타오르고 있었다. 이것이 바로 민족자각의 표징이니, 어떤 힘이 그것을 끊어낼 수 있겠는가?

오른팔을 잃은 전우에게서 나는 신문을 받아 읽었다.

"적군이 류허瀏河로 상륙했으나 아군의 후원이 이어지지 않아, 전선이 이로 인해 요동치고 있다. 아군의 역량을 보전하기 위해 두 번째 방어선으로 후퇴하는 수밖에 없다. ……"

갑자가 괴성소리가 들리더니 콰당 하는 소리가 들렸다. 급히 고개를 돌려보니, 류빈이 침대에서 떨어지면서 알아들을 수 없는 소리를 질렀다. "아, 죽여라, 죽여……" 이때 간호사가 달려 들어와 류빈을 침대로 안아 올렸다. 다른 간호사는 의사를 모시고 왔다. 나는 멀리서 류빈의 창백한 얼굴빛을 바라보았다. 내 마음은 저도 모르게 몹시 뛰기 시작했다.

엄숙한 얼굴의 의사가 간호사와 함께 왔다. 류빈의 맥박을 진찰하더니, 의사는 싸늘하게 머리를 흔들면서 말했다. "죽었어!" 그는 바지 호주머니에 손을 집어넣고서 천천히 방문을 걸어 나갔다. 간호사를 힐끗 쳐다보니, 흰 천으로 류빈의 얼굴을 덮어주었다. 이어 병원 잡역부 몇 명이 들어와 뻣뻣하게 굳은 사체를 밖으로 내갔다. 이 순간 나는 목이 죄어드는 듯한 고통을 느꼈다. 눈앞에는 불빛이 번쩍였다. 시간이 얼마나 흘렀을까, 그제야 나는 정신이 들었다.

눈을 떠 보니 나는 다른 방으로 옮겨져 있었다. 이 방에는 두 사람뿐으로, 바로 오른팔을 잃은 전우가 있었다. 나는 그 사람의 이름조차 알지 못했는데, 그는 혼수상태에 빠져 있었다. 수술한 지 얼마 지나지 않았다고 한다. 그렇다면 난 어떤가? 나는 왼쪽 다리가 절단된 지 벌써 이틀이나 되었다. 아, 우리 두 사람 모두 불구가 되어 다시는 전선에 나가지 못한 채 집으로 돌아가야만 하겠지. 이때 내 마음의 반은 고통을, 반은 기쁨을 느끼고 있었다. 나는 끝내 눈물을 쏟아내고 말았다.

한 달이 흘렀다. 나는 목발에 의지하여 가까스로 일어날 수 있었다. 의사는 이주일 후에는 집에 돌아가도 된다고 말했다. 하지만, 집에 돌아가는 것도 마음 한편으론 긴장되는 일이었다. 불구자의 몸으로 무엇을 할 수 있단 말인가? 한창 나이의 내 사촌누이는 불구자와 평생을 함께 하려 할까? 요 며칠 사이 내 기분은 정말 말이 아니었다. 그저 잔혹한 전쟁을 저주하는 것 말고는 달리 분노를 삭일 방법을 찾을 수 없었다.

이주일의 나날이 훌쩍 흘러갔다. 여섯 주 이상을 머물렀던 병원을 나는 오늘 떠나려 한다. 감개무량한 의사는 내게 목발 한 쌍을 보내주었다. 병원을 떠날 때 의사는 이렇게 말했다. "용감한 친구, 자네의 일생 가운데 이곳에서 영광의 역사를 썼네! 앞날에 축복 있기를 기원하겠네. 자, 잘 가게! 지금은 마침 아름답기 그지없는 봄날이라네!"

"그래, 인생이란 사랑스런 것이지요." 오늘 이 의사가 내게 참으로 사랑스럽게 느껴졌다. 병문을 나서는 순간, 나도 모르게 처연한 느낌이 들었다. 병원의 모습이 시야에서 사라지고 나서야, 나는 환영幻影

에서 깨어났다.

　나는 배낭을 멘 채 노란 인력거에 올라탔다. 인력거꾼은 서른 살 너머 보이는 장년이었다. 그는 인력거를 끌면서 말했다. "이 모든 게 일본군의 대포로 파괴되었지요. 이번에 19로군이 일본놈들과 목숨을 걸고 싸우지 않았더라면, 자베이는 진즉 일본 땅이 되고 말았을 거요!"

　인력거꾼의 말을 듣다보니 의기소침해진 마음 저 밑바닥에서 뜨거운 피가 솟구쳤다. 나는 모든 고통을 잊었고, 내가 불구가 된 것도 전혀 아쉽지 않았다. 적어도 나는 이 세상에서 찬양받을 만한 희생을 하였으니까. 이런 희생이야말로 위대한 빛이 되어 내 마음 속에 영원히 빛날 것이기에!

　인력거가 이윽고 기차역에 도착했다. 나는 인력거에서 내려 플랫폼으로 서둘러 갔다. 거기에서 또 전우 몇 명을 만났다. 그들은 나를 전송하러 온 병사들이었다. 그들은 곧바로 소속된 부대로 돌아가야만 했다. 그들은 친근한 눈으로 나를 바라보았다. 특히 불구가 된 나를 보니 더 울컥하여 진정되지 않는 모습이었다. 나는 그들에게 더 이상 보이고 싶지 않아 서둘러 기차에 올랐다. 내 마음 깊숙이 잠겨 있는 서글픔이 전우들의 연민에 찬 눈빛에 흔들릴까 두려웠다.

　열차는 구불구불 광활한 들판을 지났다. 버드나무는 연두색의 새싹을 틔우고, 복숭아꽃도 벌써 한두 가지 꽃을 피웠다. 멀리 낭떠러지에는 이월란二月蘭이 피어 있었다. 그 산뜻한 보랏빛 꽃송이가 봄의 햇빛 속에 반짝였다. 대지는 온통 봄의 품속에 뒤덮여 있었다.

　한 정거장만 더 가면 내 고향이다. 여긴 전투가 벌어졌던 지역에서 꽤 멀리 떨어져 있다. 그래서인지 풍광은 더욱 아름다웠다. 새파란 올벼는 벌써 논밭을 가득 채우고, 희망에 부푼 농부들은 농사일에 여념이 없었다. 내 마음에도 한 송이 아름다운 생명의 꽃이 피어올랐다. 어머니를 상상했다. 나를 보시면 분명 미친 듯이 뛰어나와 나를 맞이하시겠지. 하지만 아니야. 한쪽뿐인 내 다리를 보시고 슬퍼하지 않으실까? 아, 어머니! ……

갑자기 열차가 멈추는 기적소리에, 나는 상상의 세계에서 현실로 돌아왔다. 나는 얼른 배낭을 움켜쥐고 지팡이를 짚고서 내릴 준비를 했다. 내가 막 열차에서 내렸을 때, 역 저쪽의 보병 한 부대가 내게로 걸어오는 모습이 보였다. 모두들 강건하고 용감했다. 그들이 내 몸을 스쳐지나는 순간, 나의 반쪽이 잘려나간 다리가 떨리는 것을 어찌할 수 없었다. 하지만 그 순간 나는 마음을 바꿔 먹었다. 비록 이럴지라도 신께 감사드릴 만하다고. 앞으로 편안하게 집에서 지낼 수 있으니까.

그러자 내 마음의 화염이 점차 사그라들었다! 고개를 돌려 멀리 자베이 강굽이의 하늘을 바라보았다. 푸르러 사랑스럽기 그지없었다. 살육의 악몽에서 깨어나 정신을 차렸다. 포화의 연기와 화염은 싱그러운 봄바람에 사라지고, 모든 것들이 잠시 조용해졌다.

이때 초가집에 민족을 위해 싸우다 살아남은 영웅이 걸어 들어왔다. 머리가 하얗게 센 노모는 사랑하는 아들의 불구된 발을 어루만져주었다. 어머니의 보조개에 두 줄기 눈물자국이 걸려 있었지만, 어머니는 아들을 자랑스러워했다!

1932년

물난리水災

   싸현薩縣에서는 요 며칠간 기차가 지날 때의 기적소리와 레일 위를 굴러갈 때의 우르릉거리는 소리가 들리지 않았다. 날씨는 얼마나 을씨년스러웠던가! 부슬부슬 내리는 가랑비는 아침부터 밤까지, 다시 밤부터 날이 밝을 때까지 휘날렸다. 어두컴컴한 하늘은 마치 옅은 먹물을 한 겹 뿌려놓은 듯했다. 사람들은 태양이 어찌 생겼는지조차 잊어버릴 정도였다. 빗줄기가 세차게 쏟아지는 건 아니지만, 처마 밑으로 끊어질 듯 이어지는 낙수소리는 마치 조화롭지 못한 소음을 연주하는 양 사람들에게 온 천지가 침울한 기류로 가득 차 있는 느낌을 안겨주었다. 머리 위의 하늘은 사람들의 눈썹꼬리에 바짝 다가설 듯 낮게 드리워져, 차마 숨 쉬는 것조차 버거울 지경이었다. 이따금씩 들려오는 파도의 철썩거리는 소리는 그나마 활달한 사람에겐 그저 솔바람 소리이겠거니 하는 환상으로 스스로를 위안하기도 했지만, 그들의 미간을 펴주지는 못했다. 커다란 근심이 마을 사람들의 마음을 어지럽히고 있었던 것이다.

   하루하루 날이 지났다. 비 역시 시간의 흐름에 따라 쌓이는 양이 늘었으며, 시름 역시 더욱 깊게 마을 사람들의 마음을 야금야금 파먹었다.

중신촌忠信村의 농부 왕다王大는 매일같이 자기 집 문 앞에 우두커니 앉아 비에 꺾여 쓰러진 보릿단과 누렇게 시들어가는 보리이삭을 바라보았다. 어찌 되든 그는 근심걱정에 애간장이 타들어갈 뿐이었다.

"아이고, 하느님!" 그는 더듬더듬 외쳤다. 갑자기 불그레한 둥근 얼굴이 초가 사립문에서 나왔다. 앵두 같은 입술은 마를 한 입 가득 깨문 채 양 볼의 광대뼈를 부지런히 씰룩거리고 있었다. 동시에 녀석의 커다랗고 맑은 눈망울은 탄식하고 있던 왕다를 하염없이 바라보았다. 아이가 외쳤다. "할아버지!"

마음을 파고드는 달콤한 목소리에 왕다의 마음은 따스하게 녹아내렸고, 입가에는 좀처럼 사라질 것 같지 않은 미소가 걸렸다. 왕다는 손을 뻗어 그 귀여운 손자를 끌어당겨 부드럽게 손자의 이마에 흘러내리는 머리카락을 쓰다듬었다. 하지만 빗방울이 또 한 바탕 미친 듯이 초가집 위를 두드렸다. 왕다는 눈앞이 캄캄해지고 불현듯 두려운 생각이 엄습해왔다. 그는 고개를 낮게 드리운 채 거의 누렇게 시든 보리이삭이 이제는 너무나 형편없이 말라 비틀어져버린 것을 보았다. 마치 죽음의 신에게 꼼짝없이 붙들린 인간마냥 희망이란 죄다 끝나버린 것만 같았다. 이와 동시에 보리밭에서 허연 물결이 넘실넘실 솟구쳐 나오는 것을 보았다. 마치 이빨과 발톱을 드러낸 악마가 아가리를 쩍 벌리고서 농작물과 농가, 사람과 가축들을 집어삼키려는 것만 같았다. 물은 점점 더 왕다의 초가집 안으로 밀려 들어왔다. 그의 손자 헤이얼黑兒은 커다란 파도에 휩쓸려버릴 것만 같았다. 그는 미친 듯이 소리를 질렀다.

그때 가마니를 짜고 있던 그의 아내가 두려움에 찬 왕다의 절규에 놀라 황급히 안에서 뛰쳐나와 왕다를 덥석 잡아끌었다. 두 눈을 동그랗게 뜬 채 쉬지 않고 거친 숨만 몰아쉬는 남편의 모습이 보였다.

"여보, 헤이얼 할아버지! 무슨 일이예요?" 아내가 겁에 질려 물었다. 이때 헤이얼 역시 초가의 나무탁자 아래에서 기어 나오더니, 고사리 손으로 왕다를 밀면서 연신 외쳤다. "할아버지, 할아버지!" 왕다의 잃어버렸던 영혼이 그제야 차츰 제 모습을 되찾았다. 그는 눈을 들어 그의 아내와 헤이얼을 바라보았다. 그의 눈에서는 하염없이 커다란 눈물방울들이 떨어져 내렸다. 왕다는 헤이얼을 부여잡고서 길게 탄식했다. "이놈의 비가 이렇게 계속 내리다간 뒤쪽 강의 물이 둑만큼 높아질지도 몰라. 비가 그치지 않으면 여긴 살아남을 사람이 없을 거야!"

"헤이얼 할아버지, 이건 하느님이 벌을 내리시는 거예요. 백날 걱정만 해봐야 무슨 소용이에요. 마을 동쪽의 관제묘關帝廟:관우의 영을 모시는 사당에 가서 향을 피우고 대자대비하신 관운장에게 기도를 올립시다! 하늘이 불쌍히 여기신다면 비가 내리지 않을 테니까. 어때요? 네?" 왕다의 아내가 절망 가운데에서 유일한 방법을 생각해냈다. 왕다도 할멈의 의견이 옳다고 여겼다. 그래서 이튿날 동이 틀 무렵 그는 서둘러 일어나 세수를 하고 헤이얼을 깨워 일으킨 다음 향촉과 지전을 챙겨서 관제묘로 갔다.

도착해보니 관제묘의 낮은 담장은 이미 물에 반쯤 휩쓸려버린 상태였다. 대전大殿에 이르러 관운장 상像을 향해 예를 올렸다. 왕다는 지전을 태우는 한편, 헤이얼을 불러 엎드려 기도하게 했다. 자기는 무릎을 꿇고 신전에 앉아서 아주 오래도록 기도를 올리고서야 일어나 공손하게 세 번 큰절을 올렸다. 그제야 마음이 놓이는 것 같아 헤이얼을 데리고 돌아왔다.

이날 오후, 비가 그칠 기미가 보였다. 먹을 뿌려놓은 듯했던 먹구름은 이미 멀리 물러났다. 왕다는 관운장의 신령스러움에 마음이 경건해졌다. 이번 물난리만 면하게 해주신다면 반드시 희생물 세 개로 제사를 올리겠노라고 다짐했다. 동시에 그의 머릿속은 멋진 환상들로 가득 찼다. 보리밭을 둘러보니 보리이삭이 제법 침수되기는 했지만 만약에 이제라도 날만 갠다면 적어도 60, 70%는 수확할 수 있을 게야. 한 단 한 단의 양식들은 황금빛 태양아래에서 찬란하게 빛을 발했다. 또 한 알 한 알의 미곡은 탈곡장으로 옮겨지고, 이어 한 묶음의 은전이 그의 손안에 쥐어질 것이다. 왕다는 희망을 안고 기쁜 마음으로 집으로 돌아갔다. 집에서는 마침 헤이얼이 빙쯔餅子: 수수나 옥수수가루를 반죽하여 구운 것를 먹고 있었다. 그는 웃음을 한가득 머금은 채 헤이얼을 무릎위에 올려놓고서 기쁨에 겨워 들뜬 목소리로 말했다. "귀여운 내 새끼, 학교에 가서 공부하고 싶냐?"

헤이얼은 배시시 웃으며 왕다의 목을 끌어안고서 말했다. "할아버지, 나 공부하고 싶어요, 옆집의 아잉阿英처럼 할아버지가 나한테 예쁜 모자랑 옷 사 주세요."

"그래, 금년에 농사만 잘되면 이 할애비가 사주고말고."

헤이얼은 이런 할아버지가 세상에서 제일 좋았다. 그는 입으로 연신 할아버지 손에 뽀뽀를 했다. 그러더니 점점 눈꺼풀이 감기면서 헤이얼은 단잠에 빠져들었다. 왕다는 헤이얼을 조심스레 침상에 눕힌 뒤, 담배 한 대를 피웠다. 그리고 그는 아내와 함께 저녁을 든 후 잠자리에 들었다.

한밤에 벼락소리가 요란하게 울렸다. 행복한 단꿈을 꾸던 일가족은 깜짝 놀라 잠에서 깼다. 왕다는 몹시도 조마조마한 마음에 더 이상 잠을 이룰 수 없었다. 이미 초가집 위로는 장대비가 퍼붓고 창문 너머로는 불을 뿜는 용 같은 번개가 번쩍였다. 왕다는 바닥으로 뛰어내려 두 손을 모아 소리쳤다. "관운장이시여! 제발 살려 주십시오. ······"

우르르 쾅, 우르르 쾅! 엄청난 소리에 왕다의 아내는 부들부들 떨며 소리쳤다. "헤이얼 할아버지, 들어봐요. 이게 도대체 무슨 소리에요?"

왕다는 문을 열고서 번쩍이는 번개불빛을 빌려 산 너머 저쪽을 보았다. 한 떼의 물줄기가 아래로 돌진하듯 세차게 밀려들고 있었다. 왕다는 목이 맨 채 소리를 질렀다. "아이고, 하느님! 어서 빨리 짐을 챙겨 도망가야 하오. 어서 빨리!"

왕다는 아내를 도와 침대 밑의 나무상자를 열고서 외투를 끄집어내 큰 보자기로 싸더니, 또 과거 여러 해 동안 모아온 오십 전의 은화를 황급히 꺼내 가슴팍에 급히 쑤셔 넣었다. 그리고선 헤이얼을 등에 업고서 장대비를 맞으며 한 걸음 한 걸음 높은 산비탈로 올라갔다.

우르르 쾅, 우르르 쾅! 또다시 천지를 뒤흔드는 거대한 소리가 들려왔다. 그는 고개를 돌려 바라보았다. 자신의 초가집과 밭이 모두 물에 휩쓸리고 있었다. 수많은 시커먼 그림자가 높은 곳으로 미친 듯 달려가고, 처절한 울부짖음이 들려오고 있었다. 왕다의 등에 업힌 헤이얼이 소리를 질렀다. "할아버지, 무서워. 무서워!" 왕다는 숨을 거칠게 몰아쉬면서 그의 아내를 잡아끌어 드디어 높은 비탈에 이르렀다. 그는 헤이얼을 내려놓았다. 이때 날이 점차 밝아오고 있었다. 고개를 돌려보니 마을은 이미 망망한 대해가 되어 버렸고, 물살은 여전히 미친 듯이 불어나고 있었다. 이곳 비탈까지는 고작 두세 자밖에 남지 않았다. 왕다의 아내는 헤이얼을 품에 꼭 끌어안고서 절규했다. "보살님이시여, 살려주십시오!" 하지만 모든 천지신명들은 귀가 먹은 듯했다. 이런 절망의 소리는 더 이상 들리지 않았다. 바로 이때 갑자기 높이 솟구친 커다란 물줄기가 비탈위로 말려 오르더니, 순식간에 세 사람의 그림자는 사라지고 말았으며, 비탈 역시 모습을 감추고 말았다. 나무의 우듬지만 삐죽 보일 뿐이었다.

이렇게 공포의 사흘이 지나고, 중신촌을 삼켰던 물이 서서히 빠지기 시작했다. 하늘 또한 맑게 개이고, 태양빛도 전처럼 찬란하게 비치고 있었다. 하지만 찬란한 태양빛 아래 펼쳐진 모든 것은 너무나 끔찍했다. 물에 부풀어 부어 오른 누런 시체들, 사람과 동물의 시체가 어지럽게 널려있었다. 한 그루의 소나무 아래에 왕다의 아내와 헤이얼의 참혹한 주검이 놓여 있었다. 하지만 왕다의 모습은 찾아볼 수 없었다. 얼마 지나지 않아 회색 상의와 바지를 입은 공병工兵들이 와서 철삽 등으로 시체를 파묻는 작업에 착수했다. 아울러 신문기자 몇 명이 사진기를 들고서 연신 이곳의 모습을 카메라에 담았다.

중신촌은 이번 홍수에 큰 피해를 보았다. 이제 물은 이미 물러났지만, 많은 가옥이 무너지고 논밭이 사라졌다. 그래서 마을 주민들 가운데 살아남은 이들조차 생존할 길이 없었다. 하지만 고향이 그리워 되돌아오는 이들도 있었다. 그들은 되돌아와 초막을 짓고 고통을 견디며 하루하루를 버텼다. 어느 날 이른 아침, 이웃 마을의 장취안^{張泉}이 중신촌을 지나다가 땅바닥에 앉아 고개를 숙인 채 울고 있는 늙은 농부를 보았다. 가까이 가서 자세히 살펴보니 그는 바로 실종됐다던 왕다였다. 그는 우뚝 선 채로 소리쳤다. "왕씨 아저씨!"

"웅! 너 장취안이로구나." 왕다는 시름에 잠긴 목소리로 대답했다.

"왕씨 아저씨! 형수님과 헤이얼은요."

왕다는 그의 아내와 헤이얼을 묻는 소리에 떨리는 목소리로 말했다. "다 끝났어. 모든 게 이젠 끝이라고. 이번 물난리는 정말이지 지긋지긋했어! 그런데 너희는 용케도 살았구나?"

"아, 여기보단 나았어요, 그래도 농작물 피해가 컸고. 4,50가구의 초가집이 물에 잠겼지요! …… 아, 며칠 동안 어디서 어떻게 지내셨어요?"

왕다는 한숨을 푹 내쉬더니 입을 열었다. "잠깐 이리 앉지 그래."

장취안이 그의 곁에 앉았다. 왕다는 차근차근 그가 구조된 경위를 설명하기 시작했다.

"그날 밤 물난리가 났을 때, 우리 식구는 집 뒤의 높은 산비탈로 갔지. 그런데 갑자기 큰물이 우리를 덮쳤지 뭔가. 나는 즉시 나무 판때기를 잡아서 다행히도 그것을 붙잡고 표류했다네. 몇 번이나 파도가 내몸을 덮쳤지, 물도 몇 차례 삼켰고. 그러다 곧 정신을 잃었다네. 후에 어찌된 일인지 모르겠지만 백사장까지 떠내려 왔더구먼. 깨어보니 고기 잡는 한 노인네가 내 곁에 앉아 있더군. 내가 눈뜨는 것을 보더니 이렇게 소리쳤어. '여보, 이 사람 살았네.' 그리고는 한 할멈이 배에서 가져온 물로 내 목을 축여주어 나는 점점 정신이 들었지. 나는 그 선량한 노부부에게 많은 은혜를 입었지. 그 부부가 내게 입을 옷도 주고 죽도 먹여 주었네. 사흘간 쭉 어부 집에서 머문 뒤 그들에게 작별을 고하고 이곳으로 돌아왔지. 아! 장취안, 자네는 이곳이 여전히 마을로 보이나? 오늘 아침 일찍 마을 주위를 한 차례 둘러보았는데, 그 어디에도 헤이얼과 할멈 모습은 보이지 않더군. 후에 리⁦씨 아저씨를 우연히 만났는데, 그가 알려주더구면. 다 물에 빠져 죽었다고. 저쪽 산 너머에 수십 구의 시체가 묻혔는데, 그들도 그쪽에 묻혔다고. 아! 모든 것이 끝나버렸네!"

"왕씨 아저씨, 그럼 이제 어떻게 살아가실 건데요?"

"나는 리씨 아저씨와 같이 제방을 쌓을 것이네."

"그래요, 맞아요. 어제 저도 현縣에서 제방을 쌓을 인부를 모집한다는 공고문을 보았어요!"

장취안은 잠시 말을 멈추더니 이내 말을 이었다. "우리 마을 사람 대다수가 그 일에 동참하려고 해요. 이번 사태는 어쩌면 잘된 일인지도 모르겠어요. 제방을 다 쌓고 나면 다시는 마을 사람들이 이런 재앙은 받지 않을 테니까요!"

"나도 그렇게 생각하네. 내가 이런 고난을 겪은 것으로 족하지, 다음 세대는 절대로 더 이상 이런 고난을 맛보아선 안 되지."

장취안은 일어서더니 고개를 끄덕이면서 말했다. "그러면 내일 우리 제방에서 뵈어요." 그런 뒤 장취안은 돌아갔다. 왕다는 헤이얼과 아내가 묻힌 그곳을 향해 눈물을 쏟아낸 뒤 곧장 제방 쌓기에 응모하러 갔다.

몇 개월 후 제방은 완성되었다. 왕다는 여전히 중신촌으로 되돌아와 그가 본래 살았던 그 자리에 새로운 초가집을 짓고 채소와 보리를 지으면서 쓸쓸히 살아갔다.

그 이듬해 여름, 며칠에 걸쳐 비가 계속 내렸으나 제방이 튼튼한지라 마을은 무사했다. 오직 왕다만은 자신이 창조해낸 운명을 누릴 복이 없었는지 그해 초가을에 울적함에 시달리다가 세상을 뜨고 말았다.

1933년

천잉은 1907년 산둥山東의 한 지식인 가정에서 출생하였는데, 본명은 천잉陳瑛이다. 소학교를 다니던 중, '5·4운동'의 영향을 받은 그녀는 친구들과 함께 거리 시위에 참여하기도 했다. 1925년 상하이대학上海大學 중문과와 푸단대학復旦大學 중문과에서 공부하면서 그녀의 반봉건사상은 한층 더 견고해졌고, 이때부터 본격적으로 창작 활동에 들어갔다. 1928년 〈소설월보小說月報〉에 「아내妻」를 발표하면서 문단의 주목을 끌었고, 연애단편소설에 능한 작가로 이름을 알리기 시작했다.

그녀는 1920년대 여성작가들의 뒤를 이어 지식여성들의 삶의 궤적에 주모하였는데, 자유연애결혼을 통해 가정을 꾸린 지식여성들의 내면 심리 묘사에 뛰어났다. 특히 부부관계를 비롯한 여성자아의 외적 세계의 변화에 따른 여성 생존 현실의 어려움을 포착해 내면서, 수려하고 생동감 있는 필치로 독자들에게 깊은 인상을 심어 주었다. 뿐만 아니라, 혁명의 시대적 물결 속에서 내적 갈등을 겪는 여성들의 심리를 아주 세심하게 그려내기도 했는데, 1930년대 좌익작가들이 중심이 되었던 혁명서사와는 또 다른 지형을 만들어냈다고 할 수 있다.

대표작으로 「사랑의 시작愛情的開始」, 「피로연 후喜宴之後」, 「중추절仲秋節」, 「귀가回家」 등을 꼽을 수 있다. 1940년대에는 가끔 산문을 쓰는 것 외엔 거의 작품 활동을 하지 않았으며, 1947년 어머니, 동생, 세 딸과 함께 타이완으로 이주하였다. 타이완에서는 교편생활을 하면서 외국 문학 번역가로 활동하였다. 그녀의 번역 작품들은 유려하고 자연스러운 문체로 많은 독자들의 사랑을 받았다. 65세 때 미국으로 떠나 그곳에서 거주하다 1988년 병사하였다.

천잉

(沉櫻, 1907~1988)

귀가回家

연말인데다 눈까지 내렸다. 바람은 매섭지만 눈은 그다지 많이 오지 않았다. 잿빛 하늘은 낮게 드리워져 있고, 거리는 오가는 사람 없이 한산하기만 하다. 오직 눈꽃만 바람에 미친 듯 춤을 추었다. 어디든 경치는 어둡고 쓸쓸해 보였다. 하지만 이런 날씨는 부유한 집이라면 오히려 따스함과 그윽함을 더해준다.

오늘 이 집안사람들은 모두들 약간 다르다는 느낌을 받았다. 이를테면 길을 걸을 때에 발걸음이 유독 힘이 들어가거나 일부러 사뿐사뿐 걷기도 한다. 다들 우연히 눈빛이라도 마주치면 늘 웃음을 짓거나 묻기라도 하는 양 눈을 동그랗게 치켜떴다. 공부하러 타지로 간 리천麗塵 아가씨가 일 년 만에 오늘 집으로 돌아온단다! 아가씨의 과묵한 태도와 다소곳한 미소는 전과 다를 바가 없었다. 한편 많이 달라진 점으로 유독 두드러진 것은 머리를 자른 모습이다.

집은 양옥으로 크지 않지만 정갈했다. 이 집에 사는 사람이라곤 몇 안 되는데, 부모님과 다섯 살짜리 여동생, 그리고 하인들이다. 오늘 리천 아가씨가 돌아온다는 편지를 보고 일찌감치 사람을 기차역으로 마중 보냈다. 마중 간 사람이 기차역으로 떠난 뒤 집에 남아 있던 사람들은 일이 손에 잡히지 않아 그저 기다릴 뿐이었다. 생각하거나 나눈 이야기도 죄다 리천 아가씨와 연관된 것이었다. 집안을 깨끗하게 청소하고 난로에도 탄을 가득 채웠다. 어머니도 일손을 놓고 그저 앉아서 담배만 피웠다. 곁에 앉아 여동생을 안고 있던 장張씨 아줌마는 수시로 얼굴을 아이에게 바짝 붙여 말하곤 했다.

"기다려 보렴! 언니가 곧 돌아 온데요!" 그랬다가 "언니를 알아볼 수 있을까?"라고 묻기도 했다.

"이런 날씨에 돌아오다간 꽁꽁 얼 텐데! 아니면 오늘은 못 오려나?" 어머니는 눈이 내리는 바깥 날씨를 보고 걱정스레 말했다. 어머니는 딸이 오늘 돌아오지 못할까봐 걱정하면서도, 날씨가 사나우니 오늘 돌아오지 않아도 된다고 생각하는 듯했다. 어머니는 고개를 돌려 아줌마에게 물었다. "아가씨 방에 난로 피웠나?"

리천 아가씨가 돌아왔다. 어머니는 너무 기뻐서 어쩔 줄을 몰라 하셨다. 리천도 할 말을 찾지 못한 채 그저 기쁜 미소만 지었다. 하지만 그 미소는 왠지 쓸쓸해 보였다. 바람에 얼어붙은 두 뺨은 따뜻한 안방에 들어서자 빨개졌고, 목소리도 감기에 걸린 듯 연신 손수건으로 코를 풀었다. 방안에 들어와 앉자, 어머니는 호기심 많은 아이처럼 다가와 리천의 모자를 받고서 즐겁고도 책망하는 말투로 "어쩌다 머리가 이 꼴이냐, 아이고 참!" 하시면서, 다시 고개를 돌려 장씨 아줌마에게 "아가씨가 머리를 자르고 나니 더 어려 보이네!"라고 말했다. 모두의 시선이 그녀의 머리에 집중되었지만, 리천은 그저 미소만 지을 뿐이었다. "어머, 머리를 자르니까 더욱 예뻐 보여요. ……" 아줌마는 더 말하고 싶었지만 리천을 힐끗 보더니 이내 입을 다물었다. 더 말하면 미움을 살까봐 슬며시 물러나와 몰래 뒷 수다를 떨러 갔다.

"눈이라는 게 참 이상하네요. 왜 그럴까? 이제 보니 자른 머리도 그다지 나쁘지 않네요." 어머니가 아버지를 바라보며 말했다.

"그렇군." 아버지는 슬며시 웃음을 지었다.

머리 자르는 일로 리천은 가족과 크게 부딪친 적이 있었다. 후에 리천은 부모님의 허락도 받지 않고 머리를 자른 뒤에야 가족에게 통보만 했다. 그때 집에서 보내온 편지에는 몹시 역정을 내는 내용이 들어있었다. 하지만 이 단발사건은 결국 모두에게 즐거운 일이 되었다. "호호! 흥미롭구먼." 리천은 이런 생각을 하면서 미소를 지었다.

일 년 만에 돌아와 보는 집이지만 모든 게 그대로였다. 하지만 오랫동안 헤어져 있던 터라 기쁘긴 했다. 특히 여동생은 일 년 사이에 훌쩍 자랐다. 동생은 리천을 보고서는 친근한 듯 낯선 듯 바싹 달라붙은 채 아무 소리 없이 바라만 보았다. 그러더니 금세 친해져서 종알대며 리천 곁을 한시도 떠나지 않았다.

"네 방에 가볼래?" 어머니가 리천에게 말했다. 모두가 일어나 옆방으로 갔다. 방은 깨끗하게 정리돼있고 난로도 활활 타오르고 있었다. 침대에는 연붉은색의 낙타털 담요가 깔려 있고, 새로 빤 새하얀 솜이불이 가지런히 개어져 있었다. 어머니는 침대와 이불을 보더니 문득 생각난 듯 이렇게 물었다.

"네 짐을 왜 하나도 안 가져왔니?"

"가져왔다가 가져가기가 너무 번거러워서요. 게다가 집에서 쓸 일도 없잖아요." 리천은 이렇게 말하고서 어머니를 속이는 것이 불안하면서도 측은한 생각이 들었다.

"오늘 금요일이지? 내일 네 남동생이 돌아온단다. 지난주 집에 왔을 때에 네가 돌아온다는 소식을 듣고 정류장까지 마중 가겠다고, 네가 언제 오는지 편지로 알려달라고 했단다."

남동생 이야기에 리천은 동생이 무척 그리워졌다.

"내일 오전에 오겠지요?"

"아니, 점심시간에 올 거야. 미션스쿨이라서 토요일 오후에 수업이 끝나거든."

저녁식사 시간에 리천이 좋아하는 요리가 식탁에 가득 차려졌다. 날이 춥다며 아버지가 메이구이루주玫瑰露酒를 조금 마시자고 제안했다. 다들 불그레한 얼굴에 불빛을 받아 더욱 즐겁고 행복한 빛을 띠었다. 리천에게는 집에서의 즐거움이 이미 잊혀진 일이고 생각지도 못한 일이었다. 그런데 지금 이런 즐거움을 느끼면서 그녀의 차가웠던 마음도 조금씩 녹아들었다. 하지만 그녀는 전혀 드러내지 않은 채 그저 변함없이 쓸쓸한 미소만 지을 뿐이었다.

식사 후 어머니 방에 모였다. 모두의 마음속에는 즐거움으로 가득 찼다. 어린 동생은 다시 이 즐거움의 중심이 되었다. 방안에서는 유쾌한 웃음소리가 자주 터져 나왔다. 잠시 후 여동생이 어찌나 나대는지 도무지 이야기를 나눌 수가 없다고 느껴, 어머니는 여동생을 속여 내보내려고 입을 열었다. "너 오늘 어쩌다 장씨 아줌마를 잊어버렸니? 얼른 가봐. 아줌마가 곧 울겠다!" 여동생은 눈을 동그랗게 뜨고서 잠시 생각하더니, 정말로 달려 나갔다. 하지만 얼마 지나지 않아 다시 뛰어 돌아왔다. 어머니는 뛰어오는 작은 발걸음 소리를 듣고 웃으며 말

했다. "또 오는구나!" 그러면서 리천에게 눈짓을 하며 말했다. "숨어
봐." 리천은 침대 뒤에 몸을 숨겼다. 여동생이 들어왔을 때 모두들 웃
음을 참고 여동생을 바라보았다. "언니는요?" 그녀는 주변을 살피다
좀 당황한 눈치였다. 어머니가 대꾸했다. "내가 싫어서 보내버렸다."
여동생은 그 자리에 선 채 울기 시작했다. "울지 마라, 엄마한테 인사
하면 네 언니 못 가게 할게." 어머니는 웃으면서 얼른 여동생을 어르셨
다. 여동생은 그 말을 듣고야 울음을 멈추더니 크고 맑은 눈물을 머금
은 채 어머니에게 순순히 인사를 했다. 모두들 웃음이 터져 나왔다. 다
들 침대 뒤에 숨어 있는 리천에게 외쳤다. "얼른 나와라. 동생이 어머
니께 절해서 너를 안 보내는 거야." 리천은 침대 뒤에서 원래는 웃고
있었다. 그런데 나중에 여동생이 우는 모습에 자신도 모르게 울컥 눈
물을 흘렸다. "이번에 집에 오지 않았다면 어땠을까? 앞으로 진짜 집
을 떠난다면?" 리천은 이런 생각에 결국 눈물이 났다. 침대 뒤에서 나
온 리천은 여동생을 안고서 자신의 눈물을 감추려 했지만, 눈물이 동
생 옷 위에 떨어지고 말았다. 어머니가 이런 모습에 깜짝 놀라 웃으며
물었다. "어찌 된 일이냐?" 모두들 와그르르 웃었다. 리천은 여동생을
내려놓고 손으로 얼굴을 감싼 채, 우는 한편으로 쑥스러운 웃음을 지
으면서 자기 방으로 뛰어갔다.

　리천은 책상 앞에 앉아 불빛아래 쓸쓸하게 피어있는 수선화를 바
라보며 깊은 생각에 잠겼다. "하루 사이에 기분이 너무나 다르구나."
그녀는 품속에서 수첩을 꺼내 두 구절을 적었다. "오랫동안 잊고 있었
던 생활, 내게 새로운 고민으로 다가왔네." 어머니가 들어와서 "일찍
자거라." 하시면서 침대 가장자리에 앉았다. 리천이 잠자리에 누운 뒤

어머니는 옷과 이불을 꼼꼼하고 편안하게 덮어주었다. 리천은 여러해 전으로 돌아간 듯한 느낌이 들었다. 하지만 그때처럼 쉴 새 없이 "엄마! 엄마!"라고 부르던 활달했던 마음은 어디로 간 것일까! 리천은 유쾌하면서도 슬픈 마음이 들었다. 어머니는 리천에게 기대어 이런저런 자질구레한 이야기를 늘어놓기 시작했다. 이야기를 들으면서 리천은 대꾸할 생각도 들었지만 아무 말도 하지 못했다. 어머니가 갑자기 서글픈 듯 말했다. "넌 아직 모를 거야, 며칠 전에 엄마가 죽을 뻔 했단다. 아마 밤에 난로 불이 너무 셌나봐. 한밤중에 잠을 자는데 처음에는 너무 답답한 느낌이 들다가 나중에는 머리가 지끈지끈 아픈 거야. '이제 끝장이다, 기절하면 아무도 모르게 죽겠구나.' 이런 생각도 들었지. 그러다 있는 힘을 다해 몸부림을 쳐서 벨을 눌러 아줌마를 불렀지. 난 그때 벌써 말하는 게 어눌해졌지만, 정신은 말짱했단다. 네 아버지와 너희 모두 집에 없으니, 죽기 전에 하고 싶은 말도 해줄 사람이 없겠구나 하는 생각이 들었지!······" 리천은 이 말을 듣다 눈시울이 붉어졌지만, 애써 머리를 치켜들고 불빛을 바라보았다. 눈물이 가슴속으로 파고들었다. 그러나 그녀는 여전히 한 마디도 하지 않았다. 어머니도 너무 속상한 얘기만 한 것 같다고 느껴서인지 설날 일로 화제를 돌리셨다. 그러더니 마침내 일어나시면서 말했다. "자. 내일 아침에는 일어나설 떡을 먹자." 어머니는 침대 커튼을 내리고 불을 끄더니 문을 살짝 닫고 나갔다.

리천은 누워서 깜깜한 커튼 윗자락을 바라보다 한참만에야 겨우 잠들었다.

이튿날 리천은 잠자리에서 일어나 어머니 방으로 갔다. 방은 서향에, 한쪽이 하천을 마주하고 칸막이가 유리인지라 밝은 빛이 가득했다. 날은 진즉 훤히 밝았다. 어머니는 리천이 일어난 걸 보고 분부했다. "설 떡을 가져오너라." 그때 창밖에선 촥촥 하는 소리가 들렸다. 그녀는 무슨 소리인지 기억나지 않아 창에 엎드려 내다보았다. 알고 보니 하천에 얼음이 얼었는데, 배가 얼음을 깨고 앞으로 나아가고 있었다. 강 저편으로 쌀을 씻는 여인의 새빨간 손가락과 새하얀 쌀, 그리고 채소 몇 다발이 모두 똑똑히 보였다. 처마위로 이름 모를 새가 줄줄이 앉아 날개를 편 채 햇빛을 받으면서 즐거이 노래를 했다. 물을 실은 배 한 척이 하천가에 멈춰 서 있다. 배와 하천 언덕 사이에 목판 하나가 놓여있는데, 판자 위쪽은 축축하여 검은 빛을 발했다. 물장수가 맨발에 짚신을 신은 채 노동요 가락을 흥얼거리면서 목판 위를 안정감 있게 걷고 있었다. "우리가 마시는 물은 한 짐에 얼마에요?" 리천이 고개를 돌려 어머니께 물었다. "말도 안 될 정도로 비싸단다! 한 짐에 동전 두 닢이니. 말로는 강에서 실어온 물이라지만 실은 여기 하천물이지. 배에 싣고는 강물이라고 우긴단다. 날마다 동틀 녘이면 와르르 물 담는 소리를 듣는데도 말이다." 설 떡을 가져와 모두들 먹기 시작했다.

점심 전에 남동생이 돌아왔다. 열여덟 살의 녀석은 이미 어른 몸인데, 태도는 여전히 어린아이 같다. 누나를 보더니 너무 기쁜 나머지 어색한 미소만 띤다. 뭘 말해야 할지 몰라 그저 어머니 손만 잡고서 "누나 언제 왔어요?"라고 묻는다. 남매는 두 살 차이라 어릴 때부터 늘 싸웠는데, 요 몇 년 사이에 관계가 많이 나아졌다. 이제 남동생은 리천을 의지하고 친밀하게 지낼 수 있으며, 심지어 숭배하는 기색이 역력했다. "누나, 나 미션스쿨 다니기 싫어요. 근데 아버지는 절대 허락 안 해주세요." 남동생은 누나의 방안에서 하소연했다. "안 좋다고 생각하면 다니든 안 다니든 그게 뭐 대수니. 좋은 학교가 딱히 어디 있니?! 오직 자신만이 스스로를 발전시키는 거야! 무슨 일이든 좋지 않다고 느끼는 것만으로도 충분해!"

동생은 이해하기 어렵다는 눈치였지만, 리천은 오히려 동생의 이런 천진함이 사랑스러웠다. "저 금요일에 짐 싸가지고 돌아올 거예요." 동생이 학교로 돌아가면서 어머니와 누나에게 즐겁게 말했다. 리천은 처연한 생각이 들었다. "그때 아마 나는 집에 없을 걸."

리천은 이제껏 집에 있을 때면 마치 얼음과 같았다. 자신이든 집안 식구든 누구나 어울리지 못하다는 비애를 깊이 느끼고 있었다. 그런데 이제 얼음과 같았던 리천의 마음이 조금씩 녹았다. 봄이 와서일까? 아니, 아직 겨울인데. 엄동설한인데! 지금 마주한 것은 그저 잠깐의 불씨에 불과하다.

출발한다는 그들의 편지가 반드시 오리라고 리천은 생각했다. 우체부 오는 소리를 들을 때마다 그녀의 심장이 쿵쾅거렸다. 간절히 바라면서도 두렵기도 했다. 마침내 편지가 왔다. 편지를 집어든 그녀의 손이 떨렸다.

리천

많이 걱정들 하고 있어. 집으로 돌아가지 않겠다는 의지가 없으니, 아마 다시 집을 뛰쳐나올 용기도 내지 못하겠지? 하지만 리천, 용기를 내! 위대한 사업, 밝은 미래가 우리를 기다리고 있어! 우리 주변이 얼마나 열악한지, 우리의 몸에 얼마나 많은 병균이 들러붙어

있는지 잊지 않기를 바래! 우리의 이런 '걱정'이 그저 '신경과민'이었
으면 좋겠어!

　우리가 타야 할 배의 이름은 M.P.이고, N 부두에 정박해 있는데,
약 이틀간 머무를 거래. 네가 용기를 내어 이곳으로 오길 바랄게. 와
서 우리와 함께 위대하고 신비로운 나라로 가자!

　네 짐은 모두 우리 배에 있다!

　"내가 왜 집으로 돌아왔을까?" 리천은 고민에 잠겨 머리를 무릎에
엎드린 채 후회에 빠졌다.

1929년

추석 仲秋節

1

미스 장張은 장난스럽기도 하고 비웃는 것도 같은 '왕언니老大姐'라는 이 호칭이 무척 거슬렸다. 하지만 이 호칭은 전염성이 있는 양 갈수록 널리 퍼졌다. 조금이라도 알고 지내는 동창들은 만나기만 하면 이렇게 부른다. 어떤 이들은 일부러 이렇게 흉내내어 인사를 건넨다. 그렇지 않으면 그들 사이의 친밀한 우정을 제대로 표현하지 못하는 것처럼 말이다. 미스 장은 이렇게 불리는 게 몹시 싫었지만, 그렇다고 남들에게 이런 마음을 들키는 것도 싫었다. 그런지라 하는 수없이 싫은 내색을 감추고 장난을 받듯 대수롭지 않게 넘겨야했다.

동창들 가운데 나이로 보면 미스 장 나이가 가장 많은 편은 아니다. 괜찮은 외모에 이목구비도 그런대로 반듯하여 미인이라고 하기는 어렵지만 그렇다고 결함을 찾아내기도 쉽지 않다. 나이 들어 보이는 것도 아니고 그저 아름다운 매력이 좀 떨어져 보이니 좋은 시절 다 흘러 보낸 안쓰러움이 느껴질 뿐이다. 때문에 사람들은 그녀를 퇴역한 장교인 양 대했고, 그녀 역시 소탈함의 표시로 "우리 세대는 벌써 한물 갔지"라는 뜻을 종종 드러내곤 했다. 또 열정적으로 행동하는 보통 젊은이들을 만나면, 일부러 초연한 듯 "자네들 노는 걸 난 그냥 지켜만 볼게!"하는 식으로 방관적인 입장을 취했다. 사실 미스 장의 이런 무관심한 태도는 오히려 그녀가 이런 일로 짜증스러워 한다는 것을 보여준다. 이는 동시에 남들이 그녀에게 "아직 애인도 없나"하는 연민과 조소를 간직하게 만들었다.

일반적으로 젊음을 뽐내는 아가씨들은 이런 일에 대해 특별히 동정심이 없는 듯 지혜와 재주를 자랑하듯 이렇게 농담을 건네곤 했다. "왕언니, 없는 척 안하서도 되요, 애인이 틀림없이 있을 텐데, 그냥 우리를 속이는 거죠! 그럴 필요 뭐 있어요!" 하거나 "왕언니, 남들 초치는 소리에 뭐라 하지 마세요. 언젠간 언니도 애인이 생길 테니까요."라고 했다. 웃자고 하는 소리이지만, 늘 미스 장의 마음을 건드렸다. "걔네는 내가 애인이 없는 걸 뻔히 알면서도 일부러 있다고 하면서 억지로 털어놓게 하려고 한단 말이야. 이거야말로 일부러 나를 비웃는 거 아냐?" 미스 장은 몹시 화가 났지만 그럴 때마다 결국엔 분노가 서러움으로 바뀌었고, 자신이 더는 어린 나이가 아니며, 애인이 있을 거라고 생각하는 남들의 시선도 더는 이상한 일이 아니라고 생각하게 되었다. 하지만 실제로 왜 애인이 없는 걸까? "언젠가는 만나게 되겠지?" 이런 식의 자신에 대한 위로에 가까운 말 때문에 오히려 그녀는 더욱 마음이 아팠다. 앞으로! 하지만 '앞으로'라는 말은 날이 갈수록 '지난날'이 되었으며, 그녀 생활에 무슨 변화라도 가져왔을까?

때로는 고집스런 태도로 스스로를 위로하면서 남에게 이렇게 응대했다. "애인? 무슨 애인! 필요 없어, 일평생 애인 따위 필요 없다고! 난 남을 사랑하지도 않고 남의 사랑도 필요하지 않아. 이런 건 보기만 해도 넌더리가 나!" 하지만 얼마 지나지 않아 이렇게 자기도 속이고 남도 속이는 말이 자신이 얼마나 처량한 사람인가를 각별히 드러내준다는 걸 발견하기 마련이다. 그런 말을 하면서 사실 연애에 대한 경험이 하도 많아 신경 쓰기도 몹시 귀찮은 척 했지만 말이다.

같은 방을 쓰는 미스 류柳는 어떤 남학생과 마치 열병에 걸린 사람처럼 연애에 빠져있다. 미스 류의 얼굴에 뭔가 기분 나쁜 기색이 나타날 때마다 틀림없이 애인에게 화가 났다는 걸 알 수 있다. 그럴 때마다 그녀는 꼬치꼬치 캐물었고, 류가 왜 화가 났는지 다 말하고 나면, 그제야 위로하는 투로 말했다. "연애란 늘 마음 졸이는 일이야. 이런 일로 자신을 이렇게 힘들게 할 필요는 없어!" 이런 투의 위안이 상대의 공감을 얻고서야 그녀는 마음이 가벼워졌다. 하지만 미스 류가 자신에게 애인이 있다는 걸로 으쓱해할 때면, 그녀의 태도는 별반 달라지지 않았지만 말은 분명 전과 달랐다.

"사람의 마음이란 반드시 의지할 만한 데가 있어야 해. 의지할 데가 없으면 얼마나 불안해!" 이어 말머리를 슬쩍 돌렸다. "그런데 의지할 상대가 꼭 애인일 필요는 없잖아. 그러지 않아?"

그녀의 "연애철학"은 애인 없는 그녀에게 연민을 불러일으킨다는 점에서 의외로 성공적이다.

2

추석이 다가왔다. 학교는 관례에 따라 쉰다. "명절을 어디서 보내세요?"라고 묻는 말이 그날 아침 모두의 인사말이 된다. 저마다 명절에 거는 설렘이 제각각이지만, 어디나 신나는 명절 분위기로 충만하다. 이런 분위기가 마치 일부러 그녀를 압박하듯이 미스 장을 단단히 둘러싸고 있다.

아침을 먹은 뒤 미스 류는 곱게 단장을 하고서 "다녀올게" 하면서 방을 나갔다. 계단을 내려가는 하이힐의 힘찬 소리가 마치 바늘로 그녀 마음을 콕콕 찌르는 것만 같았다. "사람은 왜 꼭 이런 즐거움을 찾아야만 하고, 명절이란 걸 왜 꼭 지내야만 하는 거지?" 그녀는 다시금 늘 써왔던 자기위안의 논조를 떠올렸다. 그녀의 철학을 발휘하고 있는 셈이다.

뜻밖에 점심 전에 옛 친구인 미스 저우周와 미스 양楊이 찾아왔다. 자기들이 있는 데서 함께 명절을 보내자며 초대하러 온 것이다. 명절이면 놀러나가야 된다, 아니 차라리 명절이면 좀더 즐거워야 한다고 생각하던 참이었던지라, 기꺼이 그녀들을 따라 나섰다.

그녀들의 아파트에 그들의 동료인 리李 선생님이 약속도 없이 불쑥 찾아왔다. 그는 훤칠한 키에 그다지 잘생기지도 그렇다고 못생기지도 않았다. 아울러 그의 가볍지도 않고 그렇다고 답답해보이지도 않는 언행과 태도는 여자들을 사로잡기에 충분히 매력적이었다. 친구들은 미스 장을 대신하여 리 선생에게 소개를 했다. 리 선생은 미소를 띤 채 인사를 했다. "하하, 이분이 미스 장이시군요, 오래전부터 말씀 많이 들었습니다!" 미스 장 역시 환한 미소를 지었지만 "오래전부터 말씀 많이 들었습니다."라는 말이 자꾸 귀에 거슬렸다. "왜 오래전부터 들었다고 하지?" "틀림없이 친구들이 저 사람한테 자주 내 이야기를 했나본데 …… 그런데 뭐라고 했을까? ……" 그녀는 넋을 놓고 잠시 생각에 잠겨있었다.

평소 미스 장은 이성과 교제하는 사람만 보면 자신이 얼마나 남자를 싫어하고 가까이 지내는걸 꺼려하는지 말하곤 했다. 사실 그녀는 남자와 가까이할 기회조차 별로 없었다. 어쩌다 이런 기회가 생겨도, 늘 귀찮은 생각이 들고 끝내는 묘하게도 혐오로 끝나고 말았다.

리 선생은 침착하고 자연스럽게 이야기를 풀어가면서 종종 그녀에게 학교에서 있었던 사소한 일에 대해 물었다. 이야기는 지극히 평범하고 따분하기조차 했다. 미스 장은 문득 리 선생이 왜 이런 것들을 물어보는가 싶은 생각이 들었다. 게다가 한 마디 하고 나면 어김없이 눈도 깜박이지 않은 채 그녀를 바라보니 난처하기 이를 데 없다. 자기 자신도 남에게 말할 때 똑같은 자세를 취했지만, 이런 그의 행동이 그녀는 몹시 밉살스러웠다.

"여러분! 저녁에 어디로 달구경 갈까요? 생각해보세요. 추석에 방 안에만 갇혀 지내면 안 되잖아요." 미스 저우가 의견을 냈다.

"우쑹吳淞으로 갑시다! 달구경은 물이 있는데서 해야 제 맛이 나지요!" 미스 양이 이어서 말했다.

"난 안 갈래요. 너무 멀어요!" 미스 저우의 말에 미스 장이 낮은 목소리로 반대의 뜻을 나타냈다.

"그럼, 공원으로 갑시다!" 리 선생이 내키지 않아 하는 미스 장의 표정을 읽고 얼른 이렇게 말하면서 모두의 동의를 구했다.

미스 장이 옆에 앉은 미스 저우에게 미소를 지었다. 리 선생의 제안에 찬성한다는 뜻이었다.

그렇지만 미스 장은 끝내 약간 찜찜한 기분이 들었다. 뭔가 자신을 짓누르고 있다는 느낌이 들었던 것이다. 그녀는 무거운 발걸음으로 그녀들을 따라 내려갔고, 맨 뒤에 리 선생이 따라왔다. 그가 무심코 "조심해서 내려가세요."라고 하자, 그녀는 "당신네 남자들이란 여자한테 늘 이런 식이지."라고 생각했다. 이 말이 꼭 자기에게만 하는 말이 아니라는 걸 알고 있었지만, 그녀는 이런 그에게 짜증이 났다.

3

추석날 밤의 공원은 평소보다 유독 아름다운 것 같다. 여기저기서 들려오는 오가는 나들이객의 환한 웃음소리가 한바탕 들려온다. 달빛 드리운 잔디밭을 거닐면서 그들은 나뭇가지 위에 매달린 달을 보고 웃음꽃을 피우면서 산책중이었다.

벤치 하나를 골라 앉은 후, 미스 장은 문득 자기 옆에 바로 리 선생이 앉아 있는 걸 발견했다. "왜 이리 공교롭지?" 그녀는 속으로 의아하게 여겼다.

모두들 한동안 말이 없었다.

"이대로 앉아 있기만 하면 너무 답답하고 재미없잖아요. 우리 각자 노래 한 곡씩 불러요!" 리 선생이 갑자기 이런 제안을 했다.

"좋아요. 우선 장이 '보슬비'를 불러보지!" 미스 저우가 별 생각 없이 이렇게 한마디를 거들었다. 사실 미스 장은 노래를 잘 못하는데다 '보슬비' 같은 가곡은 별로 좋아하는 편이 아니었으며, 그저 심심할 때 다 함께 부르는 정도였다. 미스 저우의 말에 미스 장이 화가 좀 났던 것은 어쩌면 그럴 수도 있는 일이었다.

"좋지요. 좋지요. 하나 해요, 얼른요!" 그녀가 동의하기도 전에 나머지 두 사람은 벌써 한 목소리로 채근했다.

미스 장은 침묵했다.

"제가 먼저 할까요, 미스 장?" 또 리 선생이 말했다. 뒤이어 그가 노래를 부르기 시작했다.

"누이야, 사랑해, 사랑해……" 겨우 한 마디를 부르더니 바로 멈추었다. "저도 계속 못하겠네요. 미스 장이 이어서 하세요. 네, 얼른요!"

미스 양과 미스 저우 모두 웃음을 터뜨렸다.

미스 장만 아무 소리도 하지 않고, 그저 생각에 잠겨 있었다.

"'보슬비'를 부르라고 했는데, 왜 '누이야, 사랑해'를 부르는 거야?" 그녀는 화를 낼 수도, 그렇다고 웃을 수도 없어 난처한 나머지 얼굴이 좀 붉어졌다. 밤이라지만 환한 달빛 때문에 감출 수도 없었다. 물론 조금 화가 난 것도 사실이다. 우선 미스 저우가 이렇게 자신을 놀려서는 안 되는 일이고, 또 리 선생도 이렇게 사람을 재촉하면 더더욱 안되는 일이지. 그녀는 확실히 화가 치밀었다. 아니다. 화가 치밀었다기보다는 심란하다고 말하는 것이 더 어울릴 것이다.

"전 노래 못해요." 한참을 침묵하던 미스 장이 완강한 거절의 뜻을 담아 한 마디 내 던졌다.

"누이야, 사랑해……" 그녀의 말을 못 들은 듯 리 선생이 다시 낮은 목소리로 노래를 시작하더니 이어 부를 차례에 멈추고서 말했다. "다음 구절을 이어 부르세요, 미스 장!"

달빛 아래 미스 장의 얼굴은 더욱 붉게 달아올랐다. 이 순간 그녀는 화가 치미는데다 그들이 사전에 작당해서 술책을 꾸며 자기를 올가미에 빠트렸다는 생각이 들었다. 심란한 마음은 도무지 진정되지 않았고 생각할수록 품었던 의심은 확신으로 바뀌었다. 그래서 자기한테 하는 경고이자 남에 대한 응수로 그녀는 분연히 일어나 심각하게 말했다.

"가야겠어요!"

미스 저우는 곧바로 자기 책임을 통감했다. 하지만 미스 저우가 붙잡을수록 가려고 맘먹은 미스 장의 결심만 굳어질 따름이었다. 눈앞에 닥쳐올 재난을 피하려는 듯, 그녀는 끝내 급히 자리를 떴다. 그녀의 알 수 없는 태도에 다들 어떻게 해야 할지 몰라 했고, 멀어져가는 그녀의 뒷모습을 바라보며 그저 서로를 보면서 헛웃음을 지을 뿐이었다.

"아마도 이 어슴푸레한 달빛과 맑은 바람에 마음이 싱숭생숭했나 보네요!" 리 선생이 득의한 말투로 익살스럽게 말했다.

웃음소리가 멈췄다. 미스 장을 조금은 동정하는 입장에서 그녀들은 리 선생의 말이 너무 냉정하다고 느꼈다.

젊고 자신만만한 친구들의 웃음소리를 등진 채 미스 장은 점점 멀어져 공원 밖으로 걸어 나왔다. 추석날 밤이었지만, 불빛마저 가물거리는 야경의 적막함은 아무래도 감출 수 없었다. 그녀는 망연히 공원 입구에 서서 좀 전에 화를 내며 나왔던 행동에 대해 조금은 후회를 했다. 공원 입구 근처에 나른하게 서 있던 순경도 혼자 나온 그녀를 주의 깊게 보는 것만 같다. 인력거 안에서 졸고 있던 인력거꾼들이 발걸음 소리에 여기저기 사방에서 모여들었다. 인력거를 타고서 뭐라고 했는지도 모르겠는데, 인력거꾼은 이내 앞을 향해 날 듯이 내달렸다.

인적이 드문 적막한 거리에 리듬감 있는 바퀴소리만 쇄쇄 거린다. 거기다 몸까지 흔들리니 그녀는 마치 최면에 걸린 것도 같고 마치 꿈속에 빠져 든 것도 같았다. 불현듯 어떤 생각이 두둥실 아련하게 떠올랐다. 친구들이 제각기 사랑의 소용돌이에 푹 빠져 있을 때마다 신비로운 일로 느껴지던 것이 생각났다. 이런 신비로운 체험은 사뭇 불가사의하고, 그녀는 도무지 경험해보지 못한 세계이다. 왜일까? 너무 두려워 스스로 피하는 것일까. 오늘 저녁만 해도 리 선생은 자기에게 사랑을 표현한 것일 거다. 그때 조금만 받아주었다면 남처럼 자기도 사랑의 소용돌이에 빠질 텐데 말이다. 연애란 필경 이렇게 진행되는 것이리라. 그녀는 리 선생이 방금 했던 행동과 말을 하나하나 곱씹어보았다. 그랬더니 이 모든 것은 깊은 뜻을 감추고 있는 것 같다. 그녀는 가슴이 두근거렸다. 그녀는 마치 차마 서둘러 먹기가 아까운 아주 진귀한 음식을 먹고 있듯이, 그녀가 동경해왔던 정경을 세세히 야금야금 맛보았다.

얼굴에 와 닿는 차가운 밤바람에 약간 열이 나는 것 같기도 하다. 꿈에서 깨어나 현실로 돌아오자 그제야 "어디로 가야하지!?"라는 생각이 들었다. 손목시계를 쳐다보니 거의 12시가 다 되었다. 멀리 C진鎭에 있는 학교까지 돌아가는 것은 이미 불가능했고, 그렇다면 어디로 갈까? 한참을 망설이다 여기서 멀지 않은 곳에 사는 친구 집이 생각났다. 바로 인력거꾼에게 장소를 알려주자, 인력거는 금세 방향을 바꿔 달렸다.

그녀는 방금 했던 생각에 다시 잠겼다.

그녀는 몇 번이고 곱씹어 본 뒤에야 그가 했던 행동이 자신에 대한 사랑의 표현이라 확신하게 되었다.

"아이! 정말로 여자들과 자주 교제해본 사람이 아닌 것 같네. 어쩜 만나자마자 이런 식이야. 그러니 무서워 피하지 않을 사람이 어디 있겠어?" 달콤한 곱씹기에 빠져있던 그녀는 갑자기 혐오감을 느꼈다. "아! 알겠다. 틀림없이 친구들이 그 사람한테 뭐라고 미리 말했겠지. 그렇지 않았다면 이런 식으로 할 리가 없잖아. 맞다. 전에 미스 저우가 그 사람한테 여자 친구를 소개했다가 잘 안됐다 했지. 이젠 나한테 수작을 부리는 거고! 흥! 난 그런 사람이 아니야! 그렇게 쉬운 사람이 아니라고! …… 그런데 친구들이 왜 그러는 걸까? 다들 애인이 있으니까 나한테도 애인을 만들어주려는 걸까? …… 애인이 없는 게 뭐 어때서! 없으면 없는 거지 뭐. 사랑은 자연스럽게 생기는 것이지, 어떻게 소개로 만들어지겠어? ……"

그녀는 지금까지의 철학을 마음속으로 거침없이 쏟아냈다. 하지만 "사랑은 자연스럽게 생기는 것이지"라고 생각하자, 자기도 모르게 잠시 멈칫거렸다.

"…… 자연스럽게 생긴다고? 어떻게 자연스럽게 생겨? 지금까지 보고 들어왔던 연애 이야기마다 이런저런 기회로 이루어졌잖아. 기회는 언제든 올 수 있지만, 저절로 되리라고 내버려두면 사라지고 말겠지. 오늘 밤 일만 해도 그래, 뜻밖에 그를 만나고, 무심코 그 사람 곁에 앉게 되었는데, 이건 좋은 기회라 하지 않을 수 없었어. 방금처럼 그렇게 화를 낼 필요가 없었는데 말이야……"

그녀는 자신이 조금 원망스러웠다.

거리의 낯익은 풍광이 그녀를 다시 깊은 생각에서 깨어나게 했다. 벌써 친구 집이 있는 거리에 이르렀다. 유심히 바라보니 길가의 대문들이 굳게 닫혀져 있다. 높고 큰 스쿠먼石庫門* 앞에 인력거가 멈춰섰다. 굳게 닫힌 까만 대문을 보자, 그녀는 들어가 잠을 청할 용기가 사라지고 말았다. 집에선 아무 소리도 나지 않았고, 조용한 게 분명 잠이 든 것 같았다. 명절에다 늦은 밤에 잠을 자러 왔다고 말하기가 좀처럼 입에서 떨어지지 않았다. 그녀는 대문에 달려있는 구리 고리로 문을 가볍게 몇 번 두드렸다. 더는 대답이 없기에 그녀는 대문 뒤쪽에 가려진 창문을 맥없이 바라보다 힘없이 몸을 돌렸다. 타고 왔던 인력거가 아직 옆에서 기다리고 있었다. 그녀가 문을 열지 못하고 다시 인력거를 타길 바라기라도 했던 양, 인력거꾼은 냉큼 인력거를 그녀 앞에다 갖다 댔다.

미스 장은 깊은 생각에 잠길 조금의 여유도 갖지 못한 채 울적한 마음으로 인력거에 앉아 길가의 풍광만 바라보았다. 일부 가게의 앞면은 이미 판자문으로 굳게 닫혀 있었고, 어떤 가게 앞에는 나지막한 제사상이 차려져 있고 그 위에 알록달록한 물건들이 쌓여 있었다. 다 타고 남은 연기가 아직도 피어오르고 있었다. 모든 것이 깊은 침묵에 빠져있는 듯했다. 그러나 이 고요한 적막 속에 명절의 즐거움이 얼마나 담겨 있

---

* 스쿠먼石庫門은 19세기부터 20세기 초반에 걸쳐 상하이 일대에서 널리 유행한 바의, 동서양문화가 융합된 주거양식이다. 문지방은 돌로 만들고 문짝은 두터운 나무에 옻칠을 하였으며, 건물은 하나의 동으로 이루어져 있다.

을지 모를 일이다. 집집마다 닫힌 문 뒤에는 아마 달구경의 갖가지 풍경이 있겠지. 아무튼 이 시간에 길에서 배회하는 사람이 어디 있겠는가? …… 문득 미스 장은 고독한 비애를 느꼈다. 평소 외로운 신세의 깊은 비애를 느꼈듯이. "돌아갈 곳은 어디인가?" 마치 이게 운명의 상징처럼 느껴져 이 말을 몇 번이고 되풀이했다. 공원에서의 떠들썩한 풍경이 문득 떠올랐다. 친구들은 뭘 하고 있을지 궁금했다. 한창 흥이 무르익었거나 아니면 이미 헤어졌을 테지.

"누이야, 사랑해……" 노랫소리가 다시 귓전을 맴돌았다.

한밤중 보름달은 유독 휘영청 밝은 빛을 비추고 있었다. 모든 것이 깊은 적막 속에 잠긴 가운데, 외로운 그녀만이 불안한 모습으로 길 위를 배회하고 있었다.

"돌아갈 곳은 어디인가?" 그녀는 하늘 높고 달 밝은 창공을 바라보았다.

1929년

아내妻

　나와 아내 둘이서만 살고 있어서, 내가 나가면 아내는 혼자 외롭게 집에 있어야 했다. 하지만 일 때문에 혼자 밖에 나가는 때가 여전히 많았다.

　이날은 어떤 사고 때문에 집에 돌아오는 게 좀 늦었다. 밖은 이미 컴컴했다. 아내가 틀림없이 또 초조하게 기다리고 있을 거라 생각하면서, 서둘러 집으로 발걸음을 옮겼다. 그러면서 그녀가 기쁘게 맞아줄 모습을 기대했다. 그러나 문을 열었을 때 뜻밖에 안에는 불도 켜져 있지 않았고, 어두컴컴하니 조금의 인기척도 없었다. 아무도 없는 것 같았다. 나는 불을 켠 후 비로소 아내가 지친 모습으로 침대에 누워 있는 것을 보았다. 그러나 자고 싶어 하는 것 같지는 않았다. 내가 들어온 것을 보더니 힘없이 고개를 들고 억지로 미소를 지어 보였다. 나는 그녀가 최근 줄곧 그녀를 괴롭힌 슬픔 속에 또 빠져 있다는 것을 알았다. 위로할 방법도 없으니, 그녀가 잠깐이라도 잊도록 해주어야겠다는 생각에 아무 상관없는 이야기들을 하면서 그 문제는 건드리지 않으려고 몹시 애썼다. 아내도 말하고 싶지 않은 것 같았지만, 내 말도 전혀 듣지 않는 모양으로, 여전히 고집스럽게 그녀의 고민 속에 빠져 있었다.

"누워 있지 말고 공원에 산책이라도 가자, 응?"

나는 그녀의 심정을 돌려보려고 무진 애를 썼지만 아무 소용이 없었다. 마지막으로 이렇게 말하고, 나는 소파에 앉아 그녀에게 오라고 손짓을 했다.

"나가고 싶지 않아."

그녀는 귀찮다는 듯이 내게로 다가와 웅얼웅얼 이렇게 말했다.

둘이 함께 소파에 바짝 기대어 앉았다. 서로 침묵에 빠져들었다. 나는 마음속으로 그 일을 꺼내지 말자고 생각하면서도, 걱정하고 있는 일이 금방 시작될 것이라는 느낌이 들었다. 아내와 나 둘 다 말은 하지 않았지만, 하고 싶은 말이 무엇인지는 서로 느끼고 있었다.

"오빠!……"

아내는 갑자기 두 팔로 내 목을 감싸더니 내 가슴에 얼굴을 묻고 이렇게 나를 불렀다.

"왜?"

나는 고개를 숙이고 아내의 얼굴을 바라보았다.

"생각하면 정말 마음이 아파, 모든 게 다 끝장났다는 생각이 들어!"

"그런 말은 하지 마. 만약 네가 날 사랑한다면 이런 말은 하지 마!"

내 심정은 벌써 그녀의 영향을 받아 아주 처연해져 있었다. 그러나 이 일을 얘기하는 것을 막는 게 낫다고 생각했다. 내가 이렇게 말하자, 그녀는 내 품안에 묻은 고개를 유순하게 한 번 끄덕이고 더 이상 아무 말도 하지 않았다. 그러나 이내 내 품에서 바로 축축한 어떤 게 셔츠에 서부터 살갗까지 적셔 들어오고 있음을 느꼈다.

나와 아내가 연애 끝에 동거하게 된 것은 반년 전의 일이다. 당시 우리는 사랑에 푹 빠져 있었을 뿐만 아니라, 꿈같은 이상이 우리 둘의 마음을 설레게 했다. 나와 아내는 둘 다 문학을 하겠다는 야심을 갖고 있었다. 동거 이후 그 달콤한 생활 속에서 우리는 더욱 기쁜 마음으로 일종의 노력의 즐거움을 맛보았다. 또한 두 사람이 영원히 공동의 이상을 가지고 생활해 갈 것이라고 생각했다. 사는 것도 시종 학생 때와 같이 그렇게 낭만적으로 생각했다. 아내는 나와 마찬가지로 집안 일만 하는 사람을 혐오했다. 아내는 러시아 문학에 흥미가 있었기 때문에 최근 한 개인교사에게 러시아어를 공부했다. 매일 밤 등불 아래로 아내가 어린아이 같은 천진난만한 표정으로 열심히 러시아어 교본을 공부하는 모습을 볼 수 있었다. 이때의 아내는 평소 보다 훨씬 예쁘게 보였다. 그 애교스러움 가운데 빛나는 일종의 지혜로운 눈빛으로 인해, 나는 항상 나답지 않게 그녀에게 다가가 포옹하고 키스하면서 이렇게 말했다.

"정말로 당신을 사랑해!"

아내는 공부하는 것 외에, 평소에 책상에 엎드려 글을 쓰는 시간이 많았다. 때로는 내 성화에 못 이겨 당시 잘 나가는 문학잡지에 자주 글을 발표하기도 했다. 그러나 아내는 자신의 글이 부족하다고 생각하고 있었기에 항상 이렇게 말했다.

"정말로 내가 만족할 만한 글을 쓰게 되면, 그때 가서 발표할래요."

아내는 문학에 대해 더할 나위 없이 성실한 태도와 어린아이 같은 순진무구한 흥미를 지니고 있었다. 어떨 때는 우리 둘의 장래 꿈을 애기하다가 기분이 좋아지면, 그녀는 바로 그 감정을 억제하지 못하고, 내 손을 꼭 붙잡고 웃으면서 말했다.

"그렇게 해야 좋겠어요! 오빠! 우리 꼭 그렇게 해요."

혹은 수줍어하면서도 즐겁게 그녀의 야심찬 희망을 나에게 말하기도 했다. 말하면서 내 안색을 보다가, 내가 웃는 것을 보기라도 하면 그녀는 곧 멈추고, 조금은 수치심에 부아가 난 모습으로 말했다.

"오빠 나 비웃는 거지, 말 안할 거야."

어떤 식의 즐거움이든 누리고 있을 때에는 쉽게 느끼지 못하는 것이다. 그러나 그 불가사의한 기쁨으로 가득했던 우리 생활은 단지 지금 추억으로만이 아니라 그 당시에도 '더 이상 바랄 것이 없다'는 만족을 항상 느끼게 해 주었다.

이 무렵, 어느 날 아내가 갑자기 근심스러운 표정으로 나에게 생리적인 갖가지 변화를 이야기하며 임신한 게 아닌지 모르겠다고 했다. 환영받지 못한 이 소식을 듣고 나서, 나도 그녀와 마찬가지로 다소 고민스러웠다. 그러나 곧 별 것 아니라는 생각에 힘껏 그녀를 위로했다. 그러나 내 위안이 아무리 간곡하여도 아내는 끝내 태연하게 받아들이지 못했다. 때로는 나의 아무렇지도 않아 하는 태도에 약간은 분개하고 원망하며, "어쨌든 오빠는 이기적이야. 그렇게 해도 오빠완 별 상관이 없으니 관심이 없는 거지." 라는 말들을 했다. 그녀의 감정은 극도로 상해 있었기 때문에 아무리 지나친 말을 해도 나는 그저 그녀를 이해하고 동정했다.

시간이 좀 지나고, 우리가 "어쩜 그럴 지도 모르겠다"고 했던 말이

"틀림없어"로 바뀌었을 때, 그녀의 우울함은 더 심해졌다. 난 기왕 이렇게 된 이상 원하지 않는다 해도 달리 방법도 없고, 게다가 이 일이 이렇게 고민하고 우울해할 일도 아니라고 달랬다. 그녀는 내가 자신을 이해하지도 못하고 동정하지도 않는다고 했다. 때때로 나 때문인지 아니면 이 일 때문인지 그녀는 화를 못 이기고 울었다. 어쨌든 그녀는 이 운명의 지배 속에서 시종 편안하게 지내지 못했다. 자주 나에게 자기는 "아내가 되는 것도 원하지 않는데, 엄마가 되어야 한다는 것을 생각하면 얼마나 끔찍한지 말로 표현할 수가 없어."라고 했다. 큰 꿈을 품고 있는 아내이기에, 난 물론 그녀의 이 말을 이해할 수 있었다. "어머니가 되는 것도 신성한 천직이다"라는 따위의 말은 아내에게는 아무 소용이 없는 말이었다. 나는 그저 "설령 아이를 낳는다 해도 크게 달라질 것은 없다"는 말로 위로할 수밖에 없었다.

"그게 어떻게 그럴 수 있어? 아이를 낳으면 엄마다운 사람이 되어야 하는데. 지금만 해도, 이 일이 끔찍하면서도, 또 한편으로는 때로 어찌된 영문인지 만약 아이가 생긴다면 이후 일어날 종종 즐거울 일들을 생각하곤 해. 보라고, 얼마나 무서운 일이야! 여자는 어쨌든 모성을 갖고 있어. 아이를 낳고 어머니가 되지 않겠다고 생각하는 것은 불가능해."

한편으로는 끔찍하면서도 또 한편으로는 자신도 모르게 즐거운 상상을 하고 있는 것, 이것이 분명 아내의 실제 상황이었다. 한번은 밖에 나갔다가 전차 안에서 서너 살쯤 되어 보이는 아이를 보았다. 마침 우리 맞은편에 앉아 있었는데 아이가 몹시도 귀여웠다. 아내는 잠시도 눈을 떼지 못했다. 그 아이의 일거수일투족이 다 아내의 흥미를 끌었고,

얼굴엔 감정을 억누르지 못하는 미소가 떠 있었다. 뿐만 아니라 간혹 나를 톡톡 건드리면서 조그만 목소리로 "좀 봐봐"라고 말하기도 했다.

"우리도 이런 아이가 있으면 좋겠네!"

나는 일부러 부러운 목소리로 그녀를 놀리듯 말했다.

그녀도 성내지 않고 나를 향해 애교스럽게 웃으면서 눈을 흘겼다.

또 한 번은 그녀 혼자 밖에 물건을 사러 갔는데, 돌아와서는 나에게 밖에서 있었던 온갖 일들을 이야기하더니, 갑자기 혼자 웃었다. 나는 물었다.

"무슨 일이야?"

"거기에 아이들 옷이 정말 많아. 정말 너무 예뻐. 게다가 진짜 싸. 하나에 1위안밖에 안 해."

말하고 나더니, 계면쩍은 듯이 웃으며 나를 보았다.

"사고 싶었구나, 그렇지?"

나도 웃음을 참을 수 없었다.

"아냐."

그녀는 응석부리는 것처럼 고개를 흔들었다.

"아이는 아직 낳지도 않았는데 옷부터 준비하려고?"

일부러 그녀를 놀렸다.

"누가 준비한대?"

그녀는 웃으면서 화난 듯이 나에게 눈을 부릅떴다.

"당신 아이를 사랑할거야. 앞으로 나보다 아이를 더 사랑할 게 틀림없어. 당신이 아이 낳는 거 싫어. 그럼, 당신이 날 사랑하지 않을 테니."

나는 일부러 이렇게 이야기했다.

"난 아이를 원하지도 않고 사랑하지도 않아. 당신만 사랑해."

그녀는 나에게 달려들어 내 머리를 껴안고 이렇게 말했다.

"아냐, 난 아이가 있었으면 좋겠어. 그럼 우린 서로 더 사랑하게 될 거야."

"그러나 난 원하지 않아. 아무리 뭐가 어떻다고 해도 싫어."

그녀는 갑자기 진지하게 말하면서, 지금까지의 태도를 다시 회복했다.

그래서 이 대화는 금방 끝이 났다.

장차 아이가 생기면 일어날 일들을 화제로 삼아 상상하던 적도 자주 있었다. 이때에는 아내도 평소의 그 고민을 완전히 다 잊은 것처럼, 아주 즐겁게 나와 이야기를 했다. 그러나 평소의 그 고민이 이로 인해 줄어들지는 않았다. 오히려 몸의 변화가 뚜렷해지면서 더 심해졌고, 심지어 잠깐 잊어버리는 때조차도 드물었다. 게다가 아내는 무서울 정도로 의기소침함을 보였다. 어떤 일도 하려고 들지 않았다. 러시아어를 배우는 것도 벌써 그만두었다. 평소에 그렇게 부지런하게 노력하던 아내가 최근에는 독서로 소일하는 일도 없어졌다. 혼자 가만히 앉아서 고민스럽게 깊은 생각에 빠져 꼼짝도 하지 않는 때가 많았다. 어떤 때는 그녀와 얘기를 하고 있는데, 내내 망연히 고개를 들고 다른 사람의 얼굴을 바라보기만 했다. 마치 뭔가를 생각하느라 무슨 말인지 잘 알아듣지 못하는 모습 같았다. 얼굴도 어느 때부터인지 흐리고 비 오는 날의 하늘처럼 그렇게 어두워졌다. 아내를 보면 형언할 수 없는 안타까움과 두려움이 일었다. 그야말로 아내가 무형의 훼멸을 당하고 있다는 생각이 들었다. 일을 좀 하면 심각한 생각을 하는 게 줄어들까 싶어서 그녀에게 권유했다.

"러시아어 좀 복습하고 그래, 배운 거 다 잊어버리겠다."

"무슨 러시아어 공부!"

아내는 이렇게 말하고서 상심하여 눈물을 쏟을 것 같았다.

그녀가 평소에 가장 신나게 얘기했던 장래에 관한 이야기를 나눌 때면, 그녀는 얘기하고 싶어 하지 않을 뿐 아니라 얘기하기가 겁나는 모습으로 내 말을 끊으면서 말했다.

"곧 있으면 모든 게 다 끝나버릴 텐데, 그런 얘기 더 해서 뭐해?"

앞날이 마치 절망인 것 같은 비애가 담겨 있었다.

나는 이것이 그렇게 슬픈 일이라고는 생각하지 않았지만, 그녀의 처참한 모습을 보면 마찬가지로 비통함 속에 빠지곤 했다.

아내는 결코 매일같이 나에게 고통을 호소하지는 않았다. 외려 침묵하고 있을 때가 더 많았다. 이럴 때의 그녀는 더 슬프고 고통스러워 보였다. 어느 날인가 역시 그렇게 우울하게 앉아 있던 아내가 갑자기 나를 불렀다.

"왜?"

나는 얼른 고개를 들고 그녀를 보면서 물었다.

그녀는 날 쳐다보지도 않았고, 나에게 바로 대답하지도 않은 채, 여전히 깊은 생각에 잠겨 있었는데, 잠깐 후에 머뭇머뭇 말을 꺼냈다.

"나 병원에 가고 싶어……."

"뭐라고? 어떻게 이런 생각을 할 수가 있지?"

나는 뜻밖의 말에 깜짝 놀랐다.

그녀는 내 반응을 일찌감치 예상했다는 듯이, 갑자기 냉정하고 엄숙하게 고개를 들고는 나를 바라보았다. 내 말이 결코 그녀를 조금도 기죽지 못하게 할 것이라는 의미였다.

"얼마나 위험한 일인데, 어떻게 그럴 수 있어?"

난 계속해서 물었다.

"뭐가 위험해. 기껏해야 보통 출산하는 거나 같은 위험일 뿐이야. 게다가 오빠가 안 된다고 하는 것도 오로지 위험하기 때문만은 아니잖아."

그녀가 마지막 한 마디를 할 때에는 약간의 냉소마저 띠고 있었다.

"설사 오로지 위험 때문만은 아니라 해도, 중요한 것은 어쨌든 그것 때문이야. 다른 면으로 봐도 너무 잔인하고."

"그 앤 아직 생명이 없으니 뭐 잔인하다고 할 정도는 아냐. 이 때문에 내 모든 게 다 끝장나는 것이야말로 잔인한 거지."

"당신 말대로라면, 아이를 낳을 수는 없겠군."

"최소한 내 이상이나 내 앞날을 보자면, 낳을 수 없어."

"당신이 너무 심각하게 받아들이고 있는 거야. 난 실제로 당신에게 그렇게 큰 장애가 되지는 않을 거라고 생각해."

"인간의 생각은 환경에 따라 변하는 거야. 아이가 생기면 어머니라고 하는 새장 속에 갇히게 되고, 이전의 나와 지금의 나는 다 사라져버리는데, 어떻게 장애가 없을 거라고 할 수 있어? 지금 그 새장이 바로 내 눈앞에 있고, 머지않아 들어가야만 하는데, 어떻게 두렵지 않고 어떻게 몸부림치지 않을 수 있겠냐고? 어쩌면 설령 내가 멀쩡하다 해도 무슨 성과도 이루지 못할 수 있어. 그러나 곧 끝장이라는 생각만 하면, 마치 내가 아주 대단한 소망이라도 품고 있는 것처럼, 이대로 끝장

나는 건 참을 수가 없어."

"아이를 낳으면, 대신 키워줄 사람을 찾으면 돼. 당신은 여전히 지금처럼 그렇게 생활할 수 있지 않겠어?"

나는 현실적으로 그녀를 설득했다.

"난 그런 식으로 책임을 지지 않는 것이야말로 해서는 안 된다고 생각해. 불가능하기도 하고. 모성애는 막을 수가 없는 거야. 만약 어머니가 된다면, 내 모든 신경이 아이에게로 쏠릴 것이고, 무슨 꿈이고 다 포기하게 될 거야."

아내는 말을 하다 나중에 가서는 자신도 모르게 슬퍼서 눈물을 흘렸다.

"하지만 이미 생긴 바에야, 순응할 수밖에 없잖아."

나는 부드럽게 말했다.

"왜 원하지 않는 일에 대해 순응하는 것으로 다 되었다고 보는 거야?"

아내의 슬픔이 고집으로 변했다.

"그러나……."

나는 순간 무슨 말을 해야 좋을지 몰랐다.

"어쨌든 난 결정했어. 꼭 그렇게 할래."

아내는 결연하게 말했다.

"당신이 날 어떻게 원망하고 욕해도 다 좋아. 제발 이런 말만 하지 말아 줘! 당신은 내가 얼마나 괴로워하는지 알잖아!"

단순한 설득은 그녀의 결심을 더 견고하게 만들 것이기에, 난 감정적으로 그녀를 움직여보려고 했다.

"내가 벌을 받듯이 나날이 더 힘들어하는 것을 보면서 당신은 마음이 아프지 않아? 내가 줄곧 꿈꿔 오던 이상이 다 사라지고 원하지 않는 사람이 되어야 한다는 사실이 안타깝지 않냐고? 난 생각만 해도 앞날이 완전히 암담해지는데, 지금 꼭 한 발 한 발 무서운 곳으로 걸어가고 있어서 뭐든 다 곧 끝장나버릴 것 같은 느낌이야!"

그녀는 말을 하면서 스스로 슬픔이 북받쳐 올라 또 울었다.

"그러지 마, 오빠도 마음이 아파. 그래 네가 말한 대로 하자."

나는 진심으로 그녀의 계획을 차마 더 이상 반대할 수 없다고 생각했다. 그녀를 껴안고 달래면서 하마터면 함께 울 뻔했다.

"그냥 무성의하게 하면 안 돼!"

그녀는 고개를 들고 눈물이 그렁그렁한 눈으로 처연하게 나를 바라보면서 애원하듯 말했다.

"정말이야, 무성의하게 그러는 거 아냐!"

나는 진심으로 진지하게 대답했다.

"그렇다면 언제 가?"

그녀는 믿지 못하겠다는 듯이, 그러면서도 믿고 맡기지 않을 수 없다는 듯이 이렇게 물었다.

"그러나 이것은 신중하게 해야 해. 어느 병원이 믿을 만한 지 내가 여기저기 알아본 다음에 가도록 하자, 괜찮지?"

"빨리 해야 해. 가기로 결정한 이상 내 고통을 더 질질 끌지 않았으면 좋겠어."

그녀는 나의 동의가 일시적으로 달래기 위한 속임수라고 생각했지만, 믿지 못하겠다는 말은 감히 못하고 애원하듯 몇 번이고 부탁했다.

마치 나에게 일을 진행할 시간을 준 것처럼, 이후 며칠 동안 나에게 이 일에 관하여 다시 언급하지 않았다. 그러나 그녀는 평온할 수가 없었다. 유난히 초조해 보였고, 때로 날 바라볼 때면 그 말없는 표정에서 그녀가 아주 매섭게 질문하고 있으며 애원하고 있다는 것을 느낄 수 있었다. 그 암시하는 중에 뭔가가 날 압박하고 있는 것 같아 감히 그녀를 바라볼 수 없었다.

아내의 심신이 나날이 이렇게 초췌해져 가는 것을 보면서, 또 이 무시무시한 문제를 처리하려니 나의 고통은 아내보다 훨씬 더 컸다. 그때 그녀를 위로하면서 동의했던 말은 물론 진행되지 않고 있었지만, 또 다른 어떤 결심을 한 것도 아니었다. 게다가 그녀가 속수무책으로 믿고 맡긴 부탁과 기대를 속이면서 양심의 가책으로 나는 불안했다. 동시에, 내 내면도 아주 심하게 갈등하고 있었다. 아내가 고민하는 이유는 분명 옳고, 그녀가 두려워하는 모든 것도 진실이었다. 그러나 이 때문에 그렇게 하는 게 당연한 걸까? 나는 의문을 풀 수 없었다. 현모양처를 넘어선 이상을 품고 있는 여성들에게 있어서, 아이를 낳고 기르는 천직이 그녀의 이상에 전혀 해를 끼치지 않을까? 나는 소녀 시절 남자와 다름없는 포부와 야심을 가졌던 수많은 여성들이 아내와 어머니가 된 이후 그 소녀 시절의 모든 게 마치 허물을 벗듯 사라져서 완전히 다른 사람이 되어 버린 것을 기억해냈다. 내 사랑하는 아내도 분명히 마찬가지의 훼멸을 당할 터인데, 그녀가 어찌 두렵지 않겠으며 몸부림치지 않겠는가? 나는 인생의 자연스러운 모순을 깊이 깨달았다. 그러나 내 가엾은 아내에 대해서는 응당 어떻게 해야 할 것인지?

이날 집에 돌아와 집안의 분위기를 보자마자, 아내가 또 그 일을 생각하고 있다는 것을 바로 알 수 있었다. 아내는 처음에는 말이 없다가, 나중에는 결국 그 이야기를 꺼냈다. 나는 그저 이런 말을 하지 말라고 할 수밖에 없었다. 이에 관한 이야기를 막으려고 했지만, 아내는 일찌감치 작정을 하고 있었던 것처럼, 내가 얼마나 불안한지 상관하지 않고, 결국 내가 걱정하고 있는 말을 꺼내고야 말았다.

"병원 일은 도대체 어떻게 된 거야?"

'바로 되는 일이 아냐, 굉장히 곤란해.'

나는 또 거짓말을 하고 말았다.

"그렇지만 이렇게 계속 미루는 건 안 돼!"

아내가 이 말을 하는 모습이 무척 괴로워 보였다. 그러나 그게 초조해서라기보다는 슬픔 때문이라고 하는 것이 더 정확할 것이다.

"당연히 알지, 꼭 빨리 처리할게."

나는 당시에 또 성심껏 이렇게 이야기했다.

아내는 어쩔 수 없이 그저 나에게 재차 당부를 할 뿐이었다.

우리의 아름다운 꿈같은 생활은 파멸되었다. 과거 달콤했던 생활과 한 세기쯤 거리가 생긴 것 같았다. 매일을 근심걱정으로 지냈다. 시간은 부지불식중에 쏜살같이 지나갔다. 찌는 듯이 덥던 날씨가 벌써 점점 차가워지고 있었다. 그러나 아내의 작열하는 듯한 고통은 이 날씨의 변화같이 조금도 줄어들지 못했다. 외려 약간은 히스테릭하게 더 심해졌다. 심기가 불편한 탓에 성격도 포악해져서, 왕왕 나를 이해하지 못하고 원망했다. 때로는 "이 일이 정 방법이 없다면 차라리 죽어버리겠어. 뜻대로 살 수 없다면 차라리 죽는 게 나아!" 이런 극단적인 말까지 했다.

점점 아내는 나한테 인내심 있게 믿고 맡기지 못해, 자신이 몰래 혼자 그 일을 진행시켜 나가기 시작했다. 자기 여자 친구 쪽에서 믿을 만한 병원을 소개받은 아내는 그제야 나에게 얘기를 했다. 그녀의 그 돌이킬 수 없는 결심과 행동에 대해 나는 그저 "그럼 가보자."는 말밖에 할 수 없었다. 나는 다시 직접 그 여자 친구가 있는 곳에 가서 모든 상황을 꼼꼼하게 알아본 뒤 그날 오후에 병원으로 갔다.

그 병원 문에 들어설 때, 내 마음은 마치 무슨 차디찬 물건이 침입하는 것 같았다. 아내의 안색도 평소와 달랐다. 그렇지만 여전히 그 고집스러운 의지를 유지하고자 애쓰면서 냉정하게 굴었다. 그 병원의 규모는 상당히 컸고, 설비도 잘되어 있었다. 이 때문에 여기의 의사들도 믿지 못할 정도는 아닐 거라고 스스로 위로했다. 접견실에서 그 친구가 소개해준 의사를 만났다. 중년으로, 일반적으로 의사들에게서 보이는 친절함과 존엄을 갖추고 있었으며, 상당히 친근한 모습이었다. 그러나 나는 왜 그런지 입을 열기가 좀 곤란하게 느껴졌다. 그러나 이 의사는 친구가 소개해주었기에 우리의 사정을 알고 있었다. 동시에 어느 정도는 이런 일에 익숙해서 조금도 개의치 않는 듯 아내에게 그저 몸에 대한 것들만 몇 가지 물어보고 바로 위층의 병실로 데리고 갔다. 2등실이었는데, 널찍하고 깨끗했다. 안은 온통 하얀색으로, 병원 분위기가 물씬났다. 우리는 안으로 들어갔다. 따라온 간호사가 하얀색 이불을 안고 와서 침대 위에 깔아주었다.

"오늘부터 입원하는 건가요?"

오늘은 그저 간단하게 진찰만 받을 것이라고 생각하고 왔기에 아내는 좀 당황한 듯 물었다.

"그렇습니다. 그래야만 바로 약을 사용할 수 있어요."

의사가 미소를 지으며 대답했다.

"수술해야 합니까?"

나도 옆에서 긴장하여 물었다.

"어쩌면 안 할 수도 있습니다."

의사는 냉정하게 웃으면서 말한 뒤에 바로 나가버렸다.

그 하얀 방에 나와 아내 둘만이 남겨지자 잠시 둘 다 무슨 말을 해야 좋을지 몰라, 이불이 깔린 침대 위에 걸터앉았다.

"당신 돌아갈 거야?"

아내가 갑자기 나를 바라보며 물었다.

"여기서는 당연히 잘 수 없지. 무서워하지 마. 내가 날마다 올 텐데 뭘."

나는 최대한 침착하게 그녀를 위로했다.

"무서워서 그러는 거 아냐."

아내의 냉정함이 결국은 무너져 버렸고, 말하면서 내 품에 쓰러져 울었다.

"그럼 여기 있지 말고, 돌아가는 게 어때?"

나는 어떻게 해야 좋을지 몰라 한참 뒤에 이렇게 말했다.

"싫어."

그녀는 고개를 들고 있는 힘껏 용기를 냈다.

밖의 날씨가 흐릿하게 안개가 끼더니, 황혼이 되고 결국 밤이 깊었다. 나와 아내는 거기에 앉아 있었다. 어떤 말도 생각이 나지 않았다. 그저 마음속에 복잡한 생각들이 요동치고 있을 뿐이었다. 나중에 내가 몇 번을 차마 말 못하다가 결국 돌아가겠다는 말을 했다.

"조금만 더 있다가 가."

그녀는 애원하듯이 나를 붙잡았다. 그러나 여전히 아무 말도 하지 않았다.

잠시 후, 그녀가 갑자기 돌아가라고 했다. 오히려 내가 차마 바로 떠날 수가 없었다. 시간을 질질 끌며 남아 있자, 그녀는 몹시도 견디기 힘들었는지 연신 "얼른 가"라고 나를 재촉했다. 별 수 없이 맘먹고 가까스로 병원을 나왔다. 의심할 바 없이, 내가 나가자마자, 그녀는 바로 참지 못하고 울음을 터뜨렸다.

마치 꿈속을 다니는 것처럼 걸었다. 몽롱하여 무슨 생각을 했는지도 모르겠다. 집에 돌아오니 더 마음이 아팠다. 몇 시간 전만 해도 그렇게 사랑스럽던 집이 이제 사방이 적막하여 무시무시했다. 모든 게 아내가 떠나면서 생명을 상실한 것 같았다. 탁자 위에는 아내가 아침에 사온, 흰색 꽃망울을 품은 이름 모를 꽃이 놓여 있었다. 이렇게 황망히 병원에 입원할 줄은 생각도 못했다. 이 꽃들이 활짝 피는 것을 아마 볼 수 없을 것이다. 내 고독감은 한층 배가되었다. 병원에 있는 아내는 어쩌면 이 시간에 벌써 수술을 받았을지도 모르겠다는 생각이 들었다. 아플 때 내 생각이 더 나겠지? 불안감이 내 전신을 휩싸고 돌았다. 침대에 누웠지만 종내 잠을 이룰 수가 없었다. 가까스로 몽롱하니 잠이 들었나 싶었는데, 순간 무엇 때문인지 깜짝 놀라 깨어났다.

다음 날 일찍, 일어나자마자 그녀를 보러가야겠다고 생각했다. 그러나 이 시간에는 병원이 아직 문을 열지 않을 수도 있다는 생각이 들어 꾹 눌러 참았다. 잠깐 있다가 거리로 나가자 그제야 연한 햇빛이 건물 꼭대기를 비추고 있었다. 낙엽이 폴폴 날리는 만추는 아니지만, 이른 아침 가로수들이 줄지어있는 거리는 이미 쓸쓸한 가을 내음으로 넘쳐났다. 전차가 벌써 운항하고 있었으나 승객은 거의 없었다. 나는 텅 빈 전차 안에 앉았다. 생각할수록 의기소침해졌다. 인간은 항시 쾌락을 추구하나, 삶은 실제로 대부분이 슬프고 처량한 것이다. 마음속은 이런 류의 수많은 느낌들로 빙빙 돌고 있었다. 병원의 높은 건물이 보이는 데까지 걸어와서야 비로소 정신이 돌아온 것처럼 머리가 맑아졌다. 위층 아내의 병실 문 앞에 이르렀을 때, 안에서 새어나오는 신음소리를 희미하게 들은 것 같았다. 그러나 문을 살짝 연 후, 이 혼란스러운 느낌은 사라졌다. 병실 안의 공기는 그 주변의 하얀색처럼 고요했다. 어젯밤에 들어올 때와 조금도 달라진 게 없었다. 다만 약간 높이 쳐들어진 침대에 하얀 베개 위로 아내의 창백한 얼굴이 드러나 있었다. 보아하니 잠들어 있는 것 같았다. 그녀가 깰까봐 발소리를 죽여 한 차례 움직였다. 아내가 깜짝 놀란 듯 눈을 크게 떴다. 나를 알아 보고서, 이해할 수 없는 흥분된 표정으로 바뀌더니, 이불 속에서 팔을 꺼내 나를 향해 벌렸다. 나는 다가가서 꼭 껴안았다. 그녀는 머리를 내 품에 묻고 아무 말도 하지 않았다. 너무 흥분했나보다 생각하고 그녀를 좀 안정시켜야겠다는 생각에 나 역시 아무 말없이 그저 그녀의 머리를 쓰다듬어 주었다. 홀연 아내의 두 어깨가 요동치는 게 느껴졌다. 그제야 깜짝 놀라서 그녀의 흐르는 눈물로 범벅이 된 얼굴을 들어 올리고는 서둘러 물었다.

"무슨 일이야?"

그녀는 나를 더 꼭 껴안고 소리 내어 울었다. 아무 말도 하지 않았다. 내가 몇 번이고 재촉하자 비로소 재빠르게 대답했다.

"마음이 너무 아파."

뜻밖에도 나는 마음이 놓여 그녀를 가볍게 위로했다. 그녀의 지나치게 흥분된 감정이 평정을 되찾은 후, 눈물이 아직 채 마르지 않은 얼굴에는 바로 미소가 떠올랐다.

"어제 약 썼어?"

"응. 어제 간호사가 메스며 가위 같은 것을 한 쟁반 들고 들어오고, 의사가 이어서 수술하려고 할 때는 정말 무서웠어. 눈을 꼭 감고 이를 악물고서 아플 준비를 하고 있었지. 등골이 서늘했는데, 그런데 그렇게 아프지 않더라고, 금방 끝나버렸어."

아내는 응석부리는 듯한 말투로 당시의 상황을 장황하게 설명해주었다. 아주 기뻐했고 고통도 없다니, 나도 훨씬 마음이 놓였다. 무시무시한 환상이 모두 신경과민이라는 생각이 들었다.

"낳을 때 수술해야 하는지 물어보지 않았어?"

"물어봤어요. 의사 말이 약을 집어넣으면 알아서 나올 거래. 수술할 필요가 없대."

아내의 말하는 모습이 아주 홀가분해 보였다.

"언제 나온다고는 말 해주지 않았어?"

"아마 내일이나 모레쯤 나온다는데."

"그럼 몸조리 잘하고 있어, 움직이지 말고. 지금 느낌은 어때?"

"배가 좀 아파."

"그런데 왜 금방 울었어? 틀림없이 안 좋은가 보군, 다음부터는 그러지 마."

"응!"

그녀는 어린아이처럼 유순하게 대답했다.

"말해 봐, 금방 왜 그렇게 마음 아파 한 거야?"

나는 웃으면서 물었다.

"나도 모르겠어. 그냥 오빠를 보니까 울고 싶어서."

그녀는 계면쩍은 듯이 웃으면서 얼굴을 내 몸에 묻었다.

"어떻게 아무렇지도 않게 있다가 갑자기 울고 싶어질 수가 있어, 정말 깜짝 놀랐네. 난 또 어떻게 된 줄 알았잖아!"

"오빠가 너무 너무 보고 싶었으니까 그랬지. 날이 밝자마자 일어나서 오빠 오기만을 기다렸는데, 오빠가 온 것을 보니까 왜 그런지 울고 싶어졌어."

"다음부터는 그러지 마, 또 그러면 내가 못 오잖아."

"응, 울지 않을게."

그녀는 내 얼굴을 보면서 재빨리 대답했다.

비록 환자처럼 병실에 누워 있기는 했지만, 아내에겐 몇 달 동안 없었던 그런 생기발랄함과 유쾌함과 즐거움이 있었다. 그녀의 고통이 완전히 다 해소된 것 같았다. 그녀는 끊임없이 나에게 퇴원한 뒤에는 어떠어떠할 것이라고 재잘거렸다. 심지어 아주 먼 훗날의 계획까지도 모두 떠올려서 이야기했다. 아내가 이렇게 기뻐하는 모습을 보면서 나는 왜 그런지 감정이 격해져서 유난히 슬퍼졌다.

시간이 또 좀 흘렀다. 나는 사무실로 가야했다. 아내는 아주 가엾은 모습으로 나를 바라보았다. 막지는 않았지만 일찍 오라고 몇 번이고 당부했다. 사무실에 도착했을 때, 비록 어젯밤처럼 그렇게 불안하지는 않았지만 마음속은 여전히 석연치 않았다. 다만 그녀가 나를 보고 기뻐하던 기색, 내가 간 뒤 얼마나 힘들어할 것인지, 그러면서 내가 오기를 기대하고 있을 거란 생각만 했다. 사무실을 나섰을 때는 벌써 오후 네 시였다. 서둘러 병원으로 가서, 나는 문을 열고 들어가 일부러 움직이지 않고 가만히 서 있었다. 그녀가 쾌활하게 두 팔을 벌리고 나에게 오게 하려고 생각했기 때문이다. 그러나 아내는 내가 온 것을 보더니 단지 미소만 지으며 나를 바라보았다. 게다가 그 눈빛은 바로 힘없이 아래로 떨어졌다.

"왜 그래?"

나는 별 수 없이 그녀에게 다가가 물었다.

"배가 아파."

"많이 아파?"

"정말 아파 죽겠어, 한 번씩 한 번씩."

"의사 선생님은 왔다 갔어?"

"왔다 갔는데 걱정할 것 없대."

"곧 나오려고 그러나 보다. 무서워하지 마, 조금만 참으면 될 거야."

"응."

그녀는 고개를 끄덕이면서 대답했다.

이렇게 얘기하고 있을 때, 아내의 안색이 돌연 굳어졌다. 눈을 감고 이도 앙 다물고 있는 것 같았다. 있는 힘껏 참으려고 노력하지만 참을 수 없는 모습이었다. 결국 뒤척이다가 침대에 엎어져 "아이고!" 비명을 질렀다. 두 팔로 침대 난간을 꼭 잡았는데, 마치 뭔가에 저항하고 있는 것처럼 온 힘을 다해 꼭 잡았다.

"배가 아파!"

나는 당황하여 일어났다. 어떻게 해야 좋을지 몰랐다.

아내는 내가 말하는 것을 듣지 못하는 것 같았다. 갈수록 긴박하게 계속해서 아프다고 비명을 질렀다. 마음이 어지러울 정도로 비명소리는 날카로웠다.

"의사 선생님을 데려올게, 그럴까?"

"괜찮아."

그녀는 진통을 참고, 다급하게 이렇게 말하며 날 저지했다.

점점 비명소리가 잦아들었다. 긴장되어 있던 미간도 펴졌다. 그러나 그런 모습은 평정을 회복했다기보다는 느슨해졌다고 하는 게 더 나았다. 안색은 훨씬 더 창백했고, 눈은 여전히 감고 있었으며, 머리는 힘없이 베개 아래로 툭 떨어져 있었다. 잠이 든 것처럼 미동도 하지 않았다. 이마엔 굵은 땀방울이 가득 맺혀 있었다. 나는 그제야 보고서 손으로 가볍게 닦아주었다. 피부의 습습하고 차가운 기운이 스며들어 왔다. 잠시 후, 아내가 눈을 뜨고 나를 한 번 보더니 바로 다시 감았다. 극도로 피곤해 보여서 나는 감히 그녀에게 말을 붙일 수 없었다.

"오빠! 정말 아파 죽겠어."

그녀가 몸을 살짝 움직였다.

"아마 금방 나오려나 봐. 조금만 더 참아."

나는 그저 이렇게 그녀를 위로할 수밖에 없었다.

아내는 여전히 눈을 꼭 감고 조용히 별 말을 하지 않았다.

잠시 후 약간 기운을 되찾은 것처럼 눈을 완전히 다 뜨고 마실 물을 달라고 했다. 말할 기분이 든 것 같았다. 다만 눈빛과 목소리는 그렇게 활발하고 힘차지는 않았다. 기쁨의 흥취는 더더욱 전혀 없었다. 그 창백한 얼굴에 미소가 떠올랐을 때는 오히려 처참한 기색만을 더 두드러지게 보여줄 따름이었다.

"지금 생각하니 후회되지 않아?"

나는 웃으면서 물었다.

"앞으로 아이를 낳을 때도 마찬가지로 아픈 거 아냐?"

아내는 내 말에 기분이 상해서 정색을 하고 이렇게 대꾸했다.

"맞아, 아이를 낳는 것은 어쨌든 힘든 일이야."

"왜 출산하는데 고통스러워야 해? 이건 너무 부자연스러운 것 같아."

그녀는 자신에게 묻는 것 같았다.

"삶이 엄숙하다는 것을 의미하는 거겠지!"

나도 핵심을 파악하지 못하고 상냥하게 말했다.

매번 진통이 올 때마다 나는 긴장하여 선 채로 어떻게 해야 좋을지 몰랐다. 아내는 비명을 지르면서 내 이름을 끊임없이 불러댔다. 그것은 얼마나 견디기 힘든 비명이었던지! 그렇지만 아내가 그렇게 소리를 지르는 게 어쩌면 고통이 좀 약해지기를 원해서이겠지? 내가 그렇게 긴장하고 불안하여 그녀 앞에 서 있는 게, 비록 속수무책이지만, 어쩌면 약간은 위로가 될 수 있겠지? 내가 여기에 없을 때 그녀가 그렇게 아파한다면, 그럼 그 광경은 얼마나 처량할 것인가? 그래서 나는 병원의 몰인정한 대우에 돌연 불만스러워졌다. 간호사들은 다만 기계적으로 체온을 재거나 혹은 몇 마디 판에 박힌 말을 하는 것 외에는,

결코 환자 옆에서 있으면서 그들을 위로해주지는 않았다. 나는 아내에게 말했다.

"어째 간호사가 와서 돌봐주지 않는 거지? 내가 없을 때 아프면 어떻게 해?"

"오히려 간호사들이 옆에 있는 게 싫어. 아플 때 그녀들은 봐도 위안도 안 되고, 나 혼자 맘대로 이런 저런 생각하는 것도 즐거워. 그녀들이 여기 있다고 하면, 도리어 귀찮아."

"혼자서 뭔 생각을 하는데?"

"퇴원한 다음의 일. 잃었던 물건을 다시 얻으니 더더욱 사랑스럽게 느껴져. 곧 예전 생활을 회복할 수 있을 거라는 생각만 하면 얼마나 좋은지 말로 표현할 수가 없어. 퇴원한 이후의 생활만을 상상하고 계획한다니까."

인생에 대한 열정으로 충만한 이런 말들을 듣고 있으려니, 아내의 그 절망적인 낙담이 떠올라 마음이 요동쳤다. "고통스러워 절망하는 때에 장래에 집착하는 이런 상황보다 더 슬픈 일이 또 뭐가 있을까?" 아내가 아직 그렇게 열렬하게 삶에 대한 욕망을 불사르고 있는 것을 보니 나도 모르게 이런 생각이 떠올랐다.

아내가 계속해서 이런 반복적인 고통을 당하고 있는 모습을 나는 정말 참을 수가 없어서 결국 의사 선생을 불러왔다.

"너무 아파요. 곧 나오려는 거 아닌가요? 선생님께서 한 번 봐주세요."

"이렇게 빨리 나올 리가 없습니다. 한번 보지요."

의사는 태연하게 말하면서 간호사가 손에 들고 있는 청진기를 가져다가 아내의 하복부에 대고 가만히 들으면서 말했다.

"좀 더 있어야겠군요."

"대략 언제쯤 될까요?"

"빨라도 밤중이나 되겠어요."

의사 선생은 말을 마친 뒤 아무 일 없다는 듯이 나갔다.

이 긴 시간 동안 아내가 어떻게 견디지? 내 불안감이 갑자기 가중되었다. 내가 떠날 때까지 아내는 여전히 그렇게 진통 중으로, 별다른 변화가 보이지 않았다. 집에 돌아간 뒤, 밤새도록 아내의 처참한 비명 소리를 듣고 있는 것 같았다. 때때로 어쩌면 이미 고통에서 벗어났을 지도 모른다는 생각을 했다. 또 너무 내 마음대로 생각하고 있다고 느껴졌다. 정말 이럴 거라고는 감히 믿을 수가 없었다. 다음 날 병원에 가 보니 역시나 모든 게 그대로였다. 그렇지만 상황은 좀 더 긴박해진 것 같았다. 아내의 침대 옆에 두 사람의 간호사가 지키고 있었다.

"아직도 나오지 않았어요?"

아내가 잠들어 있는 것 같아서, 나는 작은 목소리로 물었다.

"곧 나올 거예요."

간호사가 낮은 목소리로 대답했다.

아내가 갑자기 눈을 떴다. 내가 있는 것을 보고는 간호사가 옆에 있다는 사실을 잊은 양 내 손을 꽉 잡아당겼다. 한 마디도 하지 않고 눈물을 흘리기 시작했다. 내가 막 그녀에게 무슨 말을 하려는 순간, 그녀는 갑자기 내 손을 놓고 아픔으로 혼미해졌다. 간호사는 그녀의 몸부림치려는 몸을 꼭 붙들고 움직이지 말라고 했다. 아내는 베개 위에서 머리만 요란하게 흔들어댔다. 진통이 어제 저녁보다 더 심했고, 그 시간도

더 단축되었다. 진통이 잠깐 멈춘 동안에도 아내는 나와 말할 여유가
없었다.

"금방 나올 거예요. 나가서 조금만 기다려 주세요."

간호사가 나에게 말했다.

내가 막 나가려고 하는데 아내가 갑자기 일어나려고 하는 것처럼
하면서 나를 꽉 잡고 "나를 떠나지 마, 나를 떠나지 마!" 라고 미친 듯
이 외쳤다. 진통이 다시 시작되자 어쩔 수 없이 놓았다.

"그럼, 여기 있어도 괜찮겠지요?"

나는 간호사에게 허락해 달라고 부탁했다.

두 명의 간호사가 난처하다는 듯이 서로를 바라보았다. 묵인한 셈
이었다. 나는 아내 앞에 앉아 그녀의 차디찬 손을 꼭 잡았다.

이때 간호사가 아내에게 다리를 들어서 침대에 꽉 대라고 했다. 또
아내 머리맡 침대 난간에 끈을 묶고는, 고통스러울 때 이것을 잡아당기
면 힘을 잘 쓸 수 있다고 했다. 아내는 대단히 순종적으로 통증이 시작
되자마자 바로 두 손을 들어 머리 뒤에 있는 그 끈을 꼭 붙들고 양 발로
침대를 꽉 누르며 온 힘을 다 쏟았다. 간호사는 또 입을 꽉 다물고 있으
라고 했다. 아내는 정말로 고통을 참기 힘든 듯 바로 비명소리가 터져
나올 것 같았다. 그러나 비명을 한 번 지른 다음 바로 입을 앙 다물었다.
얼굴 근육은 매 부분 부분이 다 긴장되어 있었고 덜덜 떨리고 있었다.
나는 이보다 더 고통스러운 표정을 본 적이 없었다. 아내의 의식은 완
전히 혼미한 것 같았지만, 간호사의 말에는 그렇게도 결심을 하고서 복
종했다. 이렇게 애쓰는 기색도 그 어떤 것과 비교할 수 없는 것이었다.
매번 통증이 올 때마다 간호사는 아내의 하복부를 손으로 꼭 누르면서,

한편으로는 "힘을 내요! 힘을 내!"라고 독려했다. 아래에서 물이 잔뜩 쏟아져 나왔다. 이때 아내든, 나든, 간호사든 모두 다 "이번엔 나왔겠지"라는 희망을 가지고 있었으나, 그 '진통'은 마치 장난치는 것처럼 고통이 최고조에 이르면 그만 아무 효과도 없이 멈춰버리고 마는 것이었다. 용을 쓰던 아내의 몸이 돌연 힘이 빠져 녹초가 되고 조용해지는 것을 보면 일종의 실망감마저 들었다. 통증이 멈추고 난 뒤, 아내는 지쳐서 숨 쉴 기력조차 없는 것 같았다. 얼굴은 창백하여 입술까지도 다 새하얗고, 이마엔 굵은 땀방울이 가득했으며, 머리카락은 비 맞은 것처럼 축축하게 젖어서, 보는 사람들이 더 이상 힘을 주지도 못하겠다는 걱정을 하게 했다. 그러나 다음 번 진통이 시작되었을 때, 아내는 갑자기 상상할 수도 없는 힘을 또 다시 내기 시작했다. 그러나 종내 마찬가지로 효과를 얻지 못했다.

"더 이상 힘이 없어요! 나 잘래요!"

아내는 혼미하여 잠꼬대를 하는 것처럼 힘없이 외쳤다. 금방이라도 잠에 빠질 것처럼 지쳐 보였다. 그러나 그 진통은 거의 이어지면서 조금도 쉴 틈을 주지 않았다.

"어떻게 하면 좋아? 저 이제 힘이 없어요! 수술해야 하나요?"

아내는 조금은 두렵고 당황하기 시작했다.

"걱정하지 마세요. 금방 나올 거예요."

간호사는 아내를 격려하면서 위로했다.

"의사 선생님 좀 불러오면 어떨까요?"

나는 아내가 정말 더 이상 버틸 힘이 없다고 여겨져서 겁이 났다.

"걱정하지 말아요. 금방 나올 거예요. 의사 선생님은 지금 다른 사람을 수술하고 계세요."

　진통이 또 시작되었다. 이번엔 시간이 유난히 길었다. 아내는 여전히 그렇게 몸부림치고 있었다. 그러나 지극히 억지로 짜내는 것이었다. 나는 줄곧 아내가 이번 진통이 멈추고 기절할까봐 걱정했다. 간호사는 긴장하여 아래쪽을 주시하고 있었다. 갑자기 그녀가 "됐어요, 빨리 조금만 더 힘을 줘요!"라며, 아내를 엄하게 독려하고 재촉했다. 나는 아내의 얼굴을 보면서 그녀가 감당하지 못할거라는 생각을 했다. 그러나 아내는 놀랍게도 최후 마지막 남은 힘을 다 쓸 때까지 더 강하게 힘을 주었다. 몸이 갑자기 풀썩 내려앉고 나자, 아직 다 크지 않은 아이가 아내의 다리 사이로 드러났다. 간호사들이 기뻐하며 "됐어요! 됐어!"라고 말했다. 그러면서 아주 민첩하게 갖가지 수속을 처리하기 시작했다. 나도 오랫동안 숨이 멈추었다가 갑자기 한 숨 터진 것처럼 말로 표현할 수 없이 홀가분했다. 당연히 지쳐서 잠들었을 것이라고 생각한 아내가 이때 눈을 번쩍 뜨고서 나를 향해 평온하게 미소를 지었다. 나는 그저 그녀의 손을 꼭 쥐고서 무슨 말을 해야 좋을지 몰랐다. 갓난아이를 넓찍한 그릇에 담던 간호사가 갑자기 말했다.

　"남자아이네요."

　"저한테 좀 보여주세요."

　아내가 고개를 들고 말했다.

　간호사가 그릇을 가지고 왔다. 피로 범벅이 된 가운데 이미 사람 형상을 갖춘 갓난아이가 드러났다. 갑자기 일종의 서늘한 기운이 엄습해 와, 나는 자세히 살펴볼 수가 없었다. 아내도 고개를 바로 베개에 묻어버렸다. 간호사는 모든 것을 다 정리한 뒤에 아내에게 몇 가지 주의를 주고 나갔다. 나는 그녀에게 진심으로 사의를 표하면서 수고하셨다고 했다.

나와 아내만이 남았고, 그저 조용히 껴안고 있었다. 기쁨과 그 갓난아이가 남긴 비참한 인상이 뒤섞여져, 마음이 몹시 어지러웠다. 아내는 갑자기 내 얼굴을 잠간 주시하더니 웃으면서 말했다.

"그 아이가 당신하고 정말 닮았어."

"마음이 아프니까 얘기하지 말자."

나는 아내의 곁에 엎어져서 정말 울고 싶을 정도로 아프고 슬펐다.

아내도 침울해졌다. 나는 돌연 아내가 이미 그렇게 심한 피로를 겪었는데 다시 그녀에게 정신적인 흥분을 줘서는 안 된다고 생각했다.

"자고 싶지 않아? 이제 편안하게 잠 좀 자."

"왜 그런지 조금도 자고 싶지 않네."

정신은 비록 흥분상태라고 하지만 몸은 극도로 지쳐 있었기에, 아내는 잠시 후 조용히 잠이 들었다. 그러나 그 얼굴에는 희미하지만 행복한 미소가 어려 있었다. 나는 어머니가 아이를 간호하고 있는 듯한 즐거운 마음으로, 그녀가 잠을 많이 자도록 기도하면서 동시에 그녀가 깨어나기를 기대했다. 비록 외롭게 거기에 앉아 있었지만 결코 적적하다고 느끼지 않았다.

저녁 먹을 때에, 아내가 갑자기 나에게 말했다.

"지금은 출산할 때의 고통이 아무 의미가 없다는 생각이 안 들어. 이 고통이 바로 즐거움이야. 혼자 고통의 극단에 있다가 갑자기 고통을 벗어나는 것, 이것은 꽤 즐거운 일이야. 만약 곁에 돌연 갓난아이가 하나 늘어난다면 틀림없이 어떤 것과도 비견할 수 없는 기쁨이겠지.…… 인생은 정말 신비해서 흥미롭다니까!"

아내가 뒤의 한 마디를 할 때에는 마치 혼잣말을 하는 것처럼 말을 마치고서 계속 미소를 지었다.

나는 순간 어떻게 대꾸해야 좋을지 몰라 생각했다. 아내는 지금 일종의 공허를 느끼는 건가? 어쨌든 아내가 상상하고 있던 말을 한 것은 결코 우연한 일이 아니라 여성의 불가사의한 부분이다. 동시에 아내는 이번 출산에서 나로 하여금 삶의 엄숙함과 모성의 위대함을 느끼게 했다.

출산 후의 아내는 비록 허약했지만 아픈 곳은 없었다. 아내는 자주 쾌활하게 말했다.

"지금의 몸이 출산 전보다 오히려 더 나아. 그 불편하던 자잘한 통증들이 다 없어졌어. 밥맛도 좋고."

그러나 그녀의 정신은 몸과 같이 무슨 즐거움을 느끼지 못하고, 다른 종류의 우울함과 고민에 빠져있었다. 내가 매번 그녀를 보러 갈 때면, 나를 보고 아주 기쁜 것처럼 열정적으로 껴안기도 하고, 또 아주 슬픈 것처럼 무슨 이유도 없이 눈물을 흘렸다. "왜 그래?" 이렇게 물으면 더는 억제하지 못하고 울었다.

"도대체 왜 우는 거야."

"아무 것도 아니야. 묻지 마!"

그녀는 아주 난처한 모습이었다. 마치 더 이상 캐물었다가는 금방 울 것 같았다.

이때는 출산하고 겨우 셋째 날이었는데, 아내는 언제 퇴원할 수 있는지 물었다. "최소한 일주일 후"라는 말을 듣고, 더 근심스럽게 "이걸

어쩌면 좋나? 아직도 이렇게나 많이! 정말 하루도 더 있고 싶지 않은데!" 라고 말했다. 때로는 내가 일부러 아내가 이전에 가장 좋아했던 퇴원한 다음의 일에 관해 그녀와 이야기를 나누었지만, 이것은 이미 그녀의 흥미를 불러일으키지 못하는 것 같았다. 그녀와 무슨 일을 의논하더라도 항시 "좋아." 또는 "어떻게 해도 괜찮아."라고만 냉담하게 대답했다. 이제는 어떤 얘기도 즐거워하지 않고 그저 쉽사리 슬픔에만 젖어 걸핏하면 눈물을 흘렸다. 때론 내가 없을 때 혼자 운 적도 있는 것 같았다. 어느 날 내가 아내를 보러 갔는데, 떠날 때가 되자 언제 썼는지도 모르게 다 쓴 편지 한 통을 나에게 건네주며, "돌아가서 봐." 했다. 돌아오는 길에 나는 편지를 뜯었다. 안에는 이렇게 쓰여 있었다.

오빠,

나 자신조차도 영문을 알 수 없는 이런 슬픔이 오빠에게 틀림없이 심각한 혐오감을 주고 있겠지요. 나도 알아. 그러나 이것을 제지할 방법이 없어요. 오빠는 어쩌면 날 이해할 수 있을 거예요.

병원은 정말 저주스러운 곳입니다. 어디든 다 사람을 처량하게 만들어요. 어디서 왔는지 알 수 없는 수많은 슬픔이 죄다 함께 파고 들어와요. 게다가 아무리 해도 기분전환이 안 돼요. 어쩌면 여기를 떠나면 좋아지겠지 싶은 생각에 이렇게 하루도 견디기 힘들어하는 거예요!

즐거움은 영원히 희망과 상상의 사이에 있을 뿐, 실제로는 그저 공허뿐입니다. 지금 설령 퇴원한다고 해도 반드시 내가 '좋아지겠지'라고 말한 것 같지 않으리라는 거 나도 알아요. 그러나 이렇게 기대하지 않을 수도 없잖아요.(비록 얻는 것은 공허지만, 인생이란 본디 끝없는 기대와 추구 속에 있잖아요.)

만약 오빠가 내가 지금 참고 있는 것을 안다면, 틀림없이 더 이상 나에게 여기 있으라고 권하지 않을 거예요. 하지만 오빠는 알지 못해요. 나 자신도 이유를 알 수 없으니까.

아내의 괴로움을 나는 알고 있었다. 그러나 왜 그런지는 생각할 수 없었다. 지금 아내더러 이렇게 병원에 있으라고 하는 게 그녀의 건강에 꼭 이롭지는 않다는 생각이 들었다. 그래서 며칠 후, 출산 후 칠일째 되는 날이었는데, 의사의 허락을 얻어 다음날 퇴원하기로 결정했다. 아내는 이 소식을 듣고 바로 흥분했다. 좋아서 옷을 입고 침대에서 내려오려고 하는데, 아무리 말려도 듣지 않았다. 그녀는 바닥에서 한 번 움직여보면서 어떤 느낌인지 봐야겠다고 했다. 나는 별 수 없이 그녀가 원하는 대로 흔들흔들 금방 넘어질 것 같은 몸을 부축해서 옷장 거울 앞까지 걸어갔다. 아내는 잠깐 서서 비춰보더니 "어떻게 이럴 수가!"라고 하면서, 자신의 얼굴을 보고 좀 놀랐다. 분명 아내는 침대에서 일어나니 훨씬 야위어 보였다. 아내는 거울을 보면서 옷을 한 번 끌어올렸다. 정말 커서 모양이 안 났다. 아내는 그것을 조여 매고는, 그 예전의 날씬함을 회복한 몸매를 거듭 보고 있었다. 아주 기뻐하는 모습이었다. 내가 몇 번이나 타이르고 나서야 겨우 다시 침대로 돌아가서는 못마땅한 듯이 누웠다. 내가 병원을 나설 때, 내일 옷과 화장품을 가져다 달라고 부탁하면서, "내일 나가니까 정말 기뻐, 좀 꾸미고 싶어."라고 했다. 이때 아내는 다시 생기가 돌기 시작했다. 왜냐하면 그녀에게 다시 일종의 기대와 상상할 수 있는 일이 생겼기 때문이었다.

아내가 입원한 이래로 집은 이미 집같지가 않았다. 나는 날마다 잠잘 때나 들어오고, 정리할 시간도 없었다. 기분도 아니어서, 사방에 두터운 먼지가 깔려 있었다. 아내가 내일 돌아오는데 치우지 않으면 안 되었다. 그래서 하룻저녁 내내 이 황량한 집을 청소했다. 아내가 입원하는 날 아침에 사다놓은 이름 모를 하얀 꽃이 관심을 받지 못한 채 화병 속에서 피었다가 져버린 것을 이제야 보았다. 그것을 버리려고 한 순간, 돌연 어떤 느낌이 들어 차마 버리지 못하고 그대로 남겨 두었다.

다음 날 병원에 도착하니, 아내는 벌써 기다리고 있었다. 머리도 곱게 빗었고, 얼굴에는 분까지 발랐다. 며칠간 누워있던 아내가 갑자기 이렇게 화장을 하니 유난히 예쁘게 느껴졌다.

"어, 벌써 다 했네, 어디서 화장품이 났어."

"기다려도 당신이 안 와서, 온 다음에 하면 또 시간이 지체될까봐 간호사들한테 먼저 빌려다 썼지."

말하면서 내가 가져온 옷으로 갈아입었다. 그녀는 놀러나가는 소녀처럼 그렇게 즐거운 표정이었다.

아내가 내 팔을 잡고 천천히 밖으로 걸어가자, 그녀의 얼굴에는 감출 수 없는 기쁨의 미소가 떠 있었다. 집에 도착하자 아내는 더 좋아했다. 마치 오랫동안 이별했던 어머니의 품으로 돌아온 것 같았다. 굉장히 피곤해 보였지만 침대에 가서 쉬려고 하지 않고, 굳이 건강한 사람처럼 소파에 앉았다. 뿐만 아니라 계속해서 열렬하게 나에게 키스를 했다. 이런 흥분한 상태는 이튿날이 되어서야 조금씩 평온함을 되찾았고, 차분하게 침대에 누웠다. 그러나 아내의 정신은 약간 병든 것 같았다. 그렇게 흥분하거나 아니면 유난히 우울하여 왕왕 깊은 생각에 빠져 있었다.

탁자 위에 놓인 그 이름 모를 하얀 꽃을, 어제 버리지 않아서 오늘 아내가 발견했다.

"어떻게 그 꽃이 아직 거기에 꽂혀 있지?"

"기념할 만한 것이어서. 당신이 입원하던 그날 사 온 거잖아."

"당신 틀림없이 내가 그때 죽었으면 이 꽃이 기념이 되었겠다고 생각했구나."

"왜 그런 말을 하는 거야!"

"농담으로 한 말이야, 화 내지 마!"

이렇게 말하고 웃으면서, 아내는 아주 재미있는 것 같았다. 그러나 곧 피곤한 기색을 드러냈다. 나는 책상에 가서 뭘 좀 썼고, 아내는 조용히 침대에 누워 있었다.

"만약 이번에 병원에서 어린 아이를 데리고 왔으면 이렇게 조용할 수 없겠지."

그녀가 이 말을 하는 뜻이 마치 스스로에게 마음을 풀어 주려고 하는 것 같았다.

"그러나 그것도 재미있지."

나는 일부러 아내의 본의에 맞춰주었다.

"무슨 일이든 다 간단하지 않아. 한편으로는 재미있으면서 다른 한편으로는 또 싫어."

아내는 분명 그처럼 결연하게 아이를 반대했던 입장을 되풀이하지 않았다.

"다음에 우리 다시 아이 갖자. 이번에 나 정말 괴로웠어."

"어떻게 된 일인지, 나 그 애 그 얼굴이 생각났는데 참 잘 생겼다고 느꼈어. 정말이야, 당신하고 많이 닮았어."

아내는 별 뜻 없이 말하는 것처럼 가장하며, 웃었다.

아내는 무슨 대화든 모두 냉담하게 대했다. 오로지 이런 얘기만 하면 히스테릭하게 흥분하기 시작했다. 그러나 늘 맹목적으로 농담조의 말투를 취하고 있었는데, 자신을 무의식적으로 억제했다. 자주 나를 놀리면서 아내는 이렇게 말했다.

"또 그 아이 생각하는구나? 그 앨 데려오는 게 어때? 틀림없이 아직 병원에 있을 텐데."

아니면……

"당신 아이가 있기를 바라는구나. 그렇지? 이렇게 젊은데 아이가 있어야겠어?"

생활은 단지 일종의 연속일 뿐 결코 시작은 없다. 아내의 그 "만약 좋아진다면 난 그야말로 새로운 인생을 사는 거야."라던 이상은 진즉 깨져버렸고, 지금은 그저 자신을 이 슬픔의 분위기 안에 꼭꼭 가둬두고 있을 뿐이었다.

아내가 꽃을 좋아하는 것을 알기에, 이날 나는 또 그녀가 가장 좋아하는 그 하얀 꽃을 사 가지고 왔다.

"지난번에 사온 것을 당신이 보지 못해서 다시 사왔어."

꽃을 꽂은 후, 아내는 잠깐 바라보다가 예전처럼 농담조로 말했다.

"다음부터는 이 꽃만 사자, 그것으로 우리 아이를 기념해."

1929년

사랑의 시작 愛情的開始

잠자리에 들 때까지 두 사람의 답답한 심정은 아직 풀어지지 않아서, 둘 다 묵묵히 아무 말도 하지 않았다. 그러나 서로 상대방이 먼저 입을 열기만을 기다리면서 누구도 먼저 입을 열려고 하지 않는 것 같았다. 그 시간 기침이며 몸을 뒤척이는 것조차 전혀 없는 적막 그 자체였다. 마치 조금이라도 움직이면 말하겠다는 의사를 나타내는 것 같았다. 하지만 둘 다 아직 잠들지 않았을 뿐 아니라 잘 생각이 없다는 것도 분명했다.

잠시 후, 남자의 팔이 등을 돌리고 있는 여자의 몸으로 천천히 뻗쳐왔다. 그러나 이렇게 하면서도 바로 말하지는 않았다. 침묵이 다시 잠깐 이어졌다.

"몸 좀 돌리면 안 돼?"

남자가 결국은 먼저 입을 열었다.

"안 될 게 뭐 있어?"

여자가 몸을 돌렸다. 또 아무 말없이 가만히 있었다. 마치 "몸 돌렸잖아, 어쩌자고?" 라고 말하는 것 같았다.

남자가 그 돌린 몸을 껴안았다. 바로 말을 하지 않음으로써 뭔가 깊이 생각하고 있다는 것을 보여주었다. 잠깐 시간이 흐른 뒤, 그는 조금 전의 느낌을 얘기했다.

"다른 사람들은 어느 부부든 다정하게 잘 지내는데, 우린 왜 하루 종일 짜증만 부리는 거지?" 말을 마친 후, 가볍게 한숨을 내쉬는 것 같았다. 감개하다는 의미였다.

"물론 내 잘못이야. 당신의 사랑도 받지 못하고 당신을 즐겁게 해주지도 못하니!"

여자의 이 말은 가시가 있어 냉랭했다.

"내 말은 그게 아냐. 이건 당연히 둘 다 책임이 있는 거야!"

남자는 여자의 말에 숨겨진 가시를 못 알아들은 체 했다.

"둘 다 책임이 있다"는 남자는 이 말 뜻은 마치 이미 자기는 과하리 만치 잘못을 인정한다는 것 같았다. 하지만 여자는 이 말을 듣고 화가 나서 속으로, '양심에 비춰보고 그런 말을 할 것이지!'라고 생각했다. 남자가 여태껏 위선을 부리고 자기를 기만했던 일들이 한꺼번에 다 떠올랐다. 지금에 와서는 또 이런 양심도 없는 말을 하다니…… "둘다 책임이 있어!" 그녀는 자신도 모르게 속으로 코웃음을 치면서 아무 말도 대꾸하지 않았다.

"다음부터는 이러지 말자고, 됐지!"

남자가 그녀에게 마치 이 약속을 허락해달라고 애원하는 것처럼 말했다. 그러나 이것은 말하는 게 아니라, 꼭 극본이나 소설에 있는 대사를 외우고 있는 것 같았다.

"난 당신한테 잘못한 거 없다고 생각해!"

여자는 "다음부터는 이러지 말자."라는 말과 좀 전의 "둘 다 책임이 있다."는, 똑같이 교활하고 혐오스러운 말 때문에 화가 치미는 것을 더 이상 참을 수 없었다.

남자는 아무 말도 하지 않고 다시 깊은 생각에 빠졌다. 여자는 조용히 그의 얼굴을 쳐다보았다. 하지만 깜깜한 가운데 아무 것도 보이지 않았다. 그녀는 고개를 높이 쳐들고서 속으로 비웃으며 생각했다.

'너 거기서 연극이나 해봐, 난 지켜보고 있을 테니!'

기다리고 있던 연극 대사가 얼마 지나지 않아 곧 시작되었다. 남자는 그녀의 품에 고개를 묻고 더듬더듬 말했다.

"분명 내가 당신한테 너무 잘못했어. 생각하면 정말 마음이 아파. 나는 너무 이기적이고 야심이 너무 커. 솔직히 여태껏 당신에게 충실하지 못했어. 하지만 내가 당신을 사랑한다는 것은 사실이야. 그렇지 않아?"

여자는 여전히 어둠 속에서 냉소를 띤 듯한 얼굴을 치켜들고서, 그의 말에 대꾸하지 않았다. 마음속으로는 '네가 무슨 말을 하는지 들어나 보자!'고 생각했다. 남자가 계속 이어 말했다.

"우리 둘 다 불쌍한 사람들이야. 처음 연애할 때만 며칠 달콤한 시간을 보냈을 뿐, 그 뒤로는 하루도 고민하지 않은 적이 없었어. 당신이 날 사랑하는 거, 나도 알고 있어. 하지만 나도 당신을 사랑하지 않는 것은 아냐……."

마치 급하게 생각이 떠오르지 않은 것처럼, 그는 잠깐 말을 멈추었다.

처음에 그녀는 어떻게 해도 이 남자를 믿지 않을 거라는 결심을 하

고 냉소적으로 그가 연극하는 모습을 지켜보았다. 남자가 처음 연애
하던 며칠을 제외하고 하루도 고민하지 않은 적이 없었다는 말을 하
는 것을 들으면서, 그녀는 돌연 연애한 이후로 자신이 참아온 고통들
이 떠올라 더 이상 냉정을 유지하지 못하고 바로 긴장하기 시작했다.
반년 전, 이 남자와 급속도로 사랑에 빠져들고 난 뒤, 곧 그의 불성실
함을 발견했다. 동시에 다른 여자에게도 구애를 한 것이었다. 그 당시
자신이 그를 사랑하지 않아도 그는 개의치 않거나 혹은 그러기를 바
라는 상황이었다. 그러나 그렇게 그와 관계를 끊어버리는 게 내키지
않은 것 같기도 했다. 게다가 자신이 이 남자를 열렬하게 사랑하고 있
다는 것도 어쩔 수 없는 사실이었다. 이렇게, 사랑의 학대자가 되었다.
자신은 마치 죽을 결심을 하고 사지로 걸어가는 듯했다. 간구할 곳도
희망도 없이 고통의 심연 속으로 갔다. 남자는 때로는 위선적으로 속
이고, 때로는 공개적으로 모욕을 주었다. 처음에 그녀는 이 사랑을 회
복할 수 있기를 바랐다. 그러나 매번 희망은 더 깊은 상처만을 남길 뿐
이었다. 때문에 수차례 망가져 버린 마음은 점점 고요해졌고, 무뢰하
게 최대한 타락했다. 사랑 때문이 아니라면 무엇을 위해서였는지 알
수 없었다. 이 남자와 사느라 공부를 포기했고, 모든 것을 희생했으며,
아무 것도 고려하지 않은 채 자신의 심신을 짓밟았다. 이 잔혹하고 암
담한 동거 이후의 생활 가운데, 그녀는 변하려고도 벗어나려고도 생
각하지 않고 그저 그 안에 자신을 묻어 버리자고 결심했다. 남자는 때
때로 기분이 좋으면 희롱하듯이 가식적으로 사랑의 말을 속삭였다.
그녀는 어떻든 상관하지 말고 그 고요해진 마음을 영원히 고요하게
두자고 생각했다. 그러나 가끔은 어쩔 수 없이 서글픈 심정으로 다시

희망에 불을 붙였다가 다시 또 상처만 입었다. 나중엔 맹세하듯 마음을 차디차게 만들어갔다. 악마가 되어도 상관없어. 이 고통스러운 생활을 최대한 고통스럽게 놔두지 뭐. 이러한 생활 속에서 남자도 고민을 할 때, 자신은 외려 쾌감을 느끼는 것 같았다. 왜냐하면 설령 그것이 더 냉혹한 것이라 해도, 이럴 때만 남자가 비로소 약간 진실한 태도를 보이기 때문이었다. 그러나 남자가 자신에게 하는 이런 말들이 여전히 가식적이고 교활해서, 분노로 마음이 아프지 않을 수 없었다. 비록 그것들이 다 만들어진 연극이라는 것을 알고 있으며, 절대 자신이 그런 말들에 감동 받지 않을 것이라고 생각하고 있었다. 하지만 고요한 마음이 종내 완벽하게 고요해지지는 못했기에 남자의 말은 자신을 슬프게 했다.

"고통스러워할 테면 고통스러워하라지 뭐!" 비록 시시로 이렇게 냉혹한 결심을 격려했지만, 순간적으로 자신의 고통을 떠올리면 슬퍼지는 것을 막을 수 없었다. 동시에 자신이 왜 이렇게 쉽게 슬픔에 빠지는지 화가 나서, 방금까지의 남자에 대한 분노의 감정이 자신에 대한 것으로 바뀌었다. 그녀는 입술을 꼭 깨물었다! 남자의 말은 계속되었다.

"우리의 불화가 완전히 후이쥔惠君 때문이라는 거 알아. 그녀 때문에 내가 당신에게 충실하지 못한 부분이 분명히 좀 있었어. 당신이 나에 대해 거리감이 생긴 것도 온전히 이 일 때문이었고. 지금 생각해보면 정말 마음이 아프고 후회가 돼. 줄곧 난 거짓 속에서 살아왔어. 당신을 속였고 그녀도 속였지. 동시에 스스로에게도 충실하지 못했어! 하지만, 이제 이 가식적인 연극은 끝난 거나 다름없어! 당신도 알다시피 그녀는 이미 다른 사람과 결혼했어. 우리 지금부터 잘 지낼 수 있을

지 없을지 당신이 얘기 좀 해봐!…… 당신이 이미 나에 대한 불신이 깊다는 것 알아. 내가 무슨 말을 해도 당신은 믿지 않을 거야!"

후이쿤이라는 두 글자의 언급은 그녀 마음속 지난 일의 상처를 더 심하게 건드렸다. 한 마디 한 마디가 다 그녀의 마음속에서 고통을 태워냈다. 동시에 남자의 이 말이 전부 다 자신을 우롱하는 상투적인 수법이지, 진심이 아니라는 것도 알고 있었다. 그녀는 '이런 말들은 누구라도 다시는 믿지 않을 거야!' 라고 생각하면서도, 무관심하게 내버려 두지도 못해, 최대한 냉정을 유지하던 마음조차 지탱할 수 없었다. 그녀는 남자의 말을 뒤이었다.

"난 지금껏 당신을 믿지 않은 적이 없어. 매번 속으면서도 매번 당신을 믿었지!"

원래는 일부러 가시를 품고 말한 것인데, 말하고 난 뒤에는 이것이 정말 사실이라는 생각이 들자, 돌연 속이 상해서 울고 싶었다! 남자가 잠깐 침묵했다.

"당신이 나를 다시는 믿지 않으리라는 거 알아. 하지만 이후의 사실이 결국은 당신으로 하여금 믿게 만들 거야! 과거 내가 당신한테 지나치게 냉혹했어, 정말 사랑이라곤 조금도 없었지. 그렇지만 당신은 날 줄곧 사랑했지, 나도 알아."

남자는 참회하듯 말했다.

이미 슬픔에 잠겨있던 여자의 마음이 이때에는 더욱 격해졌다. 남자의 말이 진심인지 아닌지 생각하지도 않았고, 믿고 말고도 상관이 없었다. 그저 있는 힘껏 냉정하려고만 생각했는데, 무관심하게 듣는 게 이미 불가능해졌다! 눈물이 눈가를 따라 양쪽으로 흘러내렸다. 갑자기 눈물이 흐르는 얼굴을 남자의 품에 대고, 최대한 울음소리를 억제하면서 띄엄띄엄 말했다.

"내가 당신을 사랑하고 당신이 날 사랑하지 않는 것은 문제가 아냐. 왜 항상 당신은 날 사랑하는데, 내가 당신에게 잘못하기 때문에 당신이 다른 여자에게 구애하는 거라고 말하는 건지, 당신은 너무 잔인해!"

억제하고 있던 울음이 더 격해지기 시작했다.

"그래, 내가 너무 잔인했어!……."

"우리 사랑은 단지 며칠 만에 손상되고 훼멸되어 버렸어!"

여자가 소리 내어 울었다.

"그래…… 그렇지만 우리의 사랑을 다시 시작할 수 없는 거야?"

"할 수 없어!"

여자는 우느라 숨도 제대로 내쉬지 못하는 것 같았다. 등이 심하게 흔들렸다.

"왜 안 되는 거지?"

남자는 여자의 떨리는 몸을 안았다.

"왜냐하면…… 왜냐하면 내가 이미 당신의 아내이지, 연인이 아니기 때문이야. 연애하던 시절은 이미 사그라져 버렸어, 지나가 버렸어. 설령 당신이 이후로 나에게 좀 잘해준다 할지라도, 그저 아내에 대한 호의일 뿐이지 사랑은 아니야!"

여자는 말을 마치고 더 크게 통곡하면서 남자를 껴안았다. 애써 억제하면서도 억제하지 못하는, 통곡하면서도 통곡하지 못하는 것 같았다.

"그렇지 않아. 난 우리 사랑이 다시 시작될 수 있을 거라고 믿어.

처음 연애할 때처럼 그렇게 당신을 사랑할 수 있어! 당신도 이후부터는 나에게 좀 부드럽게 대하고, 더 이상 성질부리지 마! 우린 잘 지낼 수 있을 거야!"

'아무튼 내가 너한테 온화하지 않고 성질부리는 것 같구나!' 남자의 말을 듣고는 또 분이 좀 치밀어 이렇게 생각했다. 방금 전의 슬픔이 순식간에 확 줄어들었다.

"우리 둘은 날마다 아침에 일어나기만하면 얼굴이 굳어지잖아. 무슨 귀신이 조종하고 있는 것 같아. 다음부터는 그러지 말자!"

남자는 그녀의 울음이 다소 진정되는 것을 보고는 한편으로는 위로하면서 한편으로는 웃으면서 이렇게 말했다.

여자는 아무 말도 하지 않았다.

통곡하고 난 뒤의 피로함으로 여자는 더 이상 무엇을 생각할 수 없었다. 잠시 후 그녀는 아직 가시지 않은 슬픔을 안고 잠이 들었다.

다음 날 일어났을 때, 그녀는 눈이 좀 부은 느낌이 들었다. 그제야 어젯밤의 일이 떠올랐다. 그러나 그것은 밤에 꾼 꿈같았고, 좀 실망스러웠다. "희망? 더 이상 자신을 속이지 마!" 여자는 평소의 냉정한 마음을 회복했다. 남자도 일어난 후 여자의 얼굴을 보고는 어젯밤의 일이 생각나 웃으면서 말했다.

"이제 우린 잘 지내는 거야! 그렇지!"

남자의 태도가 또 연극하는 것 같아서 여자는 다시 분노가 일었다. 그녀는 남자의 말에 대꾸하지 않았다. 어젯밤의 일도 자신이 속은 것 같아서 다시 얘기하고 싶지 않았다.

깨어난 지 한참 되었지만 그냥 침대에 누워 이런저런 생각에 빠져 있었다. 햇빛이 창문으로 비춰 들어왔다. 빛이 강한데다가 어젯밤 울었던 탓에 머리가 좀 어지러웠다. 자리에서 얼른 일어나고 싶었지만 움직이기가 싫었다. 남자가 옆에서 일어나라고 여자를 재촉했다. 재촉하니 더더욱 늦장을 부린 채 바로 일어나기가 싫었다. 남자는 몇 번을 재촉하다가 정색을 하고 짜증이 난 듯 말했다.

"계속 이러지 좀 말아, 또 다 기분 상하게!"

여자는 남자의 말을 듣고 이런저런 불평불만을 떠올렸다. 그러나 실지로는 한 마디도 대꾸하지 않고 움직이지도 않았다. 잠시 후 자동적으로 조용히 일어났다. 한없이 불쾌하고 나른하여 꼼짝도 하기 싫었지만, 안 움직일 수도 없어서 날마다 하는 판에 박힌 일들을 또 하기 시작했다. 바닥을 쓸고 있을 때 남자도 일어났다. 집안에 햇빛이 환해서 먼지가 더 심하게 일어 보였다. 남자가 보더니 눈살을 찌푸리며 말했다.

"좀 살살 쓸면 안 돼?"

"어."

몸이 별로 좋지 않은 탓도 있어서 여자는 마지못해 대답하는 것 같았다. 여전히 대강대강 빗자루를 움직이고 있었다. 남자가 그녀를 보고 있다가 잠시 후 갑자기 화를 꾹 참는다는 듯이 말했다.

"청소하기 싫으면 내가 할 테니 내버려 둬."

"그렇게 해."

여자는 끝내 굴복하려 들지 않았다. 말도 더 하고 싶지 않다는 모양으로 빗자루를 바닥에 내려놓았다.

두 사람은 각자 말없이 각자의 일을 했다. 어쩌다가 꼭 물어봐야 하거나 또는 대답해야 하는 경우에도 내키지 않다는 듯 유달리 애써서 어색하게 말했다. 그러나 남자는 화가 난 것도 진심이 아니라 일시적인 짜증 같았다. 이런 일이 있었다는 것을 금방 잊어 버렸는지 기분 좋은 느낌이 오면 바로 재미있다는 듯이 여자에게 우스갯소리를 했다. 그러나 여자의 마음속에는 오히려 어두운 그림자가 끊임없이 켜켜이 쌓여갔다.

여자도 때로는 왜 자신이 이렇게 고통을 사서 하는지, 이후로는 막무가내로 행동하는 것을 좀 배워서 모든 일에 진심으로 대하지 말자는 생각을 했다. 그러나 현실 속에서 심각하게 고통을 느끼는 것은 여전히 자기 자신이고, 끝없는 슬픔이 엄습해 와서, 어떤 생각도 다 소멸되어 버렸다. 하지만, 최근에는 이미 남자에 대한 사랑을 억누르고 복수의 마음을 한껏 펼친지라, 이전의 온화함이 줄어든 것 같았다.

점심을 먹고 난 후 여자가 친구에게 다녀오겠다고 했다. 남자는 별다른 말없이 알겠다고 했다. 여자는 나가겠다는 말을 하면서 무엇 때문에 나가려고 하는지 자신도 설명하지 못했다. 그러나 절대 그 친구를 만나려는 것은 아니었다. 사실대로 말하자면, 그렇게 행복하게 잘 살고 있는 친구는 정말 만나는 게 두려웠다. 매일 남자는 밖에 나가고, 자신은 한 순간도 이 저주스러운 생활에 의해 시달림을 받지 않은 적이 없었다. 이제는 그냥 정처 없이 바깥에 한 번 나가 보고 싶었다.

여자는 밖으로 나왔다. 그 슬픈 감정을 여전히 잊을 수가 없었다. 시시로 망연자실하여 무슨 생각을 하는지 걸을 때는 줄곧 넋이 나간 모습이었다. 자신도 때때로 이를 느꼈다.

전차 안에서 아주 친밀하게 소곤거리고 있는 남녀를 보고는, 계속 바라보면서 자신의 일을 생각했다. 동시에 그것이 너무 밉살스러워서 일부러 고개를 돌리고 보지 않았다.

찾아간 친구는 마침 집에 없었다. 그녀는 이를 실망스럽게 여긴 게 아니라, 오히려 약간은 만나지 않아 다행이라는 생각을 하고, 바로 자신의 집을 향해 되돌아갔다. 지금 쯤이면 틀림없이 남자도 외출했을 것이라고 생각했다. 하지만 속으로는 남자가 집에 있기를 바라는 건지 아니면 그가 나갔으면 하고 바라는 건지 말로 형용할 수 없었다. 집 안에 들어서기도 전에 이야기하는 소리가 들렸다. 남자는 외출하지 않았고 친구가 찾아와 있었던 것이다.

손님 앞에서도 여전히 자신의 그 무거운 마음을 잠시도 풀지 못했다. 억지로 웃는 얼굴을 하는 것도 너무 힘이 들었다. 말은 더더욱 하고 싶지 않았다. 이렇게 하는 게 정말 나쁘고, 접대말도 마땅히 좀 해야 된다고 느꼈지다. 하지만 연이어 드는 생각은 왜 사람은 자신이 하고 싶지 않은 일을 강제로 해야 하고, 왜 다른 사람 앞에서 가식적이어야 하는가라는 것이었다. 이렇게 생각하다보니 더더욱 무슨 말이고 하고 싶지 않았다.

나중에 그 친구의 제안에 따라, 세 사람은 함께 커피숍으로 가서 오후 내내 이야기를 나누었다. 여자는 시종 지겨워서 아무 느낌도 없었다. 비록 이미 그에 대해서 어떤 다정스러운 태도를 기대하는 것은 버렸지만, 남자가 모든 면에서 자기에게 냉담한 것을 보면서 감내하기 어려운 처량함을 다시금 절실하게 느꼈다.

저녁이 되었을 때 커피숍에서 나왔다. 그 친구와 헤어지고, 두 사람은 집을 향해 걸었다. 서로 별 말이 없었다. 남자는 여자를 잊은 듯 혼자 아주 빨리 걸었다. 여자는 뒤에서 있는 힘을 다해 걸어갔지만 그래도 따라가지 못하여, 나중에는 아예 혼자 걷는 셈 쳤다. 앞에 걷고 있는 남자와는 상당히 거리가 있었다. 남자가 고개를 돌려 여자가 멀찌감치 떨어진 것을 보더니, 짜증스럽다는 듯 서서 기다리면서 아주 불쾌한 눈빛으로 그녀를 주시했다. 여자는 고개를 숙이고 그를 보지 않았다. 남자 앞까지 걸어와서 둘은 다시 나란히 걷기 시작했다. 말은 하지 않았지만, 둘 다 마음속에는 말하지 않은 말들이 있었다. 그러나 남자는 곧 이런 것들을 개의치 않고, 길가의 가게와 행인들을 보면서 아무렇지도 않게 걸어갔다.

"저 여자 걸어가는 모습 좀 봐, 얼마나 활발하고 경쾌해!"

어떤 세련된 여자가 그들 옆으로 지나가자, 남자가 따라서 고개를 돌려 다시 한 번 바라보고는 칭찬하며 말했다.

"응"

여자는 마지못해 대꾸를 하고, 마음속으로는 벌써 남자가 끝맺지 못한 말을 생각하고 있었는데, 남자가 과연 이어서 말했다.

"왜 당신은 저 여자같이 그렇게 걷지 않지?"

조소하는 어투였다.

"왜냐면 난 저 여자가 아니니까."

여자는 말한 후에 생각했다.

"왜 당신 자신은 생각해보지 않는 거야? 다른 남자도 여자와 걸어갈 때 여자를 뒤에 팽개치고 혼자 빨리 걸어가 버리나? 게다가 걸핏하면 다른 사람하고 비교나 하고, 그런 당신은 다른 어떤 사람보다도 잘났다는 거야?"

마음속으로는 불평불만의 이유가 수도 없이 많았다. 그러나 말한다고 무슨 의미가 있나 싶어, 그저 묵묵히 생각에 잠겨있었다.

집에 돌아오니, 손님이 있었던 탁자에 컵이며 쟁반이 어지럽게 널려 있었다. 방에 들어가자마자 치우고 있으려니, 남자가 무슨 생각이 떠올랐는지 입을 열었다.

"손님이 왔는데 당신은 인사치레 말도 한 마디 없고, 내가 그 사람 집에 가면 그 사람 부인이 그 친구보다 오히려 더 잘 대접해 준다고."

"난 원래 손님 대접을 잘 못하잖아, 더 말 할 필요 있어?"

"그게 당연하단 거야?"

남자는 화를 돋우는 말에 화가 치밀어 올랐다.

"뭐가 당연한 것이고, 뭐가 당연하지 않은 거지? 왜 접대하기 싫어하는 사람더러 한사코 접대하라고 하는 거야? 다른 사람 부인이 잘하는 게 나하고 무슨 상관있어, 나는 나야. 왜 내가 다른 사람하고 같아야 해? 게다가 '부인은 남의 부인이 더 좋다'잖아, 더 말할 필요 있어?"

"무슨 뜻이지? 이런 말을 다 하고! 당신이라는 사람은······."

남자는 눈을 부라리고 여자를 노려보면서 고함을 질렀다.

"나 같은 사람이 뭐 어떻다고?"

여자도 양보하려 들지 않고 바로 맞받아쳤다.

"어떠냐고? 당신은 정말 혐오스러워! 솔직히 말해서 난 당신을 보기만 하면 화가 치밀어!"

남자가 표독스런 태도를 드러냈다.

"피차일반이야. 당신만 보면 화가 나!"

"당신 일부러 사람을 불쾌하게 만드는 거지? 그렇지?"

남자의 노기등등한 눈이 압박해왔다.

"당신은 일부러 사람을 유쾌하게 만들고?"

"이런 식으로 살 거면, 갈라지는 것이 나아!"

"홍! 당신 속마음을 결국엔 드러내는군! 이혼하자면 이혼하지 뭐. 그런 말로 위협하려고 들지 마, 그건 너무 야비한 짓이니까!"

"홍!"

남자의 표정이 더 흉악해졌다.

할 말을 다해버렸는지 자연스럽게 멈추었다. 평온하지 않은 정적이 또다시 두 사람 사이를 파고들었다.

마치 하루의 삶이 어쨌든 또 끝났다는 것처럼, 밤이 되자 서둘러 잠자리에 들었다. 비록 더 이상 무슨 희망의 꿈을 기대하진 않지만, 잠시 동안의 해탈을 구하고자 생각했다.

침대에 누우니, 아무리 해도 어젯밤의 일이 다시 떠올랐다. 그러나 무슨 기피거리라도 되는 것처럼, 있는 힘껏 기분을 해소하면서 생각을 접었다. 두 사람은 어젯밤과 같은 그런 침묵으로 다시 돌아갔다. 그러나 이 침묵은 오래지 않아 깊이 잠든 숨소리로 바뀌었다.

1929년

1930년대 중국여성소설 명작선 1

초판 1쇄 발행일 2016년 12월 31일

지은이 빙신·루인·천잉
옮긴이 김은희·최은정
펴낸이 박영희
편집 김영림
디자인 이재은
마케팅 김유미
인쇄·제본 태광인쇄
펴낸곳 도서출판 어문학사
     서울특별시 도봉구 해등로 357 나너울카운티 1층
     대표전화: 02-998-0094 / 편집부1: 02-998-2267, 편집부2: 02-998-2269
     홈페이지: www.amhbook.com
     트위터: @with_amhbook
     페이스북: https://www.facebook.com/amhbook
     블로그: 네이버 http://blog.naver.com/amhbook
     다음 http://blog.daum.net/amhbook
     e-mail: am@amhbook.com
     등록: 2004년 7월 26일 제2009-2호

ISBN 978-89-6184-436-9 04820
정가 16,000원

이 도서의 국립중앙도서관 출판예정도서목록(CIP)은 e-CIP 홈페이지(http://www.nl.go.kr/ecip)와
국가자료공동목록시스템(http://www.nl.go.kr/kolisnet)에서 이용하실 수 있습니다.
(CIP제어번호: CIP 2017006088)